제주학연구센터 제주학총서 48

제주 표류인 이방익의 길을 따라가다

중국답사기

제주학연구센터 제주학총서 48

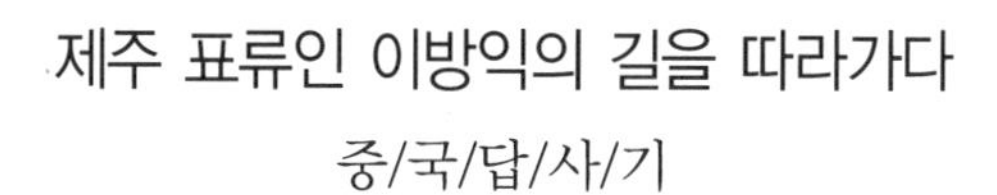

제주 표류인 이방익의 길을 따라가다

중/국/답/사/기

권무일 지음

평민사

제주 표류인 이방익의 길을 따라가다
중국답사기

차례

제2부 | 대장정의 서막

제3부 | 복건성

제4부 | 절강성

제5부 | 동정호

일러두기

1. (*) 표기된 내용의 출처는 「한국민족문화대백과사전」입니다.
2. (♠) 표기된 내용의 출처는 「네이버 백과사전」입니다.
3. 지명, 인명, 책명 표기는 한자를 병기했습니다.

책을 펴내면서

17년 전인 2004년에 제주도에 정착한 후, 2008년에 늦깎이로 소설을 쓰기 시작한 나는 글을 쓰기 시작할 때부터 줄곧 제주도 사람들의 삶의 발자취를 더듬어 짧거나 긴 글을 써왔다. 나는 제주의 역사에서 만난 김만덕과 김만일에 관련된 역사소설을 썼고 이방익의 표류행각에 관한 평설을 썼는데, 이 세 주인공들은 아마도 제주의 역사를 빛내고 역경 속에서도 제주의 자존심을 지켜온 사람들일 것이다. 나는 새삼스레 제주의 역사와 제주사람들의 살아온 이야기, 사는 이야기를 탐구하는데 여생을 바치겠다는 각오를 다진다.

나는 2017년 8월에 평설 『이방익표류기』를 펴낸 바 있는데 이는 이방익이 쓴 「표해가」와 『표해록』의 해설에 주안점을 둔 글이었다. 조정에서 정3품의 충장위장 직책을 수행하던 제주 출신 이방익은 1796년(정조 20) 9월 20일에 제주 연안에서 일행 7명과 더불어 표류하여 16일 만에 대만해협 팽호도에 닿았고 대만에 송치된 후 하문으로 건너가 복건성 · 절강성 · 강소성 · 양자강 · 산동성을 거쳐 북경으로 송환되었다. 그는 황제의 재가를 얻은 후 북경을 떠나 만주 벌판을 달려 1797년 윤유월 4일, 조국을 떠나 방황한 지 무려 9개월 보름 만에 압록강을 건넜다.

이방익의 경험담을 들은 정조 임금은 경악을 금치 못했다. 당시 중국에 다녀온 선비들, 특히 북학파 홍대용, 박제가, 박지원 등을 통해 중국의 변모하는 모습을 어렴풋이 알고는 있었지만 그들의 이야기는 주로 북경에 국한된 것이었다. 이방익은 대만과 중국 강남을 다녀왔고 그 지역의 변화상, 풍요롭고 번화한 모습을 보고 느낀 대로 임금에게 아뢰었는데 그의 경험담은 매우 괄목할 만한 것이었다.

의주에 도착했을 때 의주부윤에게 이방익이 진술한 내용은 임금에게 상달되었고, 임금 또한 이방익을 직접 만나 이야기를 들었지만 이방익이 두서없이 말하고 다녀온 곳을 기억하지 못하는 대목이 많아 답답했던 모양이다. 정조는 박지원을 불러 이방익의 행적을 글로 엮을 것을 주문한다.

연암 박지원이 이방익과 대화해 보니 이방익은 다녀온 곳이 어딘지 모르고, 본 것이 무언지 모르는 경우가 허다했던 것 같다. 그도 그럴 것이 200여 년 전에 이정표나 건물 이름이 적혀 있을 리가 없고 이방익이 중국말을 모르는 터라 일일이 물어볼 수도 없는 처지였기 때문이다. 연암은 자신의 처남에게 답답한 사정을 털어놓는다.

> 이방익이 말한 것은 상세하지도 않고 눈으로 본 것이 무엇인지를 모르고 있다. 사물의 이름에 어긋난 것이 많고 사실에 대한 서술이 적실하지 못하다. 또한 산천, 누대, 지나온 주군(州郡)의 도리(道理)에 틀린 것이 많을 것 같으므로 언문기록을 모두 따라서는 안 된다.

연암은 이방익이 진술한 노정을 따라가면서 곳곳마다에 관련된 문헌을 들춘다. 박제가 등 근래 중국에 다녀온 사람들이 구해온 책들이다. 그렇게 써서 임금께 바친 글이 『서이방익사書李邦翼事』다. 이와는 별도로 이방익은 한글로 『표해록』을, 가사체로 「표해가」를 써서 남겼다.

나는 이방익의 글에 나타난 노정을 따라, 그리고 연암의 글을 읽으면서 이방익의 행적을 탐구해 글을 쓰기는 했지만 가슴이 허전함을 이겨낼 수가 없었다. 더욱이 내가 우연히 접하게 된 순한글 『표해록』은 당시 조선의 현실과 다른 놀라운 경험세계를 보여주고 있어 나에게 강한 의구심을 안겨주기도 하였다. 누군가 필사한 그 『표해록』이 과연 이방익 자신이 쓴 것인지 알 수가 없고 『표해록』에 적힌 곳이 실제 있는 곳인지, 그가 경험한 것들이 실상인지를 그 책의 내용만 가지고는 알 수가 없었다.

결국 나는 이방익의 작품세계를 뛰어넘어 나 스스로 체험의 세계로 달려가지 않으면 안 되겠다는 엉뚱한 생각을 했다. 돌이켜보면 선인先人들이 다닌 길을 수백 년이 지난 후에 되밟아본 예는 동서고금을 막론하고 매우 드물다. 그러나 제주를 사랑하는 나는, 제주에서 태어나 제주에서 생을 마친 이방익(1757-1801)의 역정을 200년이 훨씬 지난 지금 감히 찾아 나서기로 했다. 어쩌면 나와 이방익 사이에 시간을 초월한, 보이지 않는 끈이 있는 것이 아닐까. 그래서 그런지 내 가슴에는 호기심과 열정, 그리고 탐험의 의지가 불쑥 솟아나 꺼질 줄을 몰랐다.

그렇다 해도 나의 꿈이 현실로 다가오리라는 기대를 하지는 못했다. 나는 이방익이 다닌 3만 리를 편답할 만큼 젊지 않은데다 중국말을 한마디도 할 수 없기 때문이다. 다행히 아내는 약간 중국말 소통이 되긴 하지만 그 정도로는 어림없는 일이다. 그런데 나는 동참자를 만날 수 있었다. 『이방익표류기』 출판기념토론회에 좌장을 맡았던 심규호(제주국제대학교 교수)다. 우리 부부와 심 교수 부부가 중국 제주총영사 관저에 초청받을 기회가 있었는데 우리는 이방익의 길을 따라가는 구체적인 구상을 이야기했다. 펑춘타이馮春臺 총영사가 여러 형태로 후원을 하겠다고 조심스럽게 제안을 했다. 그러나 대만의 경우는 차안此案의 부재不在임을 명백히 했다. 이왕이면 취재활동도 곁들이면 좋을 것 같아 나는 한라일보를 방문했다. 그래서 탐방단은 구성이 되었다. 우리는 2018년 4월 27일 이방익이 표착한 팽호도를 필두로 대장정의 막을 올렸고 여러 번에 걸쳐 이방익의 발자취를 따라 대만, 복건성, 절강성, 강소성 그리고 북경으로 북상했다.

그러나 나에게는 이 표류기를 쓰면서부터 뇌리에 찰거머리처럼 붙어 떨쳐낼 수 없는 갈등이 있었다. 이방익은 『표해록』과 「표해가」에서 양자강을 거슬러 동정호洞庭湖에 다녀온 경험을 감격적인 필치로 썼고 정조에게도 밝힌 바 있는데 연암은 고개를 설레설레 흔든다. 이방익이 동정호의 악양루를 보았다는 것은 꿈 이야기를 하는 것으로 사실과 다르다고 치부해 버린다. 강소성 태호의 별칭이 동동정東洞庭이라 착각을 일으킨 것이라고 하면서 연암은 이방익의 주장을 일축해 버린다. 현장에 가본 사람(이방익)이 보았다는 것을 가보지 않은 사람(박지원)이 부정하는 것을 내가 가서 밝히는 것도 중요하다고 나는 감히 생각했다. 그러나 갈수록 오리무중이다. 이곳 중국학자들 간에도 의견이 갈린다. 동정호에 가본들 쉽게 결론을 낼 수 있을지는 모르지만 어떻든 가보기로 했고 작년 12월에 만난 펑 총영사도 도움을 주겠다고 했다.

우리는 금년 상반기에 이방익이 밟았던 동정호와 유명한 전적지(적벽赤壁 · 구강九江 등)를 방문할 계획을 짜놓고 있었다. 그러나 세계적으로 퍼져나가는 전염병(코비드-19)은 우리의 길을 막고 있다. 지난 6월 왕루신王魯新 총영사(펑춘타이 후임)는 중국 측의 동정호 등 탐방 초청 계획은 변함이 없다고 했으나 그 시기는 전혀 예측할 수 없음을 우리는 공감했다. 그렇다고 이 책의 집필을 그때까지 미뤄둘 수는 없다. 내가 동정호를 골백번 다녀와도 이방익의 발자취를 복기復碁하듯 되살릴 수는 없을 것이기 때문에 나는 이방익의 작품세계를 재조명하는 것으로 이 장章을 채우고자 한다. 출판 후에라도 동정호를 방문하면 증보판을 내놓거나 관련논문으로 대신할 수 있을 것이다.

동정호를 답사하기 전에 나는 북경부터 다녀오겠다는 조급함을 가졌다. 중국답사기를 금년 안에 출판할 생각이기 때문이다. 우리 부부는 지난 1월 6일부터 12일까지 자비로 북경을 방문하여 이방익의 발자취를 산해관山海關까지 더듬었다.

드디어 나는, 아니 우리는 해냈다. 이방익의 발자취를 찾는다는 것은 결코 쉬운 일이 아니었지만. 지나온 길과 장소, 주변의 지명을 이방익이 상세히 적어놓지 않았을 뿐만 아니라 도정道程의 순서도 바뀌거나 뒤죽박죽된 경우도 많았다. 잘못 기록한 사례도 많고 지명 또한 바뀌었거나 없어진 것도 많았다. 더욱이 시간이 지나면 날짜를 기억하기가 쉽지 않아선지 그의 서술과 저작 등에서 날짜가 뒤죽박죽이라 그의 노정을 단정적으로 판단하기가 힘들었다. 그래서 나는 현장을 답사하면서 거리와 운송수단을 비교해보고 옛 문헌을 참고하여 노선을 고증하는 수밖에 없었는데 이 또한 시간에 쫓겨 주마간산 격으로 보아 넘겼기 때문에 정확성이 없고 상상력에 의존한 경우가 많았다는 것을 고백하지 않을 수 없다.

나는 이 책을 펴내면서 이 책의 근간인 나의 최근작 『이방익표류기, 2017』와 논문 「제주표류인 이방익의 노정에 관한 지리고증, 2019」의 내용을 참조하거나 아예 일부분을 옮겨오기도 하였다. 『제주표류인 이방익의 길을 따라가다-중국답사기』는 이방익의 기록 그리고 나의 저술과 더불어 하나의 연장선상에 있기 때문이다.

이 책에 나오는 중국의 인명과 지명은 한자의 우리 발음으로 썼는데 한자를 병기했다. 중국 방문 중에 만난 이들의 경우 중국발음 또는 한자의 우리 발음으로 쓰면서 괄호 안에 한자를 병기했다. 이방익의 『표해록』은 고어체로 기록되었는바 읽기의 편의를 위해 내가 짧은 지식이나마 현대어로 번역해 실었다.

끝으로 200여 년 전 표류과정에서 우연하게 중국을 방문한 이방익의 편력을 이해하고 우리가 그의 길을 답사함으로써 이 길이 한·중 문화교류의 디딤돌이 되도록 배려한 중화인민공화국제주총영사관 펑춘타이 총영사에게 감사하며 그와 우리들의 바람이 빠른 시일 내에 양국에서 요원의 불길처럼 타오르기를 기대한다.

이번 답사과정에서 지대한 관심을 가지고 열띤 토론을 벌였던 복건성·절강성·강소성 그리고 남평시의 지방지편찬위원들, 편의를 제공해주신 각 성의 외사판공실에 고마운 뜻을 보내며 특히 여러 날 우리와 숙식을 같이 하면서 따라붙었던 복건성 외사판공실의 왕이펀王

盒芬 선생 그리고 상해 박철수 선생의 정성어린 배려를 잊지 않을 것이다. 답사여행에 동참한 심규호 · 유소영 부부, 한라일보 강만생 고문 · 진선희 문화부장과의 깊은 우정과 즐거운 추억을 오래도록 간직하고 싶다. 또 우리 부부의 북경답사에 동참하여 길을 안내한 웨이신 魏鑫 선생께 감사한다. 또한 줄곧 곁에 있어 나의 건강을 챙겨주고 용기를 북돋아주고 나의 귀와 입이 되어준 아내에게 끈끈한 동지애를 느낀다.

평민사는 나의 저서를 5번에 걸쳐 출판하기에 이르렀는데 이는 나와 평민사 이정옥 사장의 변함없는 신뢰와 우정에 바탕을 둔 것임을 확신한다. 내가 중국답사를 결행하고 책을 출판함에 있어 물심양면의 지원을 해주신 '더제주'(대표 양길현)에 감사하며 이 책을 펴냄에 즈음하여 제주학총서의 일환으로 출판비 일부를 지원한 제주연구원 제주학연구센터에 심심한 감사를 드린다.

2020년 10월
제주도 애월읍 구엄리 무극재無極齋에서

[추천사]

17년 중한교류 역사 화원의 한 떨기 진기한 꽃

펑춘타이(馮春台, 전 중국 주제주 총영사)

제주도는 중국과 한국 사이 넓은 해역에 자리한 섬으로 수천 년간 이어진 중한 양국의 역사교류에서 독특한 위치를 차지하고 있다. 고대 제주 특유의 표류문화는 중한 양국 인문교류의 진기한 꽃송이를 피워냈다. 조선시대 무장 이방익의 표류 이야기는 그 가운데 하나이다.

바다 한가운데 섬에 사는 제주인들은 배를 타고 고기를 잡거나 곡식을 운송하는 과정에서 거센 풍랑으로 망망대해로 밀려나 표류하는 일이 종종 있었다. 대부분의 경우 먼 바다로 표류하다 물에 빠져 사망했지만 기적처럼 인근 육지나 섬에 표착하여 구사일생하기도 했다. 기록에 따르면, 중국, 일본, 유구(琉球, 오키나와)까지 표류하는 경우가 대부분이고 심지어 필리핀이나 베트남까지 떠내려가는 일도 있었다. 다행 현지 선량한 관원을 만나면 본국으로 송환될 수도 있었다.

제주인 이방익李邦翼은 조선시대 정3품 무장으로 '충장위장忠壯衛將' 에 배수되어 왕궁의 경호를 담당했다. 조선 정조 20년(1796년, 청조 가경 2) 9월 20일, 이방익은 고향인 제주도에서 동북쪽에 자리한 우도에서 모친의 장례식(이장移葬)을 마치고 일행 8명이 배를 타고 돌아오는 길에 '일진광풍' 을 만나 풍랑에 휩쓸려 먼 바다로 나가게 되었다. 이후 그들은 빗물로 해갈하고 돌연 배에 튀어 오른 물고기로 허기를 달래며 16일 후 펑후다오澎湖島에 표착하여 타이완, 푸젠福建, 저장浙江, 장쑤江蘇, 산둥山東을 거쳐 베이징에 도착한 뒤 랴오둥遼東을 거쳐 이듬해 6월 압록강을 건너 본국으로 돌아왔다.

이방익 일행은 중국에서 가는 곳마다 청조 관리들의 예우와 도움을 받아 여러 명승지를 두루 구경하였으며, 당시 조선인들이 책에서 읽어보았으되 실제 가보지 못한 자양서원, 자릉조대, 한산사, 악양루 등을 직접 가서 방문하여 해상표류와 중한 우호교류사에서 아름다운 이야기를 남겼다. 이방익은 조선의 수도인 한양으로 돌아온 후 즉각 국왕인 정조에게 자신이 경험한 소설과 같은 이야기를 보고했으며, 국왕은 사관에게 기록을 정리하여 중국을 이해하는 참고자료로 활용하도록 했다.

표류문화는 뜻이 있는 이에 의해 발굴되어야 한다. 표류문화는 아슬아슬한 경험과 슬픔으로 가득 차 있어 의지가 강한 이가 아니면 감히 물어보지도 못하고 성과를 내놓기도 힘들다. 권무일 선생은 "선현의 실전된 학문을 잇겠다(爲往聖繼絕學)."는 의지로 남들이 건드리지 않은 기이하고 험한 영역과 마주했다.

2017년 본인이 제주 주재 중국총영사로 부임하면서 우연한 기회에 본서의 작가인 권무일 선생과 알게 되었으며, 그가 『이방익표류기』를 연구하고 있다는 것에 감동했다. 그는 제주가 아닌 경기도 출신으로 작가나 문화 연구자가 아니라 포항제철과 현대그룹 등 대기업에서 임원으로 일했던 사람이다. 하지만 경영일선에서 물러난 후 「문학과 의식」이라는 계간지를 통해 등단한 후 제주도에서 살면서 조선시대 제주 출신의 의로운 상인이자 최초의 여성 상인인 김만덕金萬德에 관한 소설을 썼으며, 현재 한학漢學에 정통한 문인학자들과 연락하면서 이방익 표류 사적에 관한 연구를 진행하고 있다.

나와 내 동료들은 이방익의 중국 표류 사실을 발굴하고 재현하는 것이 제주와 중국 각지의 교류사를 풍부하게 하고, 현재의 한중 교류와 협력을 진전시키는 데 의미가 있다고 생각하고 힘이 닿는 대로 도움을 주기로 결정했다. 우리 총영사관은 이방익이 당시에 지나갔던 노선을 현지 탐방하는 사업을 두 차례에 걸쳐 지원했으며, 현재 푸젠, 저장, 장쑤성 탐방을 마쳤다.

권 선생은 관련 서적을 두루 편람하고 현지 탐방한 결과를 토대로 제주인의 시각에서 『제주 표류인 이방익의 길을 따라가다– 중국 답사기』를 저술하여 청대 중엽 중국 연해 여러 성의 산천 명승과 풍토, 인정人情 등을 재현했고, 현재의 변화된 모습을 묘사했다. 현대인들이 이를 읽으면 또 다른 수확이 있을 것이며, 한중 인문교류에도 새롭게 인도하는 바가 있을 것이다.

제1부

서설

1. 제주표류인 이방익
2. 제주 표류기록
3. 탐라거인 이방익
4. 이방익의 표류 및 송환경로

1. 제주 표류인 이방익李邦翼

가. 사라진 배

제주도濟州島 동쪽 섬 우도牛島에서 제주 연안으로 노를 저어오던 작은 배, 일엽편주一葉片舟가 느닷없이 불어제친 일진광풍에 휩싸이더니 가뭇없이 사라졌다. 1796년(정조 20) 9월 20일 오후 서너 시쯤이었다. 우도의 선창에서 그들을 배웅하던 사람들은 대책 없이 발만 구르고 있었고 성산포 사람들은 이 난데없는 이변을 멀뚱히 바라다볼 뿐이었다. 『일성록』에 의하면 동승자들은 북촌리 출신으로 무과에 합격하여 중앙에서 충장위장에 오른 이방익 장군과 북촌리 주민 등 8명이었는데 그들은 우도에 건너가 이방익 모친의 산소에 성묘를 마치고 돌아오는 길이었다.

이 소식을 들은 북촌리 사람들은 느닷없는 떼죽음에 아연실색할 뿐이었다. 그들이 탔던 배는, 가까운 바다로 고기잡이를 나가거나 포구에서 포구로 곡물을 운반하는 작은 배로 물과 식량이 갖추고 있지 않았을 것이다. 사라진 배와 사라진 사람들은 몇 달이 지나도 돌아오지 않았다. 한꺼번에 떼초상을 당한 마을 사람들은 며칠이 지나자 그들이 살아 돌아오리라는 기대를 버렸고 혹 시신이라도 떠올라오지 않을까 해변 바위틈을 기웃거렸다. 결국 북촌리 사람들은 날짜를 잡아 바다 속에 영장永葬하는 해신제를 지냈다. 어느덧 겨울을 넘기고 봄이 가고 찌는 듯한 여름이 다가오고 있었다. 이제 그들이 살아 돌아오리라고 믿는 사람은 아무도 없었다.

섬이기에 바다에 의존하여 살 수밖에 없는 제주사람들은 고대에는 한반도, 중국 혹은 일본과 수시로 드나들면서 교류를 해왔지만 조선시대 이후로는 바닷길이 한반도로 한정되면서 척박한 땅에서 굶주림과 관리들의 착취와 가렴주구에 시달려 왔다. 그들은 바다에 나가 고기를 잡거나, 각종 공물을 바치는 일에 차출되어 배를 타거나 또는 제주의 특산품을 팔러 육지로 나가다가 표류하여 죽는 일이 다반사였다. 바다에 표류하다 물고기 밥이 되고 그 가족이 상실감 속에서 사는 일은 제주사람들의 삶의 현장이며 역사의 한 축이다.

최부崔溥가 표류할 때 동승한 한 제주 관원이 이렇게 말했다.

> 우리 제주도는 큰 바다 가운데 멀리 떨어져 있어 표류되고 침몰되는 배가 10에서 5,6척은 되어 제주사람들은 일찍 빠져죽지 않더라도 나중에는 반드시 빠져죽곤 합니다. 그런 까닭에 경내에는 남자의 무덤이 매우 적고, 마을에는 여자가 많아서 남자보다 3배나 됩니다. 부모가 딸을 낳으면 '이 아이는 효도할 아이다' 라고 하고 아들을 낳으면 '이 물건은 내 자식이 아니라 고래나 거북의 밥이다' 라고 합니다. 우리들의 죽음은 하루살이와 같으니 어찌 집에서 죽기를 바라리오. —최부, 『표해록』

전라도 강진이나 영산강 하류에서 제주도로 오는 경우에도 이렇듯 표류하는 일이 자주 일어난다. 항해에는 조류와 바람을 이용하곤 하지만 바람과 풍랑이라는 것이 예측불허인지라 제주도를 오가는 많은 사람들이 풍랑에 휩쓸려 흔적 없이 사라지거나 멀리 바람에 떠밀려 남쪽의 낯선 땅에 부려지기도 한다. 그들이 만에 하나 살아남아 고국에 돌아오는 경우도 몇 달 몇 해가 걸린다.

나. 돌아온 표류인

1797년(정조 21) 윤유월 10일자 『일성록日省錄』에 의하면 윤유월 4일 해시(亥時, 밤9-11시)에 압록강 건너편 나루에서 횃불이 환하게 오르더니 한 떼의 조선 사람들이 중국인 관리들의 호송을 받으며 압록강을 건너왔다. 의주부윤 심진현沈晋賢이 그들을 맞아 심문해 보니 그들은 지난해 9월 20일 제주바다에서 바람에 밀려 가뭇없이 사라진 사람들이었다. 그들은 제주목 북촌리에 사는 8명의 사람들로 그 중의 우두머리는 최근 중앙에서 충장위장(忠壯衛將, 조선 시대에 둔, 충장위의 으뜸 장수)을 지낸 이방익李邦翼이란 자라는 것이다. 이방익의 말을 들으니 그들은 지난 해 9월 20일 우도에 묻힌 이방익 모친의 시신을 완장完葬하기 위하여 우도에 다녀오다가 일진광풍을 만나 표류하게 되었고 북서풍에 밀려 동남향으로 떠밀려가다가 바람이 북동풍으로 바뀌는 바람에 창망대해를 한없이 표류하게 되었고 그 와중에 다행히도 한 줄기 비를 만나 기갈을 면하기도 했고 큰 물고기가 뱃전으로 뛰어오르는 기적을 만나 아사를 면했다는 것이다.

그들 8명은 표류한 지 16일 만에 중국 남쪽 바다의 팽호도澎湖島라는 섬에 표착하게 되었는데 중국인으로 보이는 섬 주민들의 보살핌을 받았고 그들이 이송되는 동안 각 관청에서는 분에 넘치는 대접을 서

습지 않았으며 생전 보지도 못했던 돈 꾸러미도 각자의 손에 쥐어주곤 했다는 것이다.

의주부윤 심진현은 파발마를 띄워 이방익 등의 귀환사실을 적은 장계狀啓를 임금에게 올렸고 이 장계는 윤유월 10일에 정조의 손에 쥐어진다. 심진현의 장계에 의하면 이방익 등은 대만으로 이송되어 심문을 받았고 중국 남단 하문廈門으로 건너갔다. 복주福州에서는 장시간 머물며 송환절차를 기다려야 했고 이후 황제가 파견한 호송사자를 따라 북상하면서 항주를 거쳤고 소주 · 양주를 지나고 산동을 거쳐 북경에 이르렀고 거기에서 황제의 재가를 얻은 뒤 만주 벌판을 달려 무사히 귀국했다고 보고했다. 특히 이방익은 송환의 노정에서 조선에서는 말로만 듣던 **엄자릉조대**嚴子陵釣臺, 유명한 사찰인 소주의 한산사, 진강의 금산사를 편답한 일을 설명했다. 장계의 내용에서 조선인 이방익의 줏대와 자존심, 중국인들의 관심과 존경심을 이끌어내는 능수능란함에 감동한 임금은 이방익이 서울에 도착하기도 전에 그를 한 품계 올려 종2품의 오위장五衛將으로 임명하고 아울러 전주중군全州中軍으로 겸직발령을 했다. 또한 그 장계를 『일성록』에 빠짐없이 수록하도록 하명했다. 한편 정조는 이 사실을 서울에 머물고 있던 이방익의 부친에게 알리는 동시에 비변사備邊司에 일러 이방익이 서울에 도착하면 지체 없이 대령시키도록 지시했다.

엄자릉조대嚴子陵釣臺

엄광(嚴光, BC39년~41년). 하남(河南) 여주(汝州) 사람, 혹은 여요 사람이라고도 한다. 본래 성은 장(莊)이고, 또 다른 이름은 준(遵), 자는 자릉(子陵)이다. 동한(東漢)의 은사(隱士)로 동한(東漢) 광무제(光武帝) 유수(劉秀)의 죽마고우(竹馬故友)이다. 뒤에 유수가 병사를 일으키자 적극적으로 도왔다. 그러나 유수가 황제로 즉위하자 성명을 바꾸고 부춘산(富春山)에 은거했다. 후세 사람들은 부춘산을 '엄릉산(嚴陵山)' 으로 부르기도 한다. 또 부춘강(富春江)에서 엄릉이 낚시하던 곳을 '엄릉뢰(嚴陵瀨)' 라고 부르고, 앉아있던 돌을 '엄자릉조대(嚴子陵釣台)' 로 칭한다. [♠]

충장위장은 조선시대 후기에 임금이 옥좌로 자리를 옮기거나 궐내에서 거동하거나 종묘대제宗廟大祭를 지낼 때 밀착 경호하는 무관직으로 주로 정3품으로 보했으며 오위장은 궁궐수비를 담당하는 무관으로 정3품 또는 종2품으로 보했으며 충장위장보다 한 품계 높다. 중군은 지방 감영에서 관찰사에 버금가는 종2품 무관직으로 사실상 문관인 관찰사를 대신하여 지역 군사업무를 총괄했다.

다. 정조를 흥분시킨 표류담

이방익이 서울에 도착한 다음날인 1797년 윤유월 21일, 이른 아침 임금은 여러 승지들로부터 업무를 보고받는 자리에서 좌부승지 이조원李肇源에게 명하여 이방익을 불러올리게 한다. 『승정원일기承政院日記』에는 자세한 내용이 기록되어있는데, 요약하면 다음과 같다.

> 임금이 이방익에게 묻는다.
> "경은 몇 살이며 어느 해에 등과했으며 언제 가자(加資)되었고 무슨 일로 배를 탔으며 표류하여 어디까지 이르렀는지 일일이 아뢰라."

이에 이방익은 자신의 나이와 관등성명을 밝히고 표류하게 된 경위로부터 중국을 경유하면서 보고 느낀 일들을 설명하고 노정을 세세히 아뢴다. 정조의 호기심과 관심이 촉발되자 이방익은 감정이 고조되어 표류하면서 겪은 고통과 기갈, 그리고 비를 만나 갈증을 해소하고 물고기가 배에 뛰어들어 연명하게 된 기적적인 체험을 밝히고 팽호도에서 만난 마궁대인의 풍모와 대만의 발전상을 털어놓는다. 특히 하문에 상륙하자마자 자양서원紫陽書院을 찾아가 주자朱子의 제전祭奠에 참배한 일과 중국 백성들이 이방익 일행의 복식에 관심을 가진 일에 대하여 이야기한다. 또한 이방익이 항주에서 북경으로 바로 가지 않고 양자강 상류의 동정호로 달려가 군산도君山島를 바라보고 악양루岳陽樓에 오른 사실도 밝힌다.

이방익의 이야기를 들은 정조는 충격을 넘어 경악을 금치 못한 듯하다. 정조는 병조판서 정민시鄭民始를 만난 자리에서 이방익을 크게 쓰겠다는 다짐을 하며 이야기를 꺼냈다.

> 이방익은 인물됨이 매우 똑똑한데 그의 말을 들어보니 참으로 장관이다. 한 배에 탄 여덟 사람이 아무 탈 없이 3만 리 길을 다녀왔으니 매우 다행한 일이고 더구나 자양서원, 자릉조대, 악양루, 금산사 등 다니지 않은 곳이 없었다. 이 어찌 기이한 일이 아닌가? ―『일성록』

그렇다면 정조는 왜 이방익의 표류담에 그토록 과도한 반응을 보인 것일까?

한반도에서 제주를 오가는 많은 배들 그리고 제주도 연근해에서 고기잡이하던 사람들이 예기치 못한 광풍과 풍랑으로 표류하면 대부분 물귀신이 되고 말지만 요행히 순풍을 만나 일본, 유구(오키나와) 혹은 중국에 표착하여 목숨을 건지는 경우가 더러 있기는 하다. 하지만 이방익 일행처럼 물도 식량도 없이 작은 배에 몸을 싣고 16일 동안 표류하고 생사의 갈림길에서 9개월 만에 살아 돌아온 것은 특별한 경우였다.

하지만 정조가 그렇게까지 흥분한 이유는 이방익이 다녀온 양자강(장강) 유역과 그 남쪽은 고려 중기 이후 한반도 사람이 거의 다녀온 적도, 그 실상을 들은 적도 없는 미지의 땅이었기 때문이다.

중국의 정치문화는 문명 발상發祥 때부터 황하를 중심으로 발전해왔다. 그런 까닭에 송나라 이전까지는 양자강을 중심으로 한 강남의 문화는 별로 관심의 대상이 되지 못했다. 그러나 송나라 특히 남송 이후 강남의 문물은 꽃이 피기 시작했다. 그 후 명나라는 강남을 거의 거들떠보지 않았고 무역이나 바다의 가치를 외면했지만 18세기, 청나라가 들어서면서 상황은 다시 달라졌다. 청나라의 건륭제(乾隆帝, 중국 청나라 제6대 황제)는 60년의 재위기간 동안 서북방 이민족을 복속시키고 나라를 편안하게 하였으며, 문화예술을 진작시켰고 문호를 개방하여 서구문명을 받아들였다. 명나라 잔존세력을 진압하고 대만의 반란을 평정한 후로는 양자강 이남에서 농업생산의 증대와 상업의 진흥을 도모함으로써 나라를 잃은 한족漢族이 기를 펴고 생업에 충실하여 풍요를 누릴 수 있도록 했다.

특히 이방익이 이끌려간 대만은 반란을 진압한 지 10여 년밖에 안되기 때문에 군사조직이 막강했다. 관청마다 높고 웅장하며 채색이 화려하고 본관 좌우에는 익곽翼廓이 날개처럼 둘러 있다. 관청으로 가는 길에는 난간이 10리나 뻗어 있는데 유리로 만든 휘장과 수정으로 엮은 주렴(珠簾, 구슬 따위를 꿰어 만든 발)이 연결되어 있다. 대만 상산 병부의 경우 천병만마가 옹위하고 의장대가 정렬한 3개의 문을 거치면 수개 층의 본부 건물이 솟아있다. 이방익은 그러한 중국의 모습을 몸소 본 것이다.

우리나라 역사상 대만에 대하여 기록한 문헌은 거의 없었다. 대만이 17세기 이후 네덜란드인에게 점령당했다는 사실이나 청나라에 저항하던 정성공鄭成功이 대만으로 밀려나가 네덜란드인을 몰아내고 국가를 세웠다는 사실, 그 후 청나라가 진주하여 대만을 중국의 영토로 편입했

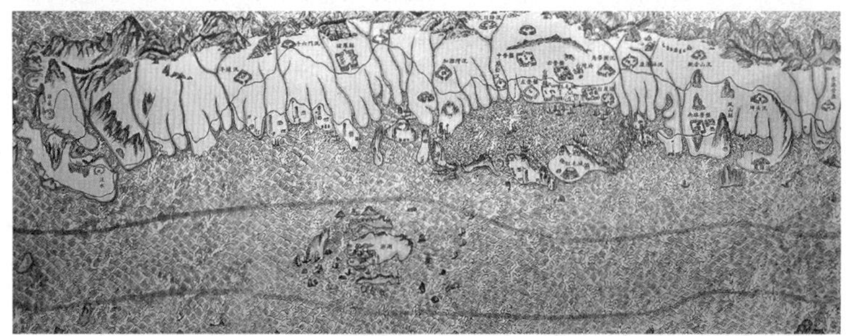

대만 고지도

고 그와 함께 서양문물이 물밀듯이 들어와 번영일로에 들어서게 된 일 등 대만의 역사적 사실史實을 조선은 그때까지 모르고 있었다. 더욱이 해적이 들끓는 섬으로 여겨왔던 팽호도가 서구와의 중계무역으로 활기를 띄고 있다는 사실은 더더욱 알 길이 없었던 것이다.

양자강 주변을 비롯한 중국 강남 지역에 대해서도 마찬가지였다. 중국의 남부해안은 항구와 도시가 번성해서 각종 문물이 발달하였고 백성들은 태평가를 부르며 호의호식하고 있었다. 한편으로는 국방에 신경을 써 지역마다 병부가 설치되어 삼엄한 경계를 늦추지 않았다. 하지만 조선에서는 이런 변화상은 말할 것도 없고 양자강 주변을 포함한 중국 남부의 곳곳에 대하여는 겨우 서적으로나 접했을 뿐이었다.

> **신라방** | 新羅坊
>
> 중국 당(唐)나라(618~907) 때 중국의 동해안 일대에 설치되었던 신라인의 집단거주지역.[♠]

역사적으로 볼 때 삼국시대에는 승려들이 중국을 수시로 드나들면서 중국의 불사佛寺를 찾아다녔고 신라인들이 중국 여러 지역에 신라촌 또는 **신라방**을 만들어 살아왔기 때문에 그들이 중국 전역을 횡행했다는 것은 짐작할 수 있다. 또한 고려가 송나라와 활발한 무역을 전개할 당시 고려의 불자들과 학자들이 강남을 빈번하게 왕래하기도 했다. 그러나 중국이 금·원·명·청나라를 거치는 동안 고려와 조선은 그 여러 왕조의 중국과 통교하면서 만주지방을 거쳐 오갔고, 본 것이라곤 북경 근처의 산천과 문물에 그쳤다. 조선시대 지식인들에게는 중국의 강남은 이상향이었다. 하지만 정작 양자강 유역의 사정은 중국 문인들의 글과 화공들의 그림을 통해서만 알고 있을 뿐이었고 조선 선비 중에 막상 강남지역을 실제로 밟아본 사람은 거의 없었던 것이다.

그런 마당에 이방익의 체험담은 매우 귀하고 생소한 것이었다. 이방익이 하문에서 복주, 남평을 경유하고 선하령을 넘어 항주로 그리고 소주, 산동을 거쳐 북경으로 가는 도정은 강남에 사는 사람들이 장사하러, 과거 보러 가는 길이고 군대가 이동하는 길이다. 이방익이 본 관청과 군부대, 고적과 유물, 사찰과 종교시설은 중국의 역사이며 문화다. 그가 엿본 풍물과 풍속은 중국의 살아있는 현재 모습이다. 이방익의 표류담은 중국 강남지역을 중심으로 한 당시의 국제적 상황, 중국 사회의 변화, 백성들의 생활상 그리고 중국의 포용적 정치상황까지 폭넓게 담고 있었다.

이에 정조는 아직 조선에 알려지지 않은 중국 강남지방의 풍물을 듣고 경악을 금치 못한 것이다. 나라를 반석 위에 올려놓고 백성이 잘 사는 사회를 만들고자 애쓰던 정조에게는 신선한 충격이었음에 틀림없다. 정조는 널리 알려진 바와 같이 개혁적인 임금이었다. 아버지 사도세자가 당파싸움의 희생물이 되었고 자신도 여러 번 정적에 의해 죽을 고비를 넘겼던 터라, 지긋지긋한 당쟁을 종식시키고 탕평책을 써서 여러 당파의 의견을 탕탕평평 조율하는 데 힘썼다. 그는 해묵은 신분사회를 타파하려 했고 서얼을 따지지 않고 능력에 따라 인재를 등용하려 했다. 서얼 출신인 이덕무李德懋, 유득공柳得恭, 박제가朴齊家 등을 규장각 검서관으로 썼고 그들의 지위를 높여 중용한 것이 그 한 예다.

이방익을 만나본 정조는 조선 지식인들의 좁은 안목과 무지함을 개탄했을 것이다. 북경을 다녀온 사신들은 강남지역의 사정을 보지도 듣지도 못했으면서 그 지역 인민들이 걸핏하면 소요를 일으키고 남만(南蠻, 중국에서 남쪽의 오랑캐라는 뜻으로 남쪽 지방에 사는 민족을 낮잡아 이르던 말)과 묘족(苗族, '먀오족'을 우리 한자음으로 읽은 이름)들은 아직도 반란을 일삼고 있어 강남이 불안과 암흑의 소용돌이에서 벗어나지 못한다는 이야기를 꺼내고 있는 현실을 아쉬워했을 것이다.

당시 우리나라에는 수레조차 없어 임금과 대신들이 행차할 때 사람이 메는 가마를 이용했고 특수한 경우 외에는 말조차 타고 다니지 못했는데, 이방익은 타국인이면서도 말 또는 마차를 타거나 배를 타고 이동했다. 대만, 하문 심지어 팽호도에서도 무역선이 항구를 메우며 관가, 군사기지, 서원, 사찰이 우리나라와는 비교도 안 될 정도로 여러 층으로 지어졌고 그 건물들의 웅장함 등에 대한 이야기를 들으며 정조는 혀를 내둘렀을 것이다. 또한 산해진미와 접대예절, 귀족이 아닌 평민의 옷차림과 묘제(墓制, 묘에 대한 관습이나 제도)의 화려함을 들으며 먹고 살기도 힘든 우리네 현실을 개탄했을 것이다.

정조와 이방익의 만남은 그동안 중국에 대한 그릇된 인식을 바로잡고 세계질서에 편입되어가는 중국의 정책과 실상을 새로운 각도에서 바라보는 계기가 되었다. 정조가 이방익이 구술한 내용을 가감 없이 『**승정원일기**承政院日記』와 『**일성록**日省錄』에 남긴 것은 매우 의미 있는 일이다. 이는 정조가 이방익의 중국 견문에 상당한 관심을 가진 연유에서 비롯된 것으로 그 시대적 맥락을 반영하고 있다.

승정원일기 | 承政院日記

조선시대 왕명의 출납을 관장하던 승정원에서 매일매일 취급한 문서와 사건을 기록한 일기. (*)

일성록 | 日省錄

1760년(영조 36)부터 1910년까지 주로 국왕의 동정과 국정을 기록한 일기. (*)

『일성록』은 정조가 세손시절인 8세부터 쓰기 시작한 일기로 즉위 후에도 매일 쓰다가 나중에는 신하로 하여금 대필하게 했는데 그 후 고종에 이르기까지 역대 왕들도 신하를 시켜 『일성록』을 작성케 하였다. 『승정원일기』는 인조 1년부터 작성하여 고종 31년(1910)까지 왕명의 기록과 지시전달 그리고 신하들의 출입과 대응, 행정과 사무를 승정원에서 매일 기록한 문서이다.

2. 제주 표류기록

가. 박지원의 『서이방익사書李邦翼事』

정조는 면천沔川 군수로 발령받아 내려가기 전에 부임인사차 들른 연암燕巖 **박지원**朴趾源에게 이방익의 일들을 기록하도록 명하였다. 이방익이 문자를 알기는 하나 겨우 노정만을 아뢸 뿐이고 기억을 더듬어 입으로 아뢴 것도 왕왕 차서를 잃었음을 안타까워한 임금은 박지원에게 명문장으로 재구성해주기를 주문했다. 박지원은 면천 군수로 가있는 동안 3년에 걸쳐 이방익의 표류에 얽힌 일을 기록한다. 이방익의 노정을 확인하기 위하여 북송 때의 소설총집 『태평광기太平廣記』, 명나라 때의 지리서 『대명일통지大明一統志』 등 중국의 여러 도경圖經을, 대만의 사정을 알기 위하여 청나라 임겸광林謙光의 『대만기략臺灣紀略』 등을 참고했다.

박지원의 『서이방익사』는 주인공 이방익의 내력과 사람됨을 생생하게 표현했고 그에게서 전해들은 이야기를 자신의 독특한 필치로 써내려갔으며 자신의 의견을 피력하고 비판을 서슴지 않았다. 박지원의 작품은 우물 안 개구리처럼 도성 4대문 안에서 서로 지지고 볶으며 싸움질만 하고 있는 조선의 조야에 경종을 울리기에 충분했다. 북경

기행문인 『**열하일기**熱河日記』를 집필하면서 더 큰 세계를 바라보는 눈을 갖게 된 박지원은 이방익의 경험을 통하여 사람이 잘 사는 게 무엇인가를 제시하고자 했고 중국 문사들의 시문을 삽입하여 자신의 해박한 지식을 선보였다.

연암은 또한 이 기회에 대만과 중국의 지리와 열린 세계를 더듬고자 했고 조선에서는 그다지 알려지지 않은 중국 남부에 대하여 이방익의 입을 빌어 알리려 했다. 또한 이방익이 보고 밟은 지역에 대해서도 해박한 안목으로 지리적 고증을 하려 했다. 박지원은 "우리나라 사신이 비록 매년 중국에 들어가는데 북경은 천하의 한 모퉁이 땅인데도 그 듣고 본 것이 진실하지 못해 늘 바보가 꿈 이야기하듯 하거늘 하물며 양자강 이남의 일이야 말해 뭣하겠나?"라며 이방익의 일을 기록하는 일에 의의를 두었다.

연암 박지원 |
燕岩 朴趾源 (1737~1805)

조선 후기에 새로운 시대 사상으로 등장한 실학 사상의 한 조류인 북학 사상을 배태시키고 북학 운동을 시작한 북학파의 영수이다.
『열하일기』는 박지원이 청나라에 다녀온 후 작성한 견문록으로 1780년(정조 4) 저자가 청나라 건륭제의 칠순연(七旬宴)을 축하하기 위하여 사행하는 삼종형 박명원(朴明源)을 수행하여 청나라 고종의 피서지인 열하를 여행하고 돌아와서, 청조치하의 북중국과 남만주일대를 견문하고 그 곳 문인 명사들과의 교유 및 문물제도를 접한 결과를 소상하게 기록한 연행일기이다. [*]

박지원 자신도 사절단을 따라 북경을 다녀온 경험은 있으나 다른 선비들과 마찬가지로 대만은 물론 양자강 이남지역은 가본 적도 없었고 다만 중국인들의 그림과 시문을 통해서만 알고 있었다. 하지만 그는 여러 문헌들을 비교 검토하며 실증하려 노력했는데 때에 따라서는 직접 목격한 이방익의 말보다 이론에 치중하는 우를 범하기도 하였다. 연암은 이방익이 동정호를 찾아가 악양루를 보았다는데 '거기가 어딘데 감히…' 하는 식으로 이방익의 말을 믿으려 하지 않았다. 이방익이 가본 곳은 동정호(洞庭湖, 중국 후난성 북부에 있는 중국 제2의 담수호)가 아닌 태호(太湖, 강소성과 절강성의 접경 지역에 위치한, 중국에서 세 번째로 큰 담수호)라고 주장하면서 태호에 대해 지나칠 정도로 장황하게 설명하고 있다.

박지원은 이 글을 쓰기 위해 이방익의 언문일기로 보이는 기록을 받아보려고 애를 쓰는 한편 **박제가**와 **유득공**에게 편지를 써 이방익에 대한 초고를 요청한다. 박제가의 것은 남아있지 않아서 여부를 파악할 수는 없지만 유득공이 박지원의 부탁을 받아 적은 것으로 보이는 「이방익표해일기李邦翼漂海日記」는 그의 문집 『고운당필기古芸堂筆記』에 수록되어 있다. 「이방익표해일기」에서 유득공은 이방익의 도정道程을 기록했을 뿐만 아니라 이방익의 부친 이광빈李光彬이 일본에 표류했을 때의 일화를 삽입했다. 또한 유득공은 이방익이 동정호를 보았다는 것은 태호의 다른 이름인 동동정東洞庭을 보고는 착각을 일으킨 것으로 간주하였는데 박지원이 여러 내용과 관점에서 유득공의 글을 참고한 것으로 보인다.

박지원은 다른 글에서 이방익이 경험

박제가 | 朴齊家 (1750~1805)

18세기 후반기의 대표적인 조선 실학자. 호는 초정(楚亭). 양반 가문의 서자로 태어나 전통적인 양반 교육을 받기는 했으나 신분적인 제약으로 사회적인 차별 대우를 받았기 때문에 봉건적인 신분제도에 반대하는 선진적인 실학사상을 전개하였다. 그는 서울에서 연암 박지원을 스승으로 모시고 공부하였으므로 누구보다도 국내 상업과 외국 무역에 대한 이해가 깊었고 따라서 그의 사상도 당시 새로운 세력으로 부상하고 있던 도시 상공인의 입장을 대변하는 중기 실학, 이용후생학파와 시기를 같이 한다. [*]

유득공 | 柳得恭 (1748~1807)

조선 정조 때의 북학파 학자이자 '규장각(奎章閣) 4검서(檢書)'의 한 사람이다. 역사 방면에 뛰어난 저술을 남겼으며, 문학에도 뛰어나 한시사가(漢詩四家)의 한 사람으로 꼽힌다. 저술 가운데 『발해고』를 통해 발해의 역사적 중요성을 강조하며 '남북국시대론'의 효시를 이루었다. [*]

한 일에 큰 의미를 두고 다음과 같이 평가하였다.

> 이번에 이방익은 바다에 표류하여 민(복건성), 월(절강성)을 거쳐 왔지만 만 리 길이 전혀 막히지 않았다. 그래서 중국이 안정되고 조용하다는 사실을 증명해 보였고 우리나라 사람들의 선입관을 통쾌하게 깨뜨렸으니 그 공이 보통의 사신보다 훨씬 낫다고 할 수 있다. ─박지원, 『연암선생서간첩』

나. 「표해가」

최남선이 1914년에 발행한 『청춘』지 창간호에 '녯글 새맛' 이란 부제가 붙은 국한문 「표해가」 한 편이 실려 있는데 이방익이 쓴 것으로 확실하게 여겨지는 작품이다. 「표해가」는 국한문을 섞어 3 · 4 또는 4 · 4조의 운문으로 꾸민 장편가사이다.

「표해가」에서 이방익은 인간의 의지와 상관없이 바다에 내동댕이쳐져 목적지도 없고 정처도 없으며 죽음에 이를지도 모르는 극한상황을 군더더기 없이 축약된 시어로 읊었다. 바다를 떠돌다 수몰될 절망감을 넘어 당장 기갈로 인하여 목숨이 간당간당하는 긴급 상황을 그렸고 기적적인 일이 벌어져 기갈을 면한 장면을 간결하게 처리했다. 그는 팽호도에 표착하여 대만과 중국대륙을 거치면서도 언제 고국으로 돌아갈지, 어떤 노정으로 나아갈지 모르는 상황에 놓이게 되는데 고국에 돌아오기까지의 여정에서 중국의 문물 · 제도 · 풍속 · 인정 · 도중의 풍경과 고적 등에 대하여 사실적으로 묘사하면서 자신의 주관적인 판단을 삽입하고 제어할 수 없는 감흥을 솔직하게 썼다. 일인칭

李邦翼漂海日記
濟州人前忠壯將李邦翼爲覲其父於京師丙辰九
月二十日與五人同舟渡海遇西北風大作漂去四
日望見大島意謂日本境待泊之際又爲東北風所
驅向西南方十月初六日泊於中國福建省之澎湖
界官司問情轉送臺灣府又送厦門至福建省歷浙
江江南山東界至北京丁巳閏六月初四日渡鴨綠
江二十日入京師與父相見上命入侍詢狀除五衛
將續除全州中軍偕見其日記嚴州之子陵釣臺蘇

州之虎邱寺揚州之金山寺皆所歷覽且言望見洞
庭湖此卽東洞庭也又金山寺內有儒生千餘人校
書刊書云豈無可與言者耶好箇江山樓臺人物不
能發揮生色可恨然猶李邦翼稍識字能作日記說
甚風景濟州人常常漂入中國而歸問之但云江南
飯極好李邦翼父前五衛將光彬曾赴武擧渡海漂
至日本之長碕島自是番船所湊處市里繁華有醫
士延光彬至其家款待勸留光彬堅請歸國醫士引
入內室出妖嬌少娥使拜光彬曰吾家累千金無一

이방익 표해일기

으로 자신의 기행과정을 운율에 맞춰 서술하고 있는데 웅장한 필치와 시적 감흥이 돋보인다. 「표해가」는 서울 장안에서 오랫동안 대중적인 인기를 얻은 듯하다. 그 이유로는 생사에 얽힌 흥미진진한 사건, 새로운 풍물 소개, 실제로 밟아본 역사현장 등의 내용과 더불어 입으로 부르는 가사체라는 형식에도 크게 힘입었을 것이다. 그러나 제주에는 그다지 알려지지 않았다.

〈청춘본〉 「표해가」의 이본으로 보이는 작품이 몇 가지가 있다. 첫째는 이용기李用基가 펴낸 『악부』에 실린 「표해가」다. 이용기는 서울 출생으로 학문은 깊지 않으나 여러 선비들과 밀접하게 교유했던 사람이다. 특히 장안의 소문난 한량인 그는 뭇 기생들이 다 알 정도로 기생집을 드나들면서 기생들이 부르는 노래를 10여 년에 걸쳐 1,454곡이나 수집하였는데 그 중에 이방익의 「표해가」도 수록되어 있다. 그는 새로운 노래를 들을 때나 전에 들은 노래에도 새로운 가사가 보이면 그때마다 보수해서 완전한 노래의 채집을 위하여 정성을 들였다는

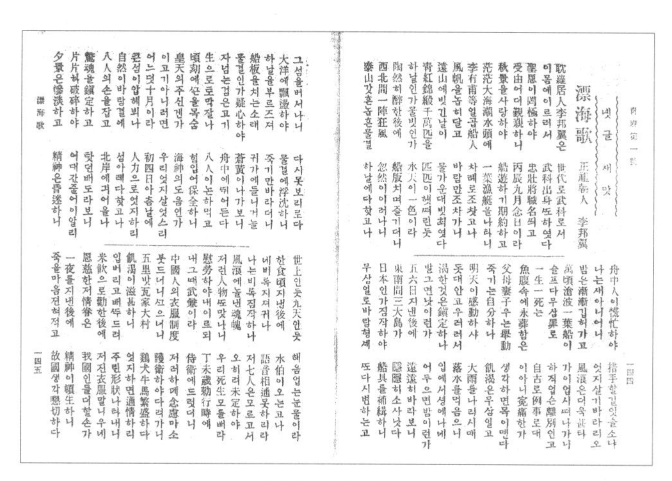

靑春第一號

넷글 새맛

漂海歌

正祖朝人 李邦翼

耽羅居人李邦翼은 世代로武科로서
이몸에이르러서 武科出身또하엿다
聖恩이罔極하야 忠壯將職名띄고
受由어더覲親하니 丙辰九月念日이라
秋景을사랑하야 船遊하기期約하고
茫茫大海潮水頭에 一葉漁艇놀나타니
李有甫等열곱船人 차례로조찻고나
風帆을놉히달고 바람만조차가니
遠山에빗긴날이 물가운대빗최엿다
靑紅錦緞千萬匹을 匹匹이헷쳐린듯
하날인가물빗인가 水天이一色이라
陶然히醉한後에 船版치며즐기더니
西北間一陣狂風 忽然이이러나니
泰山갓혼놉혼물결 하날에다핫고나

舟中人이慌忙하야 措手할길잇슬소나
나는새아니어니 엇지살기바라리오
밤은漸漸깁허가고 風浪은더욱甚타
萬頃滄波一葉船이 가이업시떠나가니
슬프다무삼罪로 하직업슨離別인고
一生一死는 自古로例事로대
魚腹속에永葬함은 이아니寃痛한가
父母妻子우는擧動 생각하면목이멘다
죽기는自分하나 飢渴은무삼일고
明天이感動하샤 大雨를나리시매
돗대안고우러러서 落水를먹음으니
渴한것은鎭定하나 입에서셩에나네
밝그면낫이런가 어두으면밤이런가
五六日지낸後에 遠遠히바라보니
東南間三大島가 隱隱히소사낫다
日本인가짐작하야 船具를補緝하니
무삼일로바람형세 또다시변하는고

一四四

그섬을버서나니 다시못보리로다
大洋에飄蕩하야 물결에浮沈하니
하날을부르즈져 죽기만바라더니
船板을치는소래 귀가에들니거늘
물결인가疑心하야 蒼黃이나가보니
자넘는검은고기 舟中에뛰어든다
生으로도막잘나 八人이논하먹고
頃刻에끈을목숨 힘입어保全하니
皇天의주신겐가 海神의도음인가
이고기아니러면 우리엇지살엇스리
어느덧十月이라 初四日아츰날에
큰섬이압헤뵈나 人力으로엇지하리
自然이바람결에 섬아래다핫고나
八人의손을잡고 北岸에긔어올나
驚魂을鎭定하고 탓던배도라보니
片片히破碎하야 어대간줄어이알리
夕景은慘淡하고 精神은昏迷하니

世上인듯九天인듯 해음업는눈물이라
한食頃지낸後에 水伯이오는고나
네비록지져귀나 語音相通못하리라
나는비록짐작하나 저七人은모르고서
風浪에놀낸魂魄 오히려未定하야
저런人物또맛나니 우리死生모를배라
慰勞하야내이르되 丁未歲勅行時에
내그때武兼이라 侍衛에드럿더니
中國人의衣服制度 저러하매念慮마소
붓드너니끄으너니 護衛하야다려가니
五里밧瓦家大村 鷄犬牛馬繁盛하다
飢渴이滋甚하니 엇지하면通情하리
입버리고배뚜드려 주린形狀나타내니
米飮으로勸한後에 저진衣服말니우네
恩慈한저情眷은 我國인들더할손가
一夜를지낸後에 精神이頓生하니
죽을마음전혀적고 故國생각懇切하다

漂海歌 一四五

표해가 (청춘 제1호)

데 그래서 완성한 책이 『악부』이다. 그가 1933년에 작고한 것으로 보아 이 책은 그 이전에 완성한 것인데 이은상李殷相이 보관하고 있다가 고려대학교에 기증한 것이다. 이 책에 실린 「표해가」의 내용은 〈청춘본〉과 대동소이하다. 이 책은 이방익의 「표해가」가 1930년대에도 엄연히 불리고 있었다는 사실을 말해준다.

「표해가」의 또 다른 이본은 『아악부가집』에 실린 글이다. 이는 원래 가람嘉藍 이병기李秉岐가 소장했던 것인데 서울대학교도서관 가람문고에 보관되어 있다. 미농괘지美濃罫紙에 철필로 썼으며 「표해가」 말미에 1934년 2월이라고 적혀 있다. 내용은 〈청춘본〉과 대동소이하다.

세 번째 이본은 북한 학자 고정옥과 김삼불이 주해하고 평양국립출판사에서 펴낸 『가사집』에 실린 글이다. 이는 남한에서 아직 가사에 관심을 두지 않던 1950년대에 쓴 가사집이어서 주목을 끌 만하다. 여기서의 「표해가」는 순 한글로 기록되어 있고 한글만으로 해석이 어려운 점을 감안하여 주해에서 한자를 병기했다.

亭나갈적에 玉佩는錚々 雲鞋은자각々々 五里亭當道하야
漢邊岩上에 酒案노코 憂然歎息 우름울제 배러도아드득쓰
더싹々비여너던지고 잔담이도부드득쓰더뷔여너터지고 버들天
로록기흩터 清溪水에 뒤리리고 無情歲月若流波을 날노두고한
말인가 二八青春이 너몸이 오날々리별하고 獨宿空房 웃지살가

44、漂海歌

耽羅居人 李邦翼은 世代로 武科로서 이몸에 이르러서 武科出
身仕하엿다 聖恩이 罔極하여아 忠壯將職名띄고 愛田에 더親
親하나 丙辰九月念日이라 秋景을 사랑하야 船遊하기 期約하고 茫々
大海潮水頭에 一葉漁艇 올나다니 李有甫等이 물船人 차례로王
찾고나 風帆을 놉히달고 바람만조차가니 遠山의 빗긴달이 물가
운데빗최엿다 青紅錦緞千万匹을 匹々이 헤쳐버린듯 하날인

표해가 (아악부가집)

위 4본의 「표해가」는 내용이 대동소이하지만 『청춘』지에 실린 글이 최초의 것이며 이방익이 썼다고 추정되는 원본과 같은 것이라 판단된다.

지금까지 발견된 「표해가」의 이본이 여럿이라는 것과 1797년의 사건이 백년이 넘도록 입에서 입으로, 또 기방에서까지 불리었다는 사실은 「표해가」의 대중적인 인기를 엿볼 수 있게 해준다.

다. 『표해록』

2011년 『漂海錄 單』이라는 겉표지를 한 책자 하나가 발견됐다. 이 책은 1968년에 서강대가 고서점 '통문관'에서 구입하였는데 겉표지는 한자이지만 속 글은 한글 정자체로 필사되었다. '탐나 북촌에 사는 이방악은'으로 시작되는 이 기록은 대부분 「표해가」의 내용과 겹치는데, 서사문인 만큼 총16,000자의 분량에 이른다. 「표해가」의 분량이 4,500자임을 감안하면 4배 정도의 분량이다. 한 연구자가 찾아낸 『표해록』은 이방익 연구, 나아가서 이방익의 작품 연구에 큰 도움이 된다.

이방익은 의주부윤 그리고 정조와의 대화과정에서도 자신의 표해과정 그리고 중국 견문에 관한 기억을 더듬어가면서 술회하였다. 이방익이 전주 중군으로 있을 때 박지원이 이방익에게 표류기록을 요청한 것으로 보아 이방익은 생환 직후 한글 『표해록』을 남겼다는 것을 짐작해볼 수 있다. 시기로 보면 「표해가」를 쓰기 전이다.

『표해록』은 애초에 이방익이 작성했다고 믿어지지만 〈서강대 본〉은 이방익의 필적이 아니라고 판단된다. 서두에 이방익을 '이방악'이라 표기한 점, 그리고 말미에 '부귀로 디내다가 년만셩죵ᄒᆞ니라.' 하여 제 3자의 사연을 전하는 방식을 취하고 있는 점으로 볼 때 그렇다. 또한 내용 중에 몇 군데 개칠(改漆, 한번 칠한 것을 다시 고쳐 칠함)한 흔적이 있는 것으로 볼 때 이방익 자신이 쓴 원본은 아니다. 그러나 기행과정의 세세한 기록과 솔직한 표현을 감안하면 이방익이 쓴 원본을 누군가 필사하고 첨삭했을 가능성이 있다.

당시의 시대적 상황에서는 모든 관변문서는 물론 개인적인 글짓기도 한문으로 이루어진 것이 일반적인 현상이었다. 특히 시조와 가사와 같은 운문과는 달리 서사문의 경우 한문형식이 독차지하였다. 영 · 정조 때 쏟아져 나온 국문소설이나 규방여인들이 쓴 일기를 제외하면 한글서사문은 거의 찾아보기 어렵다. 이에 비해 『표해록』은 한글 기행문이란 점에서 문학사적으로 독보적인 가치를 갖는다.

무인인 이방익은 한문은 사용했으나 문장에 능하지 않았다. 무인이라 한문을 체계적으로 배울 기회가 없었고 그래서 경험담을 한문으로 문자화하는 일이 불가능했을 것이다. 당시 선비들에게 이는 무식으로 치부되었다. 이런 상황에서 이방익은 자신의 기행체험을 순 한글로 남겼다. 또한 『표해록』에서 이방익은 호방하고 능란한 표현을 구사했는데 낱말의 선택과 언어 구사능력, 그리고 많은 경험과 많은 독서를 통하지 않으면 갖출 수 없는 이방익의 어휘력은 여느 문장가를 뺨칠 정도로 능수능란하다. 이 문장에 나오는 자음과 모음, 낱말의 뿌리와 어미語尾의 변화는 국어학사 연구에 크게 도움이 될 것이다. 이런 점에서 『표해록』은 한국문학사는 물론 국어학사에도 중요한 의미를 주는 것이다.

그 외에 1982년 『이방인표해록李邦仁漂海錄』이라는 제하의 두루마리 자료가 발견되었는데 이 자료는 이방익의 표류행적이 한글로 구전되어오던 이야기를 정화함鄭花答이 한역했다고 그 말미에 적혀있는데 글

빗ᄉᆞᆫ기별을편ᄃᆞᆺᄒᆞ니ᄇᆡ야흐로파ᄅᆞᆯ인이
즐겨ᄒᆞ더니홀연셔북간으로셔일진
광풍이이러나매태산ᄀᆞᆺᄐᆞᆫ믈결이
하ᄂᆞᆯ의다하시니쥬듕인이황망ᄒᆞ
여밋쳐손을놀니디못ᄒᆞ니아모리용
ᄆᆡᆼᄒᆞᆫ들어ᄉᆞ디살기을ᄇᆞ라리오졈졈
야심ᄒᆞ고풍낭은갈ᄉᆞ록흉심ᄒᆞ니
일엽어졈은ᄇᆞ람과믈결을조착
업시가나슬프다ᄎᆞ신이젼셩의무

표해록 원문

에서 보이는 이방익의 생년, 부친 이름, 충장위장이라는 직명 등에서 알 수 있듯이 '이방인'은 이방익의 오기임이 틀림없다. 그 원저자가 이방익인지는 알 길이 없으나 이방익의 표류담이 오랫동안 인구에 회자되어왔음을 짐작케 해준다.

라. 선행연구들

강전섭은 1981년 박지원의 『서이방익사』와 더불어 이방익의 「표해가」 전문全文을 소개하면서, 「표해가」는 생사의 갈림길에 놓여 있던 극한상황 하에서 작자의 절박한 심경이 여실히 표백되었다는 점에서 문장가인 연암 박지원에 의하여 한문 문장으로 대신 서술된 『서이방익사』와 서로 비교가 되지 않는 훌륭한 국문학 작품임을 주목해야 한다면서, 이방익이 문학적인 소양이 없어서 걸작으로까지 승화시키지는 못하였지만 우리말을 우리 글로 표현하여 우리 고유의 가사체에 의하여 장장 233구의 장편가사로 자신의 애환을 비교적 자유롭게 표현함으로써 성공적으로 작품화하였다는 사실을 우리는 높이 찬양해야만 될 것이라고 평하였다.

최강현은 「표해가」를 해양문학으로 이해하면서 망망한 대해에서 한 알의 좁쌀 같은 작은 배에 몸을 싣고 심한 폭풍우 속에서 빗물을 마시고 뱃바닥으로 뛰어 들어온 한 마리 고기로 연명하여 보름 동안의 사투 끝에 기적적으로 중국 남쪽의 팽호도에 표착하여 무사히 귀국하게 된 이방익의 관광노정을 소개하고 다른 한문 표해기록과 대비하고 있다. 또한 최강현은 학계에 알려지지 않은 구전자료 『이방인표해록』을 소개하면서 이방익에 대한 새로운 사실을 밝히고 있다.

「표해가」에 대한 연구는 이방익의 표류 이후 200여 년이 지난 1990년대 이후 활발히 진행되었는데 정재호는 1998년 발표한 논문에서 이방익이 중국의 문화, 중국의 인물 풍속을 경이의 눈으로 보고 있으며 중국의 고사와 명승지에 관심을 보일 만큼 상당한 교양을 갖췄으며 가사의 표현기법이 매우 능란하다고 칭찬하고 있다. 그는 이방익이 개인적 기질, 세계인식, 창작능력에 있어 독특한 서술적 특성을 보여주고 있다고 하면서 이방익이 중국인에게 호의적이고 남방음식을 찬양하고 있으며 여인의 모습을 자세하게 묘사하고 있다고 추켜올렸다.

최두식은 2002년에 발표한 논문 「표해기록의 가사화 과정」에서 특히 이방익의 「표해가」를 다루면서 표해의 기록은 문장 전체에 비하여 매우 짧고 표해가 본연의 '바다' 의미는 퇴색해 버리기 때문에 차라리 '대륙유람가'가 표제로 어울릴 정도라고 지적했다. 그는 이방익의 「표해가」가 표해록의 한계를 극복한 개방적이며 대중적 시가 예술로 발전할 수 있는 문학양식이라고 극찬하고 있다.

성무경은 2003년에 발표한 논문 「탐라거인 이방익의 표해가」에서 「표해가」, 『서이방익사』, 『조선왕조실록』 및 『승정원일기』를 비교검토하고 특히 이방익의 표류기점에 대한 논란을 언급하면서 이방익이 서울에 있는 아버지를 뵈러 제주를 떠나다 표류했다는 박지원의 주장에 손을 들어주었다. 또 그는 이방익이 이미 한문학적 소양과는 체질적으로 멀었었지만 기행과 체험의 감상을 가사라는 양식에 담아내던 관습적 전통에 충분히 익숙해 있었고 자신의 감흥을 아울러 전하기 위해서는 가사라는 기존 문학양식을 채택하는 것이 자연스러웠을 것이라고 지적하고 있다.

김윤희는 2008년에 발표한 논문 「〈표해가〉의 형상화 양상과 문학사적 의의」 그리고 2012년의 논문 「18세기 후반 기행가사, 〈표해가〉의 문학적 형상화 양상」에서 「표해가」가 화자의 자긍심과 결합하여 과장이나 나열 등과 같이 다양한 문학적 수사를 통해 심미적으로 구현되고 있고 또한 사행가사(使行歌詞, 왕명으로 다른 나라에 다녀온 외교 사절들의 해외 체험을 다룬 가사)와는 달리 역동적 고난 과정의 묘사와 긴장감, 이후에 극대화되는 흥취의 현장 등이 생생하게 재현되고 있다는 점을 높이 샀으며 객관적 서사를 기본으로 진행하되 중간 중간 서정적 요소를 배치함으로써 가사문학으로서의 미학을 구현하고 있다고 보았다.

백순철은 2012년에 발표한 논문 「이방익의 〈표해가〉에 나타난 표류체험의 양상과 바다의 표상적 의미」에서 『서이방익사』와 「표해가」를 대조해 보면서 역사, 지리, 문학 정보를 담은 문화적 텍스트로서 상호보완적 관계에 있음을 확인하고 그 활용의 긴요함을 강조했으며, 작품 내부에서 나타나는 작자 의식을 '표해 체험, 표류인으로서의 자기 발견' 과 '이국 체험, 국제인으로서의 자기 변화' 라는 두 가지 측면에 초점을 맞췄다고 평했다.

3. 탐라거인 이방익

탐라거인(耽羅居人, 탐라에 살고 있는 사람) 이방익!

이방익은 「표해가」의 서두에서 자기 자신을 이렇게 드러내고 있다. 중앙의 높은 관직을 역임한 사람임에도 자신이 태어나 자란 곳을 제주濟州 또는 제주도濟州島라 표현하지 않았다. 먼 옛날 당당한 국가로 천수 백 년을 군림했던 탐라를 내세우고 있는 것이다. 탐라는 그가 태어난 곳의 자존심이며 참모습이다.

바다에서 표류하여 중국을 거쳐 9개월 만에 생환한 이방익을 접한 연암도 이방익의 기개를 존중하여 우선 탐라의 역사를 짚어보고 있다. 연암은 "제주는 옛날의 탐라입니다"로 서두를 꺼낸다. 그는 탐모라耽牟羅, 섭라涉羅, 담라澹羅 등 역사적 사실을 적시하면서, "살피건대 이는 다 탐라를 지칭합니다. 동국 방언에 도島를 섬剡이라 하고 국國을 나라羅羅라 했는데 탐耽, 섭涉, 담澹 세 음은 모두 섬과 비슷하여 섬나라라는 뜻입니다"라고 했고 또 다른 이름으로 탁라乇羅 또는 탐부라耽浮羅를 언급하고 있다.

『북사北史』(당나라 때 이연수李延壽가 남북조 및 수나라 역사를 기록한 책)에 의하면 탐라는 보물인 가珂를 고구려를 통하여 북위北魏에 수출했는데 선무제宣武帝 때(504년)에 백제의 견제로 무역이 중단된 사실이 있다. 가珂와 관련해서는 여러 설이 있는데 조개껍질로 제작된 말 재갈 장식품이며 중국의 고관들이 말에다 장식하는 귀중품이라는 설이 유력하다. 또 박지원은 백제가 당나라에 멸망한 직후인 용삭龍朔 원년(661년)에 탐라왕 유리도라儒理都羅가 당나라에 사신을 보내 조공을 바치면서 외교관계를 맺은 사실을 언급했다.

제주도는 대한민국의 부속도서로 한반도 남쪽 바다에 위치한 1,800㎢의 작은 섬이다. 제주도에서 눈겨냥을 해보면 한반도의 완도莞島가 90km, 일본의 후쿠오카가 350km, 중국의 상해가 530km, 대만이 1,400km 떨어져 있다. 제주도가 절해고도의 섬이라지만 바다의 눈으로 보면 이들 지역이 제주도를 두른 변두리라 할 수 있다.

탐라국의 건국과 관련된 신화인 삼성신화三姓神話는 고려 말에 썼다고 여겨지는 작자 미상의 『영주지瀛洲誌』, 『고려사』, 『세종실록』 등에 실려 있는데 그 내용은 대동소이하다. 『영주지』에 의하면 태초에 한라산 북록에 고을나高乙那 · 양을나良乙那 · 부을나夫乙那 삼신인三神人이 모흥혈毛興穴이라는 땅속에서 솟아났는데 이들은 키가 심히 크고 도량이 관활寬豁하여 이 세상 사람 같지 않았으며 가죽옷을 입고 육식을 했으며 사냥을 일삼았다. 삼신인은 동해 벽랑국(碧浪國, 어떤 책에는 일본국)에서 표류해온 세 처녀를 맞아 결혼하고 땅을 삼도三徒로 나누어 다스렸다고 한다.

위의 내용은 신화이지만 고 · 양 · 부 삼인이 탐라라는 왕국을 세워 일천여 년 동안 다스려온 것은 역사적 사실이다. 탐라국은 예로부터 엄연한 독립왕국으로 동북아 여러 국가와 국제적 활동을 전개해온 해양국가로 한국의 문헌뿐만 아니라 중국과 일본의 사서에서도 다루어져 왔다. 탐라국은 외교의 필요상 한때 백제, 신라 또는 일본에 조공을 한 일도 있었지만 나중에 고려에 복속되기까지 국가로서의 정체성을 유지하고 있었다. 고려와 몽고가 지배권을 가질 때에도 왕위(왕 또는 성주(星主))는 유지하고 있었으나 조선조 태종 때(1402년)에 이르러 완전히 조선의 영토로 편입되었다.

탐라 사람들은 어디서 왔는가? 수천 년 전부터 살아왔던 원주민 또는 중국, 일본, 동남아지역에서 이주한 사람들도 있었지만 아무래도 주류를 이루는 사람들은 한반도와 그 이북에서 이주해온 사람들일 것이다. 고 · 양 · 부 삼신인이 거대한 몸집을 가지고 있었다는 점으로 볼 때 탐라의 지배계층은 북방민족 즉 동이족이었을 것으로 추정되며 그들은 난리를 피하여 또는 이상향을 찾아서 탐라에 건너왔을 것이다.

이방익은 성주星州 이씨의 후손으로 1757년(영조 33) 제주목 좌면 북촌리에서 태어났다. 북촌리는 그 이름에서 알 수 있듯이 제주도의 북변에 위치하며 제주항에서 동쪽으로 40리가량 떨어진 곳이다. 비교적 평탄한 지역으로 기후가 온화하다. 한 마장 앞에 다려도라는 길쭉한 섬이 있는데 무인도인 이 섬 주변이 온통 여(암초)로 구성되어 있어서 해초, 전복을 비롯해서 온갖 어족자원이 풍부하다. 그래서 그런지 북촌리는 인심이 넉넉하고 평화로운 마을이다.

북촌리 성주 이씨 입도조入島祖 이성우李星宇는 고려말 문장가인 이조년李兆年의 후예다. 이조년은 〈다정가〉로 잘 알려져 우리에게 너무나 익숙한 인물이다. 이조년의 일가인 도은陶隱 이숭인李崇仁은 이성계가 역성혁명을 일으켜 고려를 무너뜨리려 할 때 반대하고 견제했던 사람으로 정도전의 갖은 회유에도 불구하고 불사이군不事二君을 내세우며 조선 건국에 반대하다 목숨을 잃었다. 조선 초기 성주 이씨 자손들은 이숭인에 연좌되어 갖은 핍박을 받았기 때문에 도망하여 뿔뿔이

흩어졌다. 그 중의 한 사람인 이성우가 이곳 제주 북촌리에 숨어들어 은거하였기에 무덤조차도 남기지 않았다고 한다.

이방익의 (양)조부 이정무李廷茂(1702-1786)는 일찍이 무과에 등과하여 제주 명월진 만호로 있었다. 조선시대 제주에는 변방을 지키는 군사조직으로 9진(화북진, 조천진, 별방진, 수산진, 서귀진, 모슬진, 차귀진, 명월진, 애월진)을 두었는데 종9품의 조방장이 우두머리였지만 영조 때부터는 명월진에 종4품의 만호가 책임자였다. 이정무는 다시 중앙에 진출하여 오위장의 직에 있었다.

1776년 영조가 승하하자 이정무는 75세의 고령에도 불구하고 아들 광빈을 비롯한 50여 명을 이끌고 상경하여 대궐에서 조곡하고 다시 능소에 가서 그가 손수 지은 달고사達告辭를 읊었다. 달고사는 장지에서 시신을 매장한 후 땅을 다지면서 읊는 소리다. 제주 사람들의 애곡소리는 서울 사람들의 심금을 울리게 했다고 한다. 이 달고사는 현재 북촌 성주 이씨 문중에 보관되어 있다. 이정무는 정조 10년(1786년) 노인직 통정대부를 제수 받았고 그해 85세로 세상을 하직하였다. 이방익의 아버지 이광빈李光彬(1734-1801)은 일찍이 무과에 등과했고 만경현령을 거쳐 오위장을 지냈다. 그런데 이광빈은 젊은 시절 과거보러 제주를 떠나 육지로 가던 중 일본의 장기도에 표류한 일이 있었다. 그곳의 재력가인 의사 한 사람이 광빈을 집에 초청하여 일본에 머물기를 간청하였다. 그 의사는 예쁘장한 어린 딸을 인사시키면서 자신의 사위가 된다면 그가 소유한 천금의 재산이 곧 광빈의 차지가 될 것이라고 유혹했다. 그때 광빈은 언성을 높여 말하였다.

"제 부모의 나라를 버리고 재물을 탐내고 여색에 연연해서 다른 나라 사람이 된다면 이는 개돼지만도 못한 자이다. 더구나 나는 내 나라에 돌아가면 과거에 급제하여 부귀를 누릴 수 있는데, 하필이면 그대의 재물과 딸을 탐내겠는가?"

이에 유득공은 이광빈은 비록 섬 속의 무인이지만 의젓하여 남아의 기품이 있었다고 치하한다.

또한 표류, 표착이 드문 일이 아니었던 제주섬이지만 아버지 이광빈에 이어 아들인 이방익도 표류를 경험했으니 이는 희귀한 경우라 할 만하다.

이광빈이 서울의 관직에 있을 때 아버지 이정무의 병이 위중하다는 전갈을 받고 휴가를 얻어 고향 제주로 내려와 자신의 손가락을 끊어 아버지의 입에 흘려 넣어 회생시킨 일이 있다. 정신을 가다듬은 아버지가 효보다 충이 중요하다며 아들을 즉시 임금 곁으로 쫓아 보냈다는 일화가 자손들에게 전해진다.

정조 8년(1784년)에 이방익은 28세의 나이로 숙부인 이광수 그리고 김종보, 부사민과 더불어 상경하여 무과에 응시하여 등과했다. 이광수는 명월진 만호를 지냈다. 이방익은 1786년 수문장을 거쳐 이듬해에는 무겸선전관(武兼宣傳官, 임금을 지근거리에서 호위하며 왕명을 출납하는 무관)에 올랐으며 정조 15년에는 35세 나이로 임금의 원자 돌을 맞아 행하는 활쏘기 대회에서 수석을 차지하여 충장위장(임금이 옥좌로 자리를 옮기거나 궐내에서 거동하거나 종묘대제를 지낼 때 밀착 경호하는 무관직으로 정3품 또는 종2품이 임명되었으며 오위장보다는 한 품계 낮다)으로 임명되었다. 그의 동생 이방윤李邦潤도 무과에 급제하여 명월포 만호를 지냈다.

권불십년權不十年이라는 말이 있듯이 관직을 얻어 권세를 부리는 일이 으레 오래갈 수 없게 마련인데 이방익의 일가가 삼대에 걸쳐 임금을 호위하고 궁궐을 지키는 고위관직을 유지해 왔다는 사실은 고금에 없는 특이한 경우라 할 수 있다. 그것도 중앙에서 멸시하고 천대하던 변방 사람이 대를 이어 임금을 지근거리에서 호위해 왔다는 사실은 첫째로 그들의 인품이 뛰어나며 자녀교육에 있어서도 타의 모범이 되었음을 짐작할 수 있으며, 둘째 그들이 충성심이 강하며 조정 대신들과의 사이에 신망이 두터우며 정도를 걸어왔다는 것을 알 수 있다. 또한 제주 출신으로 입신출세할 경우 중앙이나 육지의 일각에 머물며 거기에 뿌리를 내리기가 일쑤인데 이방익의 가계는 조부로부터 시작하여 벼슬을 놓으면 고향을 찾아와 고향에 뼈를 묻는 애향심이 있음을 보게 된다.

이방익은 표류하여 돌아온 후 오위장 겸 전주 중군에 임명되었으나 오래지 않아 그 직을 사임하고 고향 제주로 돌아왔다. 정조가 1800년에 죽는 바람에 교체되었는지 오랜 여독으로 신병이 있어 스스로 물러났는지 알 도리가 없다. 1801년 6월에 아버지가 세상을 떠났고 방익은 두 달 후 그해 8월에 세상을 버렸다. 그는 전주에서 중군으로 있을 때 중국을 편답하면서 쓴 일기장 3권을 참조하여 한글 서사기행문 『표해록』을 쓴 것으로 보이며 제주에 돌아와 머물며 국한문 기행가사 「표해가」를 완성했다. 이방익은 슬하에 두 아들을 두었다.

4. 이방익의 표류 및 송환경로

가. 표류기점 논쟁

이방익은 1796년 9월 20일 제주 연해에서 배를 탔다가 풍랑을 만나 표류하게 되는데 그 표류기점이 문헌마다 다르게 나타나고 있다. 『표해록』 및 「표해가」에서는 이방익이 어디서 떠나 어디로 가다가 어느 지점에서 표류했는지 여로에 대한 언급이 없이 다만 고깃배에 올라타서 선판을 두드리며 즐기고 있다가 광풍을 만난 것으로 기록하고 있다.

> 탐라 북촌리에 사는 나 이방익은 몇 세대에 걸쳐 무과에 급제한 집안 출신으로 충장위장을 지냈는데 휴가를 얻어 집에 돌아왔으니 가경원년 병진 9월 20일이었다. 나는 이유보 등 7인과 더불어 추경을 즐기고자 저녁 조수에 어정을 타고 동남으로 향하여 돛을 높이 달고 잔잔한 바람을 좇아가고 있었다. 석양은 원산에 비치고 물빛은 비단을 펴놓은 듯하여 바야흐로 8인이 즐겁게 놀고 있었다. 그때 홀연 서북간에서 일진광풍이 일어나면서 태산 같은 물결이 하늘에 닿았으니 배에 탄 사람들이 황망하여 미처 손을 놀리지 못했는바 아무

리 용맹한들 어찌 살기를 바라리오. 점점 야심하고 풍랑은 갈수록 흉심하니 일엽어정은 바람과 물결을 좇아 가없이 흘러간다. ―이방익, 『표해록』

秋景을 사랑하야 船遊하기 期約하고
茫茫大海 潮水頭에 一葉漁艇 올나타니
李有甫 등 일곱 船人 차례로 조찻고나
風帆을 놉히 달고 바람만 조차가니
遠山에 빗긴 날이 물 가운대 빗최엿다
青紅錦緞 千萬匹을 匹匹이 혯떠린 듯
하날인가 물빗인가 水天이 一色이라
陶然히 醉한 後에 船板치며 즐기더니
―이방익, 「표해가」

박지원은 『서이방익사』에서 '이방익이 자신의 부친을 뵙고자 (제주에서) 배를 타고 서울로 향했다' (將覲其父於京師)고 썼고 본서 말미에 탐라에서 전라도 강진까지의 항로를 언급하고 있다. 그러나 강전섭은 연암의 문장이 잘못된 것으로 '서울에서 휴가를 얻어 아버지를 뵈러 제주로 갔다' (得受由於京師 欲覲其父而歸于濟州)로 기술했어야 옳았을 것이라고 주장하고 있다. 최강현도 이방익이 충장장으로 서울에 있다가 고향인 제주에 있는 부모님을 뵈러 간 것으로 판단하고 있다. 성무경은 박지원이 임금에게 올리는 글의 표현이 잘못될 수만은 없으며 이방익이 당시 비번으로 제주에 내려와 있었다고 볼 수 있지 않은가 하며 박지원의 상경설을 두둔하고 있다.

『승정원일기』에는 제주에 머물고 있던 이방익이 서울에 있던 아버지 이광빈을 찾아뵈러 제주에서 배를 타고 서울로 향하다가 표류하게 되었다고 기술되어 있다. 이는 이방익이 서울에 도착한 다음날(1797 윤6.21) 정조를 만나 구술한 사실을 승정원의 승지가 기록한 것인데 박지원이 이 『승정원일기』를 참조했을 것이다.

> 신의 아비인 전 오위장 이광빈이 서울에 있었기 때문에 찾아뵈려고 지난 해 9월에 배를 띄워 서울로 올라오다가 바다 한가운데서 갑자기 서북풍을 만나 어디로 가는지도 모르고 표류하게 되었습니다.
> —『승정원일기』

위 두 편의 글에서는 아버지가 서울에 머물러 있고 이방익이 아버지를 찾아뵈러 제주에서 배를 탄 것으로 되어 있다. 이 두 자료에서는 공직에 있을 뿐만 아니라 임금을 지근거리에서 호위하는 충장위장 이방익이 무슨 일로 고향 제주에 머물다가 아버지를 만나러 서울로 갔는가 하는 점이 풀리지 않는다.

그러나 이방익은 의주에 도착하여 처음 만난 의주부윤 심진현에게 다음과 같이 말한다.

> 저는 제주목 좌면 우도에 죽은 어미를 완장할 산지를 정하기 위하여 지난 해 9월 20일 같은 마을에 사는 이은성, 김대성, 윤성임, 재종제(再從弟)인 이방언, 사환인 김대옥, 임성주, 선주인 이유보 등 7인과 더불어 무리를 지어 한편으로 산지를 보고 한편으로 가을 경치를 즐기려고 우도로 향했습니다. 우도는 바로 본주에서 수로로 50리입니다. 조반을 먹은 후에 배를 띄워 우도에 가까워질 무렵 동북풍이 갑자기 불어 배를 제어하지 못하고 대양에 표류해 들어가 아무도 갈

곳을 몰랐습니다. ―『일성록』

이방익은 휴가를 얻어 제주로 내려왔다. 당시 아버지는 서울에 있었고 이방익은 우도에 묻혀있는 어머니 산소를 이장할 산지를 찾을 목적으로 작은 배를 빌려 타고 우도로 향했다. 선장은 이유보李有甫였고 『일성록』에 의하면 동승자들은 북촌리 주민 이은성李恩成 · 김대성金大成 · 윤성임尹成任 · 이방언李邦彦(이방익의 6촌동생), 이방익 장군을 수행한 사환(군졸) 김대옥金大玉 · 임성주任成柱 등이다.

이방익이 우도에 다녀오다가 풍랑을 만나 표류한 사실은 이방익이 의주에서 돌아올 즈음 그의 아버지 이광빈이 방익에게 보낸 편지에서 더 확실하게 드러난다.

"네 아이가 보낸 편지를 12월에나 보았는데 네가 9월 20일 우도에 갔다가 풍랑을 만나 어디 간 줄 모를 뿐만 아니라 두 달이 지나도 소식을 모르니 그 사이 사생존망을 알 수가 없다는 것이었다. 남이라도 이런 일을 들으면 놀랄 일인데 부자지간의 그 마음은 어떨까 싶다. 날마다 일월을 향하여 네가 살아 돌아와서 상면하기를 축수했는데 하늘이 도우사 네가 무사히 돌아왔다는 소문을 의주 파발 편에 듣게 되니 이 기쁨을 어찌 측량하리오. 또 7인이 더불어 온다 하니 기쁜 말을 각각에게 전하라." ―『표해록』

우도牛島는 북촌에서 동남쪽으로 50리길이지만 성산포에서 북동쪽으로 10리 떨어진 면적 6㎢의 작은 섬이다. 왜구의 출몰이 잦아서 사람이 살지 못했는데 1679년(숙종 23)에 제주 목사 유한명柳漢明이 150여 필의 말을 방목하고 목자와 그 가족들을 입주시키면서 사람들

1702년 제주목사 이형상이 화공 김남길을 시켜 제작한 기록화첩인 '탐라순력도' 에 그려진 우도(우도점마)

이 살게 되었다. 『제주읍지』에 의하면 정조 대에 말의 수가 275필이었으며 1인의 마감馬監과 14명의 목자가 있었다고 한다. 1842년(헌종 8)에 들어 목장이 폐쇄되고 농사를 짓기 시작하였다.

이방익의 어머니 안씨는 국마목장 2소장이 속한 선흘리 마감의 딸로 북촌리 이광빈에게 출가했다. 이광빈이 둘째 부인과 서울에 머물렀고 안씨 부인은 자식들을 키우며 제주에 머물렀는데 이방익마저 과거에 급제하여 상경하는 바람에 친정식구가 목장을 경영하는 우도로 건너가 몸을 의탁했었다. 안씨는 우도에서 세상을 떠났고 우도에 묻혔다. 이방익은 가묘상태에 있는 어머니 장지를 옮기기 위하여 우도에 다니러간 것으로 추정된다. 성산포와 우도 사이의 해협은 풍랑이 험난하기로 유명하다.

이방익이 표류를 시작한 지점과 시간이 『일성록』 그리고 다른 문서들에 달리 표기되어 있다. 『일성록』에 의하면 '조반을 먹은 후에 배를 띄워 우도에 가까워질 무렵 동북풍이 갑자기 불어' 표류했다고 쓰고 있으나 『표해록』에는 '저녁 조수에 어정을 타고' 가던 중에 일진광풍을 만났다고 했고 「표해가」에는 그 시간대를 '조수두潮水頭'라 했고 작자미상의 『이방인표해록』에는 포시(晡時, 오후 3-4시)에 표류를 시작했다고 기록되어 있다.

이들 기록을 종합해보면 이방익 일행이 조반을 끝내고 우도로 향하여 가던 길이라기보다는 오후에 우도에서 북촌리로 돌아오던 길에 풍랑을 만나 표류한 것으로 짐작할 수 있다. 그들이 일도 보기 전에 오전부터 뱃전을 두드리며 놀았을 리 없기 때문이다. 조수두(밀물 때)에 일엽어정에 올랐다고 하였는데 음9월 20일경에는 만조가 오후 1-3시인 점을 감안하면 이방익 일행은 북촌리에서 조반을 먹고 나서 배를 타고 우도로 향했고 우도에서 일을 마친 후 밀물 때에 승선하여 북촌으로 돌아오면서 추경을 즐긴 것이라 생각된다.

위의 사실을 재구성하면 8인이 이른 조반을 먹고 배를 탔고 동남쪽에 있는 우도를 향하여 50리 바닷길을 달렸고 배는 가을에 부는 북서풍에 밀려 순풍에 돛단 듯 순식간에 우도에 도착했을 것이다. 그들은 장지를 살피고 어차피 겸사하여 유람삼아 떠난 길이라 오후 2-3시경에 다시 바다로 나왔으며 3-4시경에 풍랑을 만났을 것이다.

나. 표해의 기억

이방익과 동승자들은 우도에서 북촌리를 향하여 배를 저어오고 있었다. 배에는 묘제를 지낸 음식이 실려 있었다. 그들은 석양에 비쳐 아름답게 빛나는 한라산의 경치에 취하고 청홍색 비단처럼 바다에 펼쳐진 물빛에 취하고 술에 만취하여 선판을 두드리며 놀고 있었다. 그때 서북풍이 몰아쳤다. 제주도는 계절풍 지대라 봄부터 초가을에는 마파람(남풍 계열의 바람)이 불고 늦가을부터 초봄에는 하늬바람(북풍 계열의 바람)이 분다. 서북풍이라 해도 가을에는 잔잔한 바람이 불지만 어느 때 돌풍으로 변할지 예측하기 어려운 것이 제주도의 바람이다. 배는 바람을 거슬러 북서쪽으로 움직이고 있었다.

> 西北間 一陣狂風 忽然이 이러나니
> 泰山갓흔 놉흔 물결 하날에 다핫고나
> 舟中人이 慌忙하여 措手할 길 잇슬소냐
> 나는 새 아니어니 어찌 살기 바라리오
> 밤은 漸漸 깁허가고 風浪은 더욱 甚타
> 萬頃蒼波 一葉船이 가이업시 떠나가니
> 슬프다 무삼 罪로 하직업슨 離別인고
> 一生一死는 自古로 例事로대
> 魚腹속애 永葬함은 이 아니 寃痛한가
> 父母妻子 우는 擧動 생각하면 목이 멘다
> 죽기는 自分하나 飢渴은 무삼 일고
> —「표해가」

그들이 탄 배는 어떤 배인가? 「표해가」에서는 일엽어정이라 하여 작은 고기잡이배를 탔다고 했으니 그야말로 큰 풍랑을 만나면 아무 대책이 없는 일엽편주를 타고 놀았고 당장 먹고 마실 것 외에는 비축한 식량이 없었고 그나마의 음식도 배가 출렁거릴 때 엎어지고 쏟아졌을 것이다. 이방익 일행은 술에 취하여 뱃전을 두드리며 정신없이 놀다가 일진광풍으로 성난 파도가 하늘에 닿은 듯 배는 하늘로 솟다가 깊은 못에 빠지는 듯 요동치니 부지불식간에 당한 일이라 어떻게 손쓸 수도 없는 형편이었다. 일진광풍과 거센 파도로 돛은 갈기갈기 찢겨 날아가 버렸을 것이고 노도, 키도 부러지거나 사라졌고 상앗대 그리고 닻도 떠내려갔으니 일엽편주는 바람 따라 물결 따라 방향도 없이 정처도 없이 흘러갈 수밖에 없는 처지에 이르렀다.

배는 망망대해에 떠도는 가랑잎같이 바람에 따라 방향도 없이 이리저리 흔들거리며 제주도를 벗어나고 마라도를 비껴 넓은 바다로 흘러간다. 인간의 힘으로는 방향을 돌릴 수도 없고 배의 속도를 조절할 수도 없고 정지시킬 수도 없이 바람 부는 대로 내버려둘 수밖에 없다. 배는 풍랑에 따라 출렁거리고 요동치고 하늘 높이 솟았다가 지옥으로 떨어지듯 곤두박질하며 세상과는 점점 멀어져간다. 마른 바람은 제멋대로 잠잠하다가 세차게 불고 비 한 방울 내려주지 않는다. 파도가 들이치니 배 안에 물이 괴는 것은 일상사라 뱃사람들이 고작 손놀림을 할 수 있는 것은 배에 찬 물을 퍼내는 일뿐이다. 뱃전을 때리고 솟구치는 파도로 바닷물이 사람들의 옷을 적시는 통에 늦가을 추위에 축축한 옷으로 말미암아 더욱 한기가 느껴진다. 햇볕과 바람에 말려도 쩐 내 나는 옷은 벗을 수도 입을 수도 없다. 밤이 되면 칠흑 같은 암흑 속에 물고기 우는 소리가 괴괴하고 가끔 천둥치는 소리가 요란하고 멀리서 귀곡성이 들리는 듯하다. 그래도 그믐달과 초승달이 비치고 총총한 별들이 하늘을 수놓을 때는 여기가 고향인가 착각을 일으키게 하지만 잠이 들면 영원히 잠에 빠져 내일의 태양을 보기는커녕 용왕님 전에서나 깨어날 것 같다.

죽을 수밖에 없는 최악의 상황에서 이방익은 아버지와 처자식을 떠올렸고 그들이 슬피 우는 모습을 상상하면서 목이 메었다. 이방익 일행은 배가 파도에 휩쓸리거나 파선하여 물에 빠져 죽기보다 기갈과 굶주림으로 죽을 처지에 놓여 있었다. 이미 그들은 삶을 포기한, 자포자기의 상태에 놓인 것이다.

장한철 | 張漢喆

조선 후기의 문신이다. 제주도 사람으로 대과를 보기 위해 배를 타고 서울로 올라가다가 풍랑으로 류쿠제도에 표착하였으며, 후에 그 경험을 담은 『표해록』을 저술하였다. [*]

그래도 다행인 것은 제주도 최남단 마라도 남쪽 140km 이어도쯤의 위도를 벗어나면서부터는 배가 바람에 밀려 흘러갈 뿐 몹시 기울거나 전복되지 않는 것이다. 일찍이 **장한철**이 간파했듯이 전라도에서 제주까지의 해저에는 천봉만학千峯萬壑이 드리워져 있어 해저의 높낮이에 따라 바다 위에 풍파가 일어나지만 제주 남쪽의 바다 즉 이어도 이남의 동중국해는 해저가 평탄하고 완만한 수심 100-200m의 대륙붕지역이라 심한 파랑은 일어나지 않는다. 따라서 이방익 일행을 실은 일엽편주가 16일간 밤낮으로 흘러가면서도 뒤엎어지지 않고 파선되지 않았던 것이다.

또한 거기에는 고대로부터 내려온 탐라 배의 특징이 두드러져 가능했던 것이다. 탐라의 배는 아주 옛날부터 두껍고 평탄한 저판을 밑에 깔고 물에 찰랑거릴 정도의 높지 않은 외판을 붙이고 가로로 가름대를 설치하고 그 위에 앞뒤로 선판을 까는 평저선(平底船, 배 밑이 평탄한 구조인 우리나라의 재래식 배) 구조였다. 따라서 암벽이 많은 포구에 대기가 쉽고 사람과 짐을 태우기에 편리하며 특히 웬만한 풍랑

덕판배

한반도와 제주, 제주와 일본을 연결하는 연륙선 진상품을 올리는 신상선으로 사용했던 목판배. [*]

최부 | 崔溥 (1454~1504)

조선시대의 문신. 1487년 추쇄경차관으로 제주에 갔으나 이듬해 부친상을 당해 돌아오던 중 풍랑으로 중국 저장성 낭보부에 표류했다. 반년 만에 한양에 돌아와 왕명을 받고 『표해록』을 썼다. 그는 수차(水車 : 踏車)의 제작과 이용법을 배워와 후일 충청도 지방의 가뭄 때 큰 도움을 주었다. 1504년 갑자사화 때 참형을 당했다. [*]

에는 뒤뚱거리거나 엎어지지 않았다. 탐라의 배들은 한때 한 배에 20-30마리의 말을 육지로 실어 나르기도 하였다. 말을 운반하던 배가 훗날 그 규모가 작아지면서 **덕판배**라는 제주 고유의 배로 정착되었다. 아마도 표류하던 전후사정을 고려할 때 이방익이 탄 배는 덕판배의 일종이었을 것이다.

그들이 수천 리를 흘러가면서도 구사일생으로 살아남은 것은 기적이다. 또한 그들 모두가 16일간 표류하면서 기갈이나 굶주림으로 죽지 않은 것 또한 기적이다. 그들은 망망대해를 표류하면서 죽는 것보다 당장에 닥친 기갈과 굶주림으로 고통을 받아야 했다.

최부崔溥의 경우 영파에 이르기까지의 14일간은 배에 어느 정도의 식량이 남아 있고 취사시설이 있어 밥을 해먹을 수 있었고 취로(取露, 액체를 증류하여 그 김을 받음) 시설까지 준비되어 있어 바닷물을 끓여 수증기를 만들 수 있었다. 최부 자신이 말했듯이 제주 목사가 만들어준 배는 워낙 크고 튼튼해서 격랑 속에서도 부서지지 않았다. 최부는 동승자들의 끊임없는 반발에도 불구하고 언젠가 배가 육지에 다다를 수 있다는 희망의 끈을 놓지 않았는데 우선 식수와 식량이 있었기 때문이었을 것이다. 최부는 제주 추쇄경차관으로 복무하던 중 부친상을 당하여 1488년 귀경하던 중 일행 43명이 표류하여 중국에 표착하고 북경을 거쳐 송환되었다. 그는 한문 『표해록』을 썼다.

장한철은 노어도 근해에서 조난을 당하여 표류하다가 처음 류쿠열도의 무인도인 호산도에 우연히 닿기까지 4일간은 준비된 식량도 있었고 마침 비가 내려 물도 받아 마실 수 있었다. 장한철은 표류할 때의 상황을 '이 세상과 멀리 떨어져 있고 머리를 들어봐야 보이는 것은 하늘뿐이오, 바다는 가이없이 멀고 넓으며 바다에 있으니, 눈에 보이는 것이라곤 바다와 하늘이 서로 꿈틀거리는 것이오, 귀에 들리는 것이라고는 바닷고기의 소름끼치는 소리뿐이었으며 성난 물결은 부딪쳐 으르렁대고 있었다' 고 썼다. 이런 상황에서 장한철은 막연한 불안감은 있었지만 어디엔가 섬이나 육지에 닿을 것이라는 꿈을, 바다에 대한 해박한 지식을 이용해 동승자들에게 심어주려 했다. 제주 사람 장한철은 1770년 과거보러 상경하던 중 일행 29명이 표류하여 유구 호산도에 표착하고 우여곡절 끝에 8명만이 살아남아 전라도 청산도에 이르렀다. 한문 『표해록』을 남겼다.

明天이 感動하샤 大雨를 나리시매
돗대 안고 우러러서 落水를 먹음이니
渴한 것은 鎭定하나 입에서 셩에 나네
발그면 낫이런가 어두으면 밤이런가
五六日 지낸 後에 遠遠히 바라보니
東南間 三大島가 隱隱히 소사낫다
日本인가 짐작하야 船具를 補輯하니
무삼 일로 바람형셰 또다시 변하는고
그 섬을 버서나니 다시 못 보리로다

大洋에 飄盪하야 물결에 浮沈하니
하날을 부르즈져 죽기만 바라더니
船板을 치는 소래 귀가에 들니거늘
물결인가 疑心하야 蒼黃이 나가보니
자넘는 검은 고기 舟中에 뛰어든다
生으로 토막잘나 八人이 논하먹고
頃刻에 끈을 목숨 힘입어 保全하니
皇天의 주신겐가 海神의 도음인가
이 고기 아니러면 우리 엇지 살엇스리
—「표해가」

그러나 이방익의 처지는 달랐다. 그들의 행선은 계획된 항해가 아니었으므로 물과 음식도 갖추어져 있지 않아 굶어죽을 수밖에 없는 처지였다. 이방익을 포함한 8명은 기진 상태에 이르고 있었다. 사람이 물을 마시지 못하고 3일이 지나면 피부가 마르고 촉각이 둔화되어 추위와 더위를 느끼지 못하며, 눈이 건조해지고 동공이 메말라 버리기 때문에 눈동자를 굴리지 못하고 안계는 점점 흐려진다. 또한 온몸의 근육이 굳어져 거동을 못하며 심장박동이 느려지다가 결국 죽음에 이른다고 한다.

서북풍이 불어 돛도 없고 노도 없고 삿대도 없는 배는 몇 날 며칠 동남쪽으로 흐르고 있었다. 표류를 시작한 지 대엿새가 지날 무렵 큰 섬 셋이 저 앞에 솟아있는 것을 보았다. 서북풍이 계속 불고 있었기 때문에 이방익은 그 섬들이 일본의 해역이라고 판단했다. 그들은 이제 살았구나 하며 들떠 환호성을 질렀으나 야속한 바람은 북동풍으로 바뀌어 광대무변廣大無邊의 망망대해로 그들을 밀어내고 있었다.

늦가을 또는 겨울철에 한반도에서 제주를 거쳐 동중국해로 부는 바람은 북서풍 계열의 계절풍으로 비를 거의 동반하지 않는다. 그러나 제주도 남쪽 멀리 양자강 이남의 동중국해에서는 이 바람이 비를 동반한 북동풍으로 바뀐다. 이방익 일행이 일본 또는 유구의 큰 섬인 삼대도에 가까이 이를 때 바람의 방향이 비를 동반한 북동풍으로 바뀌었다. 그 바람은 한 줄기 큰비를 몰고 왔다. 이방익 일행은 표류한 지 5,6일 만에 모처럼 비를 만난 것이다. 그들은 기갈로 인하여 거의 죽음에 이를 지경이 되었을 극한상황에서 하늘이 감동하여 큰비를 내려준 것이라고 감격해했다. 일행은 흔들리는 배에서 겨우 돛대를 의지하고 하늘을 향하여 입을 벌려 비를 받아마셨다. 급한 김에 차디찬 빗물을 벌컥벌컥 마셔댔으니 입이 얼얼하고 성에가 돋을 지경에서도 가진 옷을 흥건히 적셔 물을 받아두었다.

그들이 물을 받아 마시고 있는 동안 배는 삼대도를 뒤로 두고 북동풍에 밀려 창망대해滄茫大海로 끝없이 밀려가고 있었다. 겨울철 제주 또는 한반도 남해안 인근에서 표류하는 배들이 북서풍에 밀려 일본 남쪽이나 류쿠에 닿아 어떤 끄나풀을 잡아 하선하면 다행히 살아남을 수 있지만 표착에 성공하지 못하면 북동풍에 밀려 중국 동남쪽 바다 또는 남쪽 바다로 장시간 표류하여 살 길이 어려워진다.

배는 정처도 없이 창망대해를 한없이 떠가는데 배가 어디로 가던 그들에게 더 절실한 것은 굶주림을 면하는 것이다. 그들은 하늘을 우러러 울부짖었으나 도리가 없는 것이었고 굶은 지 십여 일이 되매 이제는 굶어죽을 판이었다. 바다에 빠져 죽는다는 걱정보다 굶어죽을 상황이 이어지고 있다. 그들은 기진맥진하여 배 밑창에 누워 죽기만을 기다리고 있었다.

그때였다. 갑자기 갑판을 치는 소리가 요란하게 들렸다. 성난 파도가 뱃전을 때린다고 여기며 나가보니 놀라운 광경이 벌어졌다. 한 자가 넘는 큰 물고기가 배 안으로 뛰어들었던 것이다. 하늘이 내린 선물인가 용왕님이 밀어올린 것인가? 그들은 그 물고기를 생으로 8등분하여 나누어 먹고 기운을 차린다.

겨우 요기를 했으나 배는 쉼 없이 흘러가고 있었다. 그렇게 대엿새가 지났다. 이제 실낱같은 희망도 사라진 상태로 그들의 눈앞에는 죽음의 그림자만이 희끗거린다.

다. 송환경로

표류한 지 16일이 되었을 때 이방익 일행의 눈앞에 큰 섬이 보였다. 배는 섬 북쪽의 바위에 부딪혀 산산조각 부서졌다. 그들은 바닷가 너럭바위로 튕겨져 나왔다. 대만해협상의 팽호도 북섬이었다. 말은 통하지 않았지만 그 섬의 사람들은 이방익 일행을 극진히 보살폈다. 섬사람들은 이방익 일행을 마조궁媽祖宮으로 데려갔고 거기의 지도자인 마궁대인은 이방익 일행에게 음식을 대접하고 이방익을 따로 불러 이방익의 신상과 표류과정을 상세히 물었다. 이방익은 자신을 쌀장사꾼으로 둘러대다가 마궁대인의 따가운 눈초리에 눌려 자신은 제주사람이고 정3품의 충장위장에 있었음을 고백했다. 마궁대인의 태도가 달라졌다.

이방익 일행은 팽호도에서 한 달간 조섭(調攝, 건강이 회복되도록 몸을 보살피고 병을 다스림)하고 대만으로 이송되었다. 대만에서는 군사령부로 보내졌는데 대만부의 최고지도자들이 함께 모여 이방익을 극진히 대우했다. 이방익의 마음은 타들어 가는데 바람 잦기를 기다리며 대

이방익은 주자서원에 안내되자 제일 먼저 이 주자소상에 참배했다.

만에서 한 달여를 보내야 했다.

그들이 대만해협을 건너 중국 남단 하문에 도착한 것은 이듬해 정월 초4일이었다. 숙박을 위해 안내된 주자서원에서 이방익은 우선 주자 조상彫像에 참배하는 것을 잊지 않았다. 그가 참배를 마치자 수백 유생들이 예를 갖추어 그를 대했고 이런 사실은 주자의 고향이면서 주자가 학덕을 세운 복건성에 일파만파로 퍼져 나갔다.

이방익 일행은 복건성 포정사의 조치를 기다리며 16일간 머물다가 봉성 · 천주 · 흥화부를 거쳐 복건성의 성도인 복주에 도착했고 거기서 40일간 머물면서 멀리 황제의 윤허를 기다려야 했다. 이방익 일행은 드디어 황제가 보낸 호송관을 따라 남평을 거치고 선하령을 넘어 절강성으로 들어갔고 항주에 이르렀다.

이왕 중국에 온 김에 역사가 서려 있고 고사와 전설이 묻어 있는 유적지와 옛날 중국을 뒤흔들던 전적지를 답사할 좋은 기회를 놓칠 수 없다고 생각한 이방익은 일행과 더불어 양자강을 거슬러 올라가 동정호를 찾았고 악양루에 올랐다. 되짚어오는 길에 그는 옛날 초한楚漢이 각축을 벌이던 구강九江을 둘러봤고 삼국시대 조조가 제갈량의 계략에 속아 참패를 당했던 적벽강을 찾았다. 이후 소주에 들러 웅장한 사찰들을 두루 방문했고 기녀들과 뱃놀이를 즐기며 한껏 흥취를 돋우기도 하였다.

이방익 일행은 산동반도를 거쳐 북경에 도착했고 청나라 황제의 재가를 얻어 귀국길에 올랐다. 그들은 1797년(정조 21) 윤유월 4일에 의주에 도착했는데 의주부윤 심진현은 파발마를 띄워 이 소식을 임금께 알렸다. 윤유월 20일, 표류한 지 무려 10개월 만에 서울에 도착한 이방익은 당일에 아버지를 뵈었고 다음날 임금을 알현했다.

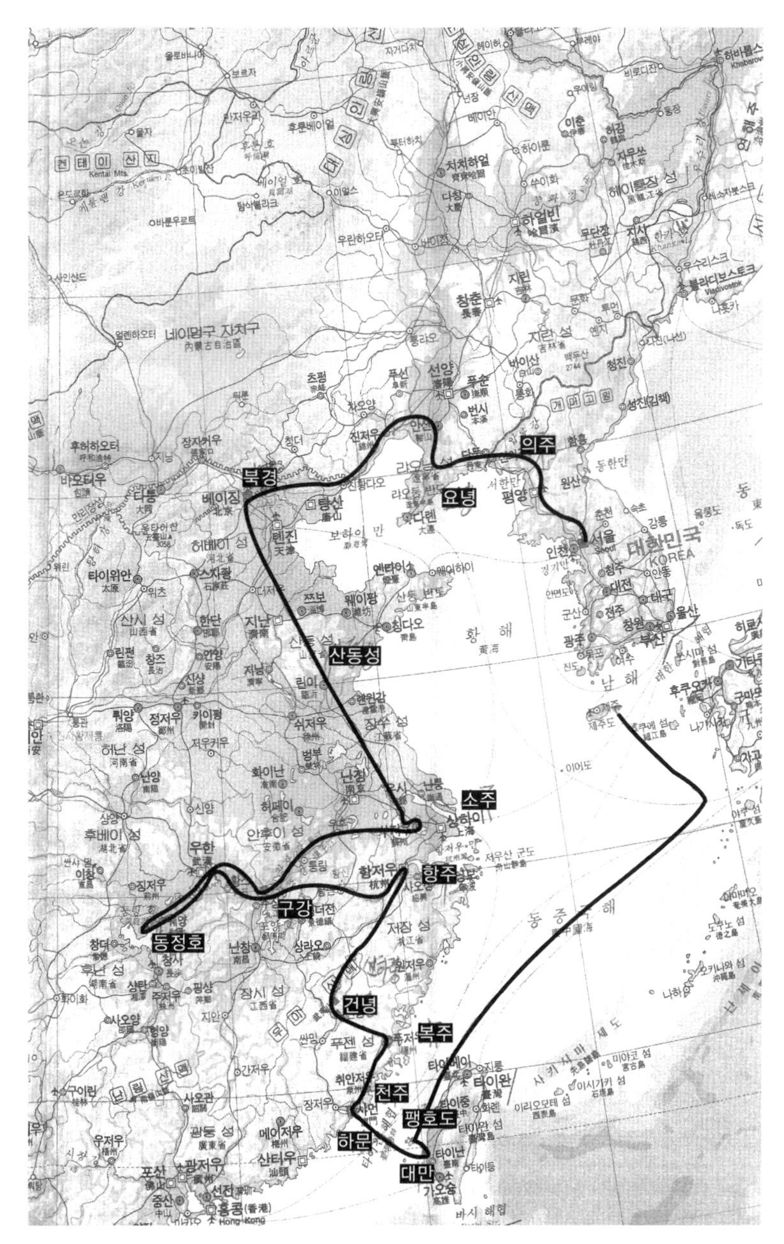

이방익의 도정(道程)

이방익의 표류 및 송환일정 (『표해록』을 중심으로)

경유장소	날짜	비고
표해기점(제주도)	1796년 9월 20일	『서이방익사』 9.21
표착지(팽호도)	10월 6일	『표해가』 10.4
대만 도착	10월 28일	『일성록』
대만 출발	12월 25일	악천후로 인해 대만에서 50일간 체류
하문 도착	1797년 1월 4일	
하문 출발	1월 17일	포정사의 승인을 기다림
복주 도착	2월 2일	
복주 출발	3월 12일 (『일성록』)	황제의 재가를 기다림
선하령	3월 26일	
항주 도착	4월 8일	
항주 출발	4월 15일	5일 만에 악주 북문에 도착
구강 도착	4월 19일	
양주 도착	4월 25일	
강동성 출발	5월 3일	마차를 타고 산동성을 경유함
북경 도착	5월 9일	
북경 도착	5월 9일	
북경 출발	6월 1일	
의주 도착	윤6월 4일	
서울 도착	윤6월 20	

제2부

대장정의 서막

1. 길트기

이방익의 표류담은 서울 장안에서 200년 동안 인구人口에 회자膾炙되어 왔건만 막상 그의 고향인 제주에는 별로 알려지지 않았다. 그런 마당에 내가 이방익을 접함에 하나의 계기가 있었다.

나는 17년 전 제주에 정착한 이후 줄곧 제주도 사람들의 삶의 발자취를 더듬어 왔고 특히 제주도 역사에 관심을 기울여왔다. 역사책을 읽다 보면 의외의 곁가지가 눈에 띄곤 하는데 김석익金錫翼(1885-1956)의 『탐라기년耽羅紀年』을 읽던 중 문득 어떤 대목이 눈에 꽂혔다. 4줄에 불과한 내용이었지만 나에게 다가온 의미는 너무 컸다.

> 丁巳二十一年, 淸 嘉慶二年 夏六月 漂海人 還自燕京 邦翼耽羅人也 丙辰秋 漂到中國澎湖 留十餘日 乘舟至臺灣 抵廈門 謁紫陽書院 歷福建浙江江南山東諸省 遂達燕京 至是始還凡水陸二萬餘里 王問而異之 特召見 問以山川風俗 道里遠近 命沔川郡守朴趾源 因史官所記撰遠遊錄 除邦翼全羅中軍 以榮其歸. ―『탐라기년』

정사년(1797) 청 가경2년(정조 21) 여름 6월 표해했던 탐라인 이방익이 연경으로부터 돌아왔다. 병진년(1796) 가을 중국 팽호에 표도하여 10여 일 묵었고 대만으로 갔다가 하문에 이르러 자양서원에 배알하고 복건·절강·강남·산동 등 여러 성을 지나 연경에 이르렀다. 무릇 수륙 이만여 길이었다. 임금이 듣고 기이히 여겨 그를 특별히 불러 산천풍속과 노정의 원근을 묻고 면천군수 박지원에게 명하여 사관이 기록한 내용을 찬하게 하였다. 이방익은 전라중군에 제수된 후 영광스럽게 귀향했다.

이방익은 장한철張漢喆이나 최부崔溥의 표해사실에 비하여 그다지 알려져 있지 않은 인물이었다. 나는 묻혀있던 값진 유물을 발굴하는 심정으로 이방익의 행적에 관한 자료수집에 착수했다.

나는 『조선왕조실록』, 『일성록』, 『승정원일기』에서 이방익에 대한 기록을 찾아냈고 연암 박지원이 쓴 『서이방익사』를 탐독했다. 특히 최남선이 1914년에 발행한 『청춘』지 창간호에 실린 「표해가」는 나를 사로잡았다. 나는 표해가의 작품세계를 탐구하여 평설 『이방익표류기』를 집필하던 중 다행히도 이방익의 표류담이 진실임을 뒷받침할 순한글 『표해록』을 발견하기에 이르렀다. 그러나 『표해록』 등에 나타난 이방익의 도정을 따라가면서 이방익의 행적과 생각과 지식을 공유한다는 것은 쉬운 일은 아니었고 중국 현지를 답사했거나 당시 중국 사정을 이해하지 못하고 집필한 것이라 허점 투성이라고 하지 않을 수 없다.

나는 2017년 8월 이들을 집대성하여 평설 『이방익표류기』를 단행본으로 펴냈고, 9월 16일에 출판기념토론회를 개최한 바 있다. 이때 펑춘타이馮春台 중국제주총영사 등이 축사를 해주었는데 펑 총영사가 토론회 중간에 느닷없이 우리 부부를 총영사 관저에 초청했다. 제주국제대의 심규호 교수 부부와 더불어 총영사 관저를 방문한 자리에서 총영사는 우리 부부와 심 교수 부부로 하여금 이방익 발자취를 따라 중국을 답사하지 않겠느냐고 넌지시 권했다. 이 답사에 펑 대사가 기꺼이 협찬을 하겠다고 제안했다. 펑 총영사는 나의 책의 〈작가의 말〉에서 "중국문학을 공부한 내 아내 노인숙은 중국문헌을 찾고 한문으로 된 자료를 번역함에 동참했고 한문자를 워딩하고 원고를 교정하는 등 많은 도움이 되었다"를 읽고는 관심을 가졌던 모양이다.

그럼에도 나는 몇 가지 점에서 난감했다. 첫째 나의 연령과 건강문제였다. 어디 불편한 데는 없지만 장정을 떠나는 올해 내 나이 77세인지라 자식들이 무척 염려를 했다. (그러나 나는 건강하고 아내가 꼭 옆에 붙어 다니니 걱정할 것이 못된다고 자식들을 설득했다.) 둘째 이번의 장정이 그냥 가보고 사진 찍는 것으로 끝나지 않고 기록으로 남겨야 하며 중국의 역사를 뒤적거리고 참고문헌을 찾아서 살을 붙여 답사기를 출판해야 하는데 지금 나의 기억력과 노쇠한 필력으로 감당할 수 있는지 문제였다. 그러나 우리는 떠나기로 했다. 풍토가 다르고 기후변화를 예측할 수 없는 이국땅을 여러 날 여러 번에 걸쳐 육로로 돌아다닌다는 것은 이루 말할 수 없는 고역이겠지만 이러한 희귀한 경험의 기회를 놓칠 수는 없는 것이기 때문이다. 우리는 다음과 같은 목표를 정했다.

(1) 이방익이 지나간 도정을 따라가면서 그가 보고 겪은 문물, 경관, 고적, 제도, 역사의 현장을 답사하여 이방익의 행적을 확인하고 그의 표류기를 보충하여 재구성한다.
(2) 18세기경 대만해협과 양자강 유역을 중심으로 새로운 세계질서가 형성되는 국제적 상황, 중국사회의 변화, 백성들의 생활상, 상업과 무역의 발달로 급격하게 변모하는 강남의 모습을 탐구한다.
(3) 중국 및 대만 학계와 공동작업을 시도한다.

(4) 이방익의 행적과 작품세계를 여러 경로를 통하여 중국에 알린다.

(5) 중국의 역사와 문화를 새롭게 이해하고 중국과 한국은 공통된 문화를 공유한 편안한 이웃이라는 인식을 갖는데 기여한다.

(6) 한중 문화교류에 기여하며 특히 제주도와 중국 남방문화권의 교류와 활동을 촉발시킨다.

2018년 4월 21일 우리들은 북촌 포구에 모였다. 취재를 위하여 동참하기로 한 한라일보 진선희 문화부장도 촬영기사와 더불어 도착해 있었고 윤인철 이장을 비롯한 북촌리 주민들과 관심 있는 분들이 자리를 빛내주었다. 북촌리 해신당 가릿당은 예부터 북촌 사람들이 어업의 안전과 풍어를 기원하는 제전이다. 간단한 제물을 배설한 이곳에서 심규호가 읊어대는 쩌렁쩌렁한 축문 소리는 파도를 타고 바다로 울려 퍼졌다.

"이방익 표류기를 따라 새로운 탐사의 길을 찾는 이들이 함께 모여 정성과 열정으로 천지신명께 고하나이다. 한라산 산신령님, 제주바당 용왕님, 서북계절풍을 몰고 오시는 영등할망님, 북촌 터줏대감님 여러 신령께서 저희의 작은 정성을 흠향하시옵소서…"

풍물패 〈제주두루나눔〉이 풍악을 울리며 바다로 가는 길트기에 나섰고 함께 한 이들이 풍악에 맞춰 덩실덩실 어깨춤을 추며 뒤를 따랐다. 우리들은 풍물패와 더불어 작은 배에 올라 바다로 나가는 퍼포먼스를 연출했다. 마치 이방익을 포함한 8명이 북촌을 떠났을 때의 모습을 상기하듯…. 부두에는 사람들이 모여 떠나가는 배에 손을 흔들었다. 배는 다려도를 향해 나아갔고 배에서는 구성진 풍악소리가 파도물결을 따라 마을과 바다와 하늘에 퍼져나갔다.

우리가 여기서 작은 퍼포먼스를 벌이는 것은 이방익이 북촌리에서

출정기원 해신제

풍물패 〈제주두루나눔〉의 길트기 행사

태어났고 중앙에 진출하여 무겸선전관을 거쳐 충장위장을 지냈고 40세에 제주에서 표류한 지 10개월 만에 생환하여 오위장과 전주 중군을 지낸 후 고향으로 돌아와 생을 마친 인물이기 때문이다.

2. 표착지 팽호도澎湖島

이방익 일행은 표류한 지 16일 만에 이름 모를 섬 해안에 닿았다. 이방익은 『표해록』에서 그때의 일을 다음과 같이 기억하고 있다. 그리고 가사로 옮겨 「표해가」에서 감격에 겨워 읊고 있다.

> 아침 해가 높이 뜰 때 큰 섬이 보이기에 8인이 함께 섬을 가리키며 이제는 우리가 살았구나 라고 외쳤다. 그러나 배 돛대와 키를 잃었으니 인력으로 어찌 하겠는가? 풍랑이 임의로 출몰하여 겨우 섬 북쪽 언덕에 닿았다. 정신을 수습하여 서로 붙들고 언덕에 올라 바라보니 배는 물결에 깨어지고 석경은 참암한데 정신이 혼미하여 세상인 듯 구천인 듯. 8인이 언덕을 의지하여 누웠다가 이윽고 정신을 차려 사방을 돌아보니 고국은 망망하고 눈앞에 보이는 것은 만경창파 무인지경이요 외로운 섬뿐이었다. 눈물이 비 오듯 하염없이 흘러내리고 인가를 어찌하면 찾을까 서로 보며 말하는데 홀연 한 사람이 멀리서 엿보고 가더니 한 식경(食頃)이 지난 후에 수백 사람이 무슨 말을 지껄이며 가까이 다가오고 있었다. —『표해록』

어느덧 十月이라 初四日 아츰날에
큰 섬이 압헤 뵈나 人力으로 엇지하리
自然이 바람결에 섬 아레 다핫고나
八人의 손을 잡고 北岸에 긔어올라
驚魂을 鎭定하고 탓던 배 도라보니
片片히 破碎하야 어대 간 줄 어이알리
夕景은 慘憺하고 精神은 昏迷하니
世上인 듯 九天인 듯 해음업는 눈물이라
—「표해가」

이방익은 몰려온 사람들의 청나라 복장을 보고 거기가 중국 땅임을 금방 알아차렸다. 그가 한때 조정에서 무겸선전관으로 있을 때 임금이 청나라 사신을 접견하는 자리에 임금을 호위한 적이 있었기 때문이다. 이방익이 글로 써서 물어보니 이곳은 복건성에 속하는 팽호도라는 것이다.

팽호도 즉 팽호제도澎湖諸島는 대만 서안에서 50km, 중국 하문廈門에서 120km(동경120도, 북위23도의 북회귀선)에 위치한 대만해협상의 섬이며 대만의 일개 현으로 현재의 인구는 12만 정도이다. 모두 66여 개의 섬으로 이루어졌는데 사람이 사는 섬은 19개 정도이다. 그 중에서 팽호도, 백사도白沙島, 어옹도漁翁島가 가장 큰 섬들이다. 팽호현의 현도는 마공시馬公市이다. 섬들은 평탄하여 산이나 구릉지가 없다. 사시사철 바람이 심하고 강수량(연 평균 1,000mm)이 적어 대부분 척박한 땅으로 방치되어 있다. 사람들은 주로 어업에 종사하지만 특이한 방법으로 채소를 가꾸어 먹는다. 현무암으로 밭담을 쌓아 채소밭을 일구는데 밭담의 모양은 제주도의 것과 흡사하다.

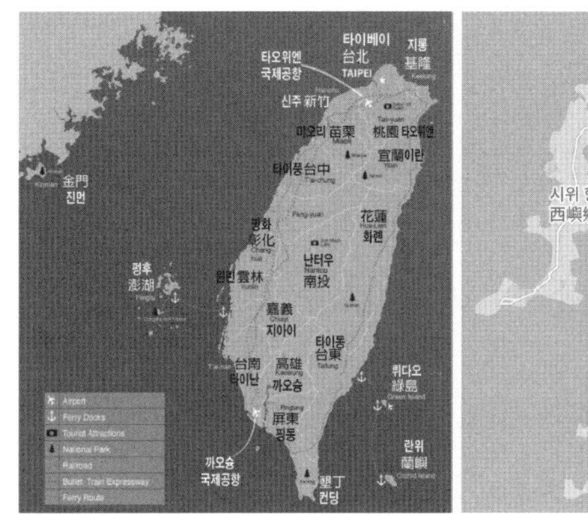

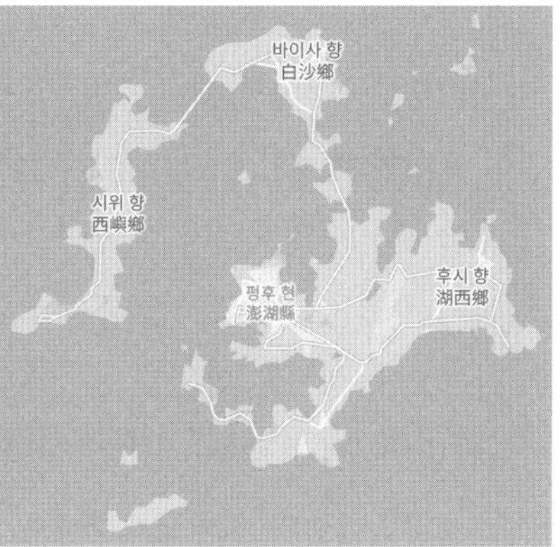

팽호제도. '평후제도' 중국 푸젠성과 타이완섬 사이의 타이완 해협에 있는 제도.

팽호도는 역사적으로 중국에서 거들떠보지도 않던 섬으로 내지의 백성들이 부역에 시달리다 못해, 또는 죄를 짓고 도피해 살곤 했고 더러는 해적의 근거지가 되어 중국 남부 연안에 출몰하면서 노략질을 일삼기도 하였다. 16세기에 들어서면서 서구동점의 시기에 팽호도는 네덜란드 · 포르투갈 · 스페인 상선의 주목을 받기 시작하였다. 1622년에는 네덜란드가 대만을 점령하면서 이곳도 아울러 점령하여 중국과의 교역에 교두보 역할을 하였다. 지금도 네덜란드의 유적이 많이 남아있다.

명나라가 멸망하자 명나라의 복원을 꿈꾸던 정성공鄭成功이 복건성을 중심으로 저항하다가 대만으로 물러가 네덜란드인을 몰아내고 웅거할 때 팽호도를 전진기지로 삼아 어옹도에 두 개의 포대를 세우고 청나라와 끈질긴 전쟁을 치르기도 했다. 청나라가 대만을 점령하면서 많은 화교들이 여기 팽호도에 둥지를 틀고 서방과의 교역을 벌였기 때문에 이방익이 찾았을 때의 팽호도는 무역선이 폭주하여 살기 좋은 곳으로 변해 있었다.

우리(저자, 노인숙, 심규호 그리고 한라일보 취재팀 2명)는 2018년 4월 27일 1시 25분 인천공항에서 대만 가오슝高雄 행 비행기에 올랐다. 이방익이 표착한 팽호도로 먼저 가야 하는 것인데 저렴한 여행방법을 찾다 보니 순서가 바뀌었다. 가오슝 공항에서 우선 타이난臺南으로 향했고 거기서 이틀간의 답사를 마치고 28일 저녁 비행기를 타고 팽호도의 마공馬公공항으로 향했다.

다음 날 아침 호텔을 나섰다. 이방익이 '섬 북쪽 언덕'에 닿았다고 했으니 막연하나마 북쪽으로 가기로 했다. 우리는 택시를 타고 팽호 본섬을 지나 북쪽의 백사도로 달렸다. 본섬과 백사도는 교량으로 이어져 있다. 우리는 다시 백사도 북항 적감赤嵌에서 배를 타고 최북단 지베이섬吉貝島으로 향했다. 적감은 네덜란드인이 쌓은 성 또는 건물을 말하는데 네덜란드의 붉은색 머리를 빗대어 당시 그들을 홍모紅毛라고 불렀고 붉을 적赤자를 넣어 그들이 지은 건축물을 적감이라고 불렀다. 타이난臺南의 적감성이 그 한 예이다. 이곳을 적감이라고 부른 것으로 볼 때 백사도 북녘에 네덜란드인의 건물이 있었음을 추측할 수 있다.

적감항에서 지베이 남항까지의 거리가 약 15km 정도다. (이방익은 5리쯤 된다고 했다) 지베이 남항에서 우리가 가고자 하는 최북단까지는 약 4km쯤 된다고 하지만 교통편이 없다. 젊은 관광객들은 스쿠터를 전세 내어 섬을 한 바퀴 돌지만 국제운전면허를 준비하지 못한 우리는 난감하지 않을 수 없다. 나와 아내는 이왕 온 김에 이 기회를 놓칠 수 없다며 도보행진에 나섰다. 한참을 걸으니 마을이 나타난다. 그 마을에 관제묘(關帝廟, 관우를 모시는 사당)가 있어 둘러보고 있는데 스쿠터를 빌려 보겠다던 나머지 일행 3명이 다 낡고 번호판도 없는 차를 타고 달려왔기에 합류하여 목적지로 향했다. 우리가 찾아온 사연을

팽호도 이방익 표착지

들은 차주車主 사謝 선생은 북쪽으로 돌출한 곶串으로 우리를 안내하며 이곳을 이방익 일행이 표착했을 곳으로 지목했다.

석호구石滬區라고 부르는 이곳 언덕에서 바라보니 저 멀리에 작은 섬들이 점점이 떠있는데 이방익이 이를 일러 '눈앞에 보이는 것은 만경창파 무인지경이요 외로운 섬뿐'이라고 표현한 듯하다. 가까운 바다에 여(물속에 잠겨 보일 듯 말듯 한 바위)가 여럿 있어 물결 따라 모습을 드러내고 있으며 바다로 뻗은 너럭바위는 제주도의 빌레('너럭바위'의 제주 방언)처럼 검은 현무암이다. 너럭바위 앞 얕은 바다에는 물고기를 잡기 위하여 인공으로 둘러쌓은 돌담이 설치되어 있는데 제주도의 원담(갯담)과 흡사하다. 여기서는 석호라고 부른다. 우리가 서 있는 완만하고 낮은 언덕은 지친 이방익 일행이 기어오르기에 어렵지 않았을 것이다.

석호는 원시적으로 고기잡이를 하는 돌담이다. 신석기시대부터 전해오던 것으로 팽호도에는 현재 574개가 남아있다고 한다. 팽호도는 쿠루시오(흑조)해류가 경유하는 곳이어서 어족자원이 풍부하고 사방의 얕은 바다에 산호초가 깔려있고 현무암이 형성되어 있어 수천 년 전부터 석호를 쌓아 고기를 잡는 기술이 축적되어 왔다. 해안가 사람들은 현무암과 산호초를 얽어 담을 둥글게 쌓고 수문을 만들어 밀물과 썰물, 바람의 방향을 관찰하면서 합심하여 고기를 잡는다. 얼마 전까지만 해도 한 번에 잡아 올리는 어획량은 몇 대의 우마차에 가득하였다고 한다.

우리는 이방익 일행이 우리가 서 있는 이곳에 표착했을 것이라는 확신을 가지면서 매우 들떠 있었다. 다음과 같은 이유에서다. 첫째는 바람의 방향이다. 앞장에서 언급한 바와 같이 겨울철 황해를 거쳐 불어오는 북서풍은 북위30도에서 북동풍으로 바뀌어 대만해협으로 빠져나간다. 이방익이 이 바람을 따라 팽호도까지 흘러온 것이다. 둘째는 쿠루시오해류의 영향이다. 발해에서 기원한 해류는 황해를 지나 제주도를 거쳐 중국대륙연안을 따라 남중국해로 흐르고 다시 대만해협으로 빠져나간다. 바로 팽호도가 이 해류의 길목인 셈이다. 지베이 북단인 석호구 해변에는 중국제 플라스틱 음료수병이 널려있다, 여기서 나는 칠성사이다 병(업소용)을 발견했는데 이는 시사하는 바가 크다. 낮은 언덕에는 지름이 1m가 넘고 길이 10여m나 되는 통나무가 떠 내려와 있다. 사 선생에 의하면 근래에도 여러 구의 시신이 여기서 발견되었다고 한다. 셋째는 해안 가까이 여기 저기 박힌 여 때문이다. 이방익의 배는 일엽편주로 돛대와 키도 부러지고, 노와 상앗대도 날아가 버렸고 닻도 갖추어져 있지 않았다. 마치 바다에서 물결 따라 바람 따라 떠다니는 널빤지나 가랑잎과 다를 바 없다. 육지나 섬에 가까이 가도 그냥 맴돌다 조수에 밀려 멀어져갈 뿐이다. 이방익은 언덕에 닿을 때의 광경을 『표해록』에서 '언덕에 올라 보니 배는 물결에 깨어지고…' 라고 했고 「표해가」에서 '탓던 배 도라보니 편편이 파쇄하여 어대 간 줄 어이 알리' 라고 표현하고 있다. 배가 여에 부딪히는 순간 8인은 깊지 않은 바다로 튀어나갔을 것이다. 넷째는 조류와 석호가 중요한 변수로 작용한다. 밀물 때 석호의 입구를 열어놓고 물이 빠질 때 막아놓아 갇힌 고기를 잡기 위해 어부들은 조석潮汐에 따라 석호를 관리하게 된다.

이방익 일행이 표착한 지점은 마을에서 5리 떨어져 있지만 풀과 나무가 없는 황량한 벌판이었다. 이방익 일행을 발견한 사람은 석호를 찾은 어부임에 틀림없다. 그 어부가 아니었다면 그들은 5리조차도 걸을 수 없을 만큼 기진맥진했기 때문에 해안에서 죽음을 맞이했을 것이다. 이방익 일행을 목격한 어부는 그 길로 마을로 달려가서 사람들을 데리고 온다.

> 한 사람이 멀리서 엿보고 가더니 한 식경이 지난 후에 수백 사람이 무슨 말을 지껄이며 가까이 다가오고 있었다… 우리 8인이 서로 의지하여 하는 거동을 보더니 그들은 우리를 혹 붙들고 혹 끌고 함께 데려가니 그 뜻이 감사할 뿐이다. 3리를 가니 30여 호의 큰 마을이 나타나는데 다 기와집이요 닭과 개와 소와 말이 있는 것이 우리나라와 다름이 없었다. 구경하는 사람들이 길을 메웠지만 기갈이 자심한데 통정할 길이 없었다. 즉시 우리를 집으로 들게 하거늘 입을 가리키고 배를 두드려 기갈을 이기지 못하는 거동을 보더니 즉시 미음을 내오고 젖은 옷을 벗겨 말리니 그 은근한 거동이 우리나라 사람 같았다. 하룻밤을 지낸 후 정신이 점점 드니 죽을 마음은 없어지고 언제나 고국에 돌아갈까 생각하니 눈물이 옷을 얼룩지도록 적셨다. 늦은 시간에 방 밖

마조묘를 본따서 만든 모형도

> 에 나와 보니 큰 공해가 있고 문 위에 현판이 걸렸는데 〈곤덕배천당〉 이라는 글자가 새겨져 있었다. 글을 써서 물어보니 대답하기를 이곳은 복건성 바깥섬 지경인 팽후부 지경이라 한다. —『표해록』

지베이섬에 이르러 포구를 지나 동쪽 해안으로 2km를 걸어가니 한 마을이 있는데 100여 호쯤 되는 것 같다. 사謝 선생은 약 400년 전부터 이 마을에 사람이 살았다고 한다. 이방익은 표착지에서 '3리를 가니 30여 호의 큰 마을이 나타나는데 다 기와집이요 닭과 개와 소와 말이 있다' 고 했다. 바로 이곳임이 틀림없다. 이곳이 바로 이방익이 묵은 마을일 것이 분명하지만 220년 전의 옛집은 찾을 길이 없었다. 이방익은 여기에 큰 공해(公廨, 관가(官家)의 건물)가 있고 문 위에 〈곤덕배천당坤德配天堂〉이라는 현판이 걸렸었다고 했는데 지금까지 남아있는지 모르지만 돌아갈 배시간이 촉박하고 일정이 빠듯하여 우리는 찾기를 포기하고 뱃길을 되짚어왔다.

마조묘

다음날 아침 우리는 마공시에 위치한 천후궁天后宮을 방문했다. 천후궁은 마조묘媽祖廟라고도 하는데 해신인 마조신을 모시는 사당으로 이방익이 말한 〈마궁〉은 마조묘 내지 천후궁을 의미한 것 같다. 네덜란드가 점령했던 17세기경 한 네덜란드인이 쓴 『동인도공사파견중국기東印度公社派遣中國記』에서 팽호도를 〈마조도〉라 칭했는데 그 책에 표기한 지도에 보이는 장소가 지금 우리가 찾은 이곳이며 청나라 때에도 이곳에 그대로 있었다는 점을 감안하여 우리는 이곳을 이방익이 찾은 마궁媽宮이라 비정한다.

눈앞에 황금색으로 빛나는 천후궁의 웅장한, 고색창연한 모습이 보인다. 지붕에는 몇 개의 조각들이 원뿔처럼 솟아있고 계단을 오르면 큰 향로가 놓여 있는데 향내가 진동한다. 안으로 들어가니 평평한 제전에 제물이 그득했으며 여러 개의 큰 촛대에는 촛불이 타고 있었다. 깊숙한 단 위에 천후 즉 마조신상이 모셔져 있었다. 많은 남녀들이 향을 피우며 기원하는 모습이 보였다.

전설에 의하면 송나라 때 복건성 포전蒲田 앞 미주도媽州島에 임묵林默이라는 여인이 살고 있었는데 이 여인은 벙어리로 태어났지만 염력이 뛰어나 바다의 사정을 꿰뚫고 있었다. 그녀는 해난사고를 예측하기도 하고 손수 바다에 뛰어들어 조난자를 구하기도 했는데 16세 때에는 물에 빠진 두 오빠를 구한 적이 있다. 28세 되던 해에 그녀는 조난사고를 당한 두 사람을 구하기는 했으나 자신은 익사하고 말았다. 마을 사람들은 임묵이 승천하여 신이 되었다고 믿으면서 그녀를 마조媽祖라고 부르고 사당을 세워 바다의 여신으로 경배하기 시작했다. 송宋 인종 때(1123년), 조정에서는 마조에게 천후天后・천비天妃・천상성모天上聖母 등의 칭호를 하사했다. 그 후 마조묘媽祖廟는 천후궁天后宮, 천비궁天妃宮, 마조궁媽祖宮, 낭궁娘宮, 마랑媽娘宮, 낭마궁娘媽宮, 마궁媽宮 등으로 불려졌다. 특별히 마조묘에 궁자를 붙이는 것은 황제가 명명한 존귀한 신을 모시는 제전이라는 의미를 내포하고 있다.

마조신앙은 천여 년 동안 면면히 이어왔고 관제묘와 더불어 도교의 양대 신앙으로 발전하였다. 마조신을 믿는 신자들은 마조신에게 자녀의 잉태와 평화, 문제의 해결이나 일반적인 행복을 기원한다. 연안 지역에 사는 중국인들과 그 후손의 삶에 깊이 뿌리내리고 있는 마조 신앙은 가족의 조화와 사회의 화합을 가져오며, 이 지역사회의 사회적 정체성을 증진시키는 중요한 문화적 결속력을 갖고 있다. 또한 마조신은 항해자와 조난자를 구해주며 해전에서 적군을 무찌르는 능동적 신이기도 하다.

마조신앙은 해안도시를 따라 중국 전역으로 퍼졌고 또한 해양으로 진출하는 한인漢人들을 따라 팽호도로 이어졌으며 대만으로 뻗어나가 정착했다. 특히 해양으로 향하는 전진기지 역할을 해온 팽호도의 천후궁이 오랫동안 마조교의 본산으로 여겨졌다. 팽호도에도 오랫동안 마조신을 믿는 풍습이 민간에 뿌리내렸지만 1683년 청나라의 시랑施琅장군이 정성공 세력을 치기 위하여 대만으로 진군할 때 팽호도를 전진기지로 삼은 일로 인하여 천후궁이 팽호도의 수호신으로 확실하게 자리매김했다. 시랑장군은 하문에서 군사를 발진시킬 때 마조신상을 실은 배를 앞세워나갔고 마조교 지도자들을 부장副將 내지 총병摠兵으로 관직을 내려 동참시켰다. (요즘도 하문에서는 마조신상을 모신 선박들이 외적 특히 왜구를 치러 나가는 행사가 연례적으로 행해지고 있다.) 대만을 점령한 시랑장군은 그의 승리가 마조신의 가호에 힘입었다며 황제께 주청하여 하문 · 천주 · 팽호도 · 대만 녹이문에 천후궁을 대대적으로 건축 또는 증축하였다.

팽호도의 마조교에는 취락적인 공간개념과 신앙이 불가분의 밀접한 관계를 유지하고 있다. 천후궁은 중앙에 본존, 동서남북에 4개의 영두(營頭, 천후궁)를 두고 본존 천후궁을 통할하는 장로(우두머리)를 신장神將이라 하였으며, 각 영두에는 장령將領을 두었다. 각각의 천후궁에는 신병(神兵, 향토방위군)을 두어 침입자나 소요를 방비하는 역할도 담당케 하였다. 관료들은 매년 춘추와 월삭月朔에 참예하였다. 천후궁에서는 일반적으로 주민들의 기복과 친교를 도모하고 구휼과 의료 활동도 해왔다. 또한 주민들 특히 노인들의 휴식처이고 야간에는 주민들의 수면공간이기도 하였다. 이들 천후궁에는 중국 전역의 문묘, 관제묘와 같이 녹봉이 제공되고 책임자에게는 벼슬(관직)이 주어졌다.

이방익 일행이 팽호도에 표착하여 묵었던 지베이섬의 〈곤덕배천당〉은 천후궁의 북쪽 영두였을 것이다. 그곳 주민들은 이방익 일행 8명이 한 사람의 낙오자 없이 구사일생으로 살아서 자기네 지역까지 이른 것은 마조신의 섭리라고 굳게 믿은 듯싶다. 표류한 지 오륙일 만에 비를 내려주어 갈증을 면하게 한 일, 뜻밖에도 큰 물고기를 선판에 뛰어오르게 하여 아사를 면하게 한 일, 팽호도 북단의 바위에 닿게 하여 그 표류인들이 해변에 던져진 일 등은 마조신이 베푼 은혜라고 그들은 생각한 듯하다.

> 8인이 다 이상이 없음을 보고 사자가 와서 글로써 이르기를 마궁대인이 너희들을 불러 문목하겠다 하니 나오라 하였다. 즉시 나가니 배에 태우고 5리쯤 가자 마궁 아문이 보였다. 집 좌우에 수백의 채선이 정박해 있고 채선 위의 누각에 단청이 영롱하여 물속에 비치니 눈이 현황하여 그림 속으로 가는 듯하였다. 사자를 따라 세 문을 지나니 세 번 높이 외치는 소리가 들리고 한 사람이 호위를 받으며 앉아 있는 모습이 보였다. 자세히 보니 그 사람은 몸에 홍포를 입고 앞에 홍일산을 받치고 교위에 단정히 앉았는데 모양이 엄연하고 위풍이 늠름하여 짐짓 특별한 사람임을 알 수 있었다.
>
> 대인이 거하는 집을 살펴보니 층층한 화각이요 좌우 행각은 몇 간인지 모를 지경이었다. 대상에서 그를 모시는 사람 80여 인이 오색무늬 비단 군복을 입고 흉배 붙이고 환도를 차고 있었고 정하의 수많은 군졸들은 홍의와 황의를 입고 대나무 곤장을 짚고 능장을 들었으며 머리에 쓴 것은 각서리승두 같았으며 홍전을 두르고 두석증자를 붙이고 백로 깃을 달고 있었다. 또 황룡기 두 쌍, 징 두 쌍을 마당 좌우에 벌려놓았으니 위의 엄숙하고 풍채 동탕하였다. —『표해록』

이방익 일행이 지베이섬을 떠나 불려간 곳은 팽호도 전체를 관할하는 중앙의 마궁(천후궁)인데 그들을 취조한 소위 마궁대인은 마궁의 우두머리인 신장으로 여겨진다. 그는 일반 관리들과 달리 홍포를 입었고, 휘하 군졸들은 홍의와 황의를 입고 각서리승두(각서리 중의 머리 모양)의 모자를 쓰고 두석증자(놋쇠로 만든 장식품)를 붙였다. 청나라는 인민들에게는 가혹하리만치 변발과 청나라 복식을 강요했음에도 불구하고 종교에 대하여는 관대한 태도를 보여 불교, 유교 그리고 도교 승려들에게는 고유의 복식을 눈감아주었다.

마궁에서는 신의 은총을 받아 여기까지 이른 이방의 일행을 위하여 환영행사를 마련하고 음식을 내어 대접한다. 마궁대인이 위풍당당한 자세로 섬돌 위에 앉아 있고 80여 군졸들이 그를 모시고 시위하며 수많은 군졸들이 정렬해 있고 양쪽에 황룡기가 나부끼고 두 쌍의 징을 울려대는 것은 일상적이기보다는 특별한 행사를 위한 것임에 틀림없다.

그런데 연암은 마궁대인에 대하여 다음과 같이 단정을 내린다.

> 살피건대 마궁대인의 그 '宮' 자는 아마도 '公' 자인 것 같습니다. '공' 과 '궁' 이 중국음으로는 서로 같으므로 이는 응당 '馬' 씨 성을 가진 통판(通判, 중국의 지방관)일 것입니다. ―『서이방익사』

생각하건대 연암은 중국의 남부지방과 대만에 성행하는 마조신앙에 대하여 들어볼 기회가 없었던 것 같다. 그래서 마조교의 지도자인 마궁대인을 마씨 성을 가진 통판으로 둘러댄 것 같다. 팽호현의 현도인 마공시馬公市는 청일전쟁 후 대만과 팽호도를 지배하던 일본이 1920년 이 도시를 媽宮과 음이 같은 馬公으로 바꿔 부른 것으로 연암의 주장과는 아무런 관련이 없다.

행사가 끝난 후 마궁대인은 여덟 사람을 한꺼번에 불러 앉히고 엄숙한 어조로 묻는다. 물론 필담으로 진행될 수밖에 없다.

"그대들은 어느 나라 사람이며 무슨 일로 인하여 어느 달 어느 날 배를 탔으며 어느 날 풍랑을 만나 며칠 만에 이곳에 다다랐는가?"

이방익은 조선국 전주에 사는 사람들로 쌀장사를 하러 배를 탔다가 16일 만에 다행히 이곳에 이르러 대인의 권애하신 덕을 입어 살아나게 되었다고 대답한다. 말하자면 자신들이 탐라 사람이라는 사실을 감추고 조선국 전주 사람이라고 둘러댄다. 이 내용은 『일성록』, 『승정원일기』, 『표해록』, 『서이방익사』, 『이방인표해록』에 기록되어 있으며 그 이유에 대하여 이방익은 의주부윤에게 "저희들은 평소에 류쿠 사람들이 제주를 꺼린다는 것을 알고 있었기 때문"이라고 말한다. 박지원도 이에 대해서 탐라 사람이 이국에 표류된 경우 본적을 속여 영광 · 강진 · 해남 · 전주 등의 지방으로 둘러대는 것은 속俗에서 전하기를 유구의 상선이 탐라 사람들에게 해를 입은 적이 있기 때문이며 혹은 유구가 아니라 안남이라고 말하기도 한다고 적고 있다.

그 사연은 이렇다. 광해군 4년(1613) 제주 목사 이기빈李箕賓과 판관 문희현文希賢이 중국 남경 사람과 안남 사람이 탄 상선이 제주에 표류해 오자 처음에는 여러 날 예우하다가 그들 배에 보화가 가득한 것을 알고는 그들을 모조리 죽여 보화를 탈취하고 증거를 없애기 위하여 배까지 불태운 일이 있었다. 이 배에 동승한 류쿠 출신 젊은이는 비장한 문장으로 살려줄 것을 애원했으나 그도 죽여 버렸다. 이 사실을 나중에 안 광해군은 노발대발하면서 이기빈과 문희현을 함경도로 유배했다. 하지만 그들이 저지른 일로 인하여 제주 사람들의 해상활동이 상당히 위축되었고 국제질서로의 편입에 지장을 초래했다.

또한 장한철과 그 일행이 표류하던 중 유구 호산도에서 안남상선에 구조되어 돌아오다가 한라산이 보이자 감격에 겨워 통곡을 했다. 이를 본 안남 사람들은 전날에 탐라에 표류한 안남인들을 제주 목사가 죽인 사실로 인하여 원수가 한 배에 탈 수 없다며 장한철 일행을 하선

시켜버렸다. 그들은 다시 표류할 수밖에 없었는데 이러한 사건들로 인하여 이방익은 전주 사람이라고 둘러댄 것이다.

그러나 「표해가」와 『표해록』을 주의 깊게 살펴보면 이방익이 특별한 대접을 받고 조선의 장군으로써 자존감을 드러내게 된 단초를 발견하게 된다.

> 一杯酒로 慰勞한 後 저 七人은 다 내보내고
> 나 혼자 부르거늘 또다시 드러가니
> 官人이 斂衽하고 무슨 말삼하옵는고
> 그대 비록 飢困하나 七人동무 아니로다
> 무삼 일로 漂流하야 이 따에 이르신고
> 眞情으로 뭇잡나니 隱諱말미 엇더한고
> 知鑑도 過人할사 긔일 길이 잇슬소냐
> 朝鮮國末端에서 風景따라 배탓다가
> 이 따에 오온 일을 細細히 告한 後에
> 故國에 도라감을 눈물로 懇請하니
> 官人이 이 말 듯고 酒饌내어 待接하며
> 長揖하야 出送하니 큰 公廨로 가는구나
> —「표해가」

사자를 따라 물러나올 때 다시 부르는 소리가 나서 돌아보니 7인은 보내고 나를 부른다 한다. 다시 들어가니 서벽의 낮은 교위에 남색 무늬의 대방석을 내놓고 앉으라 한다. 사양할 수가 없어 앉으니 대인이 물었다.

"네 비록 기곤하나 7인의 동류 아니다. 풍류를 즐기려고 배에 탔다가 풍랑으로 인해 여기까지 온 것이다. 나를 기만하지 말라."

그의 지감이 뛰어나므로 속일 수가 없어 나는 벼슬한 사실과 고향에 돌아가 추경을 따라 풍랑을 만난 일을 낱낱이 고했다.

대인이 말하기를,

"귀공이 나의 명감을 속이려 했구려." —『표해록』

위 기록에서 이방익이 마궁대인의 초능력적인 영감을 알아차리고 자신이 임금님을 호위하는 정3품 충장위장임을 밝혔고 이 말을 듣자 마궁대인은 이방익을 특별히 대접하며 정중한 예의를 표한다.

이러한 심문내용은 마조신의 가호로 살아남았다는 믿음에 상승효과를 더하여 팽호부, 대만 나아가서 이방익이 지나는 관청들에도 전달되었을 것이다. 이방익이 쌀장사를 하던 무리의 우두머리라고 그들이 알고 있었다면 앞으로 진행되는 이방익의 여정이 화려하지는 않았을 것이다.

이방익이 마조묘를 떠나 인도된 공해公廨는 관우를 모시는 사당인 관제묘다. 아마도 마조신의 도움으로 살아난 이방익을 중국의 또 다른 수호신을 모시는 관제묘의 당국자들이 초청하였던 것 같다. 이방익 일행은 관제묘에서 백전 · 홍전 깔린 화려한 자리에 초대되었고 생전 보지 못한 음식을 대접받는다. 조선의 당당한 무장인 이방익이 구사일생으로 살아난 마당에 팽호도 사람들은 그가 관운장의 사당에 참배하고 극진한 대접을 받는 것은 당연한 것으로 여겼을 것이다.

中門 안에 드러가니 큰집 한 間 지엿는대

關公 塑狀 크게 하야 儼然히 안쳣고나

左右를 둘너보니 平床이 몃몃친고
平床 우에 白氈 펴고 白氈 우에 紅氈이라
繡노흔 緋緞이불 花床에 버린 飮食
生來에 初見이라 날 위하야 베프럿네
—「표해가」

동문으로 들어가니 큰집 한 간에 관운장 금상을 크게 앉혔는데 좌우에 평상을 늘어놓고 백전을 펴고 그 위에 홍전과 유록단포진을 펴고 죽침과 수금을 각각 펴놓았으니 찬란하여 앉을 곳을 정할 수가 없었다. 이윽고 미음과 닭기름을 권하고 화상 앞에 큰 상을 차리고 음식을 차례로 내오니 처음 보는 음식이라 손이 떨려 먹을 수가 없었다. 때때마다 향사육군자탕을 지어 먹이니 이는 풍랑에 상하고 주린 기운을 화순하게 함이니 어찌 감격하지 않겠는가. —『표해록』

『삼국지연의』에서 보아왔듯이 도원결의를 통해 유비, 장비와 의형제를 맺고 유비가 촉한蜀漢을 일으켜 조조 그리고 손권과 천하를 삼분하여 일진일퇴를 거듭하던 과정에서 유비를 따르던 충성과 의리의 사나이 관운장(본명 관우)에 대한 이야기는 너무나 유명하고 1,500년의 세월이 흘러도 관우에 대한 흠모의 정은 중국인에게서 떠날 줄 모른다. 관우는 조조의 극진한 대우와 회유에도 불구하고 유비를 배신하지 않았으며 그가 전장에 나가면 적장의 목을 추풍낙엽처럼 날렸고 장비와 더불어 많은 싸움에서 승전고를 울렸다. 특히 적벽전투에서는 옛 정을 생각하여 조조를 놓아준 일화로도 유명하다. 그러나 안타깝게도 관우는 오나라의 여몽에게 급습을 당하여 뜻밖에 목이 달아난다. 그가 죽고 난 후 촉한은 조조가 건국의 기초를 세운 위나라에 무륭을 꿇지만 관운장은 중국 사람들에게 영웅으로, 신앙의 대상으로 남아 있었다.

명나라의 신종은 백성들이 숭앙하는 관운장을 국가와 백성을 수호하는 무신武神으로 선포하고 관제關帝 또는 관성제關聖帝라고 칭했으며 공자를 모시는 문묘文廟와 더불어 무묘를 전국적으로 세우게 하여 제사를 지내도록 하였다. 그 후 관운장에 대한 신앙은 도교와 접목되어 국가적 신앙으로 자리매김했고 중국 각지에 관제묘가 건립되어 그 지방을 지키고 개인의 복을 성취해주는 수호신으로 받들어졌다. 전쟁의 신으로 받들어지던 관우가 재물신으로도 숭배되기 시작한 것은 송나라 때부터인데 명 · 청 시대에는 그 열기가 최고조에 달했다. 마조신이 항해하는 선박을 안전하게 이끌며 어부의 생환을 돕고 농어민의 풍요를 관장하는 신이라면 관제는 나라를 지키며 악귀를 물리치고 개인의 재부를 일으키는 신으로 도교에서 뿐만 아니라 중국 전역에서 민간신앙으로 뿌리를 내려왔다.

나는 앞서 지베이섬의 마을 초입에서 관제묘를 방문했는데 이곳이 이방익이 방문한 곳이라고 단정할 수는 없다. 뒤에 이방익의 발자취를 따라 탐방하는 여러 지역, 예컨대 천주, 선하고도 등에서 우리는 관제묘를 방문하게 되는데 보통으로 정전에 관우의 소상이 그리고 동서에 각각 관평과 주창, 또는 장비와 조운을 모시기도 했다. 심지어 이방익은 복주의 절들에서는 관우가 중앙에, 불상들이 좌우에 모셔져 있는 경우도 있다고 술회했다. 우리나라에서도 임진왜란 때 파병되었던 명나라 군대가 일본을 무찌른 것은 관운장의 음덕이라고 하며 여러 곳에 관왕묘를 세워 조선으로 하여금 제사를 지내게 하였다. 현재 동대문 밖에 남아있는 동묘가 바로 관왕묘다.

이방익 일행은 관제묘에서 10여 일 조섭한 후 사자의 안내로 팽호부 성내로 들어갔는데 관부장을 만났다는 기록은 없다. 고국으로 돌아갈 마음은 여삼추如三秋련만 팽호부에서는 상급관청인 대만부의 허락을 받아야 하는 호송절차가 늦어지고 또한 풍세도 거칠어 한 달 동안이나 지체할 수밖에 없었다.

> 십여 일 구료 후에 사자가 말하기를 "이제 당신들은 팽호부로 더불어 갈 것이니 행장을 수습하시오." 한다. 행장을 정돈하고 사자를 따라 문을 나서니 벌써 문 밖에 수레를 대령하였다… 팽호부에 이르니 성 높이가 십 장이나 되고 인가도 빽빽하고 다 기와집이었으며 큰길 좌우에는 나무그늘이 은은하게 햇빛을 가렸고 나무마다에 잔나비를 매어놓고 재주를 부리게 하니 보기에 이상하였고 인가에 층층으로 설치한 누대는 단청이 영롱하고 노랫소리가 여기저기서 들렸다. —『표해록』

우리는 시간관계상 아쉽게도 팽호부 옛터를 볼 기회를 갖지 못했다. 우리는 천후궁을 나와 가까이 위치한 팽호노가澎湖老家를 찾았다. 이방익 일행이 한 달여 머무는 동안 다녔을 법한 팽호의 옛 모습을 찾기 위해서다. 서울의 피맛길 같은 좁은 거리에는 전통공예품과 농산가공품을 파는 가게와 여인숙이 즐비하다. 그 건축연대를 알 수는 없으나 17세기 네덜란드 건축양식과 20세기 초 일본풍의 2,3층 건물이 눈에 띈다.

이방익 등이 팽호에서 한 달여 머무는 동안 거리를 활보하였을 것인데 가는 곳마다 구경하는 사람들이 가득 모여 인산인해를 이루었고 어떤 이들은 생강과 흑설탕으로 만든 특산품을 선물로 내놓기도 하고 귤, 유자 등 과일을 주기도 하였다고 이방익은 말하면서 그들의 친절에 감복하여 '남방풍속의 순후, 인자함을 알 것' 같다고 하였다.

이방익이 정자에 올라 거리를 내려다보던 중 두 아이의 어머니인 젊은 여인에 시선이 꽂힌다. 눈길은 화려한 의복으로부터 몸에 단 각종 장식으로 옮겨지고 다시 걸음걸이와 탈 것으로 옮겨져 신비감을 더해주며 곱게 꾸민 아이의 모습까지 결합시킨다. 문희원이 어떤 곳인지는 확인할 수 없으나 아이를 데리고 놀러 나와 한가롭게 거니는 여인들은 평범한 사람들인데도 불구하고 화려한 옷과 장식을 하고 있다. 이렇듯 성장盛粧한 젊은 여인에 대한 묘사는 아마도 중국 남부의 풍속사 및 복식사에서도 찾아볼 수 없는 광경일 것이다.

당시 조선의 여인들은 담장 밖으로 얼굴을 내밀 수도 없었고 혹 외출할 때는 쓰개치마나 장옷으로 얼굴을 가리곤 했는데 이곳의 여인들은 부유하고 자유분방한 생활을 하고 있음을 알고 이방익은 놀라움을 감추지 못했는지 「표해가」와 『표해록』에 자세한 묘사를 남기고 있다.

> 金銀綵緞 輝煌하고 唐橘闆薑 豊盛하다
> 女人衣服 볼작시면 唐紅치마 草綠당의
> 머리에 五色구슬 花冠에 얼켜잇고
> 허리에 黃金帶는 노리개가 자아졋다
> 金釵에 緋緞꼿츨 줄줄히 꿔엿스니
> 艶艶한 저 態度는 天下에 無雙이라
> —「표해가」

> 여인의 의복은 소년(젊은 여인)은 홍상과 분홍당의를 입고 또 홍띠를 띠고 머리에 화관 쓰고 슬을 얽어 오색비단 꽃을 금비녀에 끼어

> 한 편에 셋씩 꽂고 앞에는 금거북을 만들어 온갖 노리개를 달아매었고 단추에 줄향을 층층이 달았으니 걸음마다 쟁영소리와 염염한 태도가 혹 노새 같으며 우산도 받치며 혹 교자에 구슬발도 들이고 한 쌍의 아이를 곱게 꾸며 아래 세웠으니 여인의 예모도 다름이 없더라. —『표해록』

이방익은 조국의 수도 한양과 고향 탐라를 떠올리며 너무 차이가 큰 모습에 만감이 교차했을 것이다. 불과 몇 십 년 전만 해도 곡식도 자라지 않는 척박한 땅이었을 팽호도가 이렇게 변할 수 있었을까. 바로 중국이 문호를 개방하면서 서구와 동남아의 배들이 오가고 중국 남부의 하문으로 들어가는 배들이 이곳을 통과함으로써 팽호도는 중개무역지로 각광을 받았기 때문에 이제는 풍요를 누리게 된 것이었다.

그러나 조선은 3면이 바다였건만 그 바다는 오랫동안 자물쇠로 채워져 있었고 우리의 백성들은 감히 바다로 나가지도 못했고 해외의 문물을 보지도 못했다. 바다가 한 나라를 부유함으로 인도하는 큰 길임을 동서고금의 역사가 증명하는데 지구상에서 우리나라만 문을 잠가놓고 있었다. 영·정조 때에 이르러 박지원, 이덕무, 박제가 등은 나라 안에 수레 다닐 만한 길이 없어서 물화의 유통이 원만하지 못하며 해외로 통하는 항구가 없어서 무역이 성행하지 못함을 개탄하고 상업의 발달을 통하여 나라를 일으키려 했다.

박지원은 "수레가 성중에 다닐 수 없고 배가 해외에 통항하지 못하는데 나라가 어찌 가난하지 않겠으며 백성이 어찌 곤고하지 않겠는가"(車不行城中 舟不通海外 國安得不貧 民安得不困)라고 일갈했다.

해가 뉘엿뉘엿 지고 있었다. 우리는 급히 서둘러 민속박물관을 찾

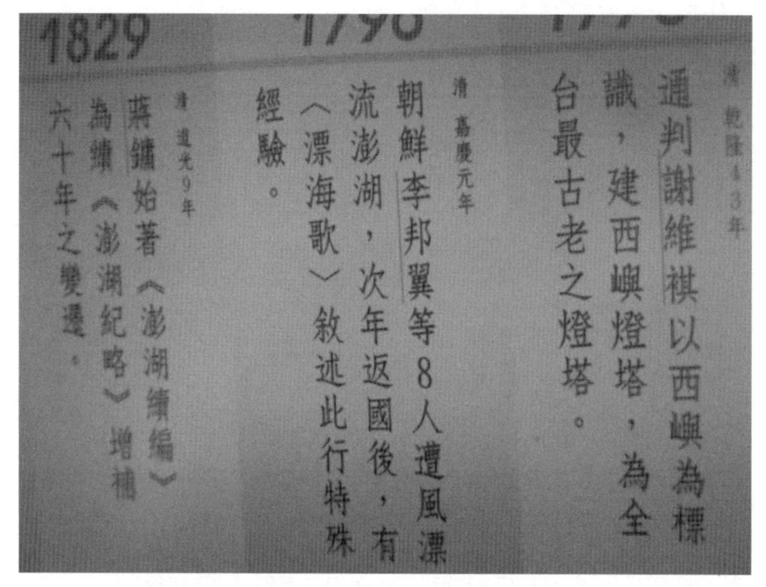

민속박물관 목판에 이방익과 그 일행이 팽호도에 도착했음이 기록되어 있다.

았다. 시대별로 사람들이 살아온 모습이 잘 보존되어 있는 점에 놀랐다. 둘러보는 가운데 어느 한 곳에 나의 시선이 꽂혔다. 벽에 목판이 걸려 있는데 거기에 다음과 같은 글이 쓰여 있었다.

> 1796 嘉慶元年
>
> 朝鮮李邦翼等8人遭風漂流澎湖 · 次年返國後 · 有〈漂海歌〉敍述 · 此行特殊經驗
>
> (1796 가경원년 조선 이방익 등 8인이 바람을 만나 팽호로 표류하였고 다음 해 고국으로 돌아간 후 〈표해가〉를 지었다. 이러한 행보는 특수한 경험이다.)

이것으로 볼 때 이방익의 표류 사실은 팽호도 주민들에게 큰 파장을 일으켰고 그들은 이 일이 마조신의 가호임을 굳게 믿었을 것이고 이는 대만으로 보내는 이문移文에 그리고 이방익이 거치는 관청마다에 보고되었을 것이다.

이방익의 표류는 특별한 경험이라고 했는데 그러고 보니 이방익의 발자취를 탐문하며 다니는 우리 탐방단의 경험 또한 특별한 경험임에 틀림없다. 심 교수가 박물관 직원을 면회하여 이 내용의 근거가 되는 서적을 구해보려고 했으나 그날은 일요일이어서 학예사가 출근하지 않았다. 나중에 그 직원은 학예사가 그 내용을 모른다는 연락을 줄 뿐이었다. 다음 날 아침 우리는 타이페이행 비행기를 타야 하니 너무 안타까웠다.

3. 대만의 고도를 가다

이방익 일행은 팽호부에서 상급관청인 대만부로 이송된다. 팽호부에서는 추운 날씨에 견딜 옷가지 즉 두루마기, 휘항(목까지 내려오는 방한모) 그리고 버선을 챙겨주고 행자음식을 푸짐하게 차려 보내고 돈까지 주면서 그들을 배웅한다. 팽호부 관부장이 이방익을 떠나보내면서 은근하고 다정한 어조로 위로한다.

> 북향길이 만여 리요 또 천기 극한하니 어한지절(禦寒之節)을 소홀히 못할 것이니 팽호에서 오래 머묾이 그런 연고였습니다. 금일은 일기 화순하니 행선함직 합니다. 조반 후에 떠나십시오. 내년 봄까지는 고국에 돌아갈 수 있을 터이니 아무쪼록 몸을 각별히 보중하세요. —『표해록』

위 인용문에서 북향길 만여 리는 팽호에서 제주 또는 한반도까지를 지칭한 것일 게다. 이방익 일행을 태운 두 척의 배는 대만을 향하여 항진해 간다. 일기는 명랑하고 바람은 화순하여 배가 살 가듯이 달려간다. 「표해가」와 『표해록』에서는 5일이 걸렸다고 기술하고 있으나 『승정원일기』, 『일성록』, 『서이방익사』에서는 2일이 걸렸다고 기록되어 있다. 바닷길이라 아마도 항구 주변에서 며칠간 맴돌았는지 모를 일이다.

그렇다면 이방익 등이 도착한 곳은 대만의 어디쯤인가? 『승정원일기』, 『서이방익사』에서는 배가 서남향으로 갔다고 한 반면 『표해록』에서는 동남향이라고 하고 있다. 대만은 팽호도의 동쪽에 위치하므로 『표해록』의 표현이 맞는다. 동남간을 향하여 갔으니 타이페이臺北일 리는 없다. 나는 청나라 때의 중국지도를 살핀 결과 1885년 이전의 지도에 대만부의 성도省都가 있던 곳이 지금의 타이난臺南이라는 사실을 알아냈다.

대만은 유구한 중국 역사와 드넓은 통치영역에서 존재하지 않는 땅이었다. 16세기에 들어서야 일본을 왕래하는 영국 · 스페인 · 포르투갈 · 네덜란드 상선들이 관심을 보이기 시작했는데 포르투갈 선박은 대만해협을 지나가던 중 대만 섬을 발견하고 아름다운 섬美麗島이라는 뜻의 포모사(Il Formosa)라고 칭했다. 그때까지 대만에는 문명화되지 않은 남방계 종족이 살고 있었다. 필리핀에 동인도회사를 차리고 동방경영에 나선 네덜란드는 1624년 대만을 점령하여 자국 영토로 만들었다. 그들이 처음에 발을 디딘 곳은 녹이문鹿耳門과 안평진安平鎭을 끼고 있는 대원항이었다. 이 항구를 중심으로 형성된 도시가 타이난시다.

그들은 활꼴의 넓고 우묵한 만에 제방을 쌓고 모래와 진벌이 있는 얕은 지역을 육지로 만들어 시가지와 농토로 만들었다. 완성된 항구는 일본과 중국에 대한 무역의 거점으로 그리고 중개무역의 기지로 사용하기에 안성맞춤이었다. 이 항구는 내항이 넓고 둥글며 바다와 연결된 입구는 호리병 같은 형상을 하고 있어 대원항大圓港이라 부르는데 이는 대만臺灣의 어원이 되었다. 네덜란드인들은 북쪽 곶 녹이문이 바라다 보이는 곳에 높은 둔덕을 만들어 요새화하고 포대를 설치하고 유럽식 성을 쌓았다. 질란디아 성(Zeelandia Fort)이다. 현재 이

네델란드인들이 유럽식으로 쌓은 질란디아 성이 '안평진성(타이난)' 이다.

성은 안평진성 또는 안평고보安平古堡라 불리는데 성채와 시가가 분리되어 있는 유럽식 성으로 주민이 성 안에 거주하는 중국과 한국의 성과는 다르다.

네덜란드가 대만에서 영토를 늘려가면서 번영을 누리고 있을 때 정성공鄭成功이 대함대를 앞세워 밀고 들어왔다. 정성공은 17세기 청나라가 명나라를 멸망시키자 복건성 백성들을 동원하여 반청복명反淸復明의 기치를 높이 들고 명나라 부흥운동을 전개했다. 당초에는 세력이 크게 번창했는데 급기야 청나라에 밀려 대만행을 결정한다. 1661년 정성공은 400척의 군함과 25,000명의 군사를 이끌고 녹이문으로 밀고 들어왔고 녹이문을 간단히 제압한 정성공은 대원항을 건너 질란디아 요새(안평진)를 공격한다. 2,000명의 병사로 항거하던 네덜란드 총독 코에트는 프로방시아 성(적감성赤嵌城)에서 항복문서에 서명한다. 대만을 접수한 정성공은 패전국인 네덜란드를 포함하여 스페인 · 포르투갈 · 프랑스 · 영국 등에게 문호를 개방한다. 정성공을 따라온 사람들, 그리고 천주와 장주漳州 등지에서 몰려온 사람들이 대만에 상주하여 대만은 한인漢人의 숫자가 기하급수적으로 늘어간다. 정성공의 세력은 아들 정경鄭經 그리고 손자까지 이어지다가 1683년 청나라에 항복한다. 1685년 이후 청나라는 해금정책을 해제하고 복건·광동·영파 등의 항구를 개방하는데 이에 편승하여 대만은 날로 번창한다. 천주와 장주의 농사꾼들은 대만으로 몰려들어와 호밋자루를 내던지고 장사꾼으로 탈바꿈했고 더러는 원주민인 평포족의 땅을 사들여 개간에 힘쓴다. 이렇듯 대항해시대를 맞아 대만이 흥청거리고 있었을 때 이방익이 나타난 것이다.

이방익은 대만을 밟았으면서도 지명을 언급한 적이 없다. 이방익이 자기가 다녔던 곳을 말할 수 없는 형편이니 연암은 이방익의 행선지를 여기저기 짚어본다. 녹이문, 가의현嘉義縣, 안평진성, 적감성을 언급하면서 나름대로 지역의 내력을 덧붙였을 뿐 이방익이 상륙했거나 들렀거나 머문 곳이 정확히 이곳이다라고 지목하지 않았다. 이방익은 「표해가」 그리고 『표해록』에서 대만에 상륙했을 때의 화려한 정경을 감격적인 어조로 읊고 있다. 박지원은 대만기략을 참조하여 녹이문과 대원항을 언급한다.

> 臺灣府가 어대매뇨 五日만에 다닷거라
>
> 선창좌우에는 丹靑한 漁艇이요
>
> 長江上下에는 無數한 商船이라
>
> 鍾鼓와 笙歌소래 곳곳이서 밤새오니
>
> 四月八日 觀燈인들 이 갓흘 길 잇슬소냐
>
> 탓던 船人 離別하고 層城門 달녀드니

정성공이 네델란드에 대항해서 전투를 벌인 안평진성에 있는 대포

琉璃帳 水晶簾이 十里에 連하엿다

—「표해가」

… 당도한 곳은 또한 섬인데 수구 좌우의 넓은 선창에 단청을 칠한 고깃배와 장사꾼의 배들이 강에 꽉 들어찼는데 그 수를 알 수가 없을 정도였다. 화각이 물 가운데 솟았는데 종소리 북소리가 밤새 들리고 등촉을 셋씩 넷씩 달아놓았는데 사월 초파일의 관등인들 이렇게 화려할 수가 없을 것이다. 재화의 풍족함과 인물의 번성함을 보는 것은 처음이며 좌우에 구경하는 사람들의 호사함이 비길 데 없었다. 호송하는 사자들인 왕감과 진번이 먼저 배에서 내리면서 말하기를, '우리는 대만부에 문부(文簿) 드리러 가니 잠시 기다리라' 하고 가더니 밤이 지나서 진번이 돌아와서 배를 대며 가자고 한다. 팽호부 선원들과 이별하고 5리쯤 가니 대만부 북문 밖이었다. 누대가 넓고 시원하며 성첩이 웅장하다. 좌우 저자거리에는 오색 유리등을 달아 주야로 불을 켜고 성안의 관부까지 5리인데 인가가 연속해 있

고 오색기와로 이었으며 집집마다 채롱을 만들어 이상한 새들을 넣었는데 쉴 새 없이 지저귄다. 토산품은 인삼, 녹용, 비단, 가죽제품이다. 관부에 다다르니 층문루 위에 상산부가 있는데 좌우에 익랑이 벌어져 있다. —『표해록』

녹이문은 대만 서쪽 30리에 있는데 그 형상이 사슴의 귀처럼 생겼기 때문에 그렇게 불렀습니다. 양쪽 해안에 모두 포대를 쌓아 놓았고 바닷물이 해협 사이로 흘러 구불구불 휘돌아 들어옵니다. 그 가운데 해옹굴이 있는데 평소에는 뜬 모래가 많고 물이 얕으나, 바람이 세게 불면 깊이가 돌변하여 가장 험한 곳이 됩니다. 녹이문 안으로 들어가면 수세가 약해지고 넓은 곳이 나와 천 척의 배를 정박해 둘 만한 곳이 있으니 곧 대원항이라는 곳입니다. —『서이방익사』

이방익의 여러 기록에서 대만에 대하여 내가 얻을 수 있는 정보는 기껏해야 다음 몇 구절에 지나지 않는다.

① 팽호항에서 동남간을 향하여
② 당도한 곳은 또 다른 섬
③ 수구 좌우의 넓은 선창에 고깃배와 장사꾼들의 배가 꽉 들어찼는데
④ 화각이 물 가운데 솟았는데
⑤ 5리쯤 가니 대만부 북문 밖

이방익의 길을 추적하는 일은 내일로 미루고 우리는 역사가 서려 있는 적감루(赤嵌樓, 프로방시아)를 찾기로 했다. 적감루는 홍모(紅毛, 네

덜란드인)가 대만을 점령했던 시기(1624-1661)에 건립한 유럽식 성인데 네덜란드가 대만 원주민 평포족을 관리하기 위하여 지었고 최고 행정 관청이 들어서 있었는데 홍모를 물리친 정성공은 이곳을 화약고 내지 무기고로 활용했다. 늦은 저녁 우리가 찾았을 때 2층 건물인 적감루는 건물과 정원의 조명으로 인하여 단청이 화려했고 마당에서는 음악회가 열려 많은 인파가 북새통을 이루었다. 정원 한구석에 정성공이 네덜란드 마지막 총독 코에트의 항복을 받는 모습의 동상이 서 있다.

4월 28일 아침 우리는 이방익이 당도했다고 추정되는 녹이문으로 달린다. 이방익의 글에는 녹이문이라는 표현이 없고, 박지원의 글에도 이방익이 녹이문에 상륙했다는 언급은 없다. 그러나 필자가 녹이문을 이방익이 당도한 곳이라고 추정하는 이유는 정성공이 네덜란드인들을 공격할 때 이곳으로 진주했으며 청나라 또한 정성공 정부를 칠 때 이곳에 첫발을 디뎠으며 중국남부의 한인들이 이곳을 거쳐 대만에 정착한 것처럼 녹이문은 당시 대만(대남)의 관문이기 때문이다. 택시는 20분쯤 달려 우리를 〈천상성모궁〉이라는 웅장하고 화려한 전당 앞에 내려놓는다. 이른 아침인데도 문 안에는 참배객과 관광객으로 인산인해를 이루고 큰 마당 한복판에는 칼춤과 무술시합이 관중들의 시선을 모은다. 녹이문의 천후궁은 대만 아니 전 세계에서 가장 규모가 큰 마조묘라 한다. 15ha의 대지에 앞에서부터 오왕전, 마조전, 불조전이 세워져 있는데 각각 신상들이 모셔져 있고 천정과 벽면에는 웅장하면서도 세밀한 장식이 조각되어있다.

내가 작은 항구라고 생각했던 녹이문은 논밭과 황무지가 깔려있는 넓은 들판을 포함하고 있었다. 청일전쟁 후 대만을 차지한 일본은 녹이문 주변의 갯벌을 간척하고 섬들을 연결하여 염전을 만들어 전쟁터와 일본 본토에 공급했는데 일본이 물러간 후 대부분 농토나 황무지로 개간했다. 그래서 우리는 방향을 못 잡고 그 넓은 들판을 헤매며 이방익이 상륙한 지점을 찾느라 많은 시간을 소비했다. (아내는 도랑의 흙을 손으로 찍어 맛보더니 우리가 서 있는 곳이 갯벌이었음을 확인시켜 주었다.) 우리는 정자에서 쉬고 있는 노인들을 만나 조언을 얻고자 했다. 우선 박지원이 언급한 포대를 찾고자 했는데 한 촌로의 말에 의하면 포대는 이미 오래전에 사라졌다며 포대가 있던 언덕을 가리켰다.

옛 지도에 의하면 대원항에서 바다로 통하는 물목, 즉 녹이문과 안평진 사이에 북선미北線尾라는 수중도가 그려져 있는데 나는 그 섬이 이방익이 당도한 섬일 것이라 여기고 북선미를 찾기 위하여 나선다. 그러나 섬 주변은 일본이 바다를 메꿔서 염전으로 사용했기 때문에 현재 북선미라는 섬은 따로 존재하지 않는다. 나는 현재 녹이문의 남단에 해당하는 곳을 북선미로 단정했다. 우리는 그 언덕에 있는 〈녹이문천후궁〉을 방문했다. 거기서 내려다보니 남쪽으로 대원항이 닿아있고 많은 배들이 정박해 있으며 항구 건너로 교량이 건설되어 있었다.

이로써 나는 이방익이 상륙한 지점이 북선미라는 '섬'이며 북선미를 중심으로 남북으로 갈라진 물길을 '수구 좌우'로 표현했으며 이방익이 말한 물 가운데 솟은 '화각'은 천후궁 즉 마조묘를 지칭했음을 확신할 수 있었다.

나는 이방익이 방문한 '상산병부'를 안평진성으로 비정한다. 『표해록』에 이방익 일행이 '팽호부 선원들과 이별하고 5리쯤 가니 화각이 물 가운데 솟았는데 대만부 북문 밖'이었고 거기서 저잣거리를 지나 5리를 가니 관부가 나온다고 했는데 현재 녹이문의 남단(북선미)과 안평진 사이에 약 2km의 다리가 놓였고 대만부 북문이라고 추정되는 북쪽 강변에서 안평고보까지는 2km가 됨을 우리는 택시 미터기로

전 세계에서 가장 규모가 큰 마조묘인 녹이문 천후궁

확인할 수 있었다.

다리를 건너가니 안평고보가 우뚝하니 이마에 닿고 전망대가 보인다. 몇 층계를 오르니 일부 남아있는 성벽이 보인다. 안내판에는 높이가 10m이고 둘레가 900m이며 4개의 치성(雉城, 성가퀴, 성벽 위에 설치한 높이가 낮은 담)이 있고 설탕, 흙, 조개껍데기, 찹쌀을 이겨서 벽돌을 쌓았다고 하는데 박지원의 『서이방익사』에서는 '동실유(桐實油, 오동나무 열매기름)와 석회를 함께 다져서 쌓았다' 고 기록되어 있다.

… 안평진성은 일곤신(一崑身) 위에 있는데, 곤신이란 번어로 모래제방이라는 뜻입니다. 동쪽으로는 대만시가지 나루에 닿고 서쪽의 모래언덕은 대해에 닿으며, 남쪽으로는 이곤신에 이릅니다. 북쪽에는 해문이 있는데 원래 홍모(네덜란드인)의 협판선(서양식범선)이 드나들던 곳입니다. 첫 번째 곤신으로 말하자면 둘레가 5리쯤 되는데 홍모가 성을 쌓을 때 큰 벽돌을 이용하고 동실유와 석회를 섞어 함께 다져서 만든 것입니다. 성의 기초는 땅 밑으로 한 길 남짓 들어

대원항 지도

가고 깊이와 너비도 한두 길이나 됩니다. 성벽 위의 성가퀴는 모두 쇠못을 박았는데, 둘레가 1리이며 견고하여 무너질 염려가 없습니다. 동쪽 둔덕에는 백성들이 집을 짓고 시장을 열어 무역하는 것을 허락해 주었습니다. —『서이방익사』

이방익 일행은 북선미에서 배를 타고 5리쯤 가서 대만성 북문에 이르고 북문을 거쳐 성내로 들어간다. 가는 길에 웅장한 성첩과 저잣거리를 장식한 오색유리등과 오색기와를 얹은 기와집, 이상한 새들을 기르는 채롱 그리고 풍부한 물자들을 경험한다. 이방익 일행은 대만의 군사령부인 도총부에 나아가게 되는데 좌우에 천군만마가 도열해 있고 총칼로 무장한 의장대의 삼엄한 행진을 보게 된다. 아마도 조선의 당당한 무장으로 군대사열을 받은 것 같다. 또한 안찰사 겸 부윤, 무수제독, 현령 등 대만 최고지도자들이 그를 부른 것을 보면 최고의 예우를 한 것임에 틀림없다.

도총부 병부사자가 와서 3대인이 우리를 부른다고 한다. 죽림을 지나 멀리 바라보니 백사장 광야에 큰 아문이 있는데 문밖에 깃대를 높이 세우고 기에 상산병부 총수기라 썼고 천병만마가 차례로 도열해 있으니 검극이 삼엄하였다. 일성방포에 제장이 교위에 높이 앉아 군졸을 호령하니 군용이 엄숙하였다. 그리고 세 운문을 지나니 사면에 우물도 있으며 석가산을 만들어 그 위에다 화초를 심었는데 오색매화가 가지가지에 꽃을 피웠고 청조백금은 꽃 사이를 넘나들며 노래하고 사슴, 노루, 원숭이는 무리지어 오색의 기와집 사이로 이리저리 왕래하니 경개 절승하여 마치 그림 속 같았다. 점점 들어가니 향기는 옷에 스며들고 여러 층의 계단 위에 화각이 솟아있어 바라보니 〈화양당〉이라는 현판이 걸려 있다. 한 간 위의 섬돌에 홍전과 홍문단을 걸친 네 명의 관장이 앉았고 좌우에 여러 장수들이 벌려 앉아 군법을 다스리니 위엄이 매우 엄정하였다.

그들은 8인을 당전 가까이 앉히고 물었다.

"귀공은 고국에서 무슨 벼슬을 했으며 같이 온 사람들은 무슨 품직이며 무슨 일로 인하여 배에 타서 풍랑을 만나 며칠 만에 팽호부 바깥 섬에 왔으며 상한 사람은 없습니까?"

내가 대답하였다.

"나는 본국에 있을 때 통정대부 무겸선전관을 지냈으며 다른 사람들은 직품이 없습니다. 우리는 금년 9월 20일 쌀장사를 위하여 배에 탔다가 풍랑을 만나 16일 만에 팽호부에 이르렀습니다."

그들이 말했다.

"당신들 정경이 가련하여 은자와 식물로 정표할 것이니 아직은 평안히 있으시오."

돌아오는 길에 본성 총수 순무대인이라는 사람을 만나니 그 대인이

일본의 소금창고였던 '안평수옥'

"당신들을 잘 치송할 것이니 염려 말라"고 한다. 내가 대답하기를, "표류한 지 3삭이 지났으니 돌아갈 마음이 급한데 어찌 잠시라도 머물 뜻이 있겠습니까? 바라건대 쉬이 돌아갈 도리를 마련해 주십시오."

타국에서 표류해온 이방익에게 군대사열과 같은 환영행사를 베풀고 대만부 행정관청과 군사령부의 고관들이 함께 모여 영접한 것은 이방익이 조선의 3품 직위인 충장위장의 현직에 있음을 팽호부로부터 보고받았기 때문일 것이다. 또한 이방익이 통정대부(通政大夫, 조선시대 문신 정3품 상계의 품계명)와 무겸선전관을 덧붙였는데 그가 낯선 땅에서도 임기응변에 능함을 알 수 있다. 통정대부는 조선시대에 3품의 문무관직을 통틀어 이르는데 중국에서는 대부라는 계급이 대단한 관직에 속한다. 중국의 신분계층을 천자, 제후, 대부, 사士, 서인으로 구분하는데 대부는 5품까지의 고위직에 속한다. 이방익은 이 점에 염두를 둔 것 같다. 조선시대에 무겸선전관은 임금이 외국사절을 접견

영국의 무역사무소였던 '덕기양행'

할 때 창검을 들고 시립하는 직책이라 이방익이 임금을 호위하며 청나라 사신을 맞은 일을 드러내려 한 것으로 보인다. 이방익 일행은 바람 잦기를 기다리느라 대만에서 한 달여를 보낸다.

우리는 이방익 등이 한 달이나 머물러 있으면서 방문했음직한 옛 시가지 안평노가安平老家를 걸었다. 네덜란드 풍의 단층 상가 건물이 줄달아 있는데 그 고색창연한 건물이 지금까지 남아있음에 놀랐다.

우리는 이방익이 사열을 받았음직한 연병장으로 추정되는 곳에 일본의 소금창고였던 안평수옥安平樹屋과 영국의 무역사무소였던 덕기양행德記洋行 건물을 둘러보았다. 다음 행선지인 팽호도로 가야 하는데 시간이 촉박하다. 택시는 속력을 내어 지하철역으로 달렸고 고속전철로 환승하기 위하여 걸음을 재촉했다. 주마간산 격이지만 이번 기회에 이방익의 발자취를 찾았다는 사실에 우리는 자부심을 느끼면서 팽호도 마공공항으로 날아갔다.

제3부

복건성福建省

1. 하문
2. 고려인의 흔적
3. 천주
4. 복주
5. 천년을 뒤돌아보며
5. 복건역로

1. 하문廈門

1796년 12월 20일 대만(지금의 대남)을 떠난 이방익 일행은 하문으로 향하여 항해하는데 도중의 천진川津 앞바다에는 해적선들이 들끓어 여러 선박들이 떼를 지어 움직여야 한다. 천진은 지금의 금문제도를 이른다. 이방익 일행은 대만을 떠난 지 보름 만인 1797년 정월 4일에 하문에 도착한다.

우리가 이 먼 길을 찾아 이방익의 발자취를 확인하고자 하는 것은 『이방익표류기』의 기초자료로 활용한 「표해가」, 『표해록』 등에서 그의 행적을 명증하고 그가 임금에게 보고한 내용이 진실임을 밝히는 데도 의의가 있다. 이번의 이방익 표류노선 답사는 주제주중화인민공화국총영사관의 초청에 의한 것이다.

> 평소 본 영사관 행사에 적극 참여해 주신데 대해 사의를 표합니다.
>
> 중국 복건성(福建省)과 제주 간의 인문교류를 강화하고 이방익과 관련된 중한 교류 역사를 탐구하기 위해 심규호 교수님과 권무일 소설가님을 비롯한 6명을 "이방익 표류 노선 탐방단"을 구성하여 7월 6일부터 14일까지 복건성을 방문하도록 초청하고자 합니다. 복건성

하문시(廈門市)와 천주시(泉州市), 남평시(南平市), 복주시(福州市)를 방문하여 이방익 표류노선을 탐방하고 현지 연구자와 교류하도록 하겠습니다. 귀 방문단의 중국내 숙식, 교통 등 비용은 총영사관에서 부담합니다.

• 초청명단 : 권무일(소설가), 심규호(제주국제대 중국어과 교수), 노인숙(권무일 부인), 유소영(심규호 부인), 한라일보 취재팀

2018년 7월 6일 제주를 출발한 우리는 오후 8시경 중국 복건성 하문공항에 도착했다. 사실 환승시간을 제하면 3시간 남짓 걸린다. 하문공항에 내리니 늦은 시간임에도 복건성 인민정부 외사판공실 직원이 기다리고 있었다. 젊고 총명해 보이는20대 후반 또는 30대 초반의 왕이펀王益芬이라는 여인으로 한국말을 능숙하게 구사하고 있었다. 그녀는 오늘의 시작점부터 우리가 여행을 마칠 때까지 우리와 동행한다고 한다. 우리는 중국 측에서 마련한 19인승 버스에 올라 하문 시내의 한 호텔로 향했다. 공항에서 15분 거리였다.

다음날 아침, 우리는 호텔에서 나와 차에 올랐는데 나화羅華라는 젊은 가이드가 차내에서 자기소개를 끝내기가 바쁘게 '우리 하문'으로 시작되는 하문 소개에 열을 올렸다. 나화는 복건성 외사판공실에서 일시 고용한 청년으로 남평시에서도 우리를 안내하게 된다.

하문은 중국에서 가장 깨끗한 도시로 2002년 유네스코로부터 '살기 좋은 국제공원도시'로 인정받았다는 것이다. 정말로 반도와 섬으로 이루어진 하문은 푸른 바다, 파란 하늘, 짙푸른 가로수, 온종일 밝게 빛나는 태양, 깨끗하게 정돈된 거리를 다 갖고 있다. 가이드는 하문을 자랑하느라 입에 거품을 문다. 하문에는 오토바이가 없으며 하

문섬에 여기저기 보이는 호수는 담수호가 아닌 해수호, 인구는 약 400만인데 그 중 2/3가 하문섬에 살며, 나머지는 동안구 등 내륙에 산다. 하문은 아편전쟁 이후 발달한 도시라는 등, 말은 서툰 한국말이지만 목청을 한껏 높인 설명은 차가 중산공원 후문에 대기까지 이어진다.

하문은 구룡강을 끼고 동남쪽으로 장주漳州와 경계를 이루고 서북쪽으로는 천주泉州와 맞닿아있는 현대화된 항구도시로 중국의 5대 경제 특구의 하나이다. 대만과 바다를 사이에 두고 마주하고 있으며, 경치가 수려하고 여름에는 무덥지 않고 겨울에는 춥지 않아 생활하기에 매우 좋다. 하문 시민들은 열정적이고 교양이 있으며 소박하고 온화하며 따스한 생활을 하고 있어 사업, 학습, 생활하기 가장 적합한 도시 중 하나이다.

역사적으로 볼 때 하문은 천주 내지 동안현同安縣의 일부로 진시황때는 민중군에 속했으며 송나라 때 지금의 동안현이 설치되었고 하문섬은 해적이 들끓던 섬으로 가목서嘉木嶼라고 불렀다. 정성공이 이곳에 요새를 설치하여 청나라와 맞서 싸울 때 명나라를 그리워한다는 의미로 사명성思明城이라고 부르기도 했다. 정성공은 여기 하문에서 버티다 세가 불리해지자 대만으로 군사를 이동시켰고 그 후 청나라는 여기서 발진하여 대만을 점령하기에 이른다.

이방익이 하문에 도착할 당시인 18세기는 대항해시대로 영국 · 스페인 · 포르투갈 선박이 드나들었고 장주 · 동안 · 천주의 많은 한인들이 하문을 통하여 대만으로 건너가거나 동남아 등지로 진출하여 화교가 되었다.

'세계 화교들의 고향' 이라 불리는 복건에서도 하문은 가장 대표적

무이산 계곡

인 곳이다. 아편 전쟁에서 패배한 중국이 1842년 난징 조약으로 상해 · 광주 · 복주와 함께 개항하면서 하문 사람들의 해외 진출이 가속화되었다. 1980년 등소평이 중국 최초의 경제특구 중 하나로 지정하면서 자본주의를 가장 먼저 받아들이고 정착시켰다. 또 하문은 중국에서 가장 먼저 차茶를 해외에 알린 도시이다. 무이산武夷山에서 생산된 우롱차 철관음鐵觀音은 하문을 통해 해외로 수출되었다.

하문대학교는 싱가포르의 고무왕으로 불리는 저명한 화교지도자 진가경陳嘉庚이 1921년에 고향 하문에 투자하여 설립한 중국 근대교

육 역사상 화교가 최초로 창설한 대학이다. 중화인민공화국 교육부 직속 대학, 국가중점대학 중 하나로 중국 동남지역에서 학술수준이 가장 높은 종합대학으로 알려져 있다. 하문(샤먼)대학은 완벽한 교육, 과학연구 설비와 공공 서비스 시스템을 갖추고 있다. 학교 면적은 560만㎡이며 산을 등지고 바다를 마주하고 있어 중국에서 공인하는 제일 아름다운 캠퍼스 중 하나이다. 현재 재학생은 약 4만여 명이고 2,500여 명의 된 교수진을 갖추고 있다.

당초에 우리는 하문대학교를 방문해 이방익 및 한중 학술교류에 관련하여 교수진과 면담할 계획이었으나 그쪽 사정으로 그 계획은 취소되었다. 하여 이방익과 꼭 관련은 없지만 우리는 다른 유적지를 방문하기로 계획을 변경하였다. 차는 중산공원 후문에 당도하였다. 우리는 골목 안쪽에 위치한 동악묘東嶽廟를 찾았다. 동악묘는 중국 태산泰山의 신을 모신 사당으로 본존本尊은 동악대제東嶽大帝이며, 본존 양편으로 낭랑娘娘, 문창文昌 등 많은 도교의 신들이 모셔져 있었다. 중국 특히 남중국에는 이렇듯 도교적 신앙이 널리 퍼져 있다.

이어서 우리는 1,000년의 역사를 가진 남보타사南普陀寺를 찾았는데 이 사찰은 복건성에서 가장 큰 사찰로 하늘로 날아오를 듯한 처마와 용마루의 화려한 조소彫塑 장식이 눈길을 끈다. 이 사찰은 매일같이 불교 신도의 방문이 끊이지 않고, 화교가 유난히 많이 방문하는 것으로 유명하다. 타국에 정착한 화교에게 불교는 중국인이라는 문화적 동질감을 느끼게 하는 요소이자, 자신의 정체성을 유지하는데 핵심적인 역할을 하고 있기 때문이다.

우리는 미륵불이 안치된 천왕전을 시작으로 산자락을 따라 올라가면서 대웅보전, 대비전, 장경각 등을 둘러본다. 마침 삼세불三世佛이

남보타사의 독특한 처마와 용마루

모셔진 대웅보전에서는 스님들이 모여 경을 읽고 법회를 하고 있었다. 8각 지붕이 화려한 대비전은 천수관음상을 돌며 기도하는 중국인들로 북적이고 있었다. 우리를 안내하는 거구의 스님(이름을 물어보았으나 그 스님은 빙그레 웃기만 한다)은 아무에게나 보여주지 않는다는 장경각의 문을 열어주었다. 거기에는 국보급에 해당하는 작은 불상이 즐비하게 보존되어 있고 불교경전이 두터운 책장에 꽂혀있다. 불교와 도교에 관한 지식을 가진 심규호 교수는 그 스님과 많은 대화를 나누며 보물들을 감상하고 있었지만 그 방면에 문외한인 나는 그냥 뒤따르기만 할 뿐이었다. 남보타사 관람을 마친 우리는 경내의 식당에서 소채식素菜食으로 점심식사를 했는데 야채로만 요리한 음식이 이렇듯 다양하고 맛이 있다는 것에 놀랐다.

점심식사 후 우리는 이방익이 하문에 상륙하자마자 방문했다는 주자서원을 찾아 나서기로 했다. 주자서원은 주자朱子의 호를 따서 자양서원紫陽書院이라고도 부른다. 주자(1130-1200)는 남송의 유학자로 본명은 주희朱熹이고 호는 자양紫陽 또는 회암晦庵이다. 그는 유학을 집대성하고 체계화하여 완성시켰는데 그의 학설은 명 · 청 시대 유학의 정통으로 자리 잡았으며, 그의 사상과 학풍은 후세 학자들의 존경을 받았다. 그는 공자와 맹자 다음으로 숭배되었고, 풍부한 독서와 세밀한 분석을 중시하는 그의 학풍은 후세 학자들뿐만 아니라 한국에까지 영향을 주었다. 고려 충렬왕 때 안향安珦이 처음으로 주자학을 도입하였는데 주자에 심취한 안향은 주자의 호 회암을 따서 자신의 호를 회헌晦軒이라 지었고 주자가 세운 백록서원白鹿書院을 본떠 백운서원白雲書院을 세워 후학을 가르쳤다. 그 후 주자의 사상체계는 조선의 건국이념으로 자리를 잡았고 퇴계退溪와 율곡栗谷이라는 대학자의 사상체계로 이어졌다. 주희는 18세에 진사시에 급제하여 동안현 주부로 첫 관직을 시작하였다. 동안현의 자양서원은 주자가 처음으로 세운 서원으로 그 의미가 각별히 크다. 박지원은 『서이방익사』에서 다음과 같이 썼다.

> 주자가 동안현(同安縣) 주부(主簿)로 있을 때에 고사헌(高士軒)을 지어 여러 유생과 더불어 그곳에서 강습한 일이 있는데 지금의 서원이 서 있는 자리는 아마도 그 옛터인 듯합니다. 또 원나라 지정(至正, 원나라 순제의 연호1341-1367) 연간에 고을 수령 공공준(孔公俊)이 서원을 세우고 황제께 청하여 대동서원이란 액호(額號)를 하사 받았는데 바로 이 서원을 가리킵니다.

우리는 남보타사에서 출발하여 다리를 건너 서북쪽으로 한 시간여 달렸다. 오전산吳田山 기슭에 웅장한 범천사梵天寺가 보인다. 범천사

옆길을 따라 높은 언덕으로 오르니 자양서원이라는 현판이 보인다. 우리 모두 흥분하여 주자상을 껴안고 사진을 찍고 주자체朱子體의 여러 글씨를 감상하고 있었다.

마음을 차분히 가라앉힌 나는 고개를 갸우뚱했다. 내가 의구심을 갖는 첫째는 이 서원이 큰 산 기슭에 있긴 한데 내륙 깊숙이 들어와 있어 이방익이 거기까지 갈 리가 없고 『승정원일기』에는 이방익이 '하문에 도착하여 배에서 내려 자양서원에 머물렀다' 고 했으며, 둘째 자양서원이 절 앞에 있다고 했는데 이곳의 서원은 절 뒤에 있다는 점, 셋째 이방익은 절 이름을 '향불사' 라 했는데 이름이 달라도 너무 다르다는 점이었다.

이방익이 자양서원을 찾았던 기록을 살펴보면 다음과 같다.

① 丁巳正月初四日에 廈門府에 드러가니
紫陽書院 네 글자를 黃金으로 메웟는대
甲紗帳 둘너치고 左右翼廊 奢麗하다
내 비록 區區하나 禮儀之國 사람이다
이 書院 지나가며 엇지 瞻拜 아니리오
拜禮를 畢한 後에 殿밧게 나와보니
數百 儒生 갈나안저 酒饌으로 推讓한다
—「표해가」

② 정사년 정월 초 4일 하문부에 이르니 큰 산이 있고 산 앞에 큰 절이 있는데 이름은 향불사라고 한다. 절 앞에는 반석이 있고 그 아래 돌을 깎아 암자를 지었는데 돌 위의 큰 다리가 10장이 넘고 둘레가 세 아름이나 되는 돌이 서 있는데 반석 위에는 큰

소나무가 있다. 여기가 주자서원이다. —『표해록』

③ 배를 탄 지 10일 만에 하문에 도착하여 배에서 내려 자양서원에 머물러 쉬었습니다. 서원 안에 주자의 화상이 있기에 들어가 경배하였더니 서원에 거주하는 유생 수백인이 모두 나와서 보고는 매우 정답고 친밀한 뜻을 보였습니다. (登舟十日到廈門下陸 止舍於紫陽書院 院中有朱子畵像 入去祗拜居接儒生數百人 皆出來見之頗示款曲之意) —『승정원일기』

우리의 안내자 왕이펀 선생이 즉시 전문가를 수소문했다. 동안구의 사寺 · 묘廟 · 궁宮을 연구하는 향토 사학자 임홍도林宏途 선생(하문시 동안구 민족종교사무국의 주임과원)이 달려왔다. 내가 『표해록』의 기록을 설명(왕이펀이 통역)하면서 의문을 제기하자 그 또한 2002년 어느 독지가에 의해서 지어진 이 서원은 박지원이 말한 〈대동서원〉 옛터에 지어진 것일 수는 있으나 『표해록』에 나타난 서원은 아닌 것 같다고 공감하면서도 우리가 찾고자 하는 주자서원은 금시초문이라는 것이다.

우리는 동안구 남쪽의 상안구翔安區로 달렸다. 인터넷을 검색하니 하문에 다른 자양서원이나 향불사는 검색되지 않았으나 향산암이 검색되어 막연하지만 그곳을 찾아가기로 한 것이다. 남쪽으로는 바다를 끼고 북쪽으로는 큰 산이 뻗어있으며 산마루에 향산암이라는 절이 있기 때문이다. 이방익이 향산암을 향불사로 기억할

주자

주자서원과 향산암

수도 있고 이름이 바뀌어 있을 수도 있기 때문이다.

상안구는 범천사에서 멀었다. 우리는 남쪽으로 한참이나 달렸다. 고갯길을 오르고 산정에서 고개를 넘었다. 거기에 향산암이 있었다. 이렇듯 산중에 선비들이 찾던 서원이 있을 리 없다며 나는 괜한 걸음을 했다고 운전기사와 일행들에게 미안한 마음을 감출 수 없었다. 혹시나 해서 산록의 향산암을 지나 아래로 내려갔다. 놀랍게도 향산암 앞의 허름한 상점 위에 낡은 패방(牌坊, 중국의 전통적 건축양식의 하나로, 문(門)의 일종)이 걸렸는데 〈徽國文公祀(휘국문공사)〉라는 금박의 글씨가 뚜렷이 보였다. 휘국과 문공은 더불어 주자에게 내려진 시호諡號다. 절 앞 광장과 연못은 현재 유원지로 활용되어 있고 패방 앞에는 작은 연못이 있고 돌다리가 있으며 큰 돌이 우뚝 서 있다. 이 광경은 이방익이 '절 앞에는 반석이 있고 그 아래 돌을 깔아 암자를 지었는데 돌 위의 큰 다리가 10장이 넘고 둘레가 세 아름이나 되는 돌이 서 있다' 고 말한 구절과 일치하는 것 같아 나로 하여금 여기가 이방익이 찾은 그 〈주자서원(『표해록』)〉 또는 〈자양서원(「표해가」)〉임을 확신하게 하였다. 눈 아래에는 넓은 평원이 펼쳐진 저 아래 바다가 출렁거리고 바다 건너 저편에 금문도와 대등도가 보인다.

이방익 일행은 금문도를 거쳐 해안에 당도하여 이곳 자양서원을 찾은 것일 게다. 8명이나 되는 사람들의 숙식을 해결할 수 있는 곳은 다중이 이용하는 서원이나 사찰일 것이기 때문이다.

서원에 도착하여 여장을 풀은 이방익은 이곳이 주자서원으로 주자 화상을 모셨다는 이야기를 듣고 자신들을 여기까지 안내한 사자使者에게 참배할 뜻을 밝혔다. 이방익은 조선에서 문인들이 늘상 하고 있는 성인에 대한 참배를, 무인의 처지에서 더욱이 이역만리에서 감히 시도하고자 한 것이다. 이방익의 임기응변과 능수능란한 처세를 엿볼 수 있는 대목이다. 이로써 이방익은 주자서원 뭇 유생들의 관심과 존경을 한 몸에 받는다. 이방익의 기록을 인용하면 다음과 같다.

> 서원에 주자 화상을 모셨다 하여 참배하기를 청하니 사자가 이 말을 듣고 놀란 표정을 지으며 말했다.
>
> "귀공이 만 리 타국 사람으로 어찌 주자를 아십니까?"
>
> 내가 또한 정색을 하며 대답하였다.
>
> "조선은 본디 예의를 숭상하는 나라라 삼척동자라도 주자가 성인인 줄을 다 압니다."
>
> 사자가 내 말을 듣고 공손히 다시 앉으며, "조선이 예의지국이라 하는 뜻을 오늘에야 쾌히 알게 되었습니다." 한다.
>
> 사자의 인도를 받아 자양서원에 들어가는데 큰 문 밖 좌우에 기화녹초가 난만히 심어져 있고 현판에는 〈자양서원〉이라는 네 글자를 써서 금박으로 메웠다. 동편 작은 문으로 들어가서 보니 좌우의 익랑과

> 정전이 우리나라 성균관과 같으나 형용키 어려울 만큼 넓고 깨끗했다. 갑사 비단장을 정전 4면에 두르고 전 앞에 세 쌍의 인물상을 만들어 세웠는데 금수로 만든 옷을 입고 향촉과 서책을 들고 있었다.
>
> 참배할 때 유사(有司)들이 좌우로 나뉘어 전 밖에 서서 예수의 예를 치르고 연이어 분향하니 향기가 코를 찌른다. 배례를 마치고 주위의 사람들을 둘러보니 엄정한 기운이 사람들에게 전달될 뿐만 아니라 무슨 교화의 말씀을 하시는 듯 이마와 눈썹 언저리에 검은 사마귀가 비쳤다.
>
> 배례를 필하고 정전 밖에 나오니 수백 명의 유생들이 갈라서서 일제히 읍하고 당에 먼저 오르라고 한다. —『표해록』

이방익은 여러 유생들과 주찬을 나누며 담화하니 이는 무관인 이방익이 조국 조선에서도 언감생심 겪어 볼 수 없는 것이었다. 중국의 유학자들은 주자의 학덕과 학풍이 조선까지도 널리 퍼져있을 줄을 미처 몰랐다. 이방익이 이 서원에 머무는 동안 그들은 주자에게 배례한 이방익을 예를 다하여 모셨고 하문부의 주쉬主淬(관부장) 표공表公이 연이틀 찾아와 산해진미로 주찬을 베풀었는데 처음 보는 음식이었고 담화하는 동안 그 관부장은 이방익을 주빈으로 예를 갖추니 그 접대예절이 매우 깍듯하였다. 이방익의 소문은 일파만파 양자강 이남의 강남 관계와 학계에 퍼져나갔다.

이방익은 하문부에서 정월 16일까지 13일간 머물렀는데 이는 상부인 복주의 복건성 포정사布政司에 발문發文을 띄워 하명을 받는 절차 때문일 것이다.

7월 13일 복건성 지방사 편찬위원회와의 회합에서 나는 이방익이 방문했던 자양서원에 대하여 이야기를 꺼냈는데 위원회 사람들은 그 사실을 까맣게 모르고 있었기에 2시간여의 회합이 끝날 무렵 사람을 시켜 현지를 방문하게 하였음을 알려왔다. 그날 외사판공실이 주최한 만찬에서 리훙李宏 부주임은 이방익이 방문했던 서원을 재건축하고 재건축하는 김에 이방익 조상(彫像, 재료를 새기거나 깎아서 만든 입체 형상)을 세우는 방안도 검토하겠다고 말했다.

자양서원 옛터에 대한 다른 의견도 있다. 복건사범대 이두석 교수는 청나라 때 발행된 『노강지鷺江志』 및 『하문지』의 기사를 인용한다. 자양서원은 1718년에 하문의 방해청防海廳 동지同知 범정모范廷謨가 조천궁 서문 밖에 지었고 1724년에 동지 빙감憑鑒이 증축했는데 앞에 대문, 가운데 사당, 뒤편에 강당이 있었지만 세월이 흐르면서 피폐해졌다. 1730년에는 서원을 재정비하여 강학을 하니 듣는 이들이 많아져 100명에 달한 적이 있다. 지금 하문시 사명구 사명소학 자리가 그 옛터이나 흔적이 남아있지는 않다고 한다.

2. 고려인의 흔적

정월 17일 드디어 이방익 일행은 하문부에서 임명한 호송사자護送使者와 더불어 복주를 향하여 머나 먼 길을 떠난다. 복주까지 가려면 천주를 거쳐 가야 하는데 출발지인 상안에서 천주까지는 높은 산맥이 가로놓여 있고 가파른 산을 넘어야 한다. 마음이 급한 이방익은 말이나 말이 끄는 수레를 타고 갈 것으로 짐작했는데 각각에게 대나무로 만든 가마가 준비되어 있다고 한다. 각각 험지를 오가는 숙달된 가마꾼 4명이 멘 것으로 짐작된다. 이방익이 의아해하자 사자가 이유를 설명한다. 그들은 산성을 거쳐야 하는데 그 길은 험준한 고갯길이라 가보면 자연히 알 것이라고 한다. 『표해록』에 의하면 출발지에서 10리를 가니 과연 성곽이 참암(巉巖, 바위가 깎아지른 듯이 높고 험함)하여 손으로 잡고 가기도 했고 층층한 석벽을 간신히 기어오르기도 했다. 오르다가 사방을 바라보면 망망한 산천뿐이라 동서남북을 구별할 수 없었다. 이방익은 험하기로 이름난 촉도蜀道도 이만은 못할 것이라고 그 아찔한 순간을 회상한다. 촉도는 중원에서 파촉으로 가는 길목으로 유비가 이곳을 넘어 촉으로 들어갔고 한중으로 쫓겨 간 유방이 권토중래를 꿈꾸고 이 길목을 넘어와 마침내 천하제패를 이룬 험로다. 이방익 일행은 가마꾼들의 수고로 7,8리나 되는 험로를 넘어 성곽 남문에 이르렀다. 이 산성을 이방익은 천취부天聚府라 했는데 고성인 동안현성同安縣城을 이른 것 같다.

> 念七日 轎子 타고 福建으로 發行하니
> 天聚府가 어대매뇨 이 또한 녯國都라
> 城廓은 依舊한대 人物도 繁華하다
> 使者의 뒤를 따라 層閣에 올나서니
> 唐紅緋緞 繡方席이 안기가 恍惚하다
> 杯盤을 罷한 後에 舍處로 도라오니
> 六千里 水路行役 疲困키도 滋甚하다
> 鳳城縣 路文놓고 北門밧게 나와보니
> 丹青한 큰 碑閣이 漢昭烈의 遺跡이라
> —「표해가」

우리의 방문일정에는 동안고현성同安古縣城이 포함되어 있었는데 자양서원을 찾아 멀리까지 왔고 또 거기서 많은 시간을 허비하는 바람에 날은 저물어가고 있어 매우 아쉽지만 오늘 이방익의 행적을 따라 고성을 방문하는 일은 포기할 수밖에 없었다. 못내 아쉬워 나는 다음날(7월 8일) 오전에 잡힌 하문박물관 방문계획을 바꿔 동안고성을 가자고 졸라댔으나 안내원은 이미 박물관에 연락해둔 터라 일정을 함부로 바꿀 수는 없다고 한다. 우리는 다음날을 기약하고 하문박물관을 찾았다. 하문의 역사, 민속공예, 석조공예, 고문서 등이 진열되어 있었고 정성공관이 따로 마련되어 있었다. 박물관의 진열품은 볼거리가 많지만 글로 옮기기는 쉽지 않다.

이방익 일행은 동안현성에서 북문을 나온다. 아마도 이 성은 남으로는 해적과 왜구의 침입을 막기 위하여 철옹성으로 지어졌고 사람들의 왕래는 북문을 통했던 것 같다. 북문 밖에 나와 보니 오색기와를 올리고 단청한 비각이 많이 보이는데 그 중에 우뚝 선 것은 한소열漢昭烈 유비劉備의 비각이라 한다. 유비가 이곳을 다녀갈 리는 없겠지만 유비의 풍모를 흠모하여 비각을 세워 모셨던 것 같다. 주변의 비각은 과거에 급제하여 진사가 되면 성명을 새겨 기리기 위하여 지어진 것이라 한다. 지금도 이들 유적이 남아있는지 알 수가 없다.

그들은 봉성현鳳城縣으로 향한다. 봉성현은 지금의 안계安溪로 진강晉江의 상류에 있는 도시이며 중국 명차인 철관음鐵觀音의 산지로 유명하다. 철관음은 찻잎의 모양이 관음과 같고 무겁기가 철과 같다고 하여 청나라 건륭乾隆 황제에 의해 하사된 이름이며 당시에도 진강을 통하여 천주항으로 실려가 유럽 각국에 수출되었다.

이방익은 안계에서 천주로 가는 길에 기이한 장면을 보고 특별한 경험을 하게 된다. 그는 길가에 있는 무덤을 유심히 살펴본다. 그리고 중국 강남의 장묘풍속에 대하여 다음과 같이 기록해 놓았다.

① 저긔 잇는 저 무덤은 엇던 사람 뭇쳤는고
石灰 싸하 封墳하고 墓上閣이 燦爛하다
兩馬石 神道碑를 水石으로 삭엿스니
卿相인가 하엿더니 尋常한 民塚이라
―「표해가」

② 길가에 무덤이 있는데 봉분 앞에 숙석을 회를 발라 층층이 쌓

> 고 양마석과 혼유석과 장군석을 좌우에 한 쌍씩 세우고 묘각을 정쇄하게 지었는데 이는 벼슬한 사람의 무덤이 아니라 백성이라도 재물이 풍족하면 이렇게 한다고 한다. —『표해록』

이방익은 벼슬아치가 아닌 평범한 백성의 화려한 무덤을 바라보면서 신분을 따지지 않는 강남의 사회제도와 풍족한 생활상을 읽었을 것이다. 당시 조선에서도 상류사회에서는 이와 유사한 장묘문화를 갖고 있었는데 중국 강남과 한반도 사이에 어떤 역사적 연계를 통한 인류학적 동질성이 있을 것으로 생각된다.

봉성현에서 천주로 가는 길에 그리고 천주 성안을 지나갈 때 구경꾼들이 인산인해를 이루곤 했는데 구경꾼들의 차림새가 화려하였고 또 그들은 사탕이나 민강(중국 민 지역에서 생산하는 생강)을 건네주기도 하여 이방익은 그들의 격의 없는 애정과 친절에 감복하였다.

이방익 일행이 길을 가던 중에 길가에서 일단의 사람들이 몰려와 환호하며 자리를 뜨지 않고 머뭇거리고 있었다. 그들은 이방익 등이 입은 옷을 만져보기도 하고 입어보기도 하고 어떤 이는 옷을 취하여 가족들에게 보여주면서 감격에 겨워하였다.

> ① 우리를 보러온 사람들이 앞 다투어 사탕수수를 던져 주었으며, 어떤 이는 머뭇거리고 아쉬워하며 자리를 떠나지 못하였고, 어떤 이는 우리의 의복을 입어보고 서로 바라보며 눈물을 흘리기도 했으며, 또 어떤 이는 옷을 안고 돌아가 가족들에게 보여주고 돌아와서는 '소중하게 감상하면서 가족들과 돌려보았다' 고 말하였습니다. (來見者競以蔗糖投之 或留戀不能去 或著我人衣服 而相視流涕 或

有抱衣歸 示其家人而還曰 愛玩傳看云.) —『서이방익사』

② 우리가 쓴 관을 보고 사모하는 기색이 역력하더니 어떤 사람이 가만히 다가와 가져가고자 하기에 그 연고를 물으니 대답하기를 당신네 관이 기이하여 가져가 구경하고자 한다고 말했다. 이는 의심컨대 명나라를 생각하고 귀하게 여겨 다투어 경모하는 뜻일 것이다. —『표해록』

이방익은 이들의 행태를 멸망한 명나라를 그리워하여 한 행동으로 보고 있지만 박지원은 그들이 신라 때의 신라현에 사는 사람들의 후예로 고국을 그리는 마음으로 인하여 그랬을 것이라고 단정하고 있다. 그러나 정조는 강남 사람들이 '우리나라 의관을 만져보고 눈물을 흘렸다니 춘추대의春秋大義 즉 명나라에 대한 의리'로 해석하여 이방익과 의견을 같이 했다.

이방익 등이 어떤 옷을 입었기에 그들이 입어보고 감격하는가? 이방익을 제외한 나머지 사람들은 농부 또는 어부이기 때문에 특별히 감격할 이유가 없을 것이지만 이방익의 의복은 정조가 의관이라 했듯이 관복 또는 군복일 가능성이 높다. 이방익은 어머니 묘소를 찾을 때 관복을 착용했으며 표류할 때도 관복을 소지한 것으로 보이는데 이는 관직을 얻은 자식이 조상의 묘를 찾을 때 관복을 입는 일은 흔히 있는 일이기 때문이며, 둘째 팽호도에 표착했을 때 이방익을 따로 불러 예우를 한 점, 셋째 이방익 장군이 대만에서 군사령부를 방문하면서 군용軍容을 정제整齊하였다고 함은 군복을 단정히 갖춰 입었다는 뜻이고 넷째 이방익이 허술한 바지저고리를 입었거나 청나라 군복을 입었다면 군중이 환호할 이유도 없었을 것이다.

이방익이 거쳤던 남안현南安縣에 신라촌, 고려착(高麗厝, 고려 마을)이, 근처의 영춘현永春縣에는 고려산高麗山, 고려촌, 고려묘의 유적이 있음(엽은전葉恩典의 논문, 「古代泉州與新羅高麗的海上交通及其文物史迹探源」 참조)을 감안할 때 나는 이방익이 이 근처를 지났고 이방익의 의복에 관심을 가진 그들은 조선족의 후예일 것이란 점에서 박지원의 주장에 동의한다. 통일신라시대까지 멀리 가지 않더라도 이방익이 살던 시대로부터 500년 전까지는 고려와 송나라의 왕래가 잦았기 때문이다.

우리는 천주의 옛 거리를 걸었는데 고려인의 마을 고려항高麗巷이 복건의 발음으로 규하항奎霞巷의 이름으로 그 거리에 잔존하여 팻말이 있음을 확인하였고 재래시장에 들러 신라 또는 고려에서 전래한 고려채高麗菜를 발견했는데 양배추와 모양이 비슷했다. 천주시외사판공실 주최 만찬에서는 고려채로 만든 요리가 등장하기도 하였다.

또 이방익이 본 식물 가운데 눈에 띄는 것이 있는데 '줄기는 옥수수 같고 열매는 없고 뿌리만 있는데 모양이 감자 같고 그 뿌리를 다려내면 맛이 달아 생강과 더불어 정과를 만든다' 고 했는데 이는 신라에서 전래한 신라등新羅藤 또는 신라갈新羅葛인 듯하다. 『팔민통지八閩通誌』에 의하면 신라갈은 일명 토과土瓜라고 하는데 뿌리는 알밴 칡뿌리 같고 큰 것은 사발만 하고 작은 것은 주먹만 한데 색깔은 청백색이며 맛이 달다' 했기 때문이다.

이방익은 안계에서 진강을 따라 남안현을 거쳐 천주 남문으로 들어갔을 것으로 보이는데 그렇다면 안평교安平橋를 건넜을 것이 확실하다. 이 교량은 남송 때(1151년) 군수 조용금趙令衿에 의하여 완공되었는데, 건설하는데 13년이 걸렸으며 당시만 해도 바다를 건너는 돌다리

안평교

로는 세계에서 가장 긴 다리(天下無橋長此橋)로 전장 2,255m 즉 5리를 약간 넘는데 그래서 오리교五里橋라고도 한다. 다리에는 석판을 깔았는데 하나의 길이가 10m 정도이고 긴 것은 20m나 되며 교폭은 4m 가까이 된다. 이방익은 이 다리를 걸으면서 또 길게 드리운 다리를 바라보면서 감탄사를 연발한다.

① 돌다리 五十間에 무지개문 몃치런가
다리 우에 저자 안고 다리 아래 行船한다
婦女들의 凝粧盛服 畵閣에 隱映하니
鸚鵡도 戲弄하며 或彈或歌하는고나
—「표해가」

② 가는 길을 바라보니 돌다리가 5리는 되는데 다리 위에 무지개문이 몇 개인지 모르고 다리 가운데 무쇠은장을 박았으며 난간을 설치해 놓았는데 이는 세상에서 가장 넓은 석교이다. 좌우에 저자를 벌려 놓았는데 넓기가 얼마인 줄 모르겠고 장사꾼들의 오색 채선이 다리 아래로 연속하여 왕래하는데 그 수를 알 수가 없다. 또 문에서 10리에 걸쳐 돌을 깔아 큰 길을 만들었는데 성내의 관원들이 혹은 말을 타고 혹은 교자를 타고 날마다 공무를 보러 왕래하며 부녀들은 응장성복으로 화각 위에서 혹은 앉고 혹은 서서 탄금도 하고 앵무도 희롱하니 기이한 태도 비길 데 없다. 곡식 실은 수레와 비단 실은 수레가 넓은 길을 꽉 채웠으니 재화는 풍족하고 인물도 번성하구나. 강남이 번화하다는 말이 이를 두고 이름인 것이다. —『표해록』

이방익이 안평교를 건너 남문으로 향하여 가면서 바라본 정경을 정리해 보자. 남문으로 뻗은 다리에는 '곡식 실은 수레와 비단 실은 수레가 넓은 길을 꽉 채웠고' 다리 아래로는 물화를 실은 채선들이 수도 없이 왕래한다. 다리 위에는 관원들이 말을 타거나 교자에 앉아 성내로 드나든다. 다리 중간에 넓게 만든 광장에는 저자거리가 형성되어 있어 물건을 파는 사람들과 사는 사람들이 북적거린다. 다리 위에는 다섯 좌의 정자(화각)가 들어앉아 있는데 성장盛粧을 한 여인들이 앉거나 서서 혹은 노래하고 혹은 탄금도 하면서 미모와 유희를 뽐내고 있다.

이방익이 남문을 거쳐 성안으로 들어갈 때는 이방익 등을 보러온 인파가 인산인해를 이루었는데 이방익은 너무나 황홀해서 정신을 차릴 수 없을 정도라고 기억한다.

우리는 사전 정보의 부족으로 안평교를 볼 기회를 놓쳤다. 이방익이 「표해가」 및 『표해록』에 기록한 다리를 박지원이 언급한 낙양교로 착각했기 때문이다. 후에 나는 문헌들과 천주 옛 지도를 참조하여 이방익의 노정을 재구성할 수 있었다.

3. 천주泉州

7월 8일 오후 우리는 천주 민대연閩臺緣박물관을 방문했다. 2004년에 개관했다는 박물관 외벽 상단에는 강택민의 휘호가 크게 장식되어 있다. 이 박물관은 복건성과 대만이 역사와 문화를 공유하며 같은 생활권에 속한다는 의미를 내포하고 있다. 이 두 지역은 지리적으로 가깝고 교역이 활발하며 혈연으로 연결된 친척들이 많고 신앙과 풍속 등이 상통한다. 두 지역의 통합문제는 복잡한 정치적 역학관계를 갖고 있어 내가 감히 언급할 일은 아니지만 동질성으로서의 그들의 정서와 염원이 바로 이 박물관 건립의 의도일 것이다.

박물관은 어디나 그렇듯이 자세히 관찰하자면 시간이 많이 걸린다. 우리가 호기심에 차서 대만과 연계된 유물들과 풍물들을 보는 동안 해는 저물어가고 있었다. 천주시외사판공실에서 주최하는 환영만찬은 남소림사 식당에 마련되어 있었다. 음식은 소채식이었는데 정갈했고 맛깔스러웠다. 만찬을 주관한 첸화이잉陳懷穎 부조연원副調硏員은 권무일 작가를 통해서 220년 전 복건을 방문한 이방익 장군을 처음 알았다며 이번 탐방단의 방문이 중한 문화교류의 계기가 되기를 바란다고 했고 답사에 나선 나는 표류해온 이방익 장군에게 복건성 사람들이 친절히 대해 주었고 산해진미로 극진한 대우를 베풀고 신병치료를 해준 것에 감사하다는 인사를 하면서 우리 탐방단원에게도 그 이상의 배려를 해주어 감사한다고 했다.

다음날(7월 9일) 우리는 천주 시내를 걸었는데 시내를 걷다보면 높고 짙푸른 나뭇가지에 닭 벼슬을 닮은 꽃들이 떨기떨기 피어있다. 아라비아 상인들이 이름 지었다는 자동화刺桐花다. 이 꽃을 천주시는 시화市花로 정해놓고 있는데 천주의 역사와 세계적 위상이 이 꽃에 오로지 담겨있다. 소동파가 '목화꽃이 지면 자동꽃이 핀다' (木棉花落刺桐開)고 읊었듯이 이 꽃은 7, 8월에 만개하기에 우리는 운좋게도 자동화를 볼 수 있었다.

1271년 이탈리아의 야곱이라는 유태인 상인은 천주에 대하여 다음과 같은 기록을 남겼다. "내가 자동성刺桐城에 온 그날, 자동성 항구에 정박해 있는 세계 각지에서 온 선박들은 베니스에서 1년 동안에 본 선박들보다 더 많았다. 나는 화사한 불빛이 물결처럼 흐르는 홍등의 행렬에 경탄을 금치 못했다"고 하면서 천주를 '빛의 도시'라고 불렀다. 홍등을 내려다보고 있는 자동화는 홍등의 불빛보다 붉었으리라.

마르코폴로

1292년 이탈리아로 돌아가는 길에 천주에 들른 마르코 폴로는 『동방견문록』에서 "복주를 떠나 강을 하나 건너면 자동성에 이른다. 이곳의 상품으로는 보석, 진주 등이 불가사의할 정도로 많다. 생활도 풍요로운 세계 최대 항구의 하나다. 상인들이 믿기 어려울 정도로 많다"고 썼다.

당나라 말기 서역이 투르크족의 강성과 사라센제국의 동점東漸 그리고 안사의 난으로 인해 원래의 비단길이 막히자 아라비아 등 중동과 서남아의 상인들은 인도, 말레이시아 반도를 통해 남중국으로 뱃길을 텄는데 바로 해양실크로드의 기원이 되었다. 천주는 아라비아 선박들의 최종 거점이었다.

당나라가 멸망하자 왕심지王審知가 오대십국의 하나인 민국閩國을 세워 도읍지로 정했고 오대십국을 통일한 송나라에 와서는 아라비아, 인도의 선박들이 드나들었으며 송나라 상인들은 해로를 넓혀 고려에 진출하기도 하였다. 송나라 조정에서는 이곳에 시박사市舶使를 두어 관세를 부과하였다. 이란의 양탄자, 아라비아의 보석, 인도의 후추·단향·유향과 동남아의 보석들이 천주항을 통하여 수입되어 북경으로 보내졌고 중국의 차·비단·도자기 등이 이 항구를 통하여 아라비아와 유럽으로 수출되었다.

다양한 국가의 다양한 인종이 드나들면서 천주는 인종전시장을 방불케 했고 사람 따라 각양각색의 종교도 묻어왔다. 고려와 남송의 민간무역이 이때 활발했고 양국 간의 왕래가 잦았지만 고려가 원나라의 손아귀에 들어간 13세기 말 이후 관계가 단절되어 이방익 시대까지 500년이 흘렀다. 원·명시대 고려와 조선 사람들은 육로를 통하여 북경 등지에 왕래할 뿐 바다를 향하여는 문을 닫아걸었다.

명나라 말 해양왕이면서 동시에 무역왕인 정지룡은 동중국해와 남중국해를 횡행하면서 해양의 판도를 넓혔고 아들 정성공으로 이어졌다. 청나라가 대만의 정성공 세력을 궤멸시킨 후 천주, 하문, 장주를 포함한 복건성은 서구동점의 대항해시대를 맞아 꽃이 피기 시작했다. 그때는 천주를 비롯한 복건지역의 많은 사람들이 서양의 문물에 눈을 뜨게 되었고 중계무역으로 부를 축적하던 대만을 이웃집 드나들 듯 하였으며 어떤 사람들은 멀리 동남아로 진출하였다. 또한 서방의 상인들이 값비싼 물건을 팔러, 사러 몰려와 천주는 국제적인 항구로 이름나 있었다. 이때 이방익이 복건성에 발을 디뎌놓은 것이다.

> 천주부에 들어가니 또한 옛 국도였다. 산천이 명랑하고 기상이 즐비하며 아로새긴 창호와 그림 기둥의 단청이 빛나고 성곽이 웅위하다. 성문으로 들어가니 동서남북을 분간할 수가 없고 다만 구경하는 사람들이 좌우에 가득하였다. 길에 넓은 반석을 깔았는데 성안에서 얼마나 가는지 모르겠다. —『표해록』

위의 글에서 이방익이 옛 국도라 한 것은 이곳이 왕심지가 당나라 말 오대십국의 하나인 민국(909-945)을 세워 도읍한 곳임을 말해주고 있다.

이방익이 남문을 거쳐 성안으로 들어갈 때는 환영인파가 인산인해를 이루었다. 이방익은 너무나 황홀해서 정신을 차릴 수 없을 정도였다. 넓은 반석이 깔린 길을 20여 리쯤 지나가니 넓은 뜰이 나타난다. 그들이 좌우에 익랑(翼廊, 문의 좌우에 잇대서 지은 행랑(行廊))이 지어진 통로를 따라가니 큰 집의 대청에 안내된다. 거기서 그들은 분에 넘치는 대접을 받는다. 조선사람들은 예의를 숭상하는 사람들이라면서 관부장이 특별히 보낸 음식인 것이다.

> 살펴보니 층층으로 비단 자리를 깔고 그 위에 붉은색 비단 방석을 펴놓았는데 보기에 너무 휘황하여 차마 앉지를 못하였다. 방석을 거두라고 하니 사자가 말하기를 "우리 대인께서 조선사람들은 예의를

> 숭상하는 사람들이라 극품으로 대접하라 했으니 앉으시지요." 한다. 내가 대인이 우리를 대접하는 뜻이 고맙기는 하지만 우리가 감히 앉을 수는 없다고 극구 사양하니 마지못해 방석을 거두었다. 그제야 상을 받으니 식품의 사려함은 처음 보는 것이 부지기수였다. 상을 물리니 대인이 사자를 보내어 은자 한 냥씩을 각자에게 주었다. —『표해록』

우리가 천주 옛 터를 찾으니 천주성의 남문은 사라져버렸고 현재 그 유적지가 발굴되고 있었다. 남문 터에서 성안으로 들어서자 천후궁天后宮이 자리 잡고 있다. 이 천후궁은 세계에서 가장 오래된 묘당으로 세계 천후궁의 발상지로 국보급國家級重點文物保護單位으로 정해졌다. 이 묘당은 남송 때(1196)에 건립된 건물로 명나라 영락제 때 남중국해와 인도양을 휘젓던 정화가 한때 풍랑을 만나 파선 위기에 있을 때 마조가 나타나 구해주었다면서 황제에게 진정하여 수리한 바 있고, 청나라 때 시랑施琅장군이 대만 통일을 기려 크게 중수했다고 한다.

이 천후궁은 현재 일반인의 출입을 통제하고 있는데 우리 방문단에게는 특별히 공개했으며 관리인이 안내하며 친절하게 해설하기도 하였다. 중앙에 모신 천후신상은 단정한 풍모와 자애로운 미소를 띠고 있었으며 정전, 동서익랑 그리고 돌기둥은 매우 정교하게 지어져 있었다. 뒤편에 천후의 침전이 있는 것이 독특하다.

이 천후궁은 천주의 제일 관문인 남문에 인접해 있어 해외통상을 위하여 바다에 나가는 사람들이 안전을 위하여 기원하고 엄청난 재화를 벌고 해외에서 돌아오는 사람들이 얼마쯤 연보하며 참배했을 것이다. 또 육지의 곡물과 비단을 팔아 한 몫 챙긴 사람들이 찾아들었을 것이다. 화교들은 이곳의 천후궁을 본 따 다른 항구 심지어 외국에까

관제묘 (천주)

지 천후궁을 지었을 것이며 외국인들도 천후에게 기원하고 감사하곤 했을 것이다.

이방익도 예외는 아니었을 것이다. 마조신이 살려준 특별히 은총 입은 사람으로 대우하는 복건성 사람들에게 떠밀려서라도 그는 당연히 천후궁에 참예했을 것이다. 다만 그가 이 사실을 기록해두지 않은 것은 유교사상에 천착하여 모든 종교를 터부시하던 조선의 현실을 알고 있었기 때문이다.

우리는 관제묘를 찾았다. 마조신의 도움으로 살아난 이방익이 중국의 또 다른 수호신을 모시는 관제묘에 초청받았을 가능성이 있었기 때문이다. 고색창연한 묘당의 중앙에 관제 또는 관성제로 받드는 관우의 초상이 모셔있고 양편에 관평寬平과 관우의 심복부하 주창周昌이 시립하고 있다.

7월 9일, 천주 옛 거리를 걸으며 몇백 년 전 천주에 살던 조상들에 대한 호기심을 가슴에 안은 채 우리는 낙양교로 향한다. 천주 북쪽에 있

만안교 입구

는 낙양강의 바다와 맞닿아 있는 강어귀에 돌다리가 길게 드리워져 있다. 천주부와 흥화부를 잇는 다리로 인마가 복주로 가자면, 그리고 복주나 흥화부에서 천주로 들어오자면 반드시 이 다리를 거쳐야 했다.

이방익은 천주 북문(조천문)을 나서 낙양교를 건넜을 것이다. 복건성 포정사에서 송환조치의 최종결정이 나야 하기 때문이다. 천주에서 복주까지는 해안을 따라 400리 길이다. 연암은 이 다리를 대홍교大虹橋 또는 낙양교라고 부르면서 낙양강의 내력을 들려준다.

> 당나라 선종이 미행을 나와 산천의 승경을 구경하다가 이곳에 이르러 경탄하여 하는 말이 '우리 낙양과 닮았구나' 했기 때문에 이 강을 낙양강이라 부르게 되었고 따라서 다리를 낙양교라 이름한 것이고 만안교(萬安橋)라고도 합니다. —『서이방익사』

진덕삼陳德杉 선생이 우리를 기다리고 있었다. 그는 낙양교의 역사

낙양교 난간 주련, 교각의 불가해한 문자

에 대하여 해박한 지식을 가졌고 『낙양교전설』을 집필하기도 하였다. 태양이 강한 햇살을 머리 위로, 다리 위로 쏟아 붓고 있었다. 220년 전 한국의 이방익 장군이 이 다리를 건넜고 지금 우리가 그의 발자취를 따라 여기에 왔다는 이야기를 들은 그는 고령임에도 불구하고 땀을 뻘뻘 흘리며 함께 다리를 건너며 해설에 열을 올리고 있었고 왕이펀은 한 마디도 놓치지 않으려 통역에 열중했다.

낙양교는 북송 인종 때(1053-1059) 7년에 걸쳐 건설한 중국에서 가장 오래된 다리다. 길이가 1,200m, 폭이 5m로 중간에 5개의 석탑, 7개의 정자, 28개의 돌사자가 있지만 지금 남아있는 것은 800m쯤 된다. 10m가 넘는 장방형의 상판 여러 개를 세로로 줄을 대어 깔았고 뗏목 모양의 받침대가 받치고 있어 물 흐름을 원활하게 하고 있다. 이 돌 받침대에는 굴을 양식하여 돌이 갈라지거나 틈이 생기는 것을 막았다고 하며 석판은 부력을 이용하여 운반한 후 들어 올렸다. 다리가 워낙 튼튼하여 명나라 때 규모 8의 대지진이 있었을 때도

▲낙양교
▶낙양교를 건설한 채양 동상
▼낙양교 배 모양의 받침대

상판이 떨어지거나 붕괴되지 않았다. 이 다리는 군수 채양蔡襄이 건설했기 때문에 입구에 그의 석상이 우뚝 세워져 있다.

이방익 일행은 낙양교를 지나 복주로 향했는데 천주에서 복주까지는 150km라지만 아쉽게도 우리는 낙양교를 지나 이방익이 갔던 길을 따라 갈 시간이 없었다. 그러나 나중에 기회를 마련하여 갈 수 있을지도 모른다. 우리는 여행의 편의상 그리고 복건성 관계자들의 일정조율 때문에 복주를 떠난 이방익이 지나갔던 남평시南平市를 먼저 답사하기로 했다.

천주에서 복주로 가자면 혜안, 포전, 복청을 거치고 만수교를 건너야 한다. 그런데 이두석 교수에 의하면 그 지역의 대부분이 진흙탕이 많으며 나무가 자라지 못하여 큰 나무가 없고 습지가 많다. 큰 강은 없지만 가뭄과 홍수가 교차하는 바람에 인가도 드물다. 사람이나 말은 걸어갈 수 없는 길이 많아서 이 지역에 익숙한 가마꾼을 고용하지 않으면 아니 되며 시간도 많이 걸린다. 이방익 일행이 그 길을 지나는데 걸린 시간은 이방익이 적어놓지 않아서 알 길이 없다.

4. 복주福州

복주는 복건성의 성도로 중국 동남부의 해안도시이며 대만의 북안과 마주 보고 있다. 복주는 선하령산맥을 발원지로 하여 남평을 거쳐 흘러내리는 민강閩江의 하구에 형성된 유서 깊은 항구도시다. 진시황 때는 민중군에 속했으며 한나라 초기에는 민월국閩越國의 수도로 동야東冶라고 불렀다. 한무제는 민월국을 복속시켜 회계군에 속하게 했다.

화하족華夏族이 아닌, 문명화되지 않은 민족閩族은 당나라 말 황소의 난을 일으킨 황소黃巢가 선하령을 튼 이후, 특히 안사安史의 난으로 인해 당나라 학자들이 이 길을 통하여 대거 남하하면서 문명화되기 시작했다. 오대시절 민국을 세운 왕심지가 복주에 도읍하여 불교를 널리 창달했고 남송 때에 주자 등에 의하여 유교가 크게 전파되어 자리 잡았다. 이때 이후 복주는 일천 년의 송 · 원 · 명 치세 기간에 전국적인 문화중심지로 발돋움했고 16-18세기에 이르러서는 차 무역 그리고 중동과 서양문물 수입의 주요한 항구로 풍요를 누리고 있었다. 이때 이방익 일행이 복주에 발을 들여놓은 것이다.

남평에서 이틀을 묵은 후 우리는 복주로 되짚어왔다. 7월 13일 무이산역에서 고속열차를 타고 복주로 온 우리는 우선 이방익이 장기간 묵었다는 법해사法海寺를 찾았다. 법해사는 오대五代 후진 시절(945년)

법해사 입구, 이 천년사찰은 2011년 폭죽놀이로 전소되었다.

에 건립한 절로 처음에는 흥복원興福院이라 했고 송나라 때에 법해사로 개명했다. 목조로 지어진 대웅전은 최근까지도 완전한 보존 상태를 유지하였으나 이 천년사찰이 2011년 폭죽놀이로 인해 전소되었다. 지금은 잔해만 남아있고 복원이 이루어지지 않았다.

이방익 등은 법해사에 안내되었고 경내의 나산당이란 편액이 걸린 객사에 여장을 풀었다. 그가 객사에서 나와 대전에 들어가 보니 관운장 화상이 윗자리에 높이 모셔져 있고 그 아래 좌우로 금부처가 늘어서 있는데 사람들이 분향하고 있었으며 관원들은 초하루와 보름에 찾아와 분향한다고 한다. 복주성 안에는 골목마다 절들이 있는데 분향하는 사람들이 끊이지 않았다. 이 절들에는 하나같이 도교와 불교가 혼합된 신앙 풍습을 지키고 있었다. 이는 백성들이 우환이 있거나 생산을 못하거나 복을 빌 때 하는 행사이다.

복건성에 이르니 법해사라는 절이 있는데 나산당이란 현판이 걸려 있다. 작은 집으로 들어가니 관왕 화상이 윗자리에 앉혀져 있고 차례로 금불상을 앉혔는데 그곳의 관원들이 초하루와 보름에 와서 분향하는 모습이 우리나라와 진배없으니 중국 사람들이 불상 모시는 것이 극진함을 알 수 있었다. 성내에는 골골마다 절을 지어 불상 위하는 도리가 너무 극진한데 백성들이 혹 우환이 있거나 생산을 못하거나 하면 반드시 불전에 기도하였다. —『표해록』

이방익의 마음은 타들어가는데 법해사에서 묵은 지 며칠이 지나도 관부에서는 아무런 연락이 없고 다만 각자에게 두 꾸러미씩의 동전을 던져줄 뿐이었다. 이방익은 절박한 사정을 다음과 같이 글로 써서 순무부巡撫府에 보냈다.

조선국 표류인들은 민박한(애가 타는) 정상으로 인하여 대인께 아뢰니 수액이 기궁하여 풍랑으로 십생구사하였는데 다행히 중국에 닿아서 인애한 은택을 입어 일행이 잔명을 보존하여 지금까지 왔으니 명감 무지하오나 어느덧 해가 바뀌어 정월이 되었습니다. 고국을 생각하면 돌아갈 기약이 망망합니다. 부모의 기다리는 마음을 생각하면 눈물이 옷깃을 적십니다. 일시 머물러 있음에 애가 타고 있사오니 바라건대 대인께서는 우리를 바삐 돌아가게 하소서.
—『표해록』

순무부에서는 당신네 사정을 포정사에 발문發文하였고 포정사의 답변을 기다리고 있다는 대답이었다. 복건성 순무부는 복건성 전체를 통할하는 군사령부로 표류인들의 처리도 맡아서 했다. 이방익이 포정사에 직접 진정서를 제출하였으나 너무 번뇌치 말고 평안히 있으라는 기별만 왔다. 벙어리 냉가슴 앓듯 속을 끓이고 있던 방익이 덜컥 몸져 누웠는데 의원이 달려와 진맥하고 의약처방을 하여 3일 만에 병이 나았다.

여러 날 지내는 동안 무료하고 답답하여 거리 구경에 나섰으나 거리의 화려함도 온갖 풍물들도 눈에 들어오지 않았다. 어느덧 20여 일이 지나 때는 2월 보름이다. 이방익은 당시 잠을 못 이루던 밤을 다음과 같이 회상한다.

> 때는 2월 보름이라 월색이 명랑하고 경개 절승하니 원객의 심회 발동하여 잠을 이루지 못하였다. 밖에 나와 배회하니 만뇌요적하고 새벽 닭소리가 들리니 심회 처량하여 걷잡지 못할 지경이었다.
>
> —『표해록』

진정서만 내고 무작정 기다리기만 할 이방익이 아니었다. 이방익은 복건성 당국자들과 토론할 것을 제안한다.

> 관인 한 사람이 쌍가마를 타고 누런 일산을 받치고 지나가기에 길을 막고 진정하였더니 그 관원이 한참동안 생각하다가 말하기를 며칠 후 35명의 관원이 일제히 모일 때 다시 오라고 하였습니다.
>
> —『서이방익사』

이방익은 7명을 대동하고 포정사에 들어가 35명의 관원들과 마주 앉아 부모 처자식과 고향을 그리는 자신의 안타까운 심회를 털어놓고 고국으로 돌아갈 일정을 당겨달라고 애원했다. 복건성의 순무부와 포정사에서는 이방익 등 표류객의 처리문제에 대하여 많은 고민을 하고 관원들끼리 격론을 벌인 것 같다. 그도 그럴 것이 복건성에는 청나라 이후 조선에서 표류해온 예가 거의 없었기 때문이다.

고려 중기 이후 조선은 바다를 꽁꽁 걸어 잠그고 있었기 때문에 연근해를 드나드는 어선 이외에는 바다로 멀리 나가는 일이 없었다. 제주도의 경우에만 겨우 연락선이나 조운선이 드나들었는데 그 배들이 표류한다 해도 대부분 북서풍에 밀려 일본이나 유구로 흘러갔다. 그러나 청나라의 배들은 달랐다. 조선이 쇄국정책을 쓰고 있는 반면 일본은 대항해시대에 문을 활짝 열어놓았기 때문에 유럽각국과 청나라의 배들이 자주 왕래했는데 그 와중에 풍랑을 만나 조선의 경내에 표착하는 경우도 많았다.

복건성 당국은 이방익 같은 거물이 포함된 표류객을 송환함에 있어 육로를 택할 것인가 바다를 건널 것인가 의론이 분분했을 것이다. 육로로 가면 북경과 만주를 거쳐 가야 하는데 만 리 길이고 도중에 험산계곡이 있으며 시일도 4,5개월이 걸리고 이방익 일행뿐만 아니라 호송하는 여러 사람의 고생 또한 막심할 것이다. 해로를 통하여 가는 경우 1개월 이내에 조선에 도착할 수 있지만 조선과는 해상거래가 없는 현실로 볼 때 해난의 위험을 무릅쓰고 조선으로 갈 배는 억만금을 준다 해도 수배하기 어려울 것이라는 것이다.

이방익은 자신이 높은 직책으로 조정에 있었기 때문에 알고 있는 바, 청대에 조선에 표류한 중국 사람들, 특히 복건성 사람들을 조선에서 극진히 대접하고 그들이 타고 온 배가 성하면 고쳐서 해로로 송환했고 고칠 수 없는 지경이면 만주를 거쳐서 육로로 송환한 예들을 일일이 들면서 복건으로 송환된 사람들은 여러분의 조상이며 이웃임을 이방익은 강조하면서 이제까지 미적거리고 있음을 꾸짖었을 것이다.

청나라 때 조선에 표착한 복건인들을 대충 열거하면 다음과 같다.

청대 조선에 표착한 복건인 현황

발생연도	출항지	표류인	송환방식
1647(인조 25)	복건	徐勝 등 48인	육로
1667(현종 8)	천주	林寅觀 등 95인	육로
1686(숙종 12)	복건 · 대만	游魏 등 80인	해로
1686(숙종 12)	장주 · 동안	9인	육로
1689(숙종 15)	복건 · 절강	陳乾 등 28인	육로
1691(숙종 17)	복주장락	陳坤, 薛子千 등 33인	해로
1704(숙종 30)	장주	王富 등 116인	육로
1704(상동)	동안	王秋 등 40인	해로
1713(숙종 39)	동안	王裕 등 8인	육로
1724(영조 1)	천주	盧昌興 등 26인	육로
1740(영조 16)	장주	陳廣順 등 28인	해로
1756(영조 32)	동안	莊君澤 등 24인	육로
1759(영조 35)	흥화포전	28인	육로
1760(영조 36)	동안	24인	육로
1777(정조 1)	장주용계	28인	육로
1777(상동)	장주해징	22인	해로
1777(상동)	장주용계	26인	해로
1777(상동)	장주용계	31인	해로
1777(상동)	장주해징	24인	해로

(자료 : 『비변사등록』)

그러나 안타깝게도 현종 8년에 임인관, 증승曾勝, 진득陳得 등 95명은 정성공의 휘하 무역상으로 제주도에 표착하였는데 그들을 북경으로 송환하려 하자 울면서 사정하기를 청나라로 가면 죽을 목숨이니 일본으로 보내주거나 배를 한 척 내주어 대만의 정경鄭經에게로 돌아가게 해달라고 사정하였다. 현종은 여러 대신들의 반대에도 불구하고 압록강을 건너 청나라로 압송하도록 지시를 내렸고, 그 후 중국 추밀원의 아전인 석희박石希撲의 전언에 의하면 그들이 살해당했다고 하는데 진위를 알 수가 없다. 이는 청나라의 내정간섭을 받던 시기라 어쩔 수 없는 일이었을 것이다. 그러나 정조는 이방익이 귀국한 다음 해인 1798년, 132년 전의 사건을 안타까워하면서 의주 현충원에 제단을 쌓고 위패를 만들어 제사하게 하였다. 아마도 이방익을 극진히 대접한 일에 대한 작은 보답인지 모른다.

그런데 복건성 지방지편찬위원회의 한 연구원은 뜻밖에도 우리에게 오래전 제주에 표착했던 복건인 임인관을 무사히 귀국시켜주어서 고맙다는 인사를 했다. 그때만 해도 사정을 몰라 얼버무렸는데 나중에 문헌을 찾아보니 그가 집으로 돌아가지 못하고 살해되었다는 것이다. 이 사실을 추적하여 진위를 가리는 것은 중국 학계의 몫이 아닌가 생각된다.

결국 포정사와 순무부에서는 이방익 등을 육로를 통하여 송환하는 것으로 결론을 내리고 북경으로 발문을 띄워 황제의 재가를 요청했다. 이방익이 복주에 도착한 지 40일 만에 황제가 보낸 마승길馬勝吉이란 호송관이 복주에 도착했다.

7월 14일 우리는 이방익 일행이 여러 날 동안 풍물을 구경하며 다녔던 삼방칠항(三坊七巷, '싼팡치샹' 중국 푸젠성 푸저우에 위치한 거리)을 찾았다. 아침인데도 방문객들이 붐볐다. 우리는 220년 전 이방익의 체취를 느끼기라도 하듯 골목골목 기웃거렸다.

북쪽 언덕에 자리 잡은 포정사 터 아래로 명·청시대의 고가와 시가지가 형성되어 있었는데 이를 삼방칠항이라 부른다. 이곳은 1,000년의 역사를 자랑하는데 당나라 말 안사의 난을 피하여 남하한 문인들이 집을 짓고 살기 시작했으며 송나라 때에 골목이 형성되었고 명·청시대부터 고급주택들이 들어서 현재까지 보존되어 있다. 지금 남아있는 것은 삼방과 삼항뿐인데 이나마도 시진핑이 복건성장으로 있을 때 재개발계획에 제동을 걸었기 때문이라고 한다.

5. 천년을 뒤돌아보며

7월 12일 우리 탐방단은 무이산장에서 조반을 하고 무이계곡을 따라 내려와 주자가 짓고 학문을 연마했다는 무이정사武夷精舍를 둘러보았다. 오후에는 주자가 말년을 보냈다는 고정서원考亭書院을 방문하고 건잔建盞 문화거리를 두루 돌아다니고 건본建本 인쇄박물관을 참관했다. 그리고 우리는 고속열차를 이용하여 복주로 향했다.

7월 13일 오전 9시 복건성 〈지방지편찬위원회〉와의 회합에서는 10여 명의 연구원들이 우리 탐방단과 마주했다. 그들은 사전에 이방익에 대하여 나름대로 연구를 했는데 나중에 알고 보니 나의 저서 『이방익표류기』가 사전에 그들의 손에 전달되었기 때문이다. 나는 220년 전 조선 장군 이방익이 표류하여 구사일생으로 살아난 이야기로부터 하문에 이르러 천주 · 복주 · 남평을 거쳐 선하령을 넘기까지의 이야기를 실타래를 풀듯이 차근차근 이야기했고 당시 복건성에서 이방익에게 베푼 극진한 대우, 진수성찬 그리고 병 치료를 해준 일에 진심으로 감사했다. 더욱이 이번 우리가 복건성을 방문함에 있어 복건성 당국이 베푼 배려에 감사의 마음을 전했다.

유걸俞杰 부주임과 몇몇 연구원들이 1,000년 전부터 300년간 고려와 송나라의 해상무역과 문화교류를 통한 당시 양국의 밀접한 관계를

(위) 복주자상(무이정사) / (아래) 주자가 말년을 보낸 고정서원

이야기했다. 복건사회과학원역사연구소 유劉 소장은, "중국을 답파한 사람으로 마르코 폴로가 상인의 관점에서 경제적인 측면을 봤다면 이방익은 장군의 시선으로 사회, 문화, 풍습을 보고 더 많은 자료를 남긴 것 같다. 마르코 폴로에 대하여는 중국 사람들이 익히 알고 있지만 이방익에 대하여는 중국에 자료가 없어서 너무 아쉽다."고 말했다. 우리의 회합은 값진 것이었다. 그러나 내가 매우 아쉬워했던 것은 1,000년 전부터 300년간 고려와 송나라의 관계에 대하여 내가 별로 아는 게 없다는 것이었다.

나는 새삼 우리나라의 지나간 1,000년을 뒤돌아본다. 나는 『고려사』, 『한중문화교류와 남방해로』(조영록 편), 『고려시대 송상왕래연구』(이진한), 『중한고대해상교류』(김건인金健人 주편) 그리고 〈천주해외교통사박물관〉의 엽은전葉恩典 부연구원의 논문 등을 참고했다. 중국서적의 경우 아내의 도움을 받기도 했다.

고려 예종 때 시인 이규보李奎報(1168-1241)는 예성강의 한 누각에서 항구를 내려다보며 다음과 같이 읊었다.

조수는 밀려왔다 밀려가고
오가는 배는 수미(首尾)를 잇대었다
아침에 선창을 떠나면
한낮이 못되어 돛배는 남만(南蠻)에 이르도다
사람들은 이 배들을 일러 물 위의 역마라 하지만
바람 쫓는 역마의 굽도 이만은 못하리

위의 시를 상고하면 고려 수도 개경의 입구 예성항에는 많은 배가 정박해 있고 배들은 남만의 배라 했다. 남만은 민閩 지방을 포함한 송나라 남부지방을 칭하며 그 배들은 예성항을 떠나 빠른 속도로 항해해 간다.

고려 전기에는 송나라와의 해상무역이 활발했는데 지정학적으로 볼 때 북쪽으로는 요遼, 그리고 금金나라가 버티고 있어 중국대륙을 차지한 송나라와는 바다를 통하여 연결될 수밖에 없었다. 오대五代시절 민국閩國에 속했고 다시 송나라가 지배했던 복건은 아라비아, 인도 등 서남아와의 통상으로 인하여 물화가 넘쳐났는데 송상松商들은 그 물화들을 배에 싣고 고려로 향했고 고려의 토산물을 싣고 돌아갔다. 그러나 고려는 배를 만들어 띄우지 않고 송상들이 가져오는 귀중한 보배들을 구매하기에만 바빴다. 그러다 신라 말, 장보고 이후 남해안을 중심으로 해상세력이 우후죽순 격으로 출몰했다. 견훤甄萱, 능창能昌, 왕봉규들이다. 이들은 멀리 천주까지 세력을 펼치며 해상교역을 해왔지만 강력한 해상세력이었던 왕건王建에 의하여 하나하나 괴멸되어 자취를 감췄다.

왕봉규王逢規의 경우 천주절도사泉州節度使로 있으면서 924년에 후당에 사신을 보냈고 927년 후당은 그를 강주지사康州知事 회화장군懷化將軍으로 봉했다는 문헌기록이 있는데 그의 생몰시기와 활약상이 나타나지 않기 때문에 역사가들은 천주와 강주를 경남지역의 어느 곳으로 비정하고 있다. 그러나 한편 생각해보면 절도사라는 직책은 당·오대·송의 벼슬로 천주는 바로 복건성의 천주이고, 강주는 중국 광주廣州의 옛 이름으로 볼 수 있지 않을까? 924년은 왕심지王審知의 민국이 천주에 도읍할 때이고 927년은 왕심지의 두 아들이 다툴 때임으로 신라에서 복건과 광동까지 세력을 뻗친 왕봉규가 민국에서 절도사 예우를 받았을 것으로 추정할 수 있다. 이는 신라 말, 후삼국시대의 해상세력이 동남 중국해를 휘젓고 다녔다는 사실을 말해주고 있는 것이다.

고려의 역대 왕들은 태조 왕건이 해상세력들과 길고 지루한 전쟁을 했던 점으로 인해 해상세력이 커지면 자신의 왕조를 무너뜨릴 수 있다고 생각하여 배를 만드는 일을 저지시키곤 했다는 것이 통설이다. 송나라 320년간 송상의 고려 왕래는 해가 갈수록 왕성했는데 최근의 연구에 의하면 기록된 숫자만 보아도 135회에 7,000명이 넘으며 그 중에서 복건상인들의 경우가 큰 비중을 차지한다. 복건상인들이 가져온 물품은 차 · 견직물 · 자수 · 도자기 · 물소 뿔 · 염료 · 불교용품 · 상아 · 향료 · 문구류 · 서적 등이고 그들이 구매한 물품은 인삼 · 약재 · 단칠(丹漆, 붉은 칠) · 동 등인데 보통으로 물물교환에 의한 것이었다. 고려 사람들이 스스로 배를 만들어 송으로 항해하는 경우도 더러 있었지만 고려의 상인, 불자佛者 그리고 이주민들은 주로 송상의 배에 편승했다.

송상들은 고려의 왕이나 고관들에게 우대를 받았는데 그들은 값진 보배들을 바리바리 싣고 왕을 배알했다. 송상들은 계절풍을 이용하거나 물품을 팔고 사느라 고려에 오래 머물렀고 탐라국 사람들과 더불어 왕이 주관하는 팔관회(八關會, 삼국시대에 시작되어 고려시대 국가행사로 치러진 종교행사)에 초청을 받기도 하였다.

아예 고려에 귀화한 사람들도 많았다. 고려에서는 귀화한 사람들에게 고려 여인과의 결혼을 주선해주고 집도 주었으며 학식이 있는 사람에게는 간단한 시험절차를 거쳐 관직을 주었다. 개중에는 높은 벼슬을 한 사람도 있었고 고려의 문화에 크게 기여한 사람도 있었다.

복건인 쌍기雙冀는 958년 고려에 귀화하여 과거제도를 도입하는데 중요한 역할을 했고 고려의 한자음을 새롭게 정리하였다. 그래서 지금도 한국과 복건의 한자음이 비슷하다고 한다. 한자음의 정리는 세종대왕의 훈민정음 창제에도 지대한 영향을 끼쳤다.

천주인 채인범蔡仁範은 천주 해상海商의 도움으로 970년 고려에 귀화했는데 고려왕은 경전과 역사에 능통한 그를 맞아 예빈성 낭중 벼슬을 주고 배우자, 토지, 집 그리고 노비를 하사하였다. 그는 한국에서 채蔡씨의 시조가 되었다.

복건인 대익戴翼(1013), 천주인 구양징歐陽徵(1015)이 귀화한 기록이 있고, 1112년에 장주의 진사인 임완林完은 과거에 급제하여 감문위녹사監門衛錄事를 제수 받기도 했다. 1118년에는 천주인 유재劉載가 귀화하여 상서우복야尙書右僕射를 제수 받았다.

복주인 호종단胡宗旦은 1111년 귀화하여 우습유右拾遺에 제수되고 정5품인 기거사인起居舍人에 이르렀으며 광양왕廣壤王으로 봉해져 제주에 파견되었는데 그에 대하여 긍정적인 또는 부정적인 전설이 지금도 제주사람들의 입에 오르내리고 있다. 그는 제주에서 말 일만 마리를 키워 국난시에 나라에 바친 헌마공신 김만일의 조상의 묘를 점지해주었다는 일화(권무일 저 『말, 헌마공신 김만일과 말 이야기』 참조)와 제주의 여러 곳에 혈맥을 끊어 큰 인물이 날 수 없게 했다는 부정적인 전설이 전해진다. 주자의 증손자 주잠朱潛은 1224년 남송이 몽고에 패하자 7인의 학자를 대동하고 고려에 피신하였는데 고려에서도 몽고의 색출을 피하여 전라도 화순 등지로 피해 다녔다. 그는 한국 주朱씨의 시조로 지금도 화순에는 후손들이 건립한 주자묘朱子廟가 남아있다.

그 외에도 송상들을 통한 문화교류는 다방면에 여러 형태로 나타나는데 첫째는 뭐니 뭐니 해도 불교의 행적이다. 송상의 배를 이용하여 많은 불자들이 절강과 복건으로 건너갔는데 그들은 중국 고승들을 찾아 득도하여 돌아오거나 아예 눌러앉기도 하였고 불경을 구하러 가는 사람들도 많았다. 또한 송상들이 직접 불경을 들고 오기도 하였다. 그 밖에도 양국 사이에는 기술교류가 이루어졌는데 비단직조기술과 각서인쇄술이 고려로 전래되었다. 특히 건구의 건본문자建本文字는 매우 환영을 받았다.

이번 여정에서 우리가 남평의 어느 사찰에 들렀을 때 어떤 스님이 내게 현눌선사玄訥禪師를 아느냐고 물었다. 금시초문이라 고개를 저었더니 그 스님은 입을 닫아버렸다. 당황한 나는 귀국하여 중국에서 가져온 문헌을 뒤적거렸다. 두 가지 예를 들면 다음과 같다.

전하는 이야기(『송고승전(宋高僧傳)』)에 의하면 신라승 원표법사元表法師는 일찍이 인도에 가서 심왕心王보살에게서 80권의 〈화엄경〉을 구해 등에 지고 민월로 돌아왔다. 그는 회창법난會昌法難 때 복건성 영덕의 지제산支提山에 석굴을 파서 그 화엄경을 종려나무로 싸서 감추고 독충과 싸우며 초근목피로 연명하면서 숨어 지냈다. '회창법난'이란 당나라 무종武宗(재위 840-846)이 폐불정책을 실시하여 전국 4,600여 사찰을 도괴하고 불경을 훼손하고 승려들을 환속시킨 사건이다. 무종이 죽자 원표는 한 나무꾼에게 불경의 소재를 알려주고 홀연히 행방을 감췄다. 지금도 지제산에는 화엄사가 있고 석실에 그의 석상이 남아있다고 한다. 일설에는 그가 배를 타고 신라로 돌아와 전라도 장흥에 보림사寶林寺를 창건했다고 한다.

현눌선사玄訥禪師는 신라 말 구법승으로 복건으로 건너가서 설봉의존雪峰義存의 제자가 되었는데 민국시절 황제가 복청사福清寺를 지어 주지로 초빙했고 그는 30년간 그 절에서 봉공했다. 복청사는 지금까지 남아있고 당우의 중앙에 그의 신위가 모셔져 있다. 그 외에 신라인

팔만대장경 | 八萬大藏經

경상남도 합천군 가야면 해인사에 소장되어 있는 고려시대에 새긴 대장경 목판. 1232년 몽고의 침입으로 초조대장경이 불타버리자 고려 고종(1237~1248) 때 다시 새긴 것이다. 고려 후기, 1237~1248년 사이, 8,1258매, 세로 24cm, 가로 68~78cm, 두께 2.5~3cm, 국보 제32호. 해인사 소장. [ⓒ문화재청]

으로 의존선사의 제자가 영조대사靈照大師 등 수십 명이 있었다고 한다. 영조대사는 귀국하여 대구에 은적사隱寂寺를 창건하였다.

1922년 한 일본 학자가 **팔만대장경**을 정리하던 중 우연히 찾아낸 『조당집祖堂集』은 팔만대장경의 부록으로 남해의 분사대장도감에서 발간한 불경이다. 이 불경은 석가모니로부터 중국 5대시까지 253명의 고승에 관한 기록인데 신라 승려 10명도 수록되어 있다. 이 20권의 『조당집』은 고려승 정靜과 균筠이라는 승려가 지었고 당초 952년 민국 천주 초경사招慶寺에서 발간한 것으로 발간하자마자 사라져 중국에는 남아있지 않았다. 그러나 의외로 고려에 전해져 팔만대장경에 첨부된 것임을 일천 년 후에 알게 된 것이다.

복건에서의 민국 그리고 송나라와 고려와의 불교 교류는 양국의 신앙과 사상체계에 영향을 미쳤고 정신적인 동질성을 진작시켜갔다.

남송이 멸망하고 원나라가 들어서도 복건성, 절강성 등에서의 서남아 해외무역은 활기를 잃지 않았지만 고려와의 해상거래는 종막을 고했다. 고려는 육로를 통하여 북쪽의 원나라 정부와 정치적 교류를 했기 때문에 중국의 남쪽은 고려考慮의 대상이 되지 못했다. 명나라는 해금정책을 일관했기 때문에 고려 그리고 조선은 바다에 대하여 문을 걸어 잠가버렸다. 그렇게 500년이 흐른 것이다. 조선의 정조 시대에 와서 박지원, 박제가, 유득공 등이 상업을 진흥시키고 바다를 열어 국가중흥을 꾀하여야 한다고 주장했다. 그즈음에 이방익이 표류하여 양자강 이남 특히 복건성을 편답하면서 보았던 당시 중국 사회의 변화, 백성들의 생활상을 기록하여 정조 임금에게 보고하고 세상에 알린 것이다. 이방익의 보고를 듣고 감격해 하며 문호를 개방하여 나라를 부강하게 하려던 정조는 그 후 2년도 못 되어 세상을 떠났다. 정조 사후 조선은 문을 더욱 잠가버렸다. 그런데 220년이 흐른 지금 이방익의 발자취를 따라 우리가 여기에 온 것이다.

복건성 〈외사판공실〉 리홍李宏 부주임이 주최한 만찬에서는 매우 유의미하고 희망적인 대화가 오갔다. 나는 지난날 이방익의 여정과 당시 복건성의 극진한 우대에 대하여 이야기했고 리홍 부주임은 1,000년 전 송 · 려宋麗의 관계를 복원하고 그로부터 500년 후 복건성을 편답한 제주 이방익 장군의 발걸음을 매개로 해서 앞으로 제주와 복건성과의 교류를 활발히 진행하자고 힘주어 말했다. 나는 제주도와 복건성 간의 학술교류의 일환으로 양쪽에서 국제 심포지엄을 수시로 열 것을 제안함과 더불어 복건성의 하문에서 복주, 나아가서 무이산까지 이방익 로드를 만들자고 했고, 리 부주임은 한 술 더 떠서 제주도까지 현대판 이방익 실크로드를 만들자고 웃으며 말했다.

한국의 제주에서는 2019년 10월 19일 〈제주중국학회〉와 〈이방익연구회〉의 주관으로 〈이방익 표해록과 한중문화교류연구〉라는 제하의 한중국제학술대회를 연 바 있다. 그때 한국에서는 권무일, 심규호, 진선희 그리고 김경옥(목포대 교수), 중국에서는 이두석(복주사범대 교수)과 천용千勇(절강대 교수)이 발표했고 열띤 토론이 이어졌다.

6. 복건역로福建驛路

이방익이 복주에서 기다리는 기간은 너무나 길고 지루하였다. 복주에 도착하여 멀리 황제의 재가를 기다리며 40일, 하문으로 건너온 때로부터 따지면 66일이었다. 1797년 3월에야 황성(북경)에서 파견한 오현사五縣司 순검巡檢 마승길이 송환의 책임을 맡아 복주에 도착하였다. 3월 11일 이방익 일행은 호송관들과 더불어 복건성 서문을 나서 황제가 있는 북경으로 향한다.

이방익은 『표해록』, 「표해가」 등에서 자신이 경유한 지명을 일부 표기했으나 그 도정이 명확하지 않아 더듬어 짐작하기가 쉽지 않다. 그러나 그가 거쳐 가면서 보고 느낀 풍물은 중국 강남의 당시 자연환경과 현지사정을 이해하는데 큰 도움이 되며 민속 연구에 보탬이 될 것이다. 나는 거쳤던 길을 다 섭렵할 수는 없었지만 『복건성역사지도집』, 『중국고금지명대사전』, 『복건성전지福建省全志』 등을 참조하여 조선의 장군 이방익이 복주에서 출발하여 절강성에 이른 길을 추적하고자 한다. 자료들을 살펴보면서 내가 문득 깨달은 것은 이방익이 복주를 떠나 북경에 이르기까지의 길이 비록 시일은 걸리더라도 고난의 길이 아니라 장쾌한 역정이었다는 것이다.

이방익이 기술한 지명을 살펴보면 『복건성역사지도집』의 〈복건역로〉와 거의 일치함을 알 수 있다. 이 도로를 역로라 한 것으로 볼 때 말이나 마차가 다닐 수 있도록 웬만큼 정비된 길이었다. 이 길을 통하여 북쪽의 군사가 민閩으로 쳐들어왔고 북방의 문화가 남방으로 전파되었다. 민 지역의 문사들이 과거보러 황성으로 갈 때 이 길을 택했고 해외의 진귀한 보물들과 남중국의 특산물이 이 길을 통하여 중원으로 보내졌다. 귀국길에 오른 마르코 폴로는 이 역로를 통하여 남쪽으로 내려와 천주에서 배를 타고 고국으로 돌아갔다.

복주에서 선하령仙霞嶺으로 가는 역로에는 하루 거리로 역참驛站이 있어 말이 쉬어가기도 하고 바꿔 탈 말도 준비되어 있었다. 또 숙박시설이 완비되고 음식도 차려져 있었다. 특히 이방익의 경우 황제의 분부를 받고 행차하는 행렬이고 인원수도 이방익 일행에다 호송원과 짐꾼을 합하면 수십 명의 대부대일 것이므로 각 역마다 도착하기 전에 미리 알렸을 것이고 각 역은 푸짐한 주찬을 준비했을 것이다. 이방익이 마승길을 따라 복건성 서문인 영선문迎仙門을 나서는데 〈조선인호송朝鮮人護送〉이라는 기치를 높이 든 한 떼의 군사가 호위했을 것이다.

길을 가면서 주위를 돌아보니 밭에 심었던 남초(南草, 담배)는 이미 수확이 끝났고 보리는 누렇게 익어가고 조는 누런 이삭을 늘어뜨렸으며 또 유자는 노랗게 익어가고 있었다.

육로로 40리를 지나 황진교에 이르니 해가 서산에 뉘엿뉘엿 지는데 산천의 경관은 아름답기 그지없었다. 구경하는 사람들이 몰려드는데 그들은 앞다투어 주찬을 내어 대접하면서 은근한 뜻으로 위로해 마지않는다. 황진교 나루에서 하룻밤을 지낸 후 호송선에 몸을 싣고 민강을 거슬러 올라간다. 황진교를 떠난 일행은 민청현, 북청현을 지나 140리 수로를 항해하여 수구진에 이른다. 이 세 고을에는 강변의 밭이 모래흙으로 되어 있는데 생강의 산지로 유명하다. 이곳에서 생

남평의 험준한 비탈을 개간하여 농사를 짓고 있는 사다리논

산되는 생강은 민강閩薑이라고 부르는데 이방익은 생강의 뿌리가 육후(肉厚, 살이 두툼하다)하여 맷방석만 하다고 표현한다. 민강은 고려 초 신만석申萬石이 송나라에 사신으로 갔다가 복건성에서 그 뿌리를 얻어와 한국에 전래되었는데 당시는 왕의 하사품으로 쓰였다고 한다.

수구진에서부터 육로를 통하여 50리를 가니 황전역黃田驛에 이른다. 복주를 떠난 지 6일 만이다. 역내로 들어가니 미리 연락을 받은 터라 주찬을 푸짐하게 차렸다. 하룻밤을 묵고 40리쯤 가서 다리를 건너면 연평부延平府의 초입인 우계구尤溪口가 나온다. 연평은 민강의 중류에 위치하는데 이곳은 건녕에서 흐르는 건계와 장락, 소무, 사현에서 흐르는 사계의 합류지점이다. 여기서부터 남평까지는 100리 길로 계곡이거나 험준한 고갯길이다. 이방익이 바라보니 높은 산들의 비탈을 개간하여 층층으로 사다리논梯田을 만들어 농사를 짓는데 신기한 것은 높은 논에까지 수기水機라는 것을 만들어 물을 대고 있었다.

청초(가시나무)와 회화나무가 무성하지만 강남은 사람이 많고 전

답은 적어서 산의 4면을 둘러 층층이 논을 만들었는데 이상하여 물어보니 논이 아무리 높아도 강이 멀지 않으면 수기로 물을 댄다고 하기에 수기가 무엇이냐고 물으니 물을 대는 도구라 한다. 그 방법을 알면 우리나라에 묵혀둔 땅이 있겠는가? 실정을 배우고 싶지만 할 수가 없었다. —『표해록』

이방익은 지나는 길에서 장묘 및 장례 장면을 보고 다음과 같이 기록해 두었는데 중국에서는 이미 오래 전에 사라진 장례문화이지만 우리나라의 장례문화와 유사한 점이 많아 민속학의 측면에서 비교 연구할 가치가 있을 것이다.

① 길가에 무덤이 있는데 봉분 앞에 숙석을 회를 발라 층층이 쌓고 양마석과 혼유석과 장군석을 좌우에 한 쌍씩 세우고 묘각을 정쇄하게 지었는데 이는 벼슬한 사람의 무덤이 아니라 백성이라도 재물이 풍족하면 이렇게 한다고 한다. —『표해록』

② 黃津橋 지나와서 水軍府로 드러오니
泰山갓치 오는거슨 멀리 보니 그 무엇고
數百人이 메엿는대 불근 줄로 끄으럿다
돗대가튼 銘旌대는 龍頭鳳頭 燦爛하다
帳 안에서 哭聲이오 가진 三絃압헤섯다
無數한 별 輦獨轎 喪家婢子 탓다 하네
行喪하는 저 擧動은 瞻視가 고이하다
—「표해가」

민강(남평)

남평은 두 강줄기의 합수처로 강이 넓고 깊어 선박운행도 활발하고 역로가 남북으로 잘 닦여있어 육상교통도 발달해 있다. 북쪽 지방에서 남쪽의 민 지방으로 내려오는 사람이나 남쪽에서 북쪽의 무이산맥이나 선하령을 넘어가는 사람들이 반드시 이곳을 거친다. 남평에서 북쪽으로 방향을 잡아 40리를 가면 대횡역大橫驛이 나오는데 건녕부와 경계지점이다. 대횡역을 떠나 태왕관, 태청관을 지나면서 사방을 둘러보니 산천이 수려하여 그림 속으로 가는 것 같았고 무이산의 아홉 개 봉우리가 손에 잡힐 듯 다가온다.

일행은 건안(지금의 건구시(建甌市))의 서문인 통선通仙門에 말을 맨 것으로 추정된다. 이방익은 성루에 올라 바라본 감회를 다음과 같이 적었다.

그 앞에 긴 강이 있고 강 위에 아홉 간의 석교가 있으며 석교 아래로 상고선이 왕래하고 있었다. 물가에는 아름다운 단청을 한 누대가

건안의 서문인 '통선문'

> 층층이 있고 인가가 즐비하고 산천이 수려하여 그 경치가 천하으뜸이었다. 강상어부들은 일엽어정을 타고 가마우지 12쌍을 물에 놓아주니 물 가운데 출몰하다가 고기를 잡아가지고 날아든다. 이는 산진매가 꿩 잡는 듯하니 중원 사람들 금수 길들임이 신통하게 보였다.
> —『표해록』

이방익은 아름다운 단청으로 꾸민 통선문 성루에 올라 사방을 바라본다. 동쪽으로는 인가가 즐비하고 성을 넘어 수려한 산들이 보인다. 서쪽으로는 긴 강이 흐르는데 아홉 간의 긴 다리가 드리워져 있고 다리 아래로 화물 실은 배들이 지나간다. 강 위에서 작은 배를 타고 고기를 낚는 사람들이 보이는데 이는 이방익이 생전 처음 보는 광경이었다. 가마우지가 고기를 낚아 올리는 장면이다.

일행은 통선문 다락에서 1박을 하고 말을 재촉하여 엽방역葉坊驛, 건계역을 지나 건양에 이른다. 건양역에서는 두 갈래 길이 나오는데 북서쪽 길은 무이산 무이정사로 가는 길이고 정북방향은 선하령으로 가는 길이다. 일행은 선하령으로 향한다. 그들은 영두역營頭驛을 지나 포성현의 인화역人和驛에서 여장을 푼다. 3월 11일 복주를 출발한 일행은 뱃길로 6일, 역로로 10일 도합 16일 만인 3월 26에 선하령 초입까지 주파한 것이다. 수구진에서 인화역까지의 역로는 약 300km 거리임을 감안하면 이방익 일행이 평지를 갈 때는 마차를 이용한 것으로 가늠할 수 있다.

이방익의 발자취를 따라갈 우리는 8박 9일의 빠듯한 여정이라 7월 9일 천주시에서 만찬을 마친 후 야간고속철도에 몸을 싣고 2시간 40분을 달려 남평시에 이른다. 남평시 외사판공실 수잉徐瀅 부비서장이 19인승 버스를 대기시키고 있었다. 강변의 호텔에서 내려다본 민강은 교량과 강변의 조명으로 인하여 오색으로 빛났다.

다음날 아침 우리는 〈남평시지방지편찬위원회〉로 이동하여 외사판공실 우지안화吳建華 부주임과 지방지 위원회 첨문화詹文華 부주임 등 7,8명의 연구원들과 연석회의를 가졌다. 우리 탐방단이 방문한다고 하여 연구원들은 문헌을 뒤졌지만 이방익에 대한 자료는 찾을 수 없었고 다만 이방익이 선하령을 넘었다면 이곳 남평에 들렀을 것이라고 이구동성으로 말한다.

그들은 이방익에 대한 나의 설명을 호기심에 차서 귀담아 들었다. 나는 이방익이 보았다는 사다리논에 대하여 물었다. 여기저기 연락을 하더니 낙애주駱愛珠 주임이 그곳을 알아냈고 지금도 옛날 그대로 남아있다고 한다. 우리는 장수원張水源 회장(남평시 정성공연구회)의 해설을 들으며 민강가를 걷는다. 연복문延福門 부두에서 바라본 강폭은 한강만큼이나 넓다. 강가의 연수루延壽樓는 정성공이 청군을 맞아 싸울 때의 사령부라고 한다. 우리는 7층 구조의 불교사원 명취각明聚閣을 오른다. 다리가 뻐근하다. 주지스님이 친절하게 맞이해주고 그 절의 역사를 자세히 설명한다.

오후에 우리는 사다리논을 보기 위하여 남동쪽 구도로를 달린다. 2시간가량 가니 우계구에 이른다. 얼추 100리쯤 온 것 같다. 이 길은 복주에서 남평으로 연결된 옛 역로이며 역사가 서린 길이다. 이방익이 지나왔던 길이다. 우리는 오른편으로 방향을 바꿔 좁은 길을 따라 고개를 넘고 산중턱을 오른다. 차들이 비켜가기 어려울 정도의 좁은 길이다. 산마루에 올라 내려다보니 까마득한 산비탈에 논들이 다닥다닥 붙어있고 벼들이 검푸르다. 다랑이논은 좌우의 능선까지 광활하게 펼쳐있어 장관을 이룬다. 우리는 쾌재를 불렀다.

7월 11일 우리는 고속도로를 타고 건구시로 이동한다. 우리는 공묘孔廟(공자를 모시는 사당)를 방문하고 이어서 유서 깊은 통선문을 찾았다. 〈건구시지방지편찬위원회〉 뢰소파賴少波 주임이 우리를 맞이했다. 그는 통선문의 내력에 대하여 소상히 설명한다.

이방익 일행이 거쳐 갔을 통선문은 절강성에서 선하령을 넘어 남평으로 오거나 남평에서 건계建溪를 따라 선하령으로 가는 관문으로 당나라 때부터 있었던 것을 명나라 태조 때(1386) 현재의 규모로 중수했으며 이방익이 방문하기 5년 전(1792)에 재차 수리했다. 통선문은 신선이 통과하는 문이라는 뜻으로, 궁형으로 된 문은 바깥면이 좁고 내면이 넓으며 통로의 깊이가 24m나 되는 특이한 구조를 하고 있으며 문의 높이가 4m, 성루의 높이가 8m이며 성루 위에 과객의 숙소로 사용했을 2개 층의 넓은 다락이 있다. 통선문 밖 강가에 마르코 폴로의 석상이 우뚝 서 있다. 마르코 폴로가 항주에서 선하령을 넘어 복주로 향할 때 이곳에 3일간 머물렀다고 한다.

우리는 558년 진陳나라 때 건립했다는 남산광효사南山光孝寺를 둘러보고 무이산으로 방향을 잡았다. 이방익의 발자취를 따라 건녕부에서 선하령으로 넘어가는 일은 다음 기회로 미루기로 했다. 이방익이 몇 개월에 걸쳐 주파한 길을 따라가는 우리의 답사여행은 계속된다.

제4부

절강성

1. 선하고도
2. 강랑산
3. 남종공자묘
4. 고멸국 고도를 찾아서
5. 자릉조대
6. 항주
7. 영은사와 고려사
8. 항주 서호

1. 선하고도 仙霞古道

2019년 1월 14일, 중국제주총영사관(총영사 펑춘타이)과의 회합에서 양측(우리측은 나와 심규호 교수)은 이방익의 다음 행선지를 답사할 계획을 확정지었다. 금차의 탐방은 절강성과 강소성으로 국한시켰다. 이 계획은 중국 외교부를 통하여 답사지역 성省정부 그리고 현지 전문가들과 긴밀히 상의해야 하는 일이라 많은 시간을 요했다.

드디어 3월 25일 중국총영사관으로부터 연락이 왔다.

> (전략…) 중국 절강성 · 강소성과 제주 간의 인문교류를 강화하고 이방익과 관련된 중한 교류 역사를 탐구하기 위해 심규호 교수와 권무일 소설가를 비롯한 6명으로 하여금 "이방익 표류 노선 탐방단"을 조성하여 4월 12일부터 21일까지 양성(兩省)을 방문하도록 초청합니다. 절강성 구주(衢州)와 항주(杭州), 강소성 소주(蘇州), 남경(南京), 진강(鎭江), 양주(揚州)를 방문하여 이방익 표류노선을 탐방하고 현지 연구자와 교류하도록 하겠습니다. 귀 방문단의 중국 내 숙식, 교통 등 비용은 총영사관이 부담합니다. 탐방이 끝난 후 신문이나 책을 통해 이번 방문을 기록하시기 바랍니다. ―주제주중화인민공화국총영사관.

우리 탐방단(권무일 · 노인숙 부부, 심규호 · 유소영 부부, 강만생(한라일보 고문), 진선희(한라일보 문화부장)) 등은 4월 12일 제주를 출발하여 오후 3시에 상해공항에 도착하였다. 중국 당국에서 파견한 가이드 박철수朴哲洙 선생이 12인승 대절버스를 몰고 와서 우리를 기다리고 있었다. 우리는 우선 시간을 죽이기 위해 황포강가의 남경로와 외탄(外灘, '와이탄' 중국 상하이 황푸취에 있는 빌딩 구역)을 찾아 화려하게 수놓은 야경을 감상했다.

다음날 새벽 6시 우리는 고속열차를 타고 2시간가량 걸려 절강성 강산시江山市로 달렸다. 우리의 운전기사 류劉 선생은 자신의 대절버스를 몰고 밤새 달려 강산역에서 우리를 기다리고 있었다. 상해에서 서남향의 강산시까지는 얼추 신의주에서 부산까지의 거리쯤으로 2,000리에 가깝다. 우리는 강산역에서 선하령산맥 쪽으로 더 나아간 다음 열흘 동안 되짚어올 작정이다. 그러나 절강성의 선하령에서 항주까지의 이방익의 발자취를 찾는다는 것은 결코 쉬운 일이 아니다. 이방익의 기록 중에서 특히 이번 도정이 매우 소략하다. 지나온 길과 장소, 주변의 지명을 이방익이 상세히 적어놓지 않았을 뿐만 아니라 도정의 순서도 바뀌거나 뒤죽박죽된 경우도 많았다. 현지인들에게 물어서 잘못 기록한 사례도 많고 세월이 지나면서 지명 또한 바뀌었거나 없어진 것도 많기 때문에 이번의 시도는 무모한 일인지도 모른다.

이방익 등 8명의 조선 표류인들은 복건성 포성현을 떠나 험준하기로 유명한 선하령산맥을 넘어 절강성으로 진입하였고 거기서 내리막길로 연결된 육로를 지난 후 강을 따라 항주에 이르렀음이 확실하다. 작년 7월에 복건성을 방문한 우리는 짧은 일정으로 인하여 건양에서 포성까지의 180km, 포성에서 선하령까지의 50km를 밟아보지 못했다. 이번 여행에서는 건양 또는 포성현을 출발점으로 잡고자 하였으나 세 성省 당국의 협조를 얻어야 하는 번거로운 절차로 인하여 건양에서 선하령까지의 이방익 발자취를 따라가는 일은 포기하지 않을 수 없었다.

복주를 출발한 이방익 일행은 민강을 따라 북상했는데 하류에서는 배를 탔지만 대부분의 여정은 육로를 택한 것으로 추정된다. 그들은 남평을 지나 건양으로 향하고 건양역에서 다시 정북방향으로 발길을 잡는다. 건양역은 민강의 상류로 두 물길의 합수처이며 여기서 두 갈래 길이 나오는데 서북으로는 무이산으로 가는 길이고 정북으로는 포성현으로 가는 길이다. 이방익 일행은 정북방향의 포성현으로 달린다. 그 길이 선하령으로 가는 길이고 선하령을 넘어야 전당강錢塘江을 거쳐 항주에 이르고 다시 북경으로 가는 지름길이 되기 때문이다. 그들은 선하령 초입, 민강의 마지막 부두인 포성현浦城縣의 인화역에서 짐을 꾸려 짊어지고 선하령산맥을 넘는다.

포성을 지나 선하령 등성마루까지는 가파른 고갯길이 이어지는데 여기서부터는 우마牛馬를 이용할 수 없어 이방익 일행은 각자 자기 자신의 짐을 지고 메고 걸어갈 수밖에 없다. 무거운 짐은 도부(짐꾼)를 빌릴 수밖에 없었을 것이다. 그들은 노끈으로 허리를 매어 서로의 몸을 연결하고 앞에서 끌고 뒤에서 밀면서 가파른 오르막을 오른다. 정상에 오르니 사방의 경치로 정신이 황홀한 이방익은 자신이 세상 욕심을 버린 신선이 아닌가 착각을 일으킬 만하였다. 이방익은 선하령 정상에 이르러 보화사寶華寺에 들렀는데 거기 승려들의 모습을 상세히 기록하였다. 그때의 일을 이방익은 다음과 같이 술회한다.

26일에 인화관을 지나 서양령에 이르니 산봉우리가 하늘에 닿은 듯 험악하여 검각과 다름이 없었다. 노끈으로 허리를 동여매고 앞으로 끌고 뒤에서 밀며 간신히 정상에 오르니 정신이 황홀하여 몸이 우화등선한 듯하였다. 정상에 절이 있는데 문 위에 보화사란 현판이 걸려 있다. 사면에 푸른 대나무가 울울창창하고 기이한 새소리와 이상한 짐승이 수풀 사이로 왕래하고 인가가 멀리 떨어져 있어 속세 밖에 솟았으니 마음이 쇄락하여 세상 욕심을 돈연히 잊을 듯하였다. 중들의 복식을 보면 장삼은 아닌 우리나라 도포 같고 고깔은 유건 같은데 가운데는 굽어 있고 머리 가장자리는 내밀게 하여 써서 모양이 괴이했다. 중들이 먼저 읍하고 나중에 절하는데 매우 공순하고, 송경하는 중은 엄연하게 단좌하여 본체만체하고 벽을 향하여 송경하는 모습이 득도한 듯하였다. 정상에서 내려올 때 중들이 절문 밖에 나와 무사히 가라고 이르며 술과 소찬을 내어 전송례를 베풀었다. —『표해록』

그런데 이방익이 넘어서 절강성으로 들어간 선하령산맥의 고개와 보화사에 대한 기록이 문헌마다 제각각이어서 매우 혼란스럽다.

① 寶華寺에 잠간 쉬어 玄武嶺 넘어가니 —「표해가」
② "서양령西陽嶺 보화사를 경유하여 절강성에 당도하여 선하령을 넘었습니다." 라고 이방익이 말했습니다. —『서이방익사』
③ 서양령의 보화사를 지나갔는데 그곳은 대나무와 회나무 등속이 많았습니다. —『승정원일기』
④ 석양령夕陽嶺과 보화사를 지나고 있었는데 거기에는 대나무와 회나무가 축축 늘어지고 빽빽이 서 있었습니다. —『이방익표해일기』

그러나 나는 중국의 고지도, 지명사전 등에서 '서양령'을 찾아볼 수 없었고 '바이두'에도 검색되지 않았다. 보화사의 경우도 마찬가지였다. 또한 200여 년이 지난 지금 보화사의 실체를 찾기란 쉬운 일이 아니었다. 첫째, 우리는 보화사를 찾으러 고갯마루까지 가지 못했고 둘째, 우리가 들른 선하관 등의 학예사들에게 물어보았으나 아는 사람이 없었고 셋째, 후에 만난 절강성 지방지위원들도 보화사의 존재를 아는 사람이 없었다. 그러나 나는 보화사를 찾겠다는 집념을 버리지 못했다. 보화사는 분명 복건성과 절강성의 분기점에 있을 것이기 때문이다.

나는 나중에 문헌을 통해서 보화사를 알게 되었는데 그것은 행운이었다. 『선하고도』(나덕윤 저)에 의하면 보화사는 풍령楓嶺의 풍령관 북면 약 50m에 서남향으로 자리 잡고 있다고 한다. 당초의 건축면적 약 300㎡인 이 사찰은 전당, 중당, 후당으로 구성되어 있었지만 식당과 숙소로 쓰는 후당은 문화혁명 때 소실되었고 남아있는 전관은 관제묘, 중당은 불당으로 사용되고 있다고 한다. 풍령은 선하령산맥 정상 가까이에 위치한 고도 1,150m의 말안장을 닮은 고개인데 복건성에서 절강성으로, 또는 절강성에서 복건성으로 가는 사람들은 반드시 이 고개를 거쳐야 한다.

선하령산맥은 강서성 · 복건성과 절강성의 경계를 따라 남북으로 뻗은 산맥으로 최고봉은 해발 1,413m인데 풍령을 통하여 복건성과 절강성이 연결되어 있다. 이 험산준령을 넘자면 이령梨嶺, 풍령楓嶺, 대간령大竿嶺, 선하령, 차령茶嶺, 소간령, 오현령五縣嶺을 거치게 되는데 그 중에서 풍령이 제일 높다지만 이들을 통틀어 선하령으로 부르기도 한다. 선하령을 분수령으로 하여 남쪽으로는 건양, 남평을 거쳐 복주로 민강이 흐르고 북동쪽으로는 강산과 구주를 거쳐 항주에 이르고 다시 황해로 빠져나가는 전당강(또는 절강)이 흐른다. 전당강의 상

선하관, 한때 선하고도의 정치·군사적 중요성을 말해준다.

류를 별도로 신안강新安江 또는 서안강西安江이라 부르기도 한다.

풍령의 고갯마루에는 풍령관이라는 관문이 세워져 있는데 지금의 풍령관은 폭 16.4m, 길이 20m의 석조건물이며 문의 높이는 3m쯤 된다. 풍령관은 사천의 검각관劍閣關, 하남의 함곡관函谷關, 산서의 안문관雁門關과 더불어 중국에서 가장 험난한 4대 명관으로 친다. 풍령에서 절강성으로 내려오면서 25km의 거리에 4개의 관문인 선하관仙霞關이 설치되어 있었는데 지금은 최저지점의 제1선하관 하나만 남아 있다. 따라서 선하관이라 하면 이 제1선하관을 지칭한다.

선하령은 복건의 민강과 절강의 전당강 수계의 관절점이다. 복건성 포성에서부터 선하령을 넘어 절강성 강산시 청호진까지의 125km를 선하령로仙霞嶺路 또는 선하고도仙霞古道라 일컫는데 복건성에서 향할 때 포성에서 풍령까지 오르막길 50km, 풍령에서 청호진까지 내리막길 75km로 이어진다.

풍령에서 5km 도상에 입팔도, 다시 20km를 내려가면 선하관에 다다르는데 선하관에서 현무령을 넘고 하천을 따라 내리막길과 평지를 걸으며 50km를 가면 청호진에 이른다. 125km 되는 선하고도 중에서 현재는 대부분 국도와 겹치고 있기 때문에 원상대로 남아 있는 곳은 30km 정도이다.

선하령산맥은 하도 험준하고 가팔라 당나라 말기까지는 사람이 넘나드는 길이 없었던 험산준령이었지만 당나라 희종 때 〈황소의 난(875-884)〉의 주역이었던 황소黃巢가 환관정치와 농민수탈에 저항하여 거병하였을 때 복건과 광주를 손아귀에 넣을 목적으로 2년에 걸쳐 선하령길을 뚫었다. 백성을 도탄에서 구하고자 일으킨 '황소의 난' 또는 '의적 황소의 역성혁명'이 실패로 끝났지만(근세의 역사가들은 황소를 의적이라 부르고 있다.) 그가 선하령을 넘는 길을 개척한 사건은 중국의 왕조역사, 정치 · 군사적 측면, 문화, 경제, 교통과 물류, 인민의 동질성 확보에 지대한 영향을 끼쳤다.

척계광 | 戚繼光 (1528~1588)

중국 명(明) 말기의 장수로서 유대유(兪大猷)와 함께 푸젠성(福建省), 저장성(浙江省), 광둥성(廣東省) 등에서 왜구(倭寇)의 침입을 물리쳤으며, 알탄 칸(阿勒坦汗)이 이끄는 몽골 타타르족의 침략에 맞서 장성(長城)의 방위(防衛)를 굳건히 하였다. 가정제(嘉靖帝, 재위 1521~1566)와 융경제(隆慶帝, 재위 1567~1572) 연간(年間)에 '남왜북로(南倭北虜)'의 외환(外患)을 극복하는 데 큰 공을 세웠으며, 중국인들에게는 특히 항왜(抗倭)의 민족영웅(民族英雄)으로 숭앙(崇仰)되어 왔다. [*]

정치적 군사적으로 보면 남송의 명재상 사호史浩(1106-1194)가 1172년에 3,600개 돌계단을 깔아 보수하고 풍령관과 4개의 선하관을 지어 요새화하면서 군사를 주둔시켰는데 이는 금나라의 남침에 대비하여 출구전략을 확보하기 위해서였다. 남송으로 볼 때 선하령은 군사요충지이며 최후의 보루로 이곳이 뚫리면 복건이 무방비상태로 쉽게 무너질 수 있다.

1563년 명나라의 **척계광**戚繼光 장군이 이 고개를 넘어 복주로 달려가 왜구를 물리쳤으며, 명나라가 멸망하자 정지룡鄭之龍이 군사를 일으켜 청나라 군대를 맞아 싸운 곳이기도 하다. 정지룡이 밀려오는 청군에 항복하자 그 아들 정성공이 남평에서 군사를 정비하여 반청복명反清復明의 기치를 들고 청나라에 대항했으나 이미 선하령을 잃은 그는 남으로 밀려 결국 대만으로 밀려났다. 청나라 초기 **〈삼번의 난〉**을 일으킨 경정충耿精忠이 반군을 이끌고 복건에서 절강으로 짓쳐올 때 선하령을 넘었지만 구주衢州에서 궤멸되기도 하였다.

> **삼번의 난**
>
> 청나라 초기의 반란으로 '삼번(三藩)'이란 윈난의 평서와 오삼계, 광두의 평남왕 상지신, 푸젠의 정남왕 경정충을 말한다. 이들은 모두 한족의 장군으로 청의 중국 지배를 도운 공로에 의하여 분봉되었는데, 그 세력이 강대하였기 때문에 청조에 커다란 위협이 되었다. 성조 강희제가 번을 폐할 것을 명하자 이들은 청에 반기를 들고 일어났다. 삼번에서 반란이 일어나자, 반청운동자들이 이 반란에 동조하여 남중국을 중심으로 8년에 걸쳐서 난이 전개되었다. 청군은 강희제의 확고한 방침 아래 획일적인 방어 공세를 취하여 결국 청의 승리로 끝나고 그 뒤 청은 전성기를 맞이하였다. [*]

선하고도는 중국 경제발전에도 지대한 영향을 미쳤다. 복건의 상인들은 도부(挑夫, 짐꾼)들을 고용하여 강남의 생산물과 외래품을 이 고개를 통하여 강북으로 실어 날랐다. 대미(쌀) · 대두(콩) · 죽순 · 연밥 등의 농산물, 비단 · 동실유桐實油 · 설탕 · 종이 · 물감 등의 가공품, 비단 · 도자기 등의 특산품 그리고 향료 · 상아 · 물소뿔 등의 외래품이 주를 이루었다. 특히 명나라 때에는 해금정책을 썼기 때문에 천주 등지에 부려지는 외래품은 선하령을 이용하거나 멀리 강서성을 거쳐 양자강으로 빠져 북경으로 올라갈 수밖에 없었다. 따라서 선하령은 명나라 때에 해상실크로드의 마지막 연결점이 되었다.

문화적으로 보면 선하령을 통해 구주에 뿌리내린 공자 남종파南宗派의 학유들이 복건에 유교를 전파했고 특히 **〈정강의 난〉** 때 북송의 흠종과 많은 선비들이 금나라에 잡혀갔다가 이 고개를 넘어 남평으로, 복주로 내려와 자리를 잡았다. 복건의 선비들이 과거 보러 이 고개를 넘고 전당강을 거쳐 경항대운하京杭大運河를 지나 북경으로 향했다. 따라서 명 · 청 시대에는 복건성의 진사 합격률이 전국에서 가장 높았다. 또한 북쪽의 시인묵객들이 이 고개를 넘어 민강에 배를 띄웠고 남쪽의 유학자들이 학문의 교유를 위해 이 고개를 넘어 전당강에서 배를 탔다. 주희는 평생 동안 30번이나 선하령을 넘어 구주의 공자 남종묘를 순례했고, 주희朱熹 · 장식張栻과 더불어 동남삼현으로 일컬어지는 남송의 유학자 여조겸呂祖謙은 주희와 더불어 학문을 논하기 위하여 선하령을 넘었다. 채양蔡襄과 육유陸游가 복건에 부임하고자 선하령을 넘으면서 시를 남겼다.

정강의 난

정강(靖康)은 중국 송나라의 제9대 황제인 흠종 때의 연호(1126~1127)로 2년 동안 사용되었던, 북송시대의 마지막 연호이기도 하다. 정강 원년인 1126년 음력 1월에 1차, 9월에 다시 2차의 금나라 군사가 수도 카이펑을 함락시키고 휘종과 흠종을 비롯하여 3,000여 명을 포로로 하여 북송으로 돌아간 사건. 이 결과 북송은 멸망하였고, 정강 연안에 일어났다고 해서 이 사건을 '정강의 변(靖康之變)' 이라고 부른다. [*]

또한 선하령을 넘은 유명한 과객들이 많았는데 선하고도가 뚫리기 전인 804년에 일본에서 표류해온 공해空海 스님은 민강을 타고 올라와 포성을 거쳐 선하령을 넘었고, 항주를 떠난 마르코 폴로는 전당강을 거치고 선하령을 넘고 민강을 따라 복주에 이르고 천주에서 귀국길에 올랐다. 명나라의 지리학자 서하객徐霞客(1586-1649)은 1620년부터 10년간 선하령을 3차례나 넘으면서 많은 글을 남겼다. 1797년 3월 26일에 조선의 장군 이방익이 또한 선하령을 넘으면서 이를 그의 「표해가」와 『표해록』에 남긴 것은 역사상 큰 족적임에 틀림이 없다.

선하령은 인구의 이동, 상품의 교류, 문화와 풍속의 전파 등을 통하여 이민족의 화하화華夏化를 촉진하고 민족의 동질성을 확보하였다는 점에서 역사적 의의가 있다고 하겠다.

13일 9시에 강산역에 내린 우리는 선하관을 찾았다. 이방익의 발자취를 찾고자 나섰지만 등산의 채비를 갖추진 않았기 때문에 우리는 두 성省의 관절점인 선하령산맥의 풍령까지 갈 수는 없었다. 중국에 오기 전에 일정협의를 하면서 내가 선하관을 지목한 것은 거기가 정상은 아니더라도 현지정보를 얻을 것 같은 기대 때문이었다. 그러나 선하관은 선하령으로 오르는 산길의 초입에 불과했다.

우리 일행은 13일 오전 강산역에서 출발하여 선하관 초입의 주차장에 이르렀다. 거기서부터 선하관까지는 포장이 안 된 흙길이었다. 선하령으로 가는 옛길을 거의 원형대로 보존한 것 같은 느낌이 들었다. 한 100m쯤 비탈길을 오르니 웅장한 규모의 성곽이 나타나고 정 중앙에 궁형의 문이 보인다. 선하관은 양쪽에 산줄기를 낀 계곡에 위치해 있는데 사호가 선하고도를 수리하고 계단을 만들 때 지어진 것으로 기록되어 있다.

선하관은 선하령을 넘는 행인들을 검문하고 도적의 침입을 방비하는 관문으로 본래 입팔도廿八都에 이르기까지 4기가 있었지만 지금은 제일관문만 남아 있다고 한다. 동서 총 연장이 40m, 높이가 7m, 폭이 5-7m인데 특이한 것은 문루에 둥근 구멍이 뚫려 있다. 이는 무단통과하는 외적을 문루에서 처단하기 위한 것이다. 우측의 선하고도문화진열관에는 각종 병기와 기물 등의 유물이 진열되어 있고 사면의 벽에는 당의 장구령張九齡, 북송의 왕안석王安石, 남송의 채양蔡襄 · 육유陸游 · 주희 · 양만리楊萬里 등 익숙한 이름의 시인들이 이곳을 다녀가면서 남긴 시들이 걸려있다. 언덕에는 황소의 석상이 관문을 향하

선하고도 문화진열관

여 굽어보는 듯하고 주변의 비석 광장에는 판독하기 쉽지 않은 시비와 시단이 널려 있다.

우리는 선하관에서 잘 닦여진 도로(국도)를 이용하여 20km를 오르니 입팔도에 다다른다. 입팔도는 풍령에서 절강성으로 5km 거리의 분지에 위치한다. 입팔도는 二十八都의 준말인데 남송 대에 형성된 군사주둔지로 강산현 12개 촌에 44개의 진지를 만들었는데 그 후 제28진지인 입팔도만 잔존해 있다. 외적을 방비할 목적으로 세워진 입팔도에는 청나라 때만 해도 1,000-2,000명의 군사가 주둔하고 삼엄한 경비를 하고 있었다. 입팔도는 풍령에서 내려오는 선하고도의 첫 길목이라 이방익 일행이 다녀간, 다녀가지 않을 수 없는 곳이다. 사방이 산으로 둘러싸인 작은 분지이지만 여러 가지 사정으로 이곳에 눌러앉은 사람들이 빼곡하게 집을 짓고 살고 있다.

나는 이방익이 『표해록』에서 언급한 곳이 바로 입팔도라는 확신을 가졌다.

> 정상에서 간신히 내려와 20리쯤 가니 만수교라 하는 다리에 이르는데 다리 아래에는 강물이 도도히 흐르고 있었다. 다리를 건너가니 성첩과 성 밖에 언월도와 장검을 무수히 세워 놓았다. 물어본즉 이곳은 강남으로 가는 제일 요로인데 진장이 지키고 있다고 일러준다.
> —『표해록』

국도를 통해 입팔도고진廿八都古鎭이라는 작은 도시에 이른 우리는 다리를 건너 입팔도노가를 찾았다. 초입의 주파교珠坡橋란 팻말이 붙은 다리는 풍계(楓溪, 풍령을 발원지로 한 계곡)를 가로지르는데 다리 위에 정자가 있고 쉼터가 마련되어 있다. 풍계를 도도히 흐르는 강물은 다리 아래에서 녹청색의 소沼를 이룬다. 나는 이방익이 『표해록』에서 언급한 성첩이 바로 입팔도이며 그가 건넌 다리가 만수교란 확신을 갖는다. 그 성첩이 '강남(강산현)으로 가는 제일 요로이고 진장이 지키고 있는 점'을 감안하면 입팔도임이 분명하다. 입팔도는 군사 주둔지 역할을 했던 곳인데 이방익이 보니 '언월도와 장검을 무수히 세워놓았고 진장이 지키고 있었기' 때문이다. 또한 주파교가 만수교의 다른 이름이라고 보는 것은 다리를 지나 입팔도로 들어가면 초입에 만수궁萬壽宮이란 묘우(廟宇, 신주(神主)를 모신 집. 사당(祠堂)·가묘(家廟)라고도 한다)가 있기 때문이다. 만수궁은 강서회관江西會館이라 부르기도 하는데 옛날 어떤 독지가가 하천을 건너는 사람들의 편의를 위해 교량을 건설한 일로 그를 기념하기 위하여 지어져 지역 주민들이 생활의 평안과 재부를 기원하는 묘당이 되었다고 한다.

입팔도에는 다양한 형태의 명·청시대의 건물군, 특히 당시 떵떵거리고 살던 부자들의 고가와 전각 및 사당들이 즐비하고 고풍스러운 옛 거리에는 식당과 노점이 과객을 유혹한다. 우리는 입팔도의 옛거리를 걸으면서 상당한 규모(건물 면적 500-1,700㎡)의 고가들을 둘러보았는데 솟을대문의 문루門樓에는 보란 듯이 조상들의 명패 또는 명구가 새겨져 있다. 내부에는 그 후손들이 거주하는 사가私家라 접근할 수가 없었다. 입팔도에는 유독 도교식 묘당이 많았는데 관제묘, 문창각, 동악묘뿐만 아니라 가족 묘당도 있었다. 우리는 관제묘 그리고 문재文才를 기원하는 문창각을 둘러보았다.

입팔도는 군사적 목적 외에도 물류면에서 크게 번창했다. 복건성에서 오는 각종 화물이 여기서 부려져 절강 상인에게 넘어가며 입팔도에 자리를 잡고 중개무역을 하는 이들도 늘어갔다. 현재 입팔도의 인구는 약 3,600명인데 141개의 성씨들이 산다고 한다. 그 중에서 김金, 양楊, 조曹, 강姜, 축祝 씨들은 부호로 행세해 왔다. 좁은 지역에 이렇듯 많은 성씨들이 살게 된 원인은 첫째로 선하고도를 통해 재부를 쌓은 상인들이 터를 잡아 사는 경우, 둘째 물화를 운반하는 도부들이 정착한 경우, 셋째 외부에서 징발된 병사들이 장기근무를 하거나 직업을 바꿔 여기에 눌러앉아 사는 경우, 넷째 선하령산맥 산중에는 타지에서 굴러온 붕민棚民들이 살아왔는데 이들이 입팔도에 자리를 틀은 경우도 있었다.

붕민이란 산속에서 움집을 짓고 사는 사람들을 말하는데 송·원시기부터 명나라 중기까지 산지와 해안에 살던 빈민들이 해발 800m 이상의 산지에 살면서 옥미(玉米, 옥수수), 토두(土豆, 감자), 번서(蕃薯, 고구마 또는 마의 일종)를 소규모로 경작하여 입에 풀칠하고 더러는 쪽(물감), 직조織造, 종이제작, 도기 굽기 등의 수공업을 경영하기도 하고 채광이나 벌목을 일삼기도 했다. 그들 중에는 산적이 되거나 반란군에 합류하는 사람들도 있어 청나라에 들어서는 그들로 하여금 산에 사는 것을 금지시켰다.

입팔도를 출발한 이방익 일행은 20km 거리의 선하관을 거쳐 협구峽口로 내려간다. 협구에서부터 청호진까지는 더러 고개를 넘기도 하지만 대부분 완만하고 평평한 길이다. 협구는 선하고도를 넘어온 상인들과 도부들이 한숨을 돌리고 쉬어가는 곳이라 여관과 식당이 즐비하고 주택과 사당도 많고 유동인구도 많았다. 1773년 통계에 의하면 40개 성씨가 등재되어 있었다.

청호진으로 가는 도중 오현점막이라는 곳에서 대접을 받은 것으로 보이는데 '죽엽(죽순)과 다과를 내오고 수박씨를 꽃그릇에 담아 내놓았는데 이는 상빈을 대접' 하는 경우라 한다. 이방익이 절강에서도 복건과 마찬가지로 극진한 대접을 받았음을 알 수 있다.

> 우리나라 점막과 같은 곳에 안내되었는데 영접하는 집에서는 방 가운데 평상을 놓고 평상 위에 홍전과 박전을 깔고 음식을 접대하는데 그 풍부함은 관부에서와 다름이 없었다. —『표해록』

이방익 일행은 포성현을 떠난 지 5일 만인 4월 초하루에 청호진에 이르러 거기서 배를 타고 신안강을 거쳐, 전당강을 따라 항주까지 휘저어간다.

2. 강랑산 江郎山

3일째 되는 날(4월 14일) 강산시 강가의 한 호텔에서 묵은 나는 새벽에 일어나 우연히 창밖을 내려다보던 중 문득 야릇한 흥분에 젖었다. 바로 저 아래 신안강이 바로 이방익이 배를 타고 흘러간 강이 아닌가. 나는 아내를 깨워 강변으로 나갔다. 안개가 희미하게 깔린 강은 맑고 잔잔하고 강가에는 수초가 하늘거린다. 산책하는 사람들이 드물게 보일 뿐 강변은 한산하다.

나는 상상의 나래를 편다. 이방익 일행을 태운 배가 서둘러 이 강을 노 저어갔을 것이다. 배는 몇 날 며칠을 흐르는 강물 따라 순풍에 돛단 듯 흘러간다. 강산현을 지나고 구주를 지나고 용유현을 지나간다.

이방익은 신안강을 지나면서 가마우지가 고기를 낚는 모습이 하도 신기해서 자주 언급하고 있는데 아마도 당시에 조선에서는 볼 수 없는 풍경인듯싶다.

> 강산현에 도착하여 배를 타고 갔습니다. 강 위에 작은 배가 있는데 고기를 잡는 노인이 푸른 오리 10마리를 배에 싣고 있다가 풀어놓으니 오리가 물고기를 잡아 입에 물고 배안으로 들어왔는데, 하루 종일 이와 같이 하였습니다. —『승정원일기』

> 드디어 강산현에 이르러 작은 배를 탔는데 강에는 작은 배를 탄 어부가 열 마리의 푸른 오리(청압青鴨)를 싣고 가서 강에 놓아주고 있었습니다. 청압들은 곡선을 그리며 물속에 잠기더니 고기를 낚아서 나옵니다. 어옹은 그것을 받아서 대바구니에 넣기를 하루 종일 하였습니다. —『이방인표해일기』

> 강남성 강산현에 이르러 배를 재촉하여 떠났습니다. 강가에 작은 배가 있는데 고기 잡는 노인이 푸른 오리(청부青鳧) 수십 마리를 싣고 가서 물 가운데 풀어놓으니 그 오리가 고기를 물고 배 안으로 돌아왔습니다. —『서이방익사』

박지원은 고기를 잡아오는 푸른 오리는 물오리가 아니라 가마우지라고 고쳐 부르면서 일명 오귀烏鬼라고도 부른다고 한다. 두보의 시에 '집집마다 오귀를 길러 끼니마다 황어를 먹는다.'(家家養烏鬼 頓頓食黃魚)라고 한 것은 이를 두고 한 말이라고 설명하면서 강남지방을 그린 그림 속에서 왕왕 이런 풍경을 보았다고 말한다.

이방익은 신안강을 지나면서 바라보는 산천은 형용키 어려울 정도로 명랑수려하다고 썼고 흐르는 물은 도도하고 청산은 첩첩하건만 이를 기록할 수 없는 문장력의 한계를 탓하기도 하였다. 이방익은 지나쳐간 강랑산에 대하여 박지원에게 말해 주었는데 박지원은 강산현이 강랑산 때문에 붙여진 이름이라고 덧붙인다.

호텔에서 조반을 마친 우리는 강랑산을 오르기 위하여 버스정류장으로 달렸다. 산 밑에 이른 시내버스는 굽이굽이 돌더니 비탈길을 숨가쁘게 올라 거대한 바위산 앞에 사람들을 쏟아낸다. 강랑산의 중턱

강랑산 삼편석

으로 해발 500m쯤 되는 평평한 산록광장이다. 이슬비가 수풀을 촉촉이 적시는데 마침 계곡에서 불어오는 바람이 희뿌연 안개를 산 정상으로 밀어 올린다. 거대한 바위가 안개 속에서 희미하게 얼굴을 내민다. 미리 장만한 비옷을 입고 걷자니 우리는 안개로 인해 유명한 강랑산 상상봉을 못 볼 것 같은 느낌이 든다. 바위의 뚜렷한 형상을 못 보아도 오를 수는 있다니 다행이라며 우리는 산 중턱을 휘돌아 전진한다. 뜻밖에도 안개가 자취를 감추고 있다. 유명한 삼편석三片石이 얼굴을 내밀기 시작한다.

강랑산의 높이는 해발 824m로 단하지모丹霞之貌의 지형을 이루는데 수억 년 동안 수만 번의 지질운동을 하면서 풍화와 퇴적작용을 반복하여 붉은색 바위가 형성된 지형을 말한다. 강랑산은 중국의 국가급 중점풍경명승지 및 국가급 5A급경관으로 2002년 유네스코 세계자연유산으로 지정되기도 했다.

정상에 세 개의 바위가 川자 모양으로 우뚝 서 있다. 삼편석이다. 왼편으로부터 낭봉郎峰, 아봉亞峰, 영봉靈峰이라 불리는데 그 봉우리들의 높이가 300m에 이른다. 옛날 강씨 3형제가 강랑산에 올라 3개의 바위가 되었다는 전설이 있다. 강랑산은 '웅장 · 기이함이 천하제일이요 수려함이 동남지역에 으뜸이라'(雄奇冠天下 秀麗甲東南)는 말이 실감난다.

산중턱을 돌아가니 명나라 때 지었다는 개명사開明寺가 나온다. 개명사의 옆 계단을 따라 몇 계단 올라가니 집채만 한 바위가 채양처럼 하늘을 가린다. 시진핑이 이곳을 다녀갔다는 팻말이 보이고 사람들이 몰려 사진 찍을 순서를 기다린다. 우리는 절벽에 난간을 설치한 계단을 따라 조심스럽게 이동한다. 내려다보면 아찔한 낭떠러지다.

삼편석 밑에 이르자 바위를 감싸던 안개가 거짓말같이 사라진다. 세 개의 거대한 바위가 이마 위로 우뚝 서 위용을 자랑한다. 오른쪽의 낭봉은 거대한 부처를 닮았고 중간의 아봉은 마치 보검을 꽂아놓은 듯 위쪽은 두텁고 아래쪽은 가늘어 흔들릴 것 같은 느낌을 준다. 왼쪽의 영봉은 둥글고 웅장하여 태연하고 편안한 모습을 보인다. 낭봉과 아봉 사이의 갈라진 틈이 눈앞에 나타난다. 두 개의 일직선 틈 사이로 하늘이 길게 보인다. 하늘이 마치 가느다란 하나의 선과 같아서 소위 일선천一線天이다. 낭봉과 아봉 사이로 하늘을 향해 300여 계단이 나 있는데 그 폭이 3.5-5m로 바위의 높이에 비하여 좁게 보인다. 오르

강랑산 일선천

는 길은 가파르고 숨이 차지만 바위 사이로 불어 오르는 바람이 우리의 발걸음을 치받쳐주고 이마의 땀을 씻어준다.

계단이 끝나는 곳에 너럭바위가 있는데 이를 등천대登天臺라 이른다. 등천대로 오르는 계단은 1987년에 만들었다지만 당나라 백거이는 등천대를 올려다보며 "安得此身生羽翼, 與君來往醉煙霞(나에게 날개가 생기면 그대와 같이 올라가서 술 한 잔하고 안개에 취할 텐데)"라고 읊었다고 하며 명나라 지리학자 서하객은 선하령산맥을 넘는 길에 세 번이나 이 산을 찾았다고 한다.

등천대 정자에서 신안강 쪽으로는 굽어보기에 아찔한 천야만야한 절벽이다. 저 아래 안개 사이로 저수지와 넓은 평원이 보인다. 계속해서 낭봉의 벽을 타고 오르는 계단이 눈앞에 보이지만 폐쇄되어 있다. 정자에서 땀을 식히고 급경사의 계단을 내려가자니 안개가 다시 몰려와 우리를 감싼다. 산은 우리를 맞이하기 위하여 잠시 안개를 밀어놓았나 보다. 조심스레 내려가니 다시 개명사가 나온다. 개명사에서 한참을 내려오니 올 때와 다르게 출발하는 버스정류장이 나온다. 우리는 2시간동안 강랑산을 오르내린 셈이다. 비록 햇살은 안 비쳤지만 안개가 오락가락하는 강랑산 산행은 오래 남을 추억이었다.

3. 남종공자묘南宗孔子廟

절강성 구주시衢州市는 전단강 상류에 위치해 있다. 선하령산맥, 회옥산맥懷玉山脈 등을 발원지로 하여 항주를 거쳐 황해바다에 이르는 강을 통틀어 전당강이라 하지만 좁은 의미로 상류의 마금계馬金溪와 신안강新安江의 합수처인 구주에서 시작되는 강을 이르기도 한다. 옛날 명칭은 절강浙江이라 하였다.

구주라는 명칭은 지형이 산과 강을 아우르는 사통팔달의 분지를 이루고 있기 때문에 명대 초기부터 얻은 이름이다. 근래에 구주 근방에서 6,000여 년 전 신석기시대와 그 후 청동기시대의 유물, 특히 정교한 옥기玉器가 많이 출토되었고 볍씨화석의 발견으로 인해 학계에서 벼의 원산지로 자리매김했으며 바둑이 처음 시작된 곳으로 알려지기도 하였다. 구주시는 수려한 자연환경을 배경으로 하고 절강성 · 복건성 · 안휘성 · 강소성으로 연결되는 교통의 요로이며 인구는 대략 3백만 명가량이다.

14일 오후 우리는 강산시를 떠나 구주시로 달린다. 이방익 일행이 신안강을 거쳐 전당강으로 배를 타고 갔다면 이곳을 들르거나 바라보았을 것이기 때문이다. 우선 우리는 구주박물관을 찾는다. 나는 언제나 그렇듯이 어느 도시를 가면 먼저 박물관을 찾곤 한다. 박물관이야말로 그 지역의 진면목을 보여주는 것이기 때문이다. 입구에 들어서자마자 거대한 공룡의 해골이 떡 버티고 서서 위용을 자랑한다. 수십만 년 전 구주에 살았던 공룡의 화석인지 모형인지 알 수가 없다. 시대별로 구분된 전시관들에는 각종 유물과 생활모형이 진열되어 있다. 특히 신석기 그리고 청동기시대의 농기구와 생활용품들, 동경銅鏡, 옥장식품, 각종 고대 도자기들 그리고 역사지도가 구주의 화려했던 옛 문화를 말해주고 있다. 시간에 쫓기는 우리는 아쉽지만 진열대를 빠른 걸음으로 지나가며 대충 훑어보고 박물관을 나왔다.

우리는 공자를 모시는 남종공자묘南宗孔子廟를 찾는다. 고색창연한 사당은 잘 정돈되어 있었고 공자 후손들의 입상과 비석들과 여러 기록들이 보존되어 있었다.

1127년 금나라가 송나라 수도 개봉을 함락하고 태상황 휘종徽宗과 흠종欽宗황제를 포로로 끌고 가자 하남에 있던 휘종의 9자 조구趙構 즉 고종高宗이 다시 나라를 일으켜 황제로 등극한다. 후세 역사가들은 송 태조 조광윤으로부터 9대 흠종까지를 북송이라 부르고 고종 이후의 송나라를 남송이라 부른다.

고종은 임안(지금의 항주)에 도읍하여 황제로 등극하면서 천신제를 지낸다. 그때 멀리 곡부에 있는 공자 48대손 연성공衍聖公 공단우孔端友를 초청한다. 고종이 공자의 적장손을 대동하면서 황실의 정체성을 확보하고 황제로서의 위상을 높이고자 함이다. 공단우는 황제의 명을 거역할 수 없음을 알고 곡부 공자묘당의 제사를 동생 공단조孔端操에게 맡기고는 숙부 공부孔傅와 일백여 명의 가솔을 이끌고 고종을 따라 나서기로 한다.

그가 진강鎭江을 건널 때의 일화가 전해진다. 공묘에서 대대로 아끼

공자를 모시고 있는 '남종공묘'

던, 공자와 기관亓官부인의 목상인 해목조상楷木雕像을 등에 지고 그는 강을 건너고 있었다. 공자 사후 3,000여 제자들이 3년간 시묘를 했는데 자공子貢이 3년간 더 머물며 공자 모습을 조각한 것이 해목상이다. 금군이 배를 몰고 습격해 왔다. 해목을 빼앗길 위기에 처해 있었다. 공단우는 그것을 강에 던졌고 일행은 금군에게서 벗어날 수 있었다. 그가 남쪽 언덕에 도착하여 아연실색해 있을 때 홀연히 세 신인이 나타나 해목을 강에서 건져주고는 사라졌다. 공단우 일행이 해목 앞에 향을 피우고 제사할 때 '노부산신魯阜山神'이라는 글자가 연기에 비쳤다고 한다. 청나라 건륭 때 풍세과馮世科가 쓴 『노부산신사기魯阜山神祠記』에 나오는 전설이다. 해목조상은 여기 남종공묘에 남아있었는데 1939년 일본이 구주에 쳐들어왔을 때 공자의 자손들이 그 해목상을 산중에 숨겨 보존했는데 1960년 곡부에 돌려주었다고 한다.

공단우는 남천南遷을 계속하여 구주에 정착했고 고종은 이곳에 새로 공자묘를 지어 공자를 받들도록 했는데 후세사람들은 이 남종공묘를 동남궐리東南闕里라 부르기도 한다. 연성공이라는 작위는 공단우의 6세손 즉 공자의 53세손 공수(孔洙, 자字 사로思魯)에 이르기까지 세습되었다. 그때까지 연성공은 곡부와 구주 두 공자묘에 있었던 셈이 된다. 그러나 따지고 보면 공자의 적장손은 구주에서 맥을 잇고 있었던 것이다. 원 세조는 곡부의 연성공을 폐하고 적장자 공수로 하여금 곡부로 돌아와 신성불가침의 유일한 연성공으로 부임할 것을 명했다. 그러나 공수는 5대에 걸친 구주에 모셔져 있고 더욱이 노모가 여행하기에 몸이 불편한 상태이니 그냥 구주에 머물면서 조상을 모시겠다며 세조의 권유를 거절했다. 황명을 거절한다는 것은 곧 죽음이지만 세조는 만면에 춘풍같은 미소를 머금으며 칭찬해 마지않았다. 공수는 작위와 제전祭田을 포기하고 평민이 되어 후진양성에 몰두했다. 공수는 사로당思魯堂을 짓는 등 공묘를 확장하는 한편 학숙學塾을 만들어 우선 공씨 가문의 후손들을 가르쳤다. 그리고 거기서 학문을 연마한 유학자들을 절강 · 복건 · 강서에 파견하여 서원을 짓고 유학을 강하도록 했다. 그 영향으로 유학을 가르치는 서원이 우후죽순으로 일어나 절강성과 복건성에 번졌다. 1506년 명나라 무종武宗은 구주의 공자 적장손에게 한림원오경박사翰林院五經博士란 작위를 수여했다. 이 작위는 수백 년 이어왔는데 민국시절 남종봉사관南宗奉祀官으로 개명되었다. 현재는 80대 초반의 공자 75세손 공상해孔祥楷가 그 자리를 유지하고 있다. 남종공묘의 설치는 중국문화의 중심이 양자강 중하류로 옮겨가는 계기가 되었고 구주 일대는 학문의 중심지로 자리매김했다. 이는 절강성 · 복건성에서 많은 학자를 배출하는 계기가 되었다.

천 년간 중국 지식인들의 마음을 사로잡은 여류 문장가 이청조李清照는 1129년 11월 남종공묘의 준공식에 나타나 진주 같은 미모를 뽐내고 호탕한 시를 남겼다.

주희의 성리학(주자학), 육유 · 육구연陸九淵의 心學이 남종공묘를 계기로 태동하였고 여조겸을 주축으로 하는 절동학파浙東學派의 수많은 선비들이 쏟아져 나왔다. 송 · 원 · 명시대에 걸쳐 구주는 유학이 학문의 중심으로 자리 잡았고 많은 인재를 배출했으며 수많은 저술이 이루어지고 있었다. 특히 주희(1130-1200), 장식(1133-1180) 그리고 여조겸(1137-1181)을 동남삼현東南三賢이라 부르는데 주희는 복건성 무이정사에 머물면서 남종공묘를 30여 회 왕복했고 장식은 금화현(구주시 동쪽) 지현知縣으로 있었고 여조겸은 고향 금화현에서 후진을 양성하고 있었기 때문에 그들은 남종공묘에서 수시로 만나 학문을 논하면서 교유했다. 남송 초기 고종의 치세연간에 동시에 나타나 샛별처럼 빛났던 동남삼현으로 인하여 공자의 사상과 학문과 학덕은 요원의 불길처럼 중국의 동서남북으로 퍼져나갔고 한반도까지 이어져갔다. 특히 공자의 학통인 유학이 복건과 광동으로 퍼져나간 데는 황소가 뚫은 선하고도가 큰 역할을 했기 때문이다.

여기 구주의 孔子家廟碑는 다음과 같이 말한다.

"孔子道高如天 德厚如地 敎化無窮如四時 爲萬歲帝王之師"

(공자의 도는 하늘처럼 높고 땅처럼 두터우며 가르침은 무궁하여 만세토록 제왕의 스승이 된다.)

4. 고멸국姑蔑國 고도古都를 찾아서

이방익은 그가 수일에 걸쳐 항행한 전당강에서 초나라 옛 도읍지를 방문하고 그 성터의 웅장함을 노래하고 있다.

> 초나라 옛 도읍이 천계부에 웅장하다. ―「표해가」

> 강산현 제하관에 이르렀는데 이곳은 초나라 옛 도읍터라 성곽이 웅장하고 번성함은 지금의 국도와 다름이 없었다. 아침나절 숙소를 나서니 구경꾼이 좌우에 가득하고 마라기에 달린 붉은 실이 찬란하여 황홀하였다. 초나라 국도는 남악산 아래로 산천은 형용키 어려울 정도로 명랑 수려하였다. 초나라 국도에서 조반을 먹고… ―『표해록』

위의 문장에서 이방익은 초나라 국도가 남악산 아래 있다고 하고 또 천계부天界府와 제하관齊河館을 언급했는데 그 지명은 지역사람들이나 학자들에게 물어봐도 대답을 얻을 수 없고 고지도에도 나타나 있지 않았다. 어떻든 우리는 구주지역에 있었다는 초나라 도읍지를 추적하기로 했다.

우선 단초를 찾기 위해 구주박물관을 찾아들었다. 1만 년 가까운 유구한 역사를 간직한 지역이라 신석기시대의 잘 다듬어진 유물이 진열되어 있었고 이 지역에서 생산된 옥기와 도기가 진열되어 있었다. 우리는 역사관에서 한때 구주지역에 살던 고멸족의 유래에 주목했다. 이방익이 초나라의 옛 도읍터라고 한 것은 고멸국의 고도일 것이라는 단서를 잡았다. 그래서 나는 구주 고대역사를 탐구하면서 고멸족 나아가 고멸국의 역사를 더듬었다.

『좌전노애공13년左傳魯哀公十三年』에 의하면 월越나라 구천句踐이 와신상담臥薪嘗膽 끝에 복수를 다짐하며 오吳나라 부차夫差를 칠 때 고멸의 군사들이 깃발을 휘날리며 도왔다는 기록이 있다. 때는 기원전 482년이었다. 고멸족은 원래 황하유역에 거주한 동이족의 갈래로 치우蚩尤의 후예인데 주나라에 밀려 회하와 양자강을 건넜고 결국 전당강 유역에 정착했다. 고멸족은 용맹스럽고 전쟁을 잘하는 종족으로 알려져 있다. 고멸국은 노魯나라 옛터에 있었는데 상商나라와 우호적 관계를 맺고 있었지만 상나라가 주周나라에 망하자 주나라의 통치에 불복하다가 주나라에 쫓겨 남천을 하여 전당강 유역에 터를 잡았다는 것이 사학계의 공통된 관점이다.

고멸족은 시간이 흐르면서 화하족華夏族으로 변모해 갔다. 원래 고멸족의 언어는 한어漢語와 다르다. 姑와 蔑은 갑골문자에서 일종의 벼를 뜻하는데 한어로는 해석할 수가 없다. 고멸국의 관할범위는 구주, 수창, 탕계, 소흥, 강서, 옥산 등지였으며 고멸국은 초기 초楚나라의 속국이었다가 차례로 오나라, 월나라의 속국이 되었고 기원전 334년 다시 초나라에 병탄되었다. 이는 이방익이 언급한 초나라일 것이다. 중국을 통일한 진秦나라는 중앙집권제를 실시했으므로 고멸국은 역사에서 사라지고 진나라 대말현大末縣으로 대체되었다.

용유현에 고멸성의 유적이 있는데 송나라 때 발간된 『元豊九域志』

에 의하면 고멸 옛성은 구강(衢江, 전당강) 남쪽 3리, 동문은 영산강靈山江에 접한다고 했는데 『중국고금지도대사전』에 의하면 영산강은 용유현 남쪽 40리허에 있다고 했다. 민국시절 발행한 『용유현지』에 의하면 그 성지는 동서 250보(337m), 남북 168보(258m), 높이가 1장7척(5.4m), 두께가 4척(1.3m), 둘레가 470보(722m)라고 한다. (송대의 1보는 약1.536m, 1척은 31.68cm) 고멸성 북쪽으로 3km 지점에 용유석굴이 있는데 이는 한나라 이전의 인공석굴로 지하창고 또는 병사주둔지로 추정되고 있어 고멸국과 연결시키는 견해가 있다.

고멸국의 옛터에 대해서 전문가를 찾을 수 없고 안내도 받을 수 없는 처지에 놓인 나는 난감했다. 이방익이 초나라 옛 도읍터의 웅장한 성곽을 보았다고 했는데 그가 본 것이 고멸국의 옛터로 송나라 때까지는 남아있었다 해도 2,500년이 지난 지금도 존재한다고는 할 수 없으니 그 터를 찾는 일은 불가능한 것이 아닌가. 그래도 미련을 버리지 못한 우리는 용유현에서 남쪽으로 약 40리를 달려 고멸국 옛터를 찾고자 했으나 찾을 길이 없어 근처의 용유상방龍游商帮을 방문하기로 마음먹었다. 용유상방은 송나라 때 설치하고 명 · 청대에 번성하였던 대규모 상가조직으로 당시의 고적이 잔존하고 있으며 전당강가에 위치하여 이방익이 배를 타고 이 유역을 지나면서 고색창연한 성곽과 건물들을 보고 착각을 일으켰을 가능성이 있다고 보았기 때문이다.

우리는 15일 아침 시간을 앞당겨 호텔을 출발하였다. 오전 중에 엄자릉조대를 방문하고 항주에 도착해야 하는 빠듯한 일정 때문이었다. 우리는 지난날 명성을 떨쳤던 용유상방의 옛터에 세운 용유민거원龍游民居苑을 찾아들었다. 용유민거원은 절강성에서 문화재 가치가 비교적 높고 보존가치가 있는 가옥들을 옮겨놓은 민가 박물관으로 부지면

(위) 용유민거원 패방 / (아래) 용유민거원 난간

적은 약 2만 평이다. 거기에는 명 · 청대의 고풍스러운 사당 · 민가 · 전당 · 글방 · 정자 · 상점 등 30여 점의 고대 건축물이 모여 있는데 용유상방의 찬란한 역사를 말해주듯 정교하고 품위 있는 예술적 가치를 담고 있는 고건축의 보고라 할 만한 곳이다.

남송의 새 황제가 된 고종이 임안 즉 항주에 도읍하면서 항주에는 거대한 토목공사와 건축공사가 진행되었다. 궁궐과 각종 관청을 새로 짓는 것은 물론 거리를 넓히고 대신들의 집과 민가를 새로 마련해야

용유민거원 진사댁 고가

하기 때문이다. 역사상 최초로 전당강이 활기를 띄기 시작했다. 울창한 산림이 재목으로, 선하령산맥에 빼곡히 들어선 대나무가 가설자재로 강에 띄워져 하류로 옮겨졌고 쌀 · 차 · 종이 · 식물기름 · 면포 · 약재 · 벼루 · 도서 그리고 각종 보석과 옥기 · 도기 등이 항주로 속속 보내졌다. 각지에서 모여든 상인집단이 형성되면서 신의성실의 상도가 형성되고 유학을 배우던 선비들이 상인으로 전업을 하면서 상인들의 위상이 높아졌다. 특히 명나라가 해금정책을 펴면서는 외래품들이 이곳을 통과해야 했다. 따라서 용유상방은 중국의 유명한 상업집단으로 자리매김했다. 항주는 소주와 더불어 원 · 명 · 청 시대에도 끊임없이 상업과 문화가 발달되었기 때문에 용유상방은 수백 년에 걸쳐 호황을 누렸다. 용유상방은 이방익이 중국을 답파하던 때에도 대항해시대의 영향을 받아 번성했으나 청나라 광서제光瑞帝(1871-1908) 이후 쇠락의 길을 걸었다.

고멸다실

정문에 들어서니 높은 패방과 웅장한 건물이 앞을 막는다. 널찍한 거리 양편에 옛 상가와 가옥이 즐비하다. 화려하고 웅장하게 세운 건물의 담과 문루에 아로새긴 각종 장식을 감상하며 한참 들어가니 뜻밖에도 고멸이라고 금박한 휘장을 친 찻집이 눈에 들어왔다. 고멸국이 월나라를 도와 오나라를 칠 때 무수히 많은 고멸국기를 나부끼고 짓쳐왔기 때문에 오나라 군대가 지레 겁을 집어먹었다는 일화가 생각났기 때문이다. 우리는 마치 고멸국의 고도를 찾은 듯 환호성을 질렀다. 우리는 고멸찻집에서 차를 주문하고 고멸국 이야기를 꺼내니 주인은 이곳이 고멸국 옛터라고 주장하며 여러 말을 늘어놓는다. 이윽고 우리는 샛강을 가로지르는 낭교郎橋라는 이름의 다리에 다가간다. 다리 위에는 다리 길이만큼이나 넓은 정자가 설치되어 있는데 옛날 부유한 상인들이 이 정자에 앉아 다리 밑에 정박한 배들에 실린 물화를 흥정했다고 한다. 우리는 정자의 의자에 걸터앉아 앞뒤로 확 뚫린 경치를 바라보며 휴식을 취하였다. 멀리 9층탑이 보인다.

5. 자릉조대子陵釣臺

이방익 일행이 엄주부 건덕현에 도착한 때는 선하령을 넘은 지 열흘이 지난 4월 5일이었다. 그들은 배를 타고 항주로 내려가던 중 전당강 지류인 부춘강富春江을 향하여 15리가량 올라간다. 후한 때 엄자릉嚴子陵이 낚시질하던 칠리탄(七里灘, 일명 칠리뢰七里瀨)을 찾아가기 위해서다. 표류인들인 이방익 일행처럼 곧장 황제가 있는 북경을 향해 가지 않고, 고국을 향해 내달리지 않고 유유자적 중국의 명소를 찾아가는 일은 흔한 일이 아니다. 이는 '영솔하는 관리가 가는 곳마다 구경하였기 때문'(『승정원일기』)이기도 하지만 이방익의 위상과 중국측의 특별한 배려를 의미하는 것이기도 하다.

이방익 일행은 자릉조대를 찾아 유람하는 한편 유유히 흐르는 강물에 배를 띄워놓고 수려하고 경개 절승한 경치를 마음껏 감상하며 한가롭게 시간을 보내기도 하였다.

이방익은 말한다.

> 이 땅은 엄자릉이 머물던 곳이다. 남으로는 칠리탄이 있고 칠리탄 위쪽으로 조대가 있고 작은 비각이 희미하게 보이며 단청한 정자가 있다. 여기는 엄자릉이 조대 위에서 낚시질하고 정자에서 놀던 곳이

다. 훗날 사람들이 그의 행적을 기록하여 지금까지 남아있는 것이다. ―『표해록』

또 이방익은 노래한다.

> 益州府 進德縣은 嚴子陵의 녯터이라
> 七里灘 긴 구뷔에 釣臺가 놉핫스니
> 漢光武의 故人風采 依然이 보압는 듯
> ―「표해가」

이방익이 찾아간 낚시터와 거기서 평생 낚시로 소일했던 엄자릉은 누구인가. 엄자릉의 본명은 엄광嚴光으로 왕망王莽의 신新나라를 멸하고 한나라를 회복시킨 후한 광무제光武帝 유수(劉秀, BC6-AD57)의 친구다. 신나라는 왕망이 한나라의 황위를 찬탈하여 세운 나라로 15년 만에 유수에게 망했다. 한나라는 AD202년 고조 유방으로부터 AD8년 왕망에게 나라를 내주기까지를 전한 또는 서한이라 하고 AD25년 광무제가 나라를 되찾은 이후부터 조조의 손자 조비曹丕에게 나라를 내주기까지를 후한 또는 동한이라 한다. 엄광은 어린 시절 유수와 더불어 서당에서 공부하던 죽마고우로 유수가 불과 8,000명의 군사로 왕망의 백만 대군에 맞서 승리를 거둔 곤양昆陽대전에 참여하기도 하였다. 광무제는 창업공신을 배려하여 국록을 넉넉히 주고 평생의 영화를 보장할 만큼 도량이 넓고 선정을 베푼 황제로 알려졌다. 황제가 된 그는 어린 시절의 죽마고우이면서 어려운 때의 동지인 엄광을 찾기 위하여 백방으로 수소문했다. 절강성 부춘산 기슭 칠리탄에서 낚시를 하는 사람이 바로 자릉 엄광이라는 소문을 듣고 광무제는 그를

(위, 중간) 자릉조대
(아래) 칠리탄

불러 등용하려 했다. 그러나 엄광은 고사했다. 여러 차례 차사를 보내자 엄광은 마지못해 황성으로 가서 광무제를 만났다.

광무제를 알현한 자리에서 엄광은 예전의 친구처럼 대했고 황제에 대한 예를 갖추지 않았다. 광무제는 엄광과 더불어 밤새 이야기를 나누다가 얼싸안고 한 이불을 덮고 잠을 잤다. 그때에 한 점성관이 황제의 별에 객성이 침범하는 괘를 보고 깜작 놀라 황제에게 고하였다. 광무제는 그가 바로 내 친구일 뿐이라며 아무렇지도 않게 여겼다.

엄자릉은 광무제가 높은 벼슬인 간의대부諫議大夫에 봉하려 했지만 끝내 거절하고 칠리탄으로 돌아와 낚시질로 소일하며 80세까지 살았다. 후세 사람들은 엄자릉이 낚시하던 여울을 칠리탄, 그가 낚시하던 낚시터를 자릉조대라고 부르며 은거한 선비의 고아한 풍모와 빛나는 절개를 칭송하여 왔고 이백 등 많은 시인들이 여기에 들러 시를 남겼다. 이방익은 엄자릉의 풍모뿐만 아니라 광무제의 관후함과 의연한 풍채를 흠모하여 '한광무의 고인풍채 의연이 보압는 듯' 이라고 읊고 있다. 우리나라 선비들 중에서도 벼슬을 마다하고 안빈낙도하는 선비들이 엄광을 사표로 삼았으며 조선의 겸재謙齋 정선鄭敾, 소치小痴 허련許鍊은 엄광의 조어도를 그렸으며 낚시 광경을 읊는 시인들은 곧잘 칠리탄 또는 자릉조대를 떠올렸다.

엄자릉의 일화는 중국학계에 알려져 그의 풍모를 흠모하는 시인묵객들이 불원천리 찾아오곤 했다. 이백李白, 백거이白居易, 주희朱熹, 범중엄范仲淹, 육우陸羽 같은 이들이다. 이백은 엄자릉에 대하여 '嚴陵不從萬乘遊 歸臥空山釣璧流'(엄자릉은 황제와 더불어 놀지 않고 텅 빈 산으로 돌아와 푸른 물에서 낚시하네)라 읊었고 범중엄은 자릉조대에 사당을 짓고 〈엄선생사당기〉를 썼는데 마지막 글귀 '雲山蒼蒼 江水泱泱 先生之風 山高水長'(구름 낀 산은 푸르고 푸르고 강물은 왕성히 울렁이는데 선생의

덕풍은 산의 높음과 강의 유장함과 같도다)는 지금도 인구에 회자되고 특히 '山高水長'은 묵객들이 선호하는 글귀이다.

당나라 때 다성茶聖 육우陸羽(733-804)는 중국 전역으로 차의 종류와 우수성을 찾아다녔고 끓이는 그릇과 담는 그릇과 끓이는 방법에 따라 맛이 다름을 깨쳤다. 더욱이 물의 깊은 맛이 차 맛의 오묘함과 관련이 있음을 간파하여 전국의 샘터를 섭렵했는데 그는 이곳 부춘강을 찾아 여울의 샘에서 차와 어울리는 수질을 발견했고 제19등급을 매겼다.

15일 오전 용유민거원을 나선 우리는 항주로 가는 길에서 부춘강으로 접어들었다. 저 멀리 황공망黃公望의 〈부춘산거도富春山居圖〉로 널리 알려진 부춘산이 아스라이 보인다. 황공망은 원나라 때 사람으로 벼슬을 마다하고 50세에 부춘산에 은거하여 풍경화를 그렸다. 6km쯤 가니 자릉조대 관광안내소가 나왔다. 담장에 〈엄자릉조대 천하제일관〉이라고 크게 쓴 글씨가 우리를 안내한다. 우리는 시간을 아끼기 위하여 쾌속선을 탔다. 강은 깊고 넓게 강변에 찰랑거린다. 언제부터인가 부춘강 초입에 댐을 쌓아 소삼협을 조성하였기에 칠리탄은 옛 모습이 사라졌음을 알 수 있었다. 『중국고금지명대사전』에 이르기를 양쪽 산이 절벽처럼 우뚝 솟아 7리에 연해 있고 그 사이로 흐르는 물은 용의 꾸불거림 같고 물은 화살처럼 달린다고 한다. 박지원은 다음과 같이 술회한다.

> 조대(釣臺)는 바로 엄광이 은거한 곳으로 양쪽 언덕이 우뚝 솟아 있고 그 사이에 흐르는 물은 검주와 무주에서 흘러와 동려현으로 내려가는데 꾸불꾸불 헤엄치는 용의 형세로 7리를 뻗어 있으며 물이 불어나면 물살이 부딪치는 것이 화살과 같습니다. 산허리에 두 개의

바위가 우뚝하니 마주 서서 기울어져 있는데 이곳이 그대로 천연적으로 그렇게 된 것입니다. 호사자가 왼편 바위 위에 정자를 짓고 백 척의 낚시줄을 드리웠고 오른편 바위에는 세 갈래로 줄을 만들어 놓고 한 줄로 올라가도록 했는데 대에 올라가 굽어보면 깊은 연못에 쪽빛의 녹옥 같은 물이 고여 있고 산록에는 수많은 나무들이 빽빽하고 아래에는 십구천(十九川)이 있는데 육우(陸羽)의 품평을 거친 셈입니다. —『서이방익사』

육우의 십구천

우리의 쾌속정은 건너편 강변을 따라 호기롭게 달리더니 휙 한 바퀴 돌아 이쪽 강변에 우리를 내려놓는다. 자릉조대라는 패방이 우리를 반기고 엄자릉비와 동상이 고즈넉이 서 있다. 이는 민국시절 세운 것이라 한다. 둥근 문을 통해 들어가니 누각을 씌운 십구천十九泉이란 샘이 우리를 맞는다. '깊은 연못에 쪽빛의 녹옥 같은 물'을 기대하며 찾은 육우의 샘물은 이름만 났지 지금은 오염되어 있는 듯 물을 뜨는 사람들이 보이지 않는다. 자릉조대와 칠리탄을 관람한 우리는 전당강 강변을 따라 항주로 향했는데 이방익이 입에 침이 마르도록 찬탄한 부양현의 호수는 볼 기회를 갖지 못했다.

6. 항주 杭州

절강성의 성도인 항주는 남쪽으로 전당강 하구 북단에 접해 있으며 서쪽으로는 서호를 끼고 있다. 항주는 지정학적으로 볼 때 여러 수역이 모아지는 전당강을 통하여 운송되는 물자들의 풍부함과 선하령을 넘어오는 복건성의 물화가 넘쳐 역사적으로 가장 오랜 기간 풍요를 누려왔다. 그래서 '上有天堂 下有蘇杭'(하늘에 천당이 있다면 지상에는 소주와 항주가 있다)이라는 말이 있다. 또 항주는 삼다(三多, 물이 많고 돈이 많고 미인이 많다)의 도시로 알려져 있다. 농업이 해마다 풍작을 이루고 상업이 발달하니 미인이 몰려드는 것은 인지상정 아닌가.

춘추시대 주나라의 제후국으로 전당강 유역인 항주와 소흥을 근거지로 하던 월나라는 태호 유역을 도읍지로 하던 오나라와 각축전을 벌였고 급기야 기원전 5세기경에는 월나라가 패권을 잡는가 싶더니 다시 오나라에 넘겨주었고 월나라는 와신상담하여 오나라를 합병한다. 월나라는 세력이 강력해졌지만 점점 쇠퇴하여 초나라에 무릎을 꿇고 종국에는 진나라에 먹혀 나라 이름은 영원히 사라진다. 진시황은 월나라의 옛 도읍지에 전당현을 설치하여 해양 진출의 교두보로 삼고자 온량거를 타고 행차하기도 하였다. 지금의 항주라는 이름은 당나라 때부터 불렸다. 항주는 월나라 때부터 조선업이 발달하였는데

(위) 항주 청하방 거리
(아래) 서호 뱃놀이

경항대운하 (소주)

『월절서越絕書』(후한 원강(袁康) 저)에 의하면 전한 때에 이미 100명이 승선할 수 있는 배를 만들었으며 거기서 만든 배가 한나라와 고조선의 싸움에 동원되기도 하였다.

수나라 양제는 항주에서 북경까지 연결하는 대운하(경항대운하)를 건설하여 해외의 문물과 주변의 곡창에서 생산되는 곡물을 북경 등 내지로 보내도록 하였다. 당나라 안사의 난 이후에는 해양무역의 판도가 항주로 옮겨왔기 때문에 이때부터 항주는 항구와 대운하를 연결시킴으로써 중국 최대의 상업도시로 자리 잡는다.

항주는 중국 연안의 남과 북을 연결하는 항해상의 물목이며 절강과 복건의 육로의 종착지였다. 육로를 통하여 그리고 해로를 통하여 답지하는 물화들은 항주를 거쳐 대운하를 타고 내륙으로 팔려 나갔다. 이렇듯 항주는 내륙과 운하와 바다가 만나는 교착점이었다.

특히 남송은 한때 항주를 수도로 삼고 임안臨安이라 불렀으며 이때 동남아와 아라비아의 진귀한 물건들이 항주에 부려졌다. 고려 때는 항주와 개경을 왕래하는 무역이 성황을 이루었다. 특히 항주 인근에서 생산된 월요越窯라는 값비싼 도자기가 고려로 들어와 고려청자의 기원이 되기도 하였다. 남송대에 항주는 중국에서 가장 번화한 도시의 하나로 발전하였다. 당시 인구는 100만을 넘었으며 상업이 발달하고 상인들과 여행객이 몰려들었다.

이방익은 항주에서 보고 느낀 점과 경험한 일들을 세세히 『표해록』에 남겨두었다.

> 船上에서 經夜하고 荊州府로 들어가니
> 綠衣紅裳 무리지어 樓上에서 歌舞한다
> 天柱山은 東에 있고 西湖水는 西便이라
> 錢塘水 푸른 물에 彩船을 매엿는대
> 朝鮮人 護送旗가 蓮꽃 우에 번득인다
> ―「표해가」

> 초팔일 항주부에 이르니 여기는 절강 순무부가 있는 곳이다. 강 좌우에 화각이 영롱한데 녹의홍상을 입은 계집들이 누상에 올라 혹은 악기를 연주하고 혹은 노래를 부른다. 강의 물을 성안으로 끌어들여 남북의 성문을 열었으니 성내 화각들이 더욱 기이하고 배들이 강구에 미만하여 왕래하니 서로 선유를 다투어 날이 저무는 줄 알지 못한다. 천주산은 동편에 있고 서호강은 서편에 있고 선당은 남편에 있으니 산천도 광활하고 물색도 번화하다. 한없는 경개를 눈으로 보거니와 다 기록하기 어렵구나. ―『표해록』

위 「표해가」 인용문에서 荊州는 항주杭州의 오기다. 천주산과 전당수가 주변에 있을 뿐만 아니라 절강성에서 호북성의 형주까지의 거리는 일천 리 가까이 되기 때문이다. 전당수 즉 전당강은 황해에 접해 있으며 밀물 때 강 하구에 몰려오는 너울은 예나 지금이나 장관을 이룬다.

천주산天柱山이라는 뜻은 하늘을 떠받치는 산이다. 중국이나 우리나라에 그 이름을 가진 산들이 여럿 있다. 그 중에서 중국 5대 명산의 하나인 안휘성 잠산현의 천주산은 항주에서 멀리 있어 여기의 천주산과는 관련이 없다. 본문에서 말하는 천주산은 절강성 여항현余杭縣에 우뚝 서 있는 산을 이르는데 사면이 절벽이고 가운데에 하나의 봉우리가 빼어나게 솟아있다. 도가道家에서는 이 산을 중국 내 57 복지福地 중의 하나라고 한다.

> 문밖에 나가보니 강구에 채선을 매었기에 올라가 보니 배 안에 황칠하고 배 위에 이층 누각을 지었는데 좌우에 유창을 냈고 배 앞에는 기치와 창검이 정제하고 '조선국번 호송선'이라 크게 쓴 비단 깃발이 펄럭인다. 배 안에는 4,5명의 창기가 있는데 응장성식과 호치단순으로 흔연히 영접한 후 차를 먼저 권하고 큰 상을 차려와 섬섬옥수로 권하는 거동이 피차 초면이라도 구면인 것처럼 친한 사람 같으니 아무리 철석간장이라도 아니 즐길 수 없구나. ―『표해록』

이쯤 되면 이방익이 고향에 돌아가고자 가슴이 타들어가는 표류객인지 유유자적 강산을 유람하러 나선 사람인지 구별이 가지 않는다. 또한 이방익을 대하는 당국의 관대한 태도다. 포정사 당국도, 순무부도, 호송사자도 이방익에게는 칙사 대접을 하는 것이니 이는 왕명을 받고 중국을 찾는 사신이나 마찬가지 아니 그 이상의 특별한 대접인 것이다. 항주 당국이 열어준 선상연회에는 화려한 치장을 한 아리따운 여인들이 차를 권하고 술을 따르며 교태를 부린다. 이방익이 회포를 푸는 장면이 생생하다.

원나라 때 중국을 방문했던 마르코 폴로는 『동방견문록』에서 항주의 기생에 대하여 장황하게 설명함으로써 유럽인들의 호기심을 자극하기도 하였다.

> 거리에는 기녀들이 살고 있는데 그 수가 얼마나 많은지 말하기도 힘들 정도다. 그녀들은 지정된 구역인 광장 근처뿐만 아니라 시내 전역에 흩어져 있다. 그녀들은 고급 향수를 쓰고 여러 명의 하녀들을 거느리며 집을 온통 장식한 채 호화로운 생활을 하고 있다. 그녀들은 영리하고 노련해서 갖가지 사람의 비유를 맞춰주고 그럴듯한 말로 기분 좋게 구워삶는다. 그래서 그녀들에게 한번 빠져버린 외래인들은 황홀경을 경험하고 그녀들의 애교와 매력에 온 정신을 잃는 바람에 그 후로는 결코 그녀들을 잊지 못하게 된다. 그래서 그들은 고향으로 돌아간 뒤에도 '천상의 도시' 에 있었다고 말하면서 다시 돌아갈 날만을 손꼽아 기다린다.

15일 오후 항주에 도착한 우리는 이날 저녁 절강성 외사판공실이 베푼 초청만찬에 참석했다. 이 자리에서 팽파彭波 부주임은 지난 날 당나라와 신라, 송나라와 고려 사이에 이루어진 양국 문화교류의 역사를 언급하였다. 정부 주도가 아닌 민간 위주의 문화교류는 양국 사람들의 정서와 우의를 더욱 두텁게 했는데 신라와 고려의 구법승과 학자들의 왕래, 불교와 유교 경전을 통한 문화전파 등이 성행했던 시기였다. 또한 양국 상인들을 통한 무역이 다른 때와 달리 민간 위주로 이루어졌던 점을 중시했다. 그 후 지정학적인 원인으로 교류가 뜸해졌지만 이제는 과거의 영광을 되살릴 때가 왔음을 강조했다. 특히 이방익이 표류로 인하여 우연하게 중국에 이르고 이곳까지 방문했던 것은 상호교류의 전조이며 한국 제주의 탐방단 여러분이 절강성을 찾은 일은 양국의 관계를 더욱 발전시키고 공고히 하는 계기가 될 것이라고 서두를 꺼냈다.

답사에 나선 나는 우선 중국정부가 우리 탐사단을 초청한 점에 감사를 표하고 우리가 이방익이 지나간 도정을 따라 역사의 현장을 답사하는 일의 의의를 설명하고 이번 일로 우리가 중국의 역사와 문화를 새롭게 이해하고 상호 문화교류에 기여할 것을 기대한다고 말했다. 근래 들어 항주를 비롯한 절강성과 한국의 무역과 관광은 활성화되었지만 문화와 학술교류는 이에 못 미침을 지적하기도 하였다. 우리는 동석한 서너 명의 중국측 인사들과 더불어 2시간 동안 환담을 나누었다.

16일 오후 3시에 열린 〈절강성지방사〉 연구원들과의 좌담에서는 열띤 토론이 벌어졌다. 최부의 표해기록을 익히 알고 있는 한 연구원은 최부는 월경越境했다는 이유로 한때 왜구로 오해를 받아 수차례 모진 고문을 당했고 항주까지는 압송되다시피 했는데 이방익이 이렇듯 후한 대접을 받았다는 것은 믿기 어렵다고 하면서 이를 상상력의 소산으로 치부해 버렸다. 그러나 이방익의 일을 소상히 연구한 작가로서의 나는 이방익이 대접을 받을 만한 이유를 소상히 대면서 반론했다. 첫째로 이방익은 조선에서 임금을 모시는 정3품의 고위무관이고, 둘째 이방익이 표착했던 팽호도, 나아가서 대만 사람들은 이방익이 표류하던 중 기적을 만나 살아온 사실이 마조신의 은덕이라고 믿고 있었던 점, 셋째 이방익이 하문에 도착하자마자 주자서원에 참배하면서 조선은 동방예의지국이라고 일갈한 점을 들었고, 넷째 가는 곳마다에서 진수성찬을 베풀고, 고위관리의 안내를 받아 자릉조대, 한산사, 호구사, 금산사를 여유롭게 답사한 일, 다섯째 항주와 소주에서 한국으로 말하면 기생들이라 할 수 있는, 여인들과 함께한 연회를 열어준 점 등은 매우 특별한 경우로 이는 조선국의 사신을 대하는 예로 했다는 점을 들어 강변했다.

절강대 한국연구소 진휘陳輝 교수는 이미 『서이방익사』를 읽은 터라 박지원의 입장을 두둔하고 나섰다. 호송되고 있는 표류인인 이방익이 동정호까지 1천 리를 다녀온다는 것은 배로 가든 육로로 가든 불가능하다며 양자강 상류의 동정호가 아니고 태호 안에 있는 동동정일 것이라고 주장했다. 그러나 다른 연구원은 "이방익이 전당강을 거슬러 올라간 후 양자강으로 옮겨가면 가능할 수도 있지 않을까"라며 조심스럽게 말을 꺼낸다. 나중에 남경에서 만난 〈강소성지방사〉 위원회 부주임은 이방익이 동정호를 다녀온 일을 불가능하다고 할 수는 없다고 했다. 앞으로 열띤 토론을 예고하는 것이다. 우리가 이 토론에 참여하려면 우리 또한 동정호를 직접 가야하는 것이다. 나는 빠른 시일 안에 이방익에 대한 토론회를 한국(제주)과 중국에서 교차로 열고자 하니 거기에 참여하여 반론을 제기하기를 바란다고 말하면서 토론을 끝냈다.

7. 영은사杭州靈隱寺와 고려사

15일 오후 우리는 항주에 이르러 영은사를 찾았다. 입구의 벽면에는 지척서천咫尺西天이라고 쓴 황금색 글자가 음각되어 있고 앞마당에는 높은 나무들이 하늘을 떠받치고 있다. 영은사는 산사가 아니고 평지와 다름없는 언덕에 자리 잡고 있어 사람들의 접근이 수월하다. 개천을 지나 언덕을 따라 가자면 거대한 전각들이 다양한 볼거리를 제공해 준다. 영은사는 동진東晉 시대(326년) 인도승 혜리慧理가 창건했다고 하는데, 845년 당나라 무종이 불교를 박해했던 〈회창법난會昌法難〉 때 소실되었으나 5대 민월(907-978) 때 중건했다. 고려승 지종선사智宗禪師(930-1018)가 36명의 승려를 이끌고 이 절에서 수양하기도 하였다.

지금까지의 여정이 여느 관광과는 거리가 먼 것이어서 거꾸로 나의 해설을 귀담아듣던 가이드 박 선생은 여기 영은사에 와서는 활기를 찾고 해설에 열정적이다. 그의 열띤 해설은 서호에도 이어진다. 언덕을 조금 오르니 넓은 정원에 기단이 있고 거기에 우뚝 선 대웅보전은 높이가 34m라고 한다. 천왕전에는 영은사라 하지 않고 운림선사雲林禪寺라는 편액이 달려있는데 재미있는 설화가 전해진다.

강희황제가 여기 영은사를 방문한 적이 있는데 주지스님이 현판 글

영은사 비래봉

씨를 부탁했다. 전날 과음을 했던 황제가 靈자를 쓴다는 것이 雲자로 쓰고 말았다. 이를 깨달은 황제는 고쳐 쓰기는커녕 뒤에 林자를 쓰면서 그럴듯한 변명을 했다.

"짐은 사찰 이름을 잘못 쓴 것이 아니라 이 절에 구름이 자욱하고 나무가 우거진 풍광을 빗대어 운림선사라 쓴 것이니라."

우리는 아라한전을 찾는다. 세계 여러 인종의 석가모니 제자 아라한 500여 명의 동상이 배치되어 있는데 표정과 몸짓이 제각각이다. 박 선생은 그 중 중앙에 우뚝 선 지장보살 앞에서 기염을 토한다. 여기 모셔진 인물은 신라 성덕왕의 장남으로 중국에 건너온 교각喬覺 스님이다.(우리의 여행을 기획한 중국측의 깊은 뜻이 여기에 있음을 알 만하다.) 그는 왕좌를 마다하고 24세에 중국으로 건너왔고 안휘성의 구화산에서 구도에 힘썼다. 그는 많은 제자를 양성했기에 그의 명성은 중국의 불교계에 파다했다. 그는 구화산에서 75년간 머물다가 99세에 열반했는데 그의 시신은 3년이 지나도 부패하지 않아 제자들에 의하여 등신불로 모셔졌다. 그의 법력이 영은사에도 미쳤기에 여기 아라한전에서 으뜸으로 모셔진 것 같다.

우리는 경내를 돌아내려오면서 내 건너 비래봉의 절벽에 모셔진 300여 불상을 돌아본다. 특히 뱃살이 쳐져 있는 둥근 배의 포대미륵불이 압권이다. 비래봉은 인도 영취산에서 날아왔다는 전설을 간직하고 있는데 남송 때에 조각된 것이라 한다.

〈절강성지방사위원회〉와의 회합 말미에 한 연구원이 가까이에 위치한 고려사高麗寺를 방문할 것을 넌지시 제의했다. 회합을 끝낸 우리는 고려사로 달려갔지만 시간이 늦어서 안으로 들어가지 못하고 사진만 찍고 왔다.

고려사는 원래 혜인선원慧因禪院이었는데 후당 때(927)에 창건되었고 오월국 전류錢鏐 황제는 이 절을 크게 증축하여 공덕원으로 만들었다. 고려 선종의 아우 의천(義天, 대각국사)은 1085년 이 절의 정원법사淨源法師에게 구법하고자 몰래 미복하고 입송하였다. 1년 2개월간 이 절에 머문 의천은 어머니의 간청으로 귀국했다. 그리고 그는 정원법사에게 금가루로 쓴 화엄경 170권을 보냈고 그의 모친은 금 2,000냥을 하사했다. 그로 인해 혜인사는 고려사란 이름을 얻게 되었다.

의천이 귀국한 지 4년 후 소동파는 서호 제방공사를 시작했는데 고려사와 서호의 중간에 있는 적산赤山을 허물어 그 흙을 쓰고자 하였다. 고려사 승려들과 불도들이 들고 일어났다. 그러나 소동파는 자신이 가람신 즉 호법신이 되어 액운을 막아주겠다며 자신의 석상을 세우고 공사를 진행했다. 이 석상은 오랜 세월 땅에 묻혔었는데 1996년 고려사 옛터에서 발견되었다. 전날 우리가 외사판공실 정원에서 코도, 눈도, 입도 마모된 석상을 발견하고 의아해 했는데 이 석상이 바로 소동파의 호법신이었던 것이다.

8. 항주 서호

16일 오후, 임시정부청사를 둘러본 우리는 서호로 향한다. 서호는 둘레가 15km의 인공호수로 항주가 자랑하는 명승지다. 원래는 전당강의 일부였는데 토사와 개흙이 쌓여 농사를 지을 수 없음에 822년 당나라 때 항주자사로 부임한 낙천樂天 백거이白居易가 진벌을 들어내고 제방을 쌓아서 호수를 만들어 주변의 농지를 비옥하게 만들었다고 한다. 따라서 백거이가 쌓은 제방을 백제白堤라 일컫는다. 그리고 200년 후 역시 항주자사로 있던 북송의 동파東坡 소식蘇軾은 수초가 번성하는 등 호수가 황폐하게 되자 주변의 산을 뭉개 제방을 쌓아 농민들의 삶을 이롭게 했는데 이 제방을 소제蘇堤라 이른다.

항주 서호 화항관어

연못을 낀 오솔길을 지나니 넓은 마당 앞에 화항관어花港觀魚라는 패방이 눈앞에 버티고 있다. 남송 때의 윤승允升이라는 사람이 서호 주변에 개인공원을 만들어 기화요초를 심고 연못을 파서 오색어를 키웠다는 곳이다. 다리로 연결된 연못들에는 크고 작은 황금잉어들이 뒤척인다. 물 반 고기 반이다. 아니 물보다 물고기가 더 많은 것 같다.

우리는 유람선을 타고 호수를 한 바퀴 돈다. 날씨는 흐렸지만 그래도 기분은 상쾌하다. 서호는 해가 있는 날에도 흐린 날에도 좋고, 안개 낀 날에는 정취를 더하며 달 밝은 밤에는 황홀경에 빠진다고 한다. 우리가 탄 유람선은 잔잔한 수면을 가르며 앞으로 나아간다. 비켜가는 섬들이 절경을 이룬다. 호수 가운데 커다란 석등이 있는데 이를 삼담인월三潭印月이라 한다. 보름날 밤 둥근 달이 하늘에 비치면 호수에 반사되어 3개의 달로 보인다고 해서 붙인 이름이다. 배가 앞으로 나아갈수록 호수를 에워싼 야트막한 산들, 산을 끼고 그림처럼 들어앉은 집들과 사찰이 풍취를 더해준다. 배는 북서쪽의 백제와 고산孤山을 비껴 소제 옆으로 지난다. 제방을 이어주는 아치형 다리가 아름답고 다리 위에서 노니는 사람들이 신선 같다. 멀리 6층의 거대한 뇌봉탑雷峰塔이 보인다. 이 탑은 오대 민월의 황제 전홍숙錢弘俶이 황태자의 탄생을 기념하여 세운 것인데 그 후 전홍숙은 나라를 들어 송나라에 바치고 안락한 삶을 살았기에 황태자는 황제가 될 수 없었지만 송나라 황실의 후한 배려로 대대로 영화를 누리며 살았다고 한다. 이 탑은 명나라 가정제 때 왜구의 침략으로 무너져버려 탑신만 남았었는데 1924년에는 완전히 무너져 2002년 새로 지었다.

다시 선착장에 이르니 늘어진 수양버들에서 날리는 꽃가루가 얼굴에 달라붙고 거침없이 코로 들어간다. 우리는 서둘러 주차장으로 걸음을 옮긴다.

항주에서 아니 중국에서도 둘째가라면 서러운 식당 로와일로樓外樓에서 김세억金世億 사장이 일찌감치 자리를 맡아 놓고 앉아서 우리 일행을 기다리고 있다. 로와일로 식당은 1848년에 문을 연 후 지금까지 170년간 문을 닫은 적이 없다고 한다. 1950년 장개석이 대만으로 쫓겨 가기 전 남경에서 여기까지 찾아와 느긋하게 마지막 식사를 했다고 하며 모택동은 주은래와 회동을 했고 1972년 닉슨은 서호초어의 맛에 감탄사를 연발했다는 일화가 있다.

우리는 6시가 거의 되어서 로와일로 2층에 도착했고 나는 김세억 사장을 얼싸안았다. 그는 U&B Corporation을 경영하고 있는데 중국 소흥과 베트남에 현지법인을 두고 봉제공장을 운영하고 있는 다국적 기업의 총수이다. 소흥의 종업원 수가 약 800명이라 한다. 나는 지난 1월 제주국제협의회 베트남 연수에 참여했는데 거기서 김 사장을 만났고 호치민시 3개의 공장 중 종업원 400명의 한 공장을 방문할 기회를 가졌었다. 내가 4월에 중국 절강성을 방문할 계획이 있다고 하니 그는 자신의 회사가 있는 소흥을 꼭 방문해 달라고 당부했다. 그러나 일정을 바꾸기가 어려운 처지라고 말하니 그가 불원천리 항주로 찾아와 이렇듯 유명한 식당에 우리를 초청한 것이다.

둥근 식탁은 각종 요리로 채워지고 있었다. 그런데 식탁의 중앙에 놓인 큰 접시에는 유명한 거지닭이라는 요리가 담겨있다. 이 음식은 건륭황제가 서호 주변을 순행하고 있을 때 거지 차림의 사람들이 떼를 지어 진흙구덩이 속에서 잘 익은 닭고기를 꺼내 먹는 것을 보고 호기심이 생긴 황제가 그 맛을 보았는데 기가 막혔다고 한다. 그래서 유명해진 것인데 하루에 50접시만 한정판매하고 있다고 한다.

우리 각자에게 동파육이 나왔다. 항주에 오면 동파육을 아니 먹을 수 없는 것이어서 요 며칠 동안 즐겨 먹었다. 그러나 이 식당의 맛은 훨씬 향기롭고 부드럽다. 서호에 제방을 쌓을 때 항주자사 소동파가 인부들의 노고에 보답하고자 주방장에게 돼지 한 마리와 술 한 동이를 던져 주고 현장을 떠났다. 그런데 주방장은 돼지고기에 술을 몽땅 부어서 쪄냈다. 그런데 의외로 맛이 일품이었다. 이 유명한 음식점에 미식가들이 찾아오는 또 다른 요리는 룽징샤런龍井蝦仁과 서호초어西湖醋魚다. 룽징샤런은 서호에서 잡히는 큰 새우를 까서 용정차와 더불어 볶은 요리인데 맛이 담백하고 고소하며 씹는 맛이 상쾌하고 용정차의 은은한 향이 입가에 맴돈다. 여기에도 일화가 있다. 서호를 돌아보던 건륭제가 배가 고프다고 하자 갑자기 황제의 식사를 준비하게 된 식당 주인은 새우 살에 파를 넣는다는 것이 용정차를 붓고 말았다. 급하게 요리를 바친 식당 주인이 몸둘 바를 몰라 쩔쩔매고 있는데 황제는 그 맛에 감격했다고 한다.

서호초어는 서호에서 잡히는 쏘가리 일종의 생선요리로 맛이 새콤달콤하여 입맛을 돋운다. 이 또한 일화를 간직하고 있다. 옛날 서호 주변에 형제가 살고 있었는데 이들은 누명을 쓰고 관가에 잡혀갔다. 형은 죽임을 당했고 동생은 탈출을 감행했다. 수년 후 동생이 출세하여 이 고을 원으로 부임했는데 남겨진 형수를 수소문했으나 찾을 길이 없었다. 어느 날 생선요리가 상에 올라왔는데 이는 형수의 솜씨가 분명했다는 것이고 그래서 이 생선요리가 유명해졌다는 것이다.

김세억 사장이 특별히 애쓴 덕에 우리가 차지한 좌석은 아늑한 홀 안의 창가였는데 둥글고 운치 있는 창호를 통하여 서호가 펼쳐 보이고 건너편에는 야트막한 산들이 그림 같다. 저 멀리 보이는 육화탑은 어스름이 짙어지자 은은한 불빛을 호수에 비추고 있어 호수는 은빛으로 반짝인다. 우리는 김 사장의 사업이 번창하기를 빌면서 손을 굳게 잡았다. 돌아서는 우리 각자의 손에는 유명한 소흥주가 들려 있었다.

제5부
동정호

1. 이방익은 동정호에 다녀왔는가
2. 동정호에 얽힌 이야기들
3. 소상팔경
4. 전적지를 찾아서

1. 이방익은 동정호에 다녀왔는가

동정호洞庭湖는 중국에서 두 번째로 큰 담수호로 호북성湖北省과 호남성湖南省에 걸쳐 있는데 무한武漢에서 서남으로 약 200km 거리에 있다. 항주에서 무한은 직선거리로 약 500km로 부산에서 평양까지의 거리에 해당하며 동정호까지는 대략 부산에서 신의주까지의 거리로 가늠할 수 있다. 양자강 상류에 위치하여 지류인 상강湘江, 자수資水, 원강沅江, 예강澧江에서 흘러들어오는 물로 미만瀰滿하고 다시 양자강으로 흘려보낸다. 면적은 계절에 따라 차이가 크지만 대략 서울의 6배가량 된다. 동정호는 거리가 700리에 이르는 바다같이 넓은 호수로 볼거리가 많고 수산물이 풍부하고 주변의 평야는 최적의 쌀 생산지다. 동정호는 물의 흐름이 잔잔하고 주변의 경치가 아름다워 이백, 두보, 범중엄 등이 말년에 이곳에 머물러 시를 썼는데 조선의 선비들도 동정호를 가보지는 않았으나 이상향으로 삼아 시를 짓고 그림을 그렸다.

항주에서 밤을 지새우며 꿈같은 며칠을 보낸 이방익은 귀국길은 젖혀두고 위관(호송관)과 더불어 악양루岳陽樓를 보기 위하여 동정호로 향한다. 이방익은 옛날부터 이백, 두보 등 유명한 시인이 다녀가며 시를 읊었던 동정호와 호반에 우뚝 선 악양루를 보고 싶었고 삼국시대에 조조 · 손권 · 유비의 각축장이 되었던 무창武昌 일대와 적벽강을 찾고 싶었던 것이다.

하룻밤을 묵은 후에 위관이 보자 하여 가보니 넌지시 권한다.

"이곳을 떠나 악양루를 찾아보자면 당신들의 길이 지체할 것인데 가보시겠습니까? 실은 나도 아직 본 일이 없습니다."

우리들이 의론하고 대답하였다.

"우리가 만 리 밖의 사람들이지만 악양루가 좋다는 것은 고서에서 읽었는데 비록 길이 지체하더라도 이번에 구경하고 싶습니다. 지름길로 몇 백리나 됩니까?"

위관이 대답했다.

"바로 가면 300리요 돌아가면 900리라고 합니다."

갈 길을 정한 후에 이 날 배에 올라 악주로 향하니 때는 4월 보름이었다. 바람은 화순하고 물결은 잔잔한데 삼승돛을 달고 배는 달린다. 앞을 바라보니 녹음방초가 우거지고 안개는 자욱한데 천봉만학은 오는 듯 지나가며 물가에 채련하는 여인들이 눈에 띄고 정자에는 고기 낚는 어부들이 셋씩 다섯씩 짝을 지어 몰려있으니 풍경도 좋고 산첩도 번화하다. —『표해록』

岳陽樓 遠近道路 護行에게 무러 알고
順風에 도츨 다니 九百里가 瞬息이라
採蓮하는 美人들은 雙雙이 往來하고
고기잡는 漁父들은 낙대 메고 나려오네
—『표해가』

이방익이 위관이라 칭한 사람은 마송길이 확실하다. 그는 표류인들을 황성까지 호송할 책임을 진 사람인데다 꽤나 학식이 있어 자릉조대처럼 역사가 서린 곳을 방문하곤 했기 때문이다. 그런데 이방익이 거리를 물었을 때 바로 가면 300리요 돌아가면 900리라고 대답한 점은 언뜻 이해가 가지 않는다. 동정호에서 양자강의 동정호 초입까지는 천 리길인데 직로라 해도 300리는 가당치 않은 수치이기 때문이다. 생각건대 항주에서 육로(직로)로 300리, 수로로 900리 도합 1,200리라면 얼추 들어맞는다. 그러니 항주에서 서쪽으로 육로 300리를 달리다가 양자강에 이르러 배를 타고 900리를 가면 동정호에 이르지 않을까.

이방익은 4월 8일에 항주에 이르러 순무부에 간단히 신고하고 풍악을 즐기다가 10일에 항주 북관 대선사大善寺를 출발했는데 5일 후인 4월 보름날에 동정호 초입인 악주鄂州에 이른다. 무변대해 중에 풍랑따라 출몰하다 천우신조로 살아남은 우리들이 천하제일의 강산을 눈앞에 놓고 보니 꿈인가 생시인가? 이방익은 감격한다. 배를 탄 지 5일 만에 악주성 북문 밖에 배를 댔다.

양자강에서의 배의 규모와 속도는 만만치 않다고 하는 것을 역사가 말해주고 있다. 양자강을 휘저어가는 유람선들은 서너 개의 돛을 달고 있으며 최근의 연구에 의하면 양자강 밑바닥에서 배의 키로 보이는 유적을 발견했는데 그 규모가 정화가 인도양을 횡행하던 배의 키와 맞먹었다고 한다. 양자강과 그 이남에서는 청나라 때까지 속도가 빠른 첨저선을 운행했음(우리나라 해안이나 바다에서는 평저선 운행)을 감안할 때 이방익이 탄 배가 5일에 걸쳐 1,000리를 가는 것은 문제가 되지 않는다.

이방익은 악양루를 바라보았고 거기에 올랐다고 말했고 또 썼는데,

오색 기와로 지붕을 덮었고 누대의 기둥은 동으로 만들어 붉은색을 띠었고 벽체는 유리창이었으며 대청 아래 연못에는 오색 물고기가 뛰놀고 있었다는 것이다.

이방익은 '난간을 잡고 누상에 오르니 심신이 황홀하여 신선이 된 듯했고 천하장관을 오늘에야 보는 것 같다'(『표해록』)고 토로했다. 이방익은 정조에게도 악양루를 다녀온 사실을 보고했는데 정조는 이방익이 '자양서원, 자릉조대, 악양루, 금산사 등 다니지 않은 곳이 없었다니 이 어찌 기이한 일이 아닌가?' 하며 감격해했다. 다만 『승정원일기』에서 왕공이 고소대와 악양루를 구경시켜주었다는 내용은 나를 매우 혼란스럽게 한다. 고소대는 소주에 있고 악양루는 천 리 이상 떨어진 동정호에 있으며 왕공은 소주의 관부장급 관리이기 때문이다. 이 문장은 박지원이 이방익이 착각을 일으켰다고 단언하는 단초를 제공했다. 박지원은 이방익이 '고소대에서 300리를 가니 악양루가 있다' 고 말했다고 『서이방익사』에 썼다.

> 남문 밖에서 10리 떨어진 악양루 높은 집을 멀리 바라보니 오색 기와로 십자각을 덮었고 붉은 기둥과 유리창은 동정호에 비쳤는데 가까이 들어가니 누대 밑 큰 연못에 오색 붕어를 길렀다. —『표해록』

> 주쉬 왕공이 음식을 베풀어 정성껏 대접하고 고소대와 악양루를 구경시켜주었습니다. 구리로 기둥을 만들고 대청 아래 연못을 파고 오색 물고기를 기르고 있었으며 앞쪽으로 동정호와 군산을 바라보았습니다. —『승정원일기』

> 또 300리를 가니 악양루가 나타나는데 누대의 기둥은 동으로 되

> 어있고 창호와 벽체는 모두 유리이며 누대 밑에는 연못을 팠는데 영롱한 오색의 물고기가 뛰놀고 있었지만 그 이름을 알 수가 없었습니다. 동정호 700리가 앞에 보이고 동정호 한 가운데 자리 잡은 군산은 그림같이 아름다웠습니다. —『이방익표해일기』

동정호는 조선시대 여러 작품에서 꿈의 유토피아로 그려지고 있다. 춘향은 변사또에 의하여 감옥에 갇혀있는 동안 이도령과 더불어 동정호에서 노니는 꿈을 꾸곤 하였고 심청은 인당수로 가는 길에 동정호를 지나갔다. 흥부전에서 박씨를 문 제비는 강남을 떠나 소상강, 동정호를 지나 양자강을 거치고 중국대륙을 한 바퀴 돌고 압록강을 건너 흥부집에 도달했다. 수궁가에서 별주부는 토끼 화상을 들고 동정호 700리, 소상강과 양자강 1,000리를 지나 오악산 · 태산 · 숭산 · 항산을 헤매면서 각종 동물들에게 물어 토끼를 찾아다녔다.

악양루는 호북성 무한의 황학루黃鶴樓, 강서성 남창의 등왕각滕王閣과 더불어 강남의 3대 명루로 알려져 왔다. 악양루에서 바라보는 동정호의 풍광은 꿈에 본 듯 장쾌하고 아름답다. 악양루는 삼국시대에 오나라의 명장 노숙魯肅이 동정호 호반을 낀 성루 위에 지은 삼층 누각이다. 노숙은 오나라의 손권과 촉나라의 유비가 형주를 놓고 각축을 벌일 때 여기 동정호와 전략적 요충지인 파구巴丘 호반에서 수군을 훈련시키면서 진법을 지휘하던 곳이다. 당시에는 열군루閱軍樓 또는 열병루閱兵樓라 불렀으나 당나라 때 장열張說이 대대적으로 보수하면서 악양루라 불렀다.

노숙은 주유와 더불어 오나라 손권의 명재상이며 명장으로 제갈량의 계책에 따라 적벽강에서 조조를 패퇴시킨 일로 유명하다. 3세기

초 한나라의 국운이 쇠잔한 틈을 타서 한의 재상 조조가 승승장구하여 오나라를 겁박할 때 노숙은 촉의 제갈량의 계책에 따라 적벽강에서 조조를 무참하게 패퇴시켜 천하삼분의 계기를 만들었던 사람이다. 맹호연孟浩然 · 이백 · 두보 · 범중엄 · 한유韓愈 · 백거이 등의 시인들이 악양루에 대하여 주옥같은 시를 남겼다. 이들의 작품과 일화는 조선 선비들의 입에 오르내릴 만큼 유명했다. 일찍이 조선의 아무도 발을 들이지 못하고 시에서만 만나던 이상향, 동정호를 이방익은 실제로 편답한 것인가?

그러나 연암 박지원은 고개를 설레설레 흔든다. 이방익이 악양루를 보았다고 말하는 것은 꿈 이야기를 하는 것으로 사실과 다르다고 치부해 버린다.

> 그리고 그가 악양루에 대하여 말하는 것은 사뭇 꿈 이야기를 하는 것 같습니다. 태호(太湖)는 동동정(東洞庭)이라 부르기도 하는데 태호 가운데 포산이 있어 이를 또 동정산이라 부르기도 합니다. 이 동정이라는 이름 때문에 그가 악주성 서문루를 함부로 들먹이며 태호를 동정호로 착각하고 있습니다. 이제 태호와 관련된 여러 기록을 부기하여 그가 근거 없이 하는 이야기를 논파하고자 합니다.(而其曰岳陽樓者 殆如說夢 蓋太湖有東洞庭之名 中有包山 又名洞庭山 以此洞庭之名 遂冒岳州西門樓之稱 則太逕庭矣 今附太湖諸記 以破耳食之論) —『서이방익사』

태호는 파양호, 동정호에 이어 중국에서 세 번째로 큰 담수호로 호수 가운데 72개의 섬이 있다. 태호는 동정호와 빗대어 동동정이라 부르기도 하는데 연암은 이방익이 동정호를 가보았다고 한 것은 이 이름으로 인해 착각을 일으킨 것이라고 강변한다. 이러한 주장은 유득공의 '言望見洞庭湖此卽東洞庭也'(동정호를 바라보았다고 말하는 것이 동동정을 이름이다)라는 점에서 단초를 얻은 것 같다.

연암은 이방익이 양자강을 거슬러 올라가 동정호를 찾고 악양루를 오르고 구강九江을 지나고 삼국지의 전적지를 방문한 일을 강력하게 부정한다. 연암은 말한다. 방익이 창문閶門에서 옷을 털고 태호에서 갓끈을 씻었을 뿐 악양루를 보았다는 것은 사뭇 꿈 이야기를 하는 것 같다고 말한다. 창문은 오나라 합려가 초나라와 대치하기 위하여 세운 소주의 성문이다. 이방익이 실은 그곳에서 옷을 털고 갓끈을 씻었을 뿐이라고 곧 목욕재계하고 옷을 단정히 입었다고 주장하는 것이다. 그는 태호를 장황하게 설명하면서 이방익의 부질없는 이야기를 논파하겠다고 나선다.

박지원은 태호 가운데 72개의 산(섬)이 있다고 하면서 그 산들의 특징이나 내력을 설명하고 있는데 정작 악양루에 대한 설명이 없으며 아황과 여영의 전설을 간직한 군산도나 초양왕의 사랑이야기가 서린 무산십이봉에 대한 언급이 없다. 그 동동정에 실제로 악양루가 있었는지를 박지원은 밝히지 않았다. 또한 우리가 이번 답사여행에서 동정호를 포함시킨 것은 이방익의 주장을 강변하기보다는 그의 작품세계를 이해하려함에 있다.

2. 동정호에 얽힌 이야기들

巫山十二峰을 손으로 指點하니
楚襄王의 朝雲暮雨 눈압헤 보압는 듯
蒼梧山 점은 구름 시름으로 걸녓스니
二妃의 竹上冤淚 千古의 遺恨이라
十里明沙 海棠花는 불근 안개 자자잇고
兩岸漁磯 紅桃花는 夕陽 漁父 나려오네
杜工部의 遷謫愁는 古今에 머물넛고
李淸蓮의 詩壇鐵椎 棟樑이 부서젓다
—『표해가』

이방익이 바라본 무산 12봉은 악양루에서 동쪽으로 멀리 바라보이는, 절경을 이루는 산봉우리들로 춘추전국시대 초나라의 양왕襄王에 대한 고사로 유명한 곳이다. 초나라는 진시황의 진나라에 망하기 전까지 중국에서 가장 큰 영토를 가지고 있었고 동정호를 비롯한 수많은 호수와 양자강의 양안을 끼고 있었기 때문에 물화가 넘치는 나라였다. 그러나 양왕은 정사를 소홀히 하고, 4명의 간신과 여인들의 품속에서 주지육림과 음탕한 나날을 보냈다. 충신들은 떠나고 민심은 이반하여 결국 나라를 진나라에게 송두리째 넘겨주었다.

하루는 양왕이 동정호에서 연회를 즐기던 중 만취하여 잠을 자다가 꿈을 꾸었는데 무산의 신녀神女가 찾아와 동침을 하게 되었다. 그 신녀와의 뜨거운 사랑은 아침에 피어오르는 구름 같고 저녁에 내리는 보슬비와 같았다. 꿈을 깨니 신녀는 온데간데없고 무산 12봉에는 안개만 자욱하게 피어올라 있다. 양왕은 무산 기슭에 조운묘朝雲廟라는 사당을 지어놓고 그 달콤한 꿈을 다시 꾸기를 기대했지만 죽을 때까지 신녀는 꿈에 보이지 않았고 양왕의 꿈은 현실로 이루어지지 않았다. 남녀상열지사男女相悅之事를 뜻하는 운우지정雲雨之情이라는 말이 이 고사에서 나왔다.

본문에서 창오산은 옛날 순舜임금이 강남지방을 순행하던 중 사냥하러 나갔다가 불의의 사고로 죽음을 맞이한 곳이고 이비二妃는 순임금의 두 왕비 아황蛾黃과 여영女英을 이른다. 순임금은 요堯임금과 더불어 성군聖君으로, 태평성대의 대명사로, 이상적인 군주상으로 여겨온 전설적인 임금이다. 그 두 왕은 왕위를 자식에게 물려주지 않고 우수한 인재를 찾아 선양했던 일로 높게 칭송을 받아왔다. 요임금은 비록 비천한 가정에서 태어났으나 효성이 지극한 순에게 자신의 두 딸 아황과 여영을 출가시키고 얼마 안 있어 자신은 은둔하면서 임금 자리를 순에게 양위한다. 순임금은 인재등용에 공평했으며 나라의 지경을 넓히고 치수사업을 벌여 백성들의 삶의 터전을 공고하게 한 임금으로 알려져 있다.

순임금이 사냥을 떠날 때 동정호 안의 군산도君山島에 남겨져 있던 아황과 여영은 남편이 비운에 죽었다는 소식을 듣고 통곡하면서 서로 두 손을 부여잡고 호수에 뛰어들었고 소상강의 흐르는 물살에 휩싸여 버렸다. 지금도 군산도와 소상강 연안에 자라는 대나무는 잎사귀에 붉은 반점이 있어 반죽斑竹이라고 부르는데 전설에 의하면 이 반점은 아황과 여영의 원한의 피눈물이 어린 것이라고 한다.

소상강 반죽

두공부杜工部는 당나라 시인 두보杜甫의 별명이다. 두보는 여러 번 과거에 낙방하고 떠돌이 생활을 하면서 곤궁한 삶을 살았다. 늦은 나이에 그는 지방의 말단관직인 공부원외랑工部員外郎 자리를 얻었는데 이를 빗대어 두공부라 부르기도 한다. 이백과 더불어 중국 최고의 시인으로, 시성詩聖으로 추앙을 받는 그는 끼니조차 해결할 수 없는 빈궁함에 시달리면서도 명산대천을 찾아다니며 시를 썼다. 그는 사회의 밑바닥에 있는 사람들의 고초와 사회의 모순을 사실적으로 표현했고 인간의 심리에 깊이 다가갔다. 그는 진정 자유를 사랑했으며 무엇엔가 결박당한 인간성의 해방을 갈구했고 자연의 아름다움에 심취했던 시인이다.

이방익은 두보가 어디에도 정착하지 못하고 방황의 길을 걸어온 사정을 천적수遷謫愁 즉 귀양살이의 근심어린 삶으로 표현했다. 두보는 말년에 동정호에 머물면서 가난과 병약한 몸으로 강과 호수를 떠돌며 시를 썼다. 그럼에도 그의 시는 힘이 있고 신선 같은 경지에 이르고 있었다. 그는 악양루에 올라 시를 썼다.

登岳陽樓

昔聞洞庭水	옛날 동정호 소문 들었는데
今上岳陽樓	오늘에야 악양루에 올랐다
吳楚東南坼	오초가 동남으로 갈라져 있고
乾坤日夜浮	건곤이 밤낮으로 호수에 떠 있다
親朋無一字	친한 친구들 소식이 감감한데
老病有孤舟	늙고 병든 몸은 배 한 척뿐이다
戎馬關山北	융마가 관산 북쪽에서 날뛰니
憑軒涕泗流	난간에 기대 눈물 콧물 흘린다

이방익은 '이청련의 시단철추詩壇鐵椎 동량이 부서졌다' 고 읊고 있는데 다음의 일화에서 유래되었다. 청련靑蓮은 이백 즉 이태백李太白의 호다. 이백이 무창 서쪽의 황학루를 찾아갔을 때의 일이다. 이백은 황학루에서 바라보는 경치에 취하여 시를 읊었고 이를 시단詩壇에 새겨놓았다. 과거 중국에서는 명소에 거대한 단을 설치하여 시인들이 자유자재로 시를 써서 새겨놓을 수 있도록 했다. 그래서 시단은 시인들의 활동무대가 되었다. 하지만 무명시인 최호崔顥가 쓴 시를 본 후 자신의 시가 새겨진 시단을 쇠망치로 쳐서 없애고 붓을 꺾고는 한동안 시를 쓰지 않았다고 한다.

이는 중국 시단의 일대 변혁을 상징한다. 이백 이전의 시단은 『시경』에서처럼 민요의 집대성이었고 악부나 가사처럼 노랫말에서 벗어나지 못했다. 인간의 불안과 고뇌를 화려한 필치로 쓰면서 동시에 지나치게 율격을 중시하고 인간의 삶과 심리에 매달려 섬세하게 표현하

악양루

는 시풍에 천착하고 있었다. 그러나 이백은 달랐다. 이백의 시는 감각과 직관에서 비롯되었고 주체할 수 없는 시심을 쏟아낸 것이었다. 이백은 뛰어난 서정성을 발휘하여 시를 썼고 상상력의 날개를 무한의 세계까지 펼쳐나갔다. 이백의 시풍은 호방하며 낭만적이었고 인간세상을 초월한 도교적인 색채를 띠었다.

이백은 현실세계에서 정치적인 출세를 시도했으나 번번이 실패와 좌절을 겪었고 결국에는 방황의 길을 걸었다. 그는 자연을 사랑했고 술을 좋아했다. 두보가 시성詩聖이라면 이백은 시선詩仙이었고 주선酒仙이었다. 이백은 두보보다 11년 연상이었지만 그들은 젊었을 때 조우하여 한 이불을 덮고 잠을 자며 지내기도 했다. 두보는 그 시절을 생각하며 이백을 그리워하는 시를 쓰기도 했지만 다시 만날 기회는 없었다. 이백 또한 말년에 동정호와 양자강 주변에 머물렀었다. 이백은 악양루에 올라 시를 썼다.

與夏十二登岳陽樓

樓觀岳陽盡	악양루에 올라 악양을 두루 보니
川逈洞庭開	강물은 동정호로 향해 열려 있구나
雁引愁心去	기러기는 수심을 끌어가고
山銜好月來	산은 좋은 달을 머금어 오는구나
雲間連下榻	구름 사이로 걸상을 늘어놓고
天上接行杯	하늘 위에서 술잔을 주고 받네
醉後涼風起	취한 뒤에 시원한 바람 불어오니
吹人舞袖回	옷깃도 바람 따라 춤추네

3. 소상팔경 瀟湘八景

초양왕의 사랑의 전설이 서려있는 곳, 아황과 여영의 원통한 눈물이 대나무에 묻어 있는 동정호와 소상강, 이백과 두보가 별유천지로 여겨 말년에 머물며 시를 쏟아냈던 이상향인 동정호를 찾아 악양루에 오르면서 그 감회를 이기지 못한 이방익은 이 구절을 쓰면서 〈소상팔경〉을 떠올렸다.

瀟湘夜雨	소상강에 내리는 밤비
洞庭秋月	동정호의 가을밤에 뜨는 달
遠浦歸帆	먼 포구에서 돌아오는 돛단 배
平沙落雁	모래 벌에 내려앉는 기러기
煙寺晩鍾	저녁연기 속 절간의 종소리
漁村夕照	어촌에 비치는 석양
江天暮雪	저녁나절 강 위에 내리는 눈
山市晴嵐	산마을에 깔린 푸른 아지랑이

〈소상팔경도〉는 송나라 이적李迪이 처음으로 그렸다고 하는데 이 그림이 고려에 알려지자 화가들은 앞다투어 이를 모방하여 그렸고 학

안견의 소상팔경도(국립진주박물관 소장)

자들은 덩달아 시를 썼고 조선시대에 들어와서는 더욱 유행하여 안견, 정선 등 굵직한 화가들이 이 그림을 즐겨 그렸다. 소상팔경을 그린 민화도 수두룩하며 이를 소재로 쓴 글들도 많다. 그러나 그림을 그렸건 글을 썼건 동정호에 가본 사람은 아무도 없다. 다만 중국을 흠모하고 동정호를 이상향으로 생각하여 그린 상상화에 지나지 않는다. 중국의 강토를 막연히 흠모하고 중국의 시인들과 학자들을 받들고 흉내 내던 조선의 유림들은 가보지도 않은 소상팔경을 경탄하여 마지않았다. 조선의 어떤 사람도 가보지 않은 곳, 가볼 여유도 없었던 저 전인미답의 땅을 밟으며 이방익은 자신의 글에 팔경을 교묘하게 풀어 넣었다.

이 江山 壯탄 말을 녯글에 드럿더니
萬死餘生 이 내 몸이 오늘날 구경하니
꿈결인가 참이런가 羽化登仙 아니런가

西山에 日暮하고 東嶺에 月上하니

煙寺暮鍾 어대매뇨 金樽美酒 가득하다

十九日 배를 띄워 九江으로 올나가니

楚漢적 戰場이오 鏡浦의 孤棹로다

—『표해가』

'동정호 칠백 리에 돛 달고 가는 배' '조운모우', '십리명사해당화', '석양어부 내려오네', '서산에 일모하고', '동령에 월상하니', '연사모종' 등은 소상팔경을 운치 있게 시적으로 재구성한 구절들이다.

이방익이 옛글에서만 보고 듣던 동정호를 실제로 구경한 것은 참으로 의미 있는 추억이며 이방익이 감탄사를 연발했듯이 꿈인가 생시인가 경이로울 뿐이다.

4. 전적지를 찾아서

보름동안 동정호를 편답한 이방익은 양자강을 따라 되짚어온다. 그는 초한 때의 전적지인 구강九江에 들른다. 구강은 중국에서 첫 번째로 큰 호수인 파양호鄱陽湖에서 양자강으로 흐르는 강으로 아홉 개의 물줄기를 이룬다고 하여 붙여진 이름이다.

『초한지』에 의하면 진시황이 죽고 옛 진나라 땅에 항우項羽와 유방劉邦이 천하의 제패를 노리고 치열한 전투를 벌일 때 경포鏡浦(炅布 또는 英布)라는 청년은 도적떼의 두목이 되어 양자강을 넘나들다 항우에게 발탁된다. 그는 항우의 명으로 꼭두각시 임금 초나라의 회왕懷王을 죽이기도 하였으며 가는 곳마다 혁혁한 전공을 세워 항우로부터 양자강 이남을 통할하는 구강왕에 임명된다. 그러나 그는 유방과의 전쟁에서 미적거리더니 문득 등을 돌려 유방의 휘하로 들어간다. 항우가 유방에게 패멸한 후 천하통일을 이룬 유방은 그를 논공행상의 일환으로 구강 · 여강 · 형산 · 예장을 아우르는 회남왕淮南王에 봉한다. 그러나 한고조 유방은 천하통일의 대업을 이루자 대원수였던 한신韓信이 더 이상 쓸모없게 됨을 알고 그를 죽인다. 토사구팽兎死狗烹이라는 말이 여기서 나왔다. 연이어 대장군이었던 팽월彭越마저도 유방에게 죽임을 당하자 경포는 한나라에 반기를 든다. 한때 양자강 이남에서 승

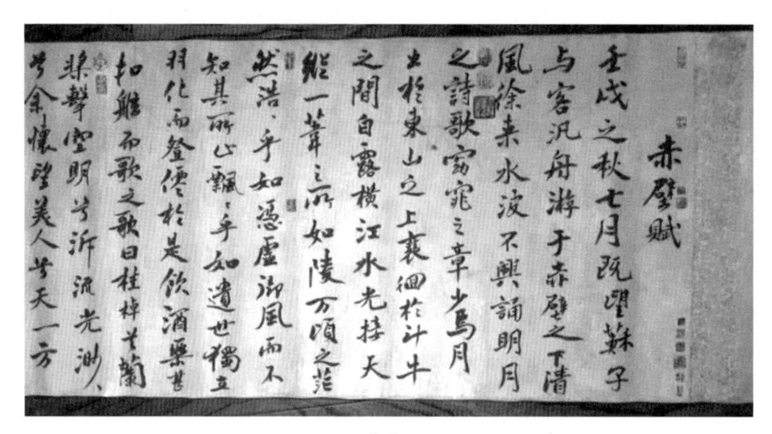

적벽부

승장구하던 경포는 구강 전투에서 유방에게 대패하고 단신으로 쫓기다가 결국 농부의 손에 암살된다. 유방도 이때 화살을 맞아 환도한 후 며칠 후에 죽는다. 방익은 스스로 노를 저으면서 외롭게 쫓겨가는 경포의 모습을 '경포鏡浦의 고도孤棹' 라고 표현하고 있다.

긴 여행을 마치고 소주蘇州로 돌아오는 이방익은 삼국시대 적벽대전의 현장을 방문한다. 소동파가 뱃놀이를 하며 〈적벽부赤壁賦〉를 쓴 적벽강은 무창에서 하구夏口 사이에 이르는 황강의 일부이거나 지류로 소주에서 배를 타고 양자강을 거슬러 올라가면 멀지 않은 곳이다.

중국에서나 우리나라에서도 원나라 말에 나관중이 쓴 『삼국지연의』를 읽거나 들어보지 않은 사람은 거의 없을 것이다. 거기에 나오는 사건들이 역사적 사실이건 아니건 간에 사람들은 그 소설에 나오는 이야기를 진실이라고 믿고 있으며 구절구절 흥미진진하게 이목을 집중한다. 특히 적벽대전에서 조조가 참패를 당하는 장면은 너무나 통쾌하다. 이 적벽대전으로 욱일승천하던 조조의 세가 꺾였고 오나라는 더욱 강건해졌으며 유비는 촉한을 세워 천하정세에 얼굴을 내밀게 됨으로써 천하삼분의 발판을 쌓게 되었다. 방익은 그 현장을 둘러본다.

소동파

적벽강의 실제 위치에 대하여는 여러 설이 있다. 조조가 주유에게 대패한 곳이 무한의 서쪽 가어현嘉魚縣에 위치한 오림烏林이라는 설도 있지만 송나라 때 시인 소동파는 황주에서 유배생활을 할 때 황강黃江에 배를 띄워 놀며 그곳을 적벽강이라고 불렀고 유명한 〈적벽가〉를 남겼다. 강변에 자색 사력암으로 형성된 단애가 강물에 침식되어 붉은 절벽을 이룬다.

> 東門밧 五里許에 赤壁江이 둘넛스니
> 武昌은 西에 잇고 夏口는 東便이라
> 山川은 寂廖하고 星月이 照耀한데
> 烏雀이 지저괴니 千古興亡 네 아는가
> —『표해가』

호구사와 지주사를 거쳐 소주부 서문 밖에 배를 매니 이 땅은 손권의 도읍터였다. 성안으로 들어가니 수만 인가가 연결되어 있고 길가의 저자들은 채단과 보화를 쌓아놓았고 단청한 관사들은 아침이라 조용한데 강남 물색이 아침부터 저렇듯 번화하다. 동문 5리 밖에 강이 있는데 이는 적벽강이다. 강가로 30리를 가면 시상리라는 땅이 있는데 이는 주유와 조조가 화전하는 땅이라 한다. —『표해록』

위의 문장은 나를 혼란스럽게 한다. 첫째로 호구사虎丘寺는 이방익이 기록을 남겨 알겠는데 지주사砥柱寺의 존재이다. 원래 지주 또는 지주는 황하의 하남삼문협河南三門峽의 강 가운데 버티고 서 있는 10m 높이의 바위인데 격하게 흐르는 강물이 이 바위에 부딪혀 물결이 펑 퍼지며 평탄하게 흐른다고 한다. 그런데 양자강의 지주사라니? 문헌을 뒤져 살펴보니 양자강에도 황하의 삼문협과 비슷한 곳에 초산焦山이라는 섬이 있고 거기에 세워진 절이 지주사 또는 중류지주사中流砥柱寺였음을 확인할 수 있었다.

이방익은 '소주부 서문 밖에 배를 매니 이 땅은 손권의 도읍터' 였다고 했는데 마치 소주蘇州가 손권의 오나라 수도인 것처럼 말했다면 이는 이방익이 잘못 알고 있는 것이다. 손권은 소주에 도읍한 적이 없기 때문이다. 이방익이 언급한 곳은 소주가 아니라 무창과 하구 사이의 어떤 곳이 아닐까 하는 생각이 든다. 이방익은 『표해가』에서 적벽강은 서쪽의 무창에서 동쪽의 하구 사이(하구에서 5리허)에 있다고 했고 『표해록』에서는 적벽강에서 30리를 가면 시상리柴桑里에 이른다고 했다. 시상리는 제갈량이 조조를 치기 위하여 주유와 담판을 벌이려 건너간 오군 주둔지로 구강 서남쪽 90리에 있다.

그런데 손권은 그 일대에 도읍하며 '이무치국이창'(以武治國以昌, 무로 나라를 다스리니 나라가 번창하였다)이라 하였기 때문에 그곳을 무창武昌이라고 불렀다. 따라서 소주가 손권의 도읍터라는 언급은 이방익이 기억을 정리하는 과정에서 착각을 일으킨 것 같다. 따라서 '소주부 서문 밖' 을 '무창 서문 밖' 으로 표기했어야 이방익의 노정을 이해하는데 무리가 없을 것이다.

제6부

강소성

1. 소주-풍요의 도시
2. 한산사와 고소대
3. 호구사
4. 태호
5. 남경
6. 수서호
7. 금산사
8. 산동성을 찾아서

1. 소주蘇州 – 풍요의 도시

항주의 화천호텔에서 묵은 우리는 다른 때와 달리 이른 조식을 끝내고 일찌감치 호텔을 나섰다. 소주로 가기 위함인데 고속도로를 달려야 하고 트래픽도 감안해야 하기 때문이다. 고속도로에는 화물차가 줄을 잇고 있다. 고속도로는 간간이 경항운하京杭運河와 나란히 뻗어 있는데 운하의 폭이 생각보다 넓고 운하 언저리의 풍광이 아름답다. 운하에도 화물선이 넘치니 이는 고속도로의 통행량과 더불어 중국의 산업화가 빠른 속도로 이루어짐을 말해주는 것이다. 도로 주변의 주택들이 평화롭고 그림같이 아름답다. 3시간 가까이 달려 우리는 소주에 도착했다.

소주는 춘추시대 오나라의 수도로 한때는 춘추오패春秋五霸라 하여 주나라 봉건국가 중 가장 세력 있는 나라일 때도 있었으나 월나라 구천에게 망하면서 화려했던 시절은 대단원의 막을 내렸다. 수나라 때에는 소주가 항주와 북경을 잇는 대운하의 중심부로, 각종 물산의 집산지 또는 경유지로, 행정과 상업의 중심지로 화했다. 더욱이 해양실크로드를 거쳐 동중국해로, 양자강 하류를 통해 들어오는 각종 보화 그리고 양자강 상류에서 실려 오는 물산과 곡물이 이곳 소주를 거쳐 속속 북경으로 올라갔다.

사람들은 소주를 '동양의 베니스'라 일컫는다. 온 도시에 수로가 연결되어 물이 휘돌고 남녀 무론하고 작은 배를 타고 이웃을 오간다 하여 붙여진 이름이다.

소주는 서쪽으로 양자강, 동쪽으로 태호와 접한 삼각주로 넓은 평원으로 이루어져 있어 숲은 있되 산은 없다. 사방이 운하로 둘러싸여 있고 운하와 운하를 수로로 연결하고 운하와 수로를 가로지르는 다리가 수없이 건설되고 그 다리들은 각종 조각품과 장식품으로 꾸며져 있어 거리의 화려함을 더욱 돋보이게 한다. 땅을 파서 인공호수와 인공의 산을 만들고 수로에서 물을 끌어 인공정원을 만들곤 했기 때문에 소주는 자연미와 인공미가 조화된 대단히 매력적인 곳으로 자리매김했다. 특히 부자들은 개인정원을 꾸며 시인 묵객들을 불러 모았다. 남송 때에 번영의 꽃을 피운 소주는 명 · 청대에 최고조에 달해 수많은 부자들의 삶의 터였고 또한 학문과 예술의 중심지가 되기도 하였다.

이방익은 꿈에서도 보기 어려운 이 화려하고 생동하는 도시에 이르러 황홀감을 감추지 못했다. 거리의 아름다움, 사람들의 활기찬 모습 그리고 여인들의 화려한 옷과 장식에 정신을 잃을 정도였다. 특히 기녀들과 어울릴 기회도 가졌다. 그는 그때의 장면을 이렇게 썼다.

> 성안으로 들어가니 수만 인가가 연결되어 있고 길가의 저자들은 채단과 보화를 쌓아놓았고 단청한 관사들은 아침이라 조용한데 강남 물색이 아침부터 저렇듯 번화하다 ….
>
> 성문 밖으로 나가니 무지개가 공중에 걸린듯한데 가까이 가보니 석교였다. 석교 위에 돌로 사자와 호랑이 상을 만들어 좌우에 앉히

고 난간을 놓았으니 인재도 기이하고 물역도 굉장했다. 그 강 너비가 우리나라 한강보다 더 하였다. 다리를 돌로 쌓아 만들었는데 틈이 하나도 없어 돌 하나를 놓은 듯하니 인력인가 천신의 조화인가 이상하고 괴이하다.

소주부 왕공이란 사람이 우리를 다리 아래로 이끌어 배에 타게 했는데 창녀 수십 명을 응장성복으로 차려 배에 오르게 하고 삼현을 울리게 하였는데 대피리는 없고 나팔, 비파, 해금과 북을 한꺼번에 불고 치는데 소리가 조화를 이루니 듣기에 청아했다. 큰 배와 작은 배에 이층의 누각을 올렸는데 아리따운 여인들이 유리창과 청사 발을 반만 열고 지나는 배를 엿본다. 상류로 올라가니 물가 좌우에 여러 층의 누각이 녹음 속에서 은은히 비치고 구경하는 남녀가 강구에 가득 모여 있어 그들의 청홍색 옷들이 보기에 찬란했다. 채선 30척이 녹음 속으로 지나가니 풍경도 기이하다. —『표해록』

이 아름답고 풍요로운 도시에 대하여 박지원은 다음과 같이 읊고 있다.

중국 사람들이 말하기를 강산이 아름답기는 항주가 제일이요, 번화하기는 소주가 제일이라 하였고 또 여자의 머리는 소주 여인의 모양새를 제일 알아준다고 하였다. 무릇 소주는 한 주의 부세만 보더라도 다른 고을에 비하여 항상 10배가 더하니 천하의 재물과 부세가 소주에서 나온다는 것을 알 수 있다. —『서이방익사』

그보다 310년 전(1487) 명나라 시대에 소주를 거쳐 갔던 조선의 표류인 최부는 소주에 대하여 다음과 같이 기록하였다.

소주는 옛날에 오회(吳會)라 불렸던 곳으로 동쪽으로는 바다에 연하고, 삼강을 끼고 오호를 둘렀으며 비옥한 들판이 천 리나 되고 사대부들이 많이 모인 곳입니다. 사라능단(紗羅綾緞), 금은주옥과 같은 바다와 육지의 진귀한 보물과 온갖 기술을 가진 장인들과 부상대고(富商大賈)들이 모두 이곳에 모입니다. 옛날부터 천하에서는 강남을 수려한 곳으로 여겼는데 강남에서도 소주와 항주가 제일가는 주이고 특히 소주성이 최고였습니다. 상점이 별처럼 촘촘히 놓여 있고 강과 호수가 여러 갈래로 그 속을 꿰뚫었으며, 사람과 물화가 사치스럽고 누대가 서로 연이었습니다. 또 창문(閶門)과 나루터 사이에는 초(楚)의 상인과 민(閩)의 선박이 구름처럼 모여들었습니다. 호수와 산은 아름답고 고왔으며 온갖 경치가 펼쳐졌습니다. —최부의 『표해록』

현재 소주에는 남아있는 인공정원이 십여 곳 된다는데 우리는 중국 4대 원림園林의 하나라고 하는 졸정원을 관람하기로 했다. 오전에 한산사와 또 예정에 없던 호구사를 방문하는 바람에 지친 우리였지만 오늘의 계획된 여정을 소화해야 한다는 강박감에 강행군하기로 했다. 졸정원과 산당가가 우리를 기다리고 있는 것이다.

졸정원拙政園은 이름이 말해주듯 '어리석은 자가 정치한다'는 의미로 지어진 것이라 한다. 명나라 가정嘉靖 대에 왕헌신王獻臣은 벼슬을 살다 모함을 받자 직을 내려놓고 소주에 정착하여 정원을 가꾸기 시작했다. 그렇게 시작한 지 16년, 그는 소주의 시인묵객을 불러 경치를 즐기며 안빈낙도의 삶을 살려고 했다. 그러나 그는 2년 만에 이 정원을 아들에게 남겨주고 저 세상 사람이 되었고 철없는 아들은 2년 후 도박으로 이 정원을 잃었다. 그 후 수백 년간 주인이 바뀌며 이 정원은 명맥을 유지해 왔다.

기화요초들이 만발한 '졸정원'

높은 담벼락으로 둘러싸인 졸정원 경내에 들어가니 기기묘묘한 바위들이 우리를 반긴다. 조금 걸어 들어가니 연못이 다가오는데 벌써 연꽃이 아롱지고 연못 둔덕에는 기화요초들이 만발하다. 수양버들 가지들이 물 위에 하늘거리고 그다지 크지 않은 나무들이 팔을 벌려 연못을 호위하고 있다. 몇 마리의 원앙새가 연못 가장자리에서 놀고 있다. 연못 주변에는 누각과 정자가 그림처럼 서 있고 결코 화려하지 않은 회랑과 다리들이 연못과 연못, 정원과 건물을 연결해준다. 다리는 몇 번을 굽어서 맞은편으로 이어져 있고 건물을 지나 다른 곳으로 가자면 둥근 문을 통과해야 한다. 회랑들의 창틀은 다양한 문양으로 그 자체가 예술이다. 정자에서나 회랑에서 연못을 내려다보면 나무와 건물과 하늘빛이 물 위에 어른거린다. 인공의 작은 산들이 연못 위에 우뚝하고 산을 둘러 대나무가 산들거린다. 한 정자에 올라 멀리 바라보니 북사탑이 정원의 일부인양 자리잡고 있다. 옛날 오나라의 손권이 어머니 은혜에 보답하고자 보은사를 지었는데 이 절에 딸린 9층탑을

원향당

북사탑北寺塔이라 이른다.

정원의 중앙에 자리한 원향당遠香堂을 들여다보니 고급가구와 의자들이 가지런히 정돈되어 있는데 이곳은 손님들을 맞아 환담하던 곳으로 사방이 유리창이어서 어느 쪽을 바라보아도 탁 트인 경관을 감상할 수 있었다고 한다. 1만2천 평이나 되는 정원을 일일이 감상하자면 하루도 모자랄 터라 우리는 대충대충 구경하고 뒷문으로 나왔다.

우리들은 수백 개의 홍등이 온통 홀을 장식한 한 식당에서 저녁식사를 했는데 홍등들은 나의 마음을 들뜨게 하여 중국 영화의 화면 속으로 들어온 느낌이다. 소흥주를 곁들여 저녁식사를 마친 우리는 산당가山塘街로 발길을 옮긴다. 수로를 따라 목조주택들이 즐비하게 들어선 낭만의 거리 산당가의 밤은 홍등의 물결로 인해 그리고 모여든 인파로 인해 바쁘다.

825년 백거이가 소주자사로 부임했을 때 이곳은 호구산과 연결되는 진흙도랑이었다. 항주자사로 있을 때 서호에 제방(백제)을 쌓은 경험이 있는 그는 운하에 이르기까지 7리의 하천을 파고 양편의 제방에는 주택들이 들어서도록 했다. 목조로 된 이 건물들은 지금까지 여러 번 보수했는데 전면은 인마가 통행할 수 있는 거리이고 후면은 작은 배가 왕래하는 수로이다. 이 거리를 산당가라 명명했는데 '칠리산당七里山塘' 또는 '고소제일명가姑蘇第一名街'라고 불리기도 한다. 당초에는 주택가였지만 세월이 흐르면서 상가로 변모한 흔적을 발견할 수 있다. 처음 하상에는 8개의 다리를 놓아 마을에서 마을로 건너다닐 수 있도록 했는데 송대 이후 18개로 늘어났다.

밤중이라 백거이 박물관은 닫혀있어 안을 보지 못해 아쉽지만 우리는 수로를 따라 이어지는 산당노가를 걷는다. 각종 기념품 가게와 간식거리를 파는 가게들이 밀집해 있다. 중국에서도 손꼽히는 옛 골목인 산당노가는 아름다운 경치와 고풍스런 건물 등으로 인해 정취를 한껏 누릴 수 있는 골목이다. 3,600m의 골목이 물길을 따라 펼쳐져 있고 18개의 그림 같은 아치형 석교가 운치를 돋운다. 석교에 서서 골목을 바라보니 황홀한 야경으로 눈이 휘둥그레진다. 우리는 거리의 상점을 기웃거리며 골목길을 한참이나 걸었다. 시간이 허락한다면 그리고 체력이 버틸 수 있다면 이 거리를 끝없이 걷고 대낮이라면 다리를 모조리 건너고 조각배를 띄우고 싶지만 오늘밤은 여기서 끝낼 수 밖에 없다.

숙소로 돌아오면서 나는 이방익이 이곳 산당가도 들렀을 것이란 확신을 갖는다. 그가 『표해록』에서 소주의 화려한 거리와 풍부한 물화를 언급했기 때문이다.

2. 한산사寒山寺와 고소대姑蘇臺

소주에 도착한 우리는 곧바로 한산사로 향했다. 한산사는 중국 사람들에게는 꽤나 알려진 절로 소주 시내에서 서쪽으로 5km쯤에 있는데 초입에는 검은색 지붕을 한 고가들이 즐비하다. 이로 미루어 높은 생활수준을 영위하는 고관이나 부유층의 집이었음을 알 수 있다. 멀리서도 보이는 한산사의 높은 탑은 보명보탑普明寶塔이라 하는데 그 건축연대는 오래된 느낌이 들지 않는다. 노란 담장에 한산사란 큰 글씨가 새겨져 있다. 우리는 풍교楓橋를 지나 한산사 정문으로 향한다. 풍교는 운하를 건너 한산사와 연결된 아치형 다리이지만 그 이름으로 보아 당나라 때 장계의 시에 나오는 그 풍교는 단풍나무로 만든 다리였을 것이다. 이방익은 한산사를 들르면서 다음과 같이 기억을 더듬었다.

> 한산사 앞에 배를 매고 절문으로 들어가니 이 절은 평지에 지었지만 웅장함은 호구사와 매한가지이고 누른 기와로 이었으며 단청이 찬란하지만 금탑은 없었다. —『표해록』

절 안에 들어가 대웅전을 비켜가니 종루와 나한당이 나타나고 동쪽에는 '한산과 습득' 의 청동상이 모셔져 있다. 동서로 늘어선 벽면에

한산사 풍경

는 수백 명 묵객이 저마다의 필치로 쓴 장계張繼의 '풍교야박楓橋夜泊' 이라는 시가 기록되어 있다.

한산사는 당나라 때 자유분방하고 광적인 기행을 일삼던 무위도인無爲道人 한산寒山과 습득拾得이 머물렀다고 해서 이름 붙여진 절이다. 선화禪畵 한산습득도寒山拾得圖로도 유명하다. 한산과 습득은 원래 누대에 걸친 원수 집안에 태어났지만 서로 마음을 열고 사귀었으며 둘 다 절 마당을 쓸고 부엌에서 밥을 짓고 불상에게 공양하면서도 떠들고 지껄이고 낄낄대며, 젠체하는 승려들을 희롱하곤 했다. 습득은 어느 고승이 버려진 아이를 주워서 키웠다고 하여, 또는 사람들이 버린 음식을 즐겨 주워 먹곤 했다고 해서 붙여진 이름이다. 그들의 비속·무례한 언행에도 불구하고 뱉는 말과 그들이 남긴 시에는 불교의 현묘한 이치가 배어있어 예로부터 이 절을 찾아오면 속세 사람들에게도 부귀와 장수를 누리게 하고 온갖 번뇌를 사라지게 하는 영험이 있다

풍교야박

고 알려져 있다.

한산사는 남북조 양梁나라(502-519) 때에 창건했는데 한산과 습득이 이 절에 머문 시기는 당나라 때인 7세기 중반이지만 그때의 절은 명나라 초에 소실되었다. 장계가 들었다는 종소리의 종 또한 이때에 소실되었고 명나라 가정제(1522-1566) 때 새로 주조했는데 이방익은 이 종을 보았을 것이다. 지금의 종은 청나라 말기에 주조된 것인데 일본인에 의하여 도난당했다. 그 후 일본이 이 종을 기증했는데 일본의 고등학교 교과서에도 한산사 이름이 실려 있다고 한다. 그래서 그런지 일본인 관광객도 많이 찾아든다고 한다.

한산사는 당나라 때 장계의 〈풍교야박〉이라는 유명한 시로 인하여 중국뿐만 우리나라에도 널리 알려져 있다. 장계는 학문이 깊거나 유명한 시인도 아닌 평범한 인물이다. 그는 과거시험에 3번이나 낙방하고 돌아오는 길에 날은 저물어 성문은 닫혀 있고 절 안에도 들어가지 못하고 한산사 입구 풍교 아래에 정박한 배에서 밤을 지새운다. 그는 멀리 고소성(姑蘇城, 고소대)의 불빛을 바라보면서, 고요한 밤, 은은하게 들려오는 한산사의 종소리를 들으면서 처량한 마음을 담아 시를 지었다. 이 시는 중국의 초등학교 교과서에 실려 있기 때문인지 중국 각지에서 찾아온 많은 관광객들이 이 시를 흥얼거리며 경내를 산책한다.

月落烏啼霜滿天　달 지고 까마귀 우짖는데 하늘에 서리 가득
江楓漁火對愁眠　물가 단풍과 어화는 시름에 겨워 잠이 들고

姑蘇城外寒山寺　고소성 밖 적막한 한산사

夜半鍾聲到客船　한밤의 종소리 객선에 와 닿네

박지원은 말하기를 우리나라 사람들이 장계의 '고소성외한산사' 라는 시구를 많이 들어온 터라 아무 데서나 많이 인용하는데 진짜 한산사나 고소대를 몸소 다녀온 사람은 없었다고 단언한다. 그러나 고려 때 충선왕과 그를 수행한 이제현李齊賢이 호구사와 더불어 한산사와 고소대를 다녀왔다. 이방익의 저서에는 고소대에 관련된 이야기가 나오지 않지만 사정동주沙汀洞主라는 이가 쓴 「이방인표해록」과 박지원의 『서이방익사』에 기록된 도정道程에서는 이방익이 고소대를 지나간 것으로 나타나 있다.

이제현은 다음과 같이 시를 남겼다.

고소대

苧羅佳人二八時

玉質不勞朱紛施

吳宮歌樂幾時畢

正是越王嘗膽日

姑蘇城外秋草多

姑蘇城下江自波

鴟夷一舸今在何

저라산 미인(서시)은 16세

옥같은 살결은 분도 연지도 필요 없네

오나라 궁정의 연회는 언제 끝나나
월나라 임금은 복수의 칼을 가는데
고소성 밖 추초는 우거지고
고소성 아래에는 강물이 출렁이는데
치이(범려)가 탄 조각배는 어디 있는가

고소대는 태호太湖에서 동북쪽으로 10리 쯤 떨어진 영암산의 산록에 지어진 누대인데 산 정상의 바위들과 누대의 그림자가 태호에 비추어 선경의 느낌을 주는 곳이었다.

춘추시대 소주를 근거지로 한 오나라는 소흥을 근거지로 하는 월나라와 늘 패권을 다투곤 했는데 한때 패권을 잡았던 오왕 합려闔廬가 월나라를 얕잡아보다가 전사했다. 아들 부차夫差는 부왕의 유언에 따라 절치부심 복수의 칼을 갈았고 결국 기원전 4세기 월나라를 정복하고 주周 왕조는 패권국가의 반열에 올랐다. 패배의 쓴 맛을 본 월왕 구천句踐은 쓸개를 씹어가며 온갖 굴종을 견디면서 복수의 칼을 갈고 있었다. 그는 대신 범려范蠡와 문종文種의 계책에 따라 미인계를 쓰기로 했다.

구천은 절강성 저라산 기슭에 사는 절세미인 서시西施를 찾아내 오왕 부차에게 바쳤는데 부차는 그녀의 미모와 교태에 혼이 빠져 나랏일은 팽개치고 놀아나기에 여념이 없었다. 부차는 영암산에 고소대를 짓도록 했는데 그 재목은 당연히 구천이 댔다. 서시는 고멸족의 여인이고 재목은 전당강 남쪽의 임야에서 베어낸 것이었다. 충신 오자서伍子胥는 왕의 방탕한 행각을 말렸으나 오히려 왕은 그에게 보검을 보내 자살케 했다.

왕이 궁궐을 버리고 고소대에서 서시의 꾐에 빠져 놀아나는 동안

중국에서 세 번째로 큰 담수호인 '태호'

간신은 우글거리고 재정은 바닥났으며 민심은 떠나고 군대는 해이해졌다. 급기야 월나라가 일어나 오나라의 궁궐을 포위했고 월나라의 속국인 고멸국도 깃발을 휘날리며 합류했다. 이로써 춘추시대의 오나라는 역사의 뒤안길로 사라졌다.

고소대는 오나라가 멸망하면서 훼손되었는데 남송 고종 때에 재건되었고 최근에 큰 규모로 중건하여 관광지로 각광을 받고 있다고 한다.

3. 호구사虎丘寺

당초의 절강 · 강소성 탐방 제안서에서 나는 소주의 호구사 방문을 요청했으나 확정안에서는 호구사가 제외되었다. 무슨 영문인지 몰라 중국에 도착한 나는 그 이유를 가이드인 박 선생에게 물었다. 그의 답변에 의하면 호구사라는 절은 존재하지 않는다는 것이다. 이방익은 「표해가」에서 호구사를 언급했을 뿐만 아니라 호구사 경내 황금탑을 올랐다고 했으며 호구사라는 글자를 황금으로 써놓았다고 했으니 호구사를 찾아보자고 졸랐다. 가이드의 대답은 호구사는 현존하지 않는다면서 여기저기 수소문하더니 일단 호구산를 찾아보자고 한다. 우리는 스케줄을 조정했다. 계획표에 있던 산당가 거리는 숙소에서 멀지 않으니 우리가 알아서 갈 것이니 호구사를 방문하는 것으로 합의를 본 것이다.

우리의 차는 호구산을 향해 달리는데 벌써 거대한 탑이 이마에 닿는다. 초입에 '吳中第一山(오중제일산)' 이라 쓴 패방이 우뚝하다. 도대체 삼각주 평원인 소주에 높은 산이 없다는 소리는 들었어도 해발 34.3m의 산을 '제일산' 이라니 말이 되는 소리인가. 그러나 역사가 서리고 많은 전설을 품은 산이기에 의미를 부여할 만하다.

초입 패방을 지나니 감감천憨憨泉 또는 관음천觀音泉이라는 샘터가 나온다. 전하는 바에 따르면 옛날 호구사에 한 고승을 모시는 감감이라는 시자侍者가 있었는데 그는 맹인이었다. 그럼에도 불구하고 고승은 시자로 하여금 매일 멀리 산 아래로 가서 물을 길어오도록 닦달하곤 했다. 하루는 샘가로 가는 도중 하도 멀고 힘들어 시자는 산 중턱 바위의 촉촉한 이끼에 누워 잠을 자고 말았다. 꿈에 한 도인이 나타나 그가 누웠던 자리를 지팡이로 쿵쿵 치면서 땅을 파보라고 일러주기에 몇 날 며칠 땅을 파니 과연 샘물이 쏟아졌다. 그 물을 퍼서 땀으로 범벅이 된 눈을 씻으니 눈이 맑아졌다. 그는 이 놀라운 기적을 스님에게 고하고자 달려 올라가니 스님은 온데간데없이 자취를 감추었다는 전설이 묻어 있다.

호구사 감감천

더 올라가니 칼로 벤 듯 갈라진 바위가 보이는데 옆의 벽면에 '시검석試劍石' 이란 글자가 음각되어 있다. 여기에는 오나라 왕 합려가 부부인 간장干將 · 막야莫耶가 만들어 바친 명검을 시험한 돌이라는 전설이 내려오고 있다. 이 천하의 명검을 '간장막야' 라 부른다.

호구산은 춘추시대(기원전 770~476년) 말기에 오나라 왕 부차가 아버지 합려의 묘역으로 조성한 화강암과 인공산으로 된 얕은 산이다. 매장한 지 3일째 되는 날에 백호가 나타나서 무덤을 지켰다는 전설 때문에 또는 그 산이 웅크린 호랑이를 닮았다고 해서 호구虎丘라는 이

호구탑(7층탑)

름이 붙여졌다고 한다. 6만 평의 광대한 면적 내에 여러 가지 명소가 자리하고 있는 호구산의 첫째 볼거리는 정상의 호구탑(또는 운암탑 雲岩塔)인데 높이 47.5m인 8각형 7층탑으로 오대 후주 말(959)에 착공하여 북송 초기(961)에 완공되었다. 이 탑은 현재 동북방으로 약 15도 기울어져 있어 중국판 피사의 사탑이라 부른다. 이 천년의 탑에 2007년 건물 조명을 설치하여 야경이 아름답다. 이방익은 호구탑을 바라보며 '홀연 높고 높은 칠층탑이 반공에 솟아 있고 황금으로 만들었는지 누른빛이 기이하다'며 감탄사를 연발했고 몸소 칠층탑 꼭대기에 올라서서 사방을 둘러보면서는 '천지가 광활하고 산천이 기이하다'고 술회했다. 또 적벽강이 지척에 있고 남병산이 저쪽에 보이건만 제갈량의 칠성단은 안력이 약하여 못 보는 것이 흠이라고 했다. 제갈량이 동남풍이 불기를 빌었다는 남병산과 칠성단, 그리고 오나라 주유가 제갈량의 계략에 따라 조조의 어마어마한 선단을 불 질렀다는 적벽강이 소주 근처에 있었는지는 논란거리라 여기서 쉽게 논급할 수는 없는 일이다.

언덕을 오르니 펑퍼짐한 정상에 호구탑이 우뚝 서 있어 고개를 한없이 젖혀야 꼭대기가 보인다. 탑 앞 광장 여기저기에 큼직한 주춧돌의 흔적이 있는 것으로 짐작컨대 여기가 호구사 터임이 분명하다.

220년 전 이방익이 이곳을 방문했을 때는 호구사가 엄연히 존재하였음을 이방익의 기록을 통해 후세에 전한다. 또한 옛 기록에 의하면 세속오계世俗五戒로 유명한 신라승 원광법사圓光法師가 한때 이곳 호구사에 머물렀는데 그의 설법을 구하러 많은 불도들이 찾아오는 터에 귀국하지 않고 아예 여기서 생을 마치고자 하였으나 신라 진평왕이 여러 번 사람을 보내 간청하기에 신라에 돌아왔다고 한다.

이방익은 소주차사 왕공의 안내를 받아 호구사를 구경했는데 수십 명의 스님들이 예를 갖춰 영접했다며 이 절에 많은 사람들이 몰려들어 법석을 이루고 장사꾼들의 호객하는 소리가 요란했다고 쓰고 있다. 그리고 그는 법당 안에 앉힌 불상의 크기에 입을 다물지 못했고 7층의 호구탑에 올라 사방을 둘러보며 감격해했다.

> 왕공과 더불어 배에서 내려 절문으로 들어가니 수십 명의 중들이 비단신을 신고 목휘를 두르고 목에 28염주를 걸고 고깔을 쓰고 있었다. 우리를 영접하여 들이기에 따라가며 살펴보니 4문이 웅장하고 현판에 호구사란 글자를 황금으로 써놓았다. 문 밖에 사람들이 무수히 많은데 음식과 실과 파는 소리가 짐승소리 같았다. 4문과 법당과 익랑을 누른 기와로 이었는데 법당 4면이 30간은 되고 법당의 금부처를 탑 위에 앉혔고 탑을 누렇게 칠하였다. 부처의 앉은키가 두 길이나 되고 몸 둘레는 여남은 아름이나 되는데 비단가사를 왼쪽 어깨에 메고 감중련(坎中連)하고 있으니 보기에 웅위하였다. —『표해록』

호구탑으로 오르는 언덕 오른편 비탈 아래에는 넓은 마당을 향하여 너럭바위가 펼쳐져 있고 산 쪽으로는 두 갈래의 깎아지른 절벽이 있는데 절벽 사이로 맑은 물이 콸콸 흐른다. 이 연못을 검지劍池라고 하는데 왕희지가 쓴 붉은 글씨가 아로새겨져 있다. 검지에는 합려의 시신과 함께 3,000여 개의 검이 묻혔다고 하는데 『사기』에 의하면 진시황도 손권도 이 검들을 발굴하려 했으나 무위로 돌아갔다고 한다.

넓게 펼쳐진 너럭바위는 천인석千人石이라고 부르는데 두 가지 설화가 전해진다. 첫째는 부차(夫差, 합려의 아들이자 오나라의 마지막 군주)가 아버지 합려의 시신과 더불어 각종 보물들을 묻고서는 그 작업에 참여한 1,000명의 군사를 이 돌에 모아놓고 몰살했다고 하는데 지금도 비가 오면 이 돌에서 붉은 피가 흐른다고 한다. 그래서 왕희지의 글씨에 붉은색 물감을 입혔다는 것이다. 둘째 이 너럭바위를 생공生公의 강당이라고도 부르는데 생공이 설법을 했다고 해서 붙여진 이름이다. 생공은 동진東晉 시대의 축도생竺道生을 말하는데 그가 호구사에서 불경을 강했으나 듣고 믿는 사람이 없어서 돌을 모아 놓고 신도 삼아 지극한 이치를 이야기하니 돌들이 모두 머리를 끄덕였다 한다. 그는 불교와 노장사상을 접목시키고 세속의 인간들도 득도하면 생불이 될 수 있다고 주장한 사람이다.

검지 옆에는 생공의 강단과 오석헌이라는 낡은 정자가 있는데 오석悟石은 깨달음의 돌이라는 뜻으로 생공이 강講을 할 때 돌들이 끄덕였다고 하여 명나라 때 호찬종胡纘宗이 그 자리에 정자를 지었다고 전해진다.

해박한 지식의 박지원은 중국 여러 문헌을 참고하여 호구산을 다음과 같이 설명한다.

호구산은 일명 해용봉(海湧峰)으로 불리는데 크고 작은 계곡 사이로 물이 굽이쳐 흐르고 달을 품은 형상입니다. 그중 가장 깊고도 아름다운 곳으로는 화정사(和靖寺) 터가 제일인데, 푸른빛이 흰빛 너머로 비치어 하늘과 서로 닿아 있으며 그 위에는 부도(浮圖)가 있습니다. 그곳에서 고소대를 내려다보면 손바닥만 하게 보입니다. 부도를 돌아 남쪽으로 가면, 생공(生公)의 강당과 오석헌(悟石軒)이 그곳에 있다고 전해 내려오며, 오석헌 곁에는 검지(劍池)가 있는데 양쪽으로 깎아지른 수천 척 높이의 절벽이 마치 칼로 자른 듯하며, 거기에는 맑고 차가운 물이 콸콸 소리 내며 흐릅니다. 오석헌 아래에는 큰 바위가 있는데 사방이 트이고 둥글넓적하여 가히 천 명이 앉을 만합니다. 가운데에는 백련지가 있는데 백련이 돋아나 울긋불긋한 꽃들을 화려하게 피우고 있습니다. —『서이방익사』

4. 태호太湖

18일, 우리는 소주에서 무석無錫으로 달린다. 무석은 광대무변한 태호와 양자강 사이의 삼각주에 위치한 도시로 대운하와 작은 운하들이 무수히 연결되어 있어 중국 최대의 곡창지대와 번화한 상업도시로 발전해 왔다.

우리는 태호의 북변 일각에 설치된 삼국성三國城을 찾는다. 삼국성은 근래에 건설된 드라마 〈삼국연의〉의 촬영지이다. 주차장에 차를 세우니 거대한 성루가 앞을 가로막는다. 성루의 솟을대문을 거쳐 들어가면 너른 광장이 나오고 눈앞에 파도가 일렁이는 호수가 멀리 수평선까지 펼쳐있다. 삼국성의 성벽은 언덕을 따라 조성되어 있는데 나지막한 언덕에는 여러 조각상들이 줄을 이었다. 조조와 수하 장군들, 유비와 촉한의 맹장들, 손권과 오나라 재상들의 초상들이 떼 지어 서 있다. 또한 유비, 관우, 장비의 도원결의 모습이 보인다.

호수와 호반을 넓게 차지한 촬영무대로는 조조의 군영, 오나라 수군병영 그리고 제갈량이 동남풍을 빌던 칠성단이 화려하다. 우리는 오군의 전함에 올라 조조의 선단을 향해 진군한다. 모형이라 하지만 실제 모습처럼 거대한 전함이다. 태호를 누비며 배는 미끄러지도록 달린다. 적벽강을 대신하도록 꾸며진 호수 그리고 호반의 세트장이지만 마음은 호쾌하다. 오나라 왕궁은 높은 언덕에 있는데 이곳이 옛날 오나라 땅이라서 그런지 꾸밈이 화려하다.

눈앞에 펼쳐진 저 드넓은 태호는 삼각주 안에 있는 광활한 호수로 중국에서 파양호, 동정호 다음에 세 번째로 큰 담수호다. 남북 길이 70km, 동서 60km, 둘레 400km, 면적 2,250㎢로 면적으로는 제주의 1.2배, 서울의 4배이고 둘레로는 제주 해안로의 1.6배가 된다. 짧은 일정에 태호를 가로지르거나 한 바퀴 돌 수는 없기에 우리는 태호를 비껴보며 호반을 따라 달렸다.

이방익의 어떤 기록 그리고 보고내용에도 태호에 관한 설명이 없지만 박지원은 이방익이 태호를 지나면서 그 크기가 하도 커서 악양루가 있는 동정호로 착각했다고 쓰고 있다. 그는 이방익이 '창문閶門에서 옷을 털고 태호에서 갓끈을 씻을 수는 있지만 동정호의 악양루를 말하는 것은 사뭇 꿈 이야기를 하는 것' 이라며 이방익의 말을 일축한다. 그러나 이방익은 태호 말고 동정호를 다녀왔다고 말하면서 그가 편답한 일들을 상세히 기록해 놓고 있다.

박지원은 태호에 대하여 장황하게 설명하고 있는데 그가 말한 태호 안의 섬과 산들이 아직도 남아있는지 또는 토사에 쓸려 사라졌거나 토지개발과 토목공사로 인하여 사라졌는지 알 수가 없다. 그러나 박지원이 태호에 관하여 『서이방익사』에 기록한 내용들은 역사적, 지리적 의미가 있고 나중에 태호를 연구하는 사람들에게 크게 참고될 것 같아 여기 옮겨 싣는다.

> 태호는 오군(吳郡)의 서남쪽에 있는데 넓이가 3만 6천 경이며 그 안에는 72개의 산이 있고 소주, 호주(湖州), 상주(常州) 등 세 고을과

접하고 있으며 구구(具區), 입택(笠澤), 오호(五湖)라고도 부른다. 우중상(虞仲翔)이 말하기를, "태호는 동으로 장주(長州)의 송강(松江)과 통하고, 남으로 오정(烏程)의 삽계(霅溪)와 통하고, 서로 의흥(宜興)의 형계(荊溪)와 통하고, 북으로 진릉(晉陵)의 격호(滆湖)와 통하고, 동으로 가흥(嘉興)의 구계(韭;溪)와 이어진다. 물이 무릇 다섯 갈래로 흐르기 때문에 오호라 이른다. 이들 호수 가운데 또한 다섯 개의 호수가 있는데 즉 능호(菱湖), 막호(莫湖), 유호(游湖), 공호(貢湖), 서호(胥湖)이다. 막리산(莫釐山)의 동쪽에 둘레 30여리는 능호요, 그 서북쪽의 둘레 50리는 막호요, 장산의 동쪽의 둘레 50리는 유호요, 무석(無錫)과 노안(老岸)에 접하여 둘레 190리는 공호요, 서산(胥山)의 서남쪽의 둘레 60리는 서호이다. 오호 이외에 또 세 개의 작은 호수가 있는데 매량호(梅梁湖), 금정호(金鼎湖), 동고리호(東皐里湖)라 부르며 강남지방 사람들은 이들을 통틀어 오직 태호라고만 부른다.

태호에는 72봉이 있는데 천목산(天目山)에서 발원하여 의흥까지 이르고 태호에 들어오면서 우뚝 솟아 여러 산이 되었다. 태호의 서북쪽에 14개의 산이 있는데 그중에 마적산(馬跡山)이 가장 높으며, 또 서쪽에는 41개의 산이 있는데 서동정산이 가장 높고, 또 동쪽의 17개 산 중에는 동동정산이 가장 높다. 마적산과 동서 동정산에서 멀리 바라보면 아득하여 속세를 벗어난 듯하며 무성한 숲과 평야, 여항과 우물, 선궁과 사찰들이 별처럼, 바둑알처럼 널려 있다. 마적산의 북쪽에는 진리(津里)의 부초산(夫椒山)이 높게 솟았는데 부차(夫差)가 월나라를 무너뜨린 곳이다. 서동정산의 동북쪽에는 도저산(渡渚山), 원산(黿山), 횡산(橫山), 음산(陰山), 봉여산(奉餘山), 장사산(長沙山)이 높고 장사산의 서쪽에는 충산(衝山), 만산(漫山)이 높다.

동동정산의 동쪽에는 무산(武山)이 있고 북쪽에는 여산(餘山)이 있으며 서남쪽에는 삼산(三山), 궐산(厥山), 택산(澤山)이 높다. 이들 산 위에도 수백 가호가 살고 있다. 마적산의 서북쪽에는 마치 돈을 쌓아 놓은 듯한 산이 있는데 이름은 전퇴산(錢堆山)이라 한다. 조금 동으로 가면 대올산(大屼山)과 소올산(小屼山)이 있으며, 석산(錫山)과 더불어 이어진 것 같으면서도 끊어져서 배가 그 사이로 다니는데 이를 독산(獨山)이라 하며, 물오리 두 마리가 서로 마주보고 있는 것 같은 산이 동압산(東鴨山)과 서압산(西鴨山)이며 그 가운데 삼봉산(三峯山)이 있다. 조금 남으로 나아가면 대타산(大墮山)과 소타산(小墮山)이 있어 부초산과 더불어 마주 대하고 있고 조금 낮은 두 개의 산은 소초산(小椒山), 두기산(杜圻山)으로 범려가 일찍이 머물렀던 곳이다.

서동정산의 북쪽 공호(貢湖) 가운데 두 개의 산이 서로 가까이 붙어 있는데, 대공산(大貢山), 소공산이라 이르며, 다섯 개의 별이 모인 것 같은 산은 오석부산(五石浮山)이라 한다. 또 묘부산(茆浮山)과 사부산(思夫山)이 있으며, 마치 두 새가 날다가 서로 마주했으나 평소에는 서로 보이지 아니하나 보이면 폭풍이 일거나 번개가 치는 이변이 일어난다고 해서 대뢰산(大雷山), 소뢰산이라 부른다. 횡산의 동쪽에는 천산(千山)과 소산(紹山)이 있고 탄부산(疃浮山)이 있으며 또 동옥산(東獄山)과 서옥산이 있는데, 세상에서 전하기를 오나라 왕이 이곳에다 남녀의 감옥을 각각 설치했다고 한다. 그 앞에 죽산(粥山)이 있는데 이는 오나라 왕이 죄수를 먹이던 곳이라고 한다. 거문고 같은 모양의 금산(琴山), 방앗공이 같은 모양의 저산(杵山) 그리고 대죽산과 소죽산은 충산(衝山) 가까이에 있다. 마치 물건이 수면에 뜬 것 같아서 볼 만한 것이 있는데 이는 장부산(長浮山), 나두부산(獺頭浮山), 전전부산(殿前浮山)이며, 원산(黿山)과 더불어 마주 대하여 조금 작은 것은 구산(龜山)이라 하며, 두 여자가 곱게 단장하고 마주보는 형상은 사고산(謝姑山)이다. 깎아지른 듯한 산머리에 기둥을 세운 것 같은 산은 옥주산(玉柱山)이요, 조금 물러서서 금정산(金庭山)이 있으며 그 남쪽에는 해산(峐山)이 있고 역이산(歷耳山)이 있으며, 가운데는 높고 옆이 낮은 산은 필격산(筆格山)이요, 머리를 쳐들고 달리는 것 같은 산은 석사산(石蛇山)이요, 노인이 서 있는 것 같은 산은 석공산(石公山)인데 석사산과 석공산이 가장 기이하다. 원산 · 구산과 더불어 남북으로 대면한 산은 악어 모양의 타산(鼉山)이며 그 산 옆에는 소타산이 있다. 소라 같은 모양의 산은 청부산(青浮山)이며, 타산과 소타산 사이에 보일락 말락 한 산이 있는데 이것은 경람산(驚藍山)이다. 동동정산의 남쪽으로 산머리가 뾰족하고 산자락이 갈라진 산은 전부산(箭浮山)이며, 집이 마치 틀어진 것 같이 생긴 것은 왕사부산(王舍浮山), 저부산(苧浮山)이요, 또 남으로 나가면 백부산(白浮山)이 있으며, 택산과 궐산의 사이에 삿갓이 수면에 떠 있는 모습의 산이 있는데 이것은 약모산(蒻帽山)이요, 앞에서 도망하고 뒤에서 쫓아가서 잡는 모습의 산이 있는데 이는 묘서산(猫鼠山)이요, 마치 비석이 드러누워 있는 것 같은 산이 있는데 이는 석비산(石碑山)이다. 이상은 태호 속에 있는 72봉을 열거한 것이다. 그러나 가장 크고 이름난 것은 두 동정산이다. 『한서(漢書)』에 이르기를 지하에 동굴이 있어 물밑으로 잠행하면 통하지 않는 곳이 없으므로 지맥이라 부른다고 하였고 도가서(道家書)에는 이것을 아홉 번째 동천(洞天)이라고 하였다.

5. 남경南京

18일 오후 우리는 남경에 도착하여 곧바로 남경박물관을 들렀다. 이방익이 남경을 들를 새는 없었겠지만 우리는 다음의 몇 가지 이유로 이곳을 찾았다. 첫째는 남경이 강소성의 성도이고 강소성 외사판공실 및 지방사연구팀과의 회합이 예정되어 있으며 둘째 남경박물관과 더불어 남경학살기념관을 관람하자는데 우리 일행의 의견이 일치했기 때문이다. 당초 계획에는 손문과 장개석의 정부공관이었던 총통부와 공자의 사당인 부자묘를 방문하기로 되어 있던 것을 변경한 것이다.

남경은 중국 강남에 자리 잡았던 동진東晉(317-420), 송宋(420-479), 제齊(479-502), 양梁(502-557), 진陳(557-589) 등 단명한 왕조들의 도읍지였고 명나라를 세운 주원장이 이곳을 발판으로 삼아 중국을 통일하기도 하였다. 특히 백제는 이들 왕조와 200여 년에 걸쳐 대등한 외교관계를 가졌으며 민간차원에서 많은 문물이 오갔고 따라서 백제의 문화에 크게 영향을 주었다.

중국의 국민정부 총통인 장개석은 남경을 수도로 정부를 수립하면서 세계적인 박물관을 건립하겠다는 야심찬 계획을 실천에 옮기기로 했다. 영국의 대영박물관, 프랑스의 루브르박물관과 필적할 만한 규모였는데 이는 북경대학의 채원배蔡元培 총장의 주창에 따른 것이다. 그러나 장개석은 대만으로 국민정부를 옮겨가면서 남경박물관의 전시품들을 싸잡아 가져갔다. 그래도 남아있던 것과 새로 장만한 것들로 넘쳐흘러 건축면적 43만 평의 남경박물관은 아직도 살아있다.

이 박물관에는 역사관, 민국관, 예술관, 디지털관, 무형문화관, 기획전시관 등 6개의 테마관이 있다지만 빡빡한 일정에 쫓기던 우리는 역사관만을 관람하기로 했다. 실물 크기의 공룡화석부터 시작하여 토기, 청동기 유물, 정교한 송씨의 도자기와 청동불상이 나의 시선을 집중시킨다. 당시의 불상들은 백제에 전래되었다고 하며 무령왕릉에서 발견한 유물들과 유사하다고 한다.

특히 죽림칠현竹林七賢을 조각한 벽화가 눈에 띈다. 죽림칠현은 완적阮籍, 혜강嵇康, 산도山濤, 유령劉伶, 완함阮咸, 상수尙秀, 왕융王戎 등을 일컫는데 그들은 서진의 사마염司馬炎이 왕위를 찬탈하자 이를 비웃고 노장사상에 몰입하는 한편 청담淸談을 일삼고 세상을 비관하고 백안시하며 술에 의지하여 살았던 사람들이다.

우리는 남경대학살기념관을 찾았다. 입구에는 어린아이를 안은 여인의 조각상이 모든 것을 말해주는 듯 서 있다. 기념관에 들어서니 천정에 새겨진 300000이란 숫자가 강렬하게 다가온다. 중앙 홀 스크린에는 참살당한 인물들이 환영처럼 나타났다 사라진다. 1937년 12월 13일, 상해에 주둔했던 5만의 일본군이 남경으로 쇄도한다. 이를 예감한 민국정부가 이미 남경을 떠난 뒤여서 남아있는 사람들은 5-60만의 민간인과 소수의 잔존병이었다. 그러나 일본군은 일반인을 향하여 기관총을 갈려대고 총검으로 난도질하고 강간과 약탈을 저지르고 사람을 생매장하고 휘발유를 뿌려 불태워 죽이는 등의 방법으로 무려 300,000명을 학살했다. 그러나 일본은 지금까지도 사과를 하기는커녕 이는 중앙정부와 상관없는 일이라고 우겨대고 사건을 축소 · 은폐하여 왔다.

결론이 나지 않는 논쟁만 하여서 무엇 하랴. 그러나 중국은, 중국 사람들은 이 천인공노할 만행을 잊지 않고 있다. 결코 잊어서도 안 된다. 많은 관람객들이 벽면의 사진과 영상을 보면서 침통한 표정으로 걷는다. 귓속말도 하지 않고 훌쩍이지도 않는다. 그러나 그들은 이 만행을 가슴 깊이 묻고 머릿속에 간직한다. 기념관 모퉁이에서 12초마다 물방울이 똑똑 떨어지는 소리가 귀를 자극한다. 대학살이 벌어진 6주간 30만 명이 12초마다 한 명씩 죽어갔다는 것을 의미한다. 기념관을 나오니 벽면에 '前事不忘 後事之師'(전사불망 후사지사, 잊지 않겠다. 그러나 후일에는 이런 일이 결단코 없을 것이다)란 큰 글씨가 중국인의 심회를 대변하고 있다.

기념관 밖에 있는 만인갱万人坑은 수백여 구의 유해가 발굴된 현장을 보존해 놓은 곳이다. 인간이 죄 없는 인간을 이렇게도 무참히 죽일 수 있는가? 한 사람이라도 더 살리려는 구미 선교사들의 절규가 귀에 들리는 듯하다. 너무 비통한 마음이 뇌리를 떠나지 않는다. 제주도의 4 · 3 대참극을 떠올리면서.

이튿날(19일) 우리는 강소성 지방지 편찬위원들과 회합을 가졌다. 이 지방지 위원회는 1986년에 설립했는데 지금까지 강소성 2,000년의 역사를 집대성했고 풍부한 자료를 수집하여 보관하고 있으며 약 15만 권의 책을 소장하고 있다. 이 위원회는 그간 800종의 자료를 발간했는데 이는 중국내 지방지의 1/10에 해당하는 분량이라며 방아광

方亞光 부주임은 입에 침이 마르도록 자랑했다. 우리는 10여 명의 위원들과 열띤 토론을 벌렸다. 주로 이방익 이야기에 초점을 맞췄지만 역사적으로 중국과 한국의 전통적인 관계와 문화교류에 관해 이야기했고 장차 서로의 관계가 깊어지기 위해서는 학술교류가 이루어져야 함에 공감했다. 또한 이방익이 과연 동정호를 다녀왔을까 하는 나의 질문에 방 부주임과 『서이방익사』를 읽었다는 왕괴시王魁詩 위원은 불가능한 일이 아니라고 했는데 이는 양주대학의 서덕명徐德明 교수와 의견을 같이 하는 것이었다.

이어서 강소성 외사판공실에서 주최한 오찬회동에 참여하였는데 황석강黃錫强 부주임은 1992년 한중수교 이후 한국을 드나들면서 외교와 문화교류에 일익을 담당했던 자신의 경력을 과시하면서 친밀감을 나타냈고 우리의 탐방을 환영한다고 말했다.

답사에 나선 노인숙은 남편의 연구에 영향을 받아 이방익에 관련된 역사탐구에 흥미를 갖게 되었고 220년 전 중국인들이 이방익을 구해주고 친절하게 응대해 주었으며 이번 우리 탐방객들에게도 깊은 관심을 갖고 열렬히 환영함에 감사한다고 말했다. 또한 한중우호가 우리들의 연구를 통하여 더욱 발양되고 전승되어가기를 희망한다고도 했다. 특히 남편은 『이방익표류기』를 집필했고 이방익의 길을 따라가며 답사기를 쓰고 있는데 이를 계기로 더욱 발전하는 중국의 모습과 학술 역사상 더욱 심도 있는 합작이 이루어지기를 기대한다고 말했다.

6. 수서호瘦西湖

19일 오후, 남경대학살기념관을 나선 우리는 장강대교長江大橋를 건너 양주揚州로 달렸다. 남경과 양주를 연결하는 이 다리는 길이가 6,776m로 1960년부터 1968년까지 9년에 걸쳐 건설한 다리로 장강을 가로지르는 여러 다리 중에서 가장 길다. 남북에서 마주 달리는 차들이 다리를 꽉 메웠다. 양주는 양자강과 경항대운하가 교차하는 곳에 위치하고 있어 육로 뿐만 아니라 수로 운송 또한 발달하였다. 한나라 때 오군의 수도였고 대운하를 굴착한 수양제隋煬帝의 별궁으로 자리매김했으며 수당 때에는 국제무역항으로, 염전을 활용한 소금의 집적지로 인하여 호상들이 발흥하고 그들로 인해 문화의 꽃이 피기 시작했다. 특히 수양제는 양주를 몹시 사랑해 이곳에 자신이 만든 대운하를 통해 양주에 들락거렸고 결국 양주에 묻혔다.

당나라 때부터는 이곳에 신라, 일본 그리고 아라비아 등 외국 상인들이 몰려오면서 상업과 무역이 발달했고 명나라 때에는 전국의 염상들이 몰려왔고 이들을 따라 문인과 화가와 여인들이 찾아들어 북새통을 이루었다. 염상들은 그들을 위해 수십 개의 정원과 정자와 누각을 만들었다. 청나라 강희제, 건륭제가 운하를 이용하여 무시로 양주의 아름다운 정원을 방문했다.

우리는 20일 아침 수서호를 찾았다. 이백이 〈연화삼월하양주煙花三月下揚州〉라 읊었듯이 우리는 3월(음)에 연무 속에 꽃이 만발하고 아름다운 경치 속으로 들어온 것이다. 수서호는 수양제가 이 정원을 만들었을 때는 보장호保障湖라 했는데 청나라 때(1736) 항주의 시인 왕항汪沆이 이곳에 들어 항주의 서호와 많이도 닮았지만 규모는 그에 못 미친다 하여 작다는 의미의 수瘦를 붙여 부른대서 유래한다. 왕항은 이렇게 읊었다.

> 垂楊不斷接殘芙 鴈齒虹橋儼畫圖 也是銷金一鍋子 故應喚作瘦西湖
>
> (버들가지 늘어져 잡초에 닿고 홍교 계단 그림과도 같으니 항주 서호와 별다른 게 없구나. 그래서 수서호라 부르리)

수서호에 들어서니 파란 호수가 눈앞에 펼쳐지는데 호반을 걸으면서 보니 호수는 언덕과 바위와 고색창연한 건물들을 휘돌아 펼쳐지고 하얀 대리석 교각들이 꾸불꾸불 언덕을 잇고 있다. 물가의 수양버들은 수면에 닿을 듯 치렁거리고 물살을 가르는 흑고니는 한가롭기만 하다. 우측에 그림같이 솟은 오정교五亭橋 위에는 다섯 채의 정자들이 연무 속에 연꽃 모양으로 아롱져 장관을 이루는데 이는 청나라 건륭제가 강남을 순행하는 길에 이곳에 들른다 하여 세워진 것이다. 연화교蓮花橋라고도 부른다.

수서호의 압권은 24교이다. 작은 배가 지날 수 있도록 아치형으로 만든 24교는 수양제가 24명의 궁녀들과 연회를 베푼 데서 생긴 이름인데 특히 당나라 시인 두목杜牧의 시로 더욱 유명해졌고 모택동이 여기에 들러 일필휘지로 필사했기에 더욱 유명해졌다.

青山隱隱水迢迢	청산은 은은하고 장강의 물은 아스라이 흐르는데
秋盡江南草未凋	가을이 끝나가건만 풀은 아직 시들지 않았구나
二十四橋明月夜	이십사교의 달 밝은 밤
玉人何處教吹簫	내 연인은 어디서 피리를 불고 있을까

제방을 따라 걸으니 호반과 길섶에 온갖 식물이 만화방창萬化方暢하고 기화요초가 만발滿發하여 눈이 황홀하다. 긴 제방을 따라가면 늘어진 버들가지가 운무와 더불어 연못을 더욱 아름답게 꾸며준다. 이윽고 아름다운 정원인 서원徐園이 앞에 보인다. 마당에는 수석과 분재가 정렬해 있고 연못에는 수초들이 하늘거린다. 연못 가운데 소금산小金山이 물에 떠있는 듯하고 호수 저쪽에는 건륭제가 낚시를 즐겼다는 조어대가 있고 조어대의 둥근 문을 통해 백탑白塔이 보인다. 백탑은 건륭제가 온다기에 급히 소금으로 탑을 쌓고 나중에 돌로 대체했다고 한다.

건물들 면면에 정판교鄭板橋(본명 정섭鄭燮, 1693-1765)가 쓴 글씨의 현판이 걸려 있다. 그는 청나라 때 활약한 화가들을 통칭하는 양주팔괴揚州八怪 중 대표적인 인물이다. 그들은 전통적인 화법을 배격하고 순수한 예술정신과 독창적인 화법을 내세웠는데 그들의 화법은 광달자방狂達自放 즉 광기와 자유를 표방한 것으로 중국 회화사에 새로운 화두를 던졌다.

수서원 북문을 나온 우리는 산등성이에 자리한 대명사大明寺를 찾는다. 대명사는 남조 송나라 효무제 때 창건한 절로 효무제의 연호 大明을 따라 지은 이름이다. 절 뒤에 우뚝 솟은 9층탑은 일본 불자들의 성금으로 건축된 것으로 이 절은 일본과 인연이 깊다. 당나라 때 대명사에 있던 감진화상鑑眞和尙은 일본에 계율과 의술을 전하기 위해 5번이나 도일을 시도했으나 실패하고 6번째에 성공하여 일본의 불교계와 의약계에 영향을 미쳤고 77세에 일본 땅에서 세상을 떠났다. 그를 기념하기 위한 건물이 감진고리鑑眞古里이며 건물 안에 그의 석상이 모셔있다. 평산당平山堂의 편액은 1048년 구양수歐陽修가 이 절에 들러 강남의 모든 산이 이곳을 향해 머리를 숙인다는 의미로 쓴 것이며 그 뒤편의 곡림당谷林堂은 소동파가 구양수의 방문을 기념하기 위하여 1092년에 세운 집이다.

저녁 해가 질 무렵 우리는 양주대학교를 방문했다. 심규호 교수가 십여 년 전 이 학교에 교환교수로 왔었기 때문에 그는 향수를 느끼고 있었다. 이웃에 살던 노부부를 보자 심 교수 부부가 그들을 얼싸안는다. 우리는 양주대 문학원에서 차린 만찬에 참여하여 담소를 나눴는데 중국문학의 왕준王俊 교수 등은 우리의 탐방목적을 매우 의의 있는 일로 평가했다. 이방익의 기록 가운데 양주에서의 일들을 소략하게 다루었기 때문에 나는 궁금한 일을 털어놓고 질문을 했다. 첫째는 「표해가」에 보이는 '삼리석산三里石山'의 존재였고, 둘째는 이방익이 강남에서 마지막으로 들렀던 '왕가장汪家庄'이다. 그가 그곳을 떠나 산동성으로 들어갔다고 했는데 왕가장은 어디인가 하는 문제였다. 우리의 토론은 다음날 오찬까지 이어졌다.

20일의 오찬에서 양주대 중문과 서덕명徐德明 교수는 양자강 가운데 산은 존재하지 않는다며 아마도 이방익의 문학적 상상력일 뿐이라고 일축해 버렸다. 그러나 나는 고개를 갸우뚱했다. 왕준 교수 등이 왕가장의 존재를 확인하겠다고 했는데 오늘은 그 답을 얻을 수 있었다. 양주대의 젊은 교수 왕준汪俊 조상들의 집성촌이 수서호 부근의

구양수 | 歐陽脩 (1007~1072)

중국 송나라의 정치가 겸 문인. 한림원학사(翰林院學士) 등의 관직을 거쳐 태자소사(太子少師)가 되었다. 송나라 초기의 미문조(美文調) 시문인 서곤체(西崑體)를 개혁하고, 당나라의 한유를 모범으로 하는 시문을 지었다. 당송8대가(唐宋八大家)의 한 사람이었으며, 후배들에게 많은 영향을 주었다. 주요 저서에는 〈구양문충공집〉 등이 있다. [*]

소동파 | 蘇東坡 (1037~1101)

중국 북송 때의 제1의 시인. "독서가 만 권에 달하여도 율(律)은 읽지 않는다"고 해 초유의 필화사건을 일으켰다. 당시(唐詩)가 서정적인 데 대하여 그의 시는 철학적 요소가 짙었고 새로운 시경(詩境)을 개척하였다. 대표작인 〈적벽부〉는 불후의 명작으로 널리 애창되고 있다. [*]

(위) 수서원
(아래) 대명사 평산당

온천도가촌溫泉度假村(온천휴양지)에 있었는데 지금은 도시개발로 인하여 소개되었다는 것이다.

이방익은 수서호 근처의 온천휴양지에 묵었고 수서호도 방문했을 것이다. 또한 수서호라 이름 지은 왕항汪沆이 왕汪가장과 관련이 있을 것이다. 이 점에 관해서는 장차 왕가장의 역사를 들춰보면 알 수 있을 것이다.

7. 금산사金山寺

금산사는 태호에서 흘러나오는 물이 양자강과 회하가 만나고 다섯 개의 호수가 합수하는 강 즉 진강鎭江 가운데 있는 절이다. 진강은 태호로부터 운하를 통하여 양자강과 회하로 연결되는 지역으로 각종 물산의 집산지라 그 남쪽 연안이 상업도시로 발전해왔다.

전날 우리는 양주대학교의 교수진들과 회합이 예정되어 있어 양자강을 건너왔다. 오늘, 4월 20일 점심 때까지 양주대학교 교수진들과 두 번의 회합이 있어 우리는 오후에 양자강 다리를 되짚어 건너와 금산사를 찾은 것이다. 이방익이 이곳을 방문할 때만 해도 금산사가 있는 금산은 강 가운데의 섬이었는데 지금은 토사가 메꿔져 육지로 화했다. 진강에서 강변을 따라 서쪽으로 가자면 커다란 탑을 머리에 얹은 작은 산이 보이는데 이곳이 금산이고 그곳에 자리 잡은 대찰이 금산사다. 금산사는 동진東晋(323-325) 때에 창건되었고 이후 역대 황제들이 이곳을 많이 찾았다고 한다. 금산사는 강천선사江天禪寺라고도 불리는데 청나라 강희황제가 방문하여 이 글자를 써놓았기 때문이다.

양자강을 건너 북경을 달려, 거기서 황제의 재가를 받아 귀국길에 오르기도 바쁜 이방익은 여정을 뒤로 미루고 방향을 틀어 금산사를 방문했다.

> 25일 양주 강도현에 이르니 다섯 호수가 합수하는 곳이었다. 가운데 석산이 있는데 높이가 100여 장이요 둘레가 3,4리나 되었다. 돌기둥을 가로 끼어 세우고 돌을 다듬어 마루를 놓고 30여 간 집을 그 위에 지었는데 이는 금산사라는 절이었다. 풍경 14개를 절 4면에 달고 목인(木人) 14개를 만들어 종경 곁에 세웠는데 법당 위에서 목인이 때를 기다려 머리로 풍경을 받아치면 남은 목인이 차례를 받아 소리를 내는데 그 소리가 청아하여 막대로 치는 것이나 다름이 없이 조금도 시간을 늦추지 않으니 그 조화가 신기묘묘하였다. —『표해록』

또한 박지원은 이방익에게 들었다면서 다음과 같이 써놓았다.

> 금산사(金山寺)는 오색의 채와(彩瓦)로 지붕을 덮었으며 절 앞에는 석가산(石假山)이 있는데 높이가 백 길은 됨직하고 또 섬돌을 5리나 빙 둘렀으며, 이층 누각을 세웠는데 아래층은 유생 수천 명이 거주하면서 책을 파는 것으로 생업을 삼고 있고 위층에는 노랫소리 피리 소리가 하늘을 뒤덮었으며, 낚시꾼들이 낚싯대를 잡고 열을 지어 앉아 있었습니다. 석가산 위에는 십자형의 구리기둥이 가로놓이고 석판으로써 대청을 만들었으니 바로 법당이었으며, 또 종경(鍾磬) 14개가 있는데 목인이 때에 맞추어 저절로 치게 되어 있어 종 하나가 먼저 울면 뭇 종이 차례로 다 울었습니다. —『서이방익사』

박지원은 각종 문헌을 참고하여 금산사에 대하여 다음과 같이 덧붙였다.

금산은 양자강 한가운데에 있는데 그 빼어난 경치가 천하의 제일이라 합니다. 산 아래에는 두 개의 바위가 나란히 솟아 한 쌍의 대궐과 같이 보이는데, 곽박(郭璞)을 장사 지낸 곳이라 전해집니다. 그곳에 있는 샘을 중냉천(中冷泉)이라 하는데 맛이 매우 달고 차서 육씨(陸氏)의 수품(水品)에는 이 샘을 동남 지방의 제일로 삼았습니다. 절로는 용유사가 있고 누각으로는 비라각(毘羅閣)이 있습니다. 비라각의 남쪽은 묘고대(妙高臺)라 하는데 대상(臺上)에는 능가실(楞伽室)이 있는데 송나라 미산(眉山) 소공(蘇公)이 일찍이 여기서 불경을 썼다 합니다. 북쪽에는 선재루와 대비각이 있으며, 탄해정, 유운정 등 두 정자가 산마루를 끌어안고 있으며 그 두 정자에 올라 사방을 바라보면 강의 물결이 아득히 보이고 누대와 전각이 내려다 보여 보는 이로 하여금 날아갈 듯 정신이 상쾌해지게 만듭니다.

동파의 시에
금산의 누각은 어찌 그리 심원한가(金山樓閣 何耽耽)
종소리 북소리가 회남까지 들려오네(撞鍾伐鼓 聞淮南)

라고 한 것은 이를 묘사한 것입니다. 정자 남쪽의 돌에 〈묘고대〉와 〈옥감당(玉鑑堂)〉이라는 여섯 글자의 큰 글씨가 새겨져 있으며, 조금 내려가면 탑의 기단부 둘이 남북으로 서로 마주보고 있는데 이는 송나라 승상 증포(曾布)가 건립한 것인데, 불에 타 버리고 말았습니다.

관란정(觀瀾亭)을 지나 돌계단을 돌아 서쪽으로 내려가면, 세월이 오래되어 계단의 돌이 많이 끊어지고 부서져 강 물결을 굽어보면 하

금산사 석가산 오르는 계단

늘 위를 다니는 것 같아서 발이 몹시 부들부들 떨린다고 합니다. 이 바위를 조사암(祖師巖)이라고 하는데, 가운데 부분이 당나라 배두타(裵頭陀)의 형상과 닮았다고 하는데, 배두타가 산을 개간하다가 금을 얻었으므로 이 산의 이름을 금산이라 부른 것입니다. 바위의 바른편에는 동굴이 있어 깊고 캄캄하여 들어갈 수가 없으며, 용지(龍池)가 있어 가문 해에 기도를 드리면 비구름을 불러온다고 합니다. 왼편에는 용왕사(龍王祠)가 있다고 기전(祈典)에 적혀있습니다. 또 거기에는 강산일람정과 연운기관정이라는 두 정자가 있는데 매우 기이하고 절경을 이룬다고 합니다. 방익이 이층누각이라고 한 것은 바로 강천각(江天閣)으로, 석혜개 · 풍몽정 · 오정간 등의 기록으로 증명할 수 있습니다. —『서이방익사』

우리는 이방익의 발자취를 찾아서 그가 220년 전 실제로 보고 느낀 것을 확인하고 박지원이 문헌을 통하여 탐구한 당시의 정황을 파악하고자 금산사를 두루두루 살피기로 했다.

〈金山〉이란 편액이 걸린 문으로 들어가니 서쪽의 강둑을 향해 누런색 담장이 솟았는데 문 양편 누런 벽에 '金山寺' 그리고 '江天禪寺'란 글씨가 우리의 눈을 사로잡는다. 절 문을 들어서니 대웅보전이 웅장한 자태로 다가온다. 전당 안에는 석가모니, 아미타불, 약사불 등 삼존소상이 안치되어 있고 양편에 18 나한이 지키고 있다. 대웅보전 뒤에 천왕전이 자리 잡고 있다. 이들 대웅보전과 천왕전은 1948년 화재로 불타버렸는데 지금의 건물은 1990년에 중건한 것이라 한다. 이방익은 이 건물들 4면에 14면의 풍경이 있어 여기에 연결된 나무인형이 차례로 종을 치곤했다는데 지금은 그 흔적을 찾아볼 수 없었다.

금산사 석가산 정상

천왕전 뒤에 장경각이 자리 잡고 있다. 장경각 오른편에 묘고대의 현판이 보이지만 자물쇠로 채워져 있다. 묘고대는 동서남 삼면이 트여 거울같이 비치는 양자강의 강물과 달빛이 강물에 비쳐 반사된 경치를 감상할 수 있는 누대였지만 지금은 앞강이 육지로 변했으니 쓸모없는 곳이 된 듯하다.

아내와 나는 일행과 떨어져 가파른 계단을 걸어 등성마루에 오른다. 답사할 곳이 많기 때문에 우리는 한가하게 관람할 여유가 없다. 남쪽으로 〈江天一覽〉이라고 쓴 비석이 자리 잡고 있는데 이는 청나라 강희황제가 양자강과 하늘이 일체가 되어 연출하는 웅혼한 광경을 보고 감동하여 쓴 글씨라 한다. 언덕 북쪽에는 자수탑慈壽塔이 우뚝 서서 웅자를 뽐내고 있는데 팔각형의 칠층탑으로 탑고가 36m라 한다.

양자강 가운데의 산山, 이방익의 표현을 빌리면 삼리석산(「표해가」) 또는 높이가 100여 장, 둘레가 3-4리가 되는 석산이 있다(『표해록』)고

했고, 박지원은 높이가 백 길은 됨직하고 섬돌을 빙 두른 석가산(『서이방익사』) 즉 인공석산이 있다고 했는데 나는 지금 우리가 올라와 있는 이 산이 바로 그 산인가 하는 생각이 문득 들었다.

직전에 양주대 교수진들과의 회합에서 양자강 가운데 석산이 존재하느냐에 대한 토론이 있었는데 한 교수는 양자강에 석산이 있을 리 없다고 단언하며 이방익이 문학적 상상력으로 말했을 것이라고 했었다. 그의 말이 잘못된 것은 아니다. 지난 날 중국에서는 강이나 호수 가운데 있는 섬을 산이라고 불렀다는 사실을 그는 알지 못했기 때문일 것이다. 나는 자수탑을 받치고 있는 이 언덕 자체가 소위 금산일 것이라고 생각하면서 일행과 떨어져 아내와 더불어 언덕 뒤편으로 달려가 자수탑 쪽을 바라보았다. 언덕은 돌을 켜켜이 쌓은 다음 흙을 다져 올렸고 다시 그 위에 돌을 쌓은 인공산 즉 석가산임을 확인할 수 있었다. 소주와 양주 지방은 대부분 토사가 퇴적된 땅이기 때문에 구릉같은 낮은 산이 있거나 운하를 판 흙으로 쌓은 인공산이 많다. 그래서 그런지 강이나 호수에 있는 작은 섬들을 산이라 표현한다. 금산과 더불어 주변의 북고산北固山, 초산焦山은 산이라기보다는 바위섬이며 태호 안에 있다는 72개의 산도 현대의 상식으로 보면 섬이라 할 것이다.

금산사 정면 500m 거리에 중냉천이라는 샘이 있는데 이 샘의 물은 양자강 지반에서 뿜어져 나오는 용천수로 양자강 천 리에 오로지 한 곳뿐이다. 물빛은 비취색을 띠며 물맛이 달고 차서 찻물로는 으뜸이라 육우가 이 물을 천하제일이라 극찬했고 진강의 지부知府였던 왕인王仁은 이 샘을 〈천하제일천天下第一泉〉이라고 일컬었다.

우리 부부는 석가산의 존재를 확인하느라 약속시간을 어겼기 때문

금산사 자수탑

에 부랴부랴 만나기로 약속한 장소로 달려가면서 이방익이 말한 〈백장百丈의 삼리석산三里石山〉에 대하여 곱씹어보았다. 백장의 높이는 평지나 다름없는 금산사의 터 위에 세운 석가산의 높이이며 삼리는 석가산의 둘레를 말한 것이다. 박지원은 둘레를 3-4리라 했으니 얼추 맞는 수치이다. 그동안 책으로만 보면서 전혀 감을 잡을 수 없는 것이 풀리니 이번 여행의 보람이다.

8. 산동성山東省을 지나면서

4월 29일 양주 왕가장을 떠난 이방익 일행은 양자강을 건너서부터는 마차를 타고 산동성을 짓쳐 올라갔는데 5월 3일에 산동성 경계를 통과하고 5월 7일에는 하간河間 평야를 지난다. 그리고 5월 9일에 북경에 도착한다. 약 1,500km를 육로를 통해서 10일 만에 달린 것이다. 최부가 경항운하에 배를 띄워 양주에서 북경 인근 통주까지 30일 만에 도달한 것에 비하여 볼 때 산동성 지역은 대부분 평원광야로 산곡이 별로 없고 잘 닦여진 길이기에 주행에 시간을 단축할 수 있었을 것이다.

이방익은 산동성과 하북성 하간을 지나면서 처참한 농촌풍경과 거친 풍속 그리고 메마른 인심에 대하여 탄식하였다.

江南을 離別하고 山東省 드러오니
平原曠野 뵈는 穀食 黍稷稻粟뿐이로다
柴草는 極貴하야 수수대를 불따이고
男女의 衣服들은 다 떨어진 羊皮로다
지져귀며 往來하니 그 形狀 鬼神 같다
豆腐로 싼 수수 煎餅 猪油로 부쳣스니

아모리 飢腸인들 참아 엇지 먹을소냐
죽은 사람 入棺하야 길가에 버렷스니
그 棺이 다 썩은 後 白骨이 허여진다
夷狄의 風俗이나 참아 못보리로다
—「표해가」

5월 초3일 강남성을 지나 산동성 지경에 이르니 양과 염소와 나귀가 이삼십씩 무리지어 임의로 다니며 뜯어먹더라. 연하여 수레를 타고 가더니 하간역에 이르러 평원광야가 일망무처한데 곡식은 다만 기장과 피와 두태와 조와 수수뿐이오 시초가 극히 귀하여 무론 남녀노소 없이 수수밭에 가 뿌리를 캐고 또 집을 수수대로 묶어세우고 회와 흙으로 발라 기둥을 삼아 집을 지었으며 남녀의복은 떨어진 양피로 하였으니 보기에 귀신같고 음식은 수수전병을 제육기름에 부쳐 두부를 소금에 섞어 싸먹으니 이는 차마 먹기 어렵더라. 또 사람 영장하는 법이 비록 관은 하여 시체를 그 속에 넣지만 묻지는 않고 길가에 버려두니 풍우에 썩어 관이 해어져 백골이 땅에 구르되 거두어 묻지않으니 할 일없는 이적지풍이다. —『표해록』

이방익 일행은 마차에 몸을 싣고 산동성과 하북성을 지나가고 있었다. 거기에는 드넓은 평야가 펼쳐져 있으나 벼는 거의 재배하지 않고 수수와 기장과 조를 심었기 때문에 주민들은 주로 거친 곡식을 먹으며 땔감 또한 몹시 귀해서 수숫대로 불을 피우고 있었다. 집 또한 수숫대를 엮어 세우고 그 위에 흙이나 회를 발라서 지었다. 더군다나 풍속이 비루하여 강남지역과는 비교도 되지 않았다. 사람들의 몰골을 보니 다 떨어진 양피로 옷을 해 입어 보기에 귀신같았고 음식은 수수

전병을 돼지기름에 부쳐서 먹는 게 고작이었으니 그런 음식을 대접받은 방익은 차마 먹을 수가 없었다.

또한 이방익은 산동에서 본 장례습관, 즉 시신을 넣은 관을 땅에 묻지 않고 아무렇게나 노출시키는 장면을 보고 이적들의 장례문화를 강남 및 조선과 비교하면서 비웃고 있다. 여기서 이적의 장례문화는 오랑캐 즉 청나라 여진족 후예의 풍속을 지칭하는 것일 게다. 이방익은 강북지역의 의식주와 장례문화에 대하여 강남지역과 비교하면서 혹평하고 있는데 이는 당시 조선이 청나라에 대하여 갖고 있는 인식이 가미되어 있다 할 것이다.

이방익은 산동성에 대하여는 별로 기록을 남기지 않았는데 강남의 화려하고 풍요로운 문물을 겪으면서 감탄사만 연발하던 그의 자긍심에 먹칠을 한다고 여겼기 때문일 것이다. 산동성에서 북경에 이르기까지는 이방익의 기록이 소략하고 당시의 풍습 또한 지금까지 남아있는 것이 별로 없다고 여겨 이번에 나는 답사할 계획을 갖지 않았다.

제7부

북경

1. 북경에 가다

2020년 1월 6일 11시 30분, 나는 아내와 더불어 제주공항에서 중국 천진天津행 비행기에 올랐다. 우리는 이방익의 발자취를 확인하기 위하여 북경으로 갈 참인 것이다. 비행기는 2시간여 날아서 천진공항에 닿았다. 우리의 여정을 돕기로 한 웨이신魏鑫이 하얼빈에서 날아와 우리를 기다리고 있었다. 그녀는 제주도 중국어체험학습관에서 중국어를 가르치고 있었는데 방학을 틈타 쾌히 우리와 동행하기로 한 것이다.

우리는 우선 천진 시내에 숙소를 마련하고 시내 관광에 나섰다. 이번에 내가 기획한 북경과 산해관의 답사일정은 내일부터 시작할 작정이다. 우리는 서구식 거리 오대도五大道를 걷는다. 사방팔방 뻗은 5개의 거리에는 소위 르네상스, 고딕, 바로크풍의 서양식 건축물 230채 가량이 즐비하게 들어서고 민국시절 부호들의 저택도 50여 채가 위용을 자랑한다. 1858년 천진조약의 여파로 물밀 듯이 밀려온 서양인들과 20세기 초 천진을 주름잡던 인사들의 저택들로 21세기 초에 이르러 정부가 나서 관광지로 선을 보였다. 버스가 다니지 않고 관광객도 뜸한 편이라 우리는 조용한 거리를 산책하며 여유 있게 볼 수 있었다.

어두워지고 있었다. 우리는 천진의 명물인 〈천진의 눈天津之眼〉이라 불리는 대관람차(Firris Wheel)를 탔는데 30분간 줄섰고 30분간 120m 상공을 오르며 천진의 야경을 구경했다. 그런 후 우리는 천진의 명물 구부리狗不理만두의 본점을 찾았다. 160년 전통의 구부리만두는 서태후가 즐겨 먹었다고 해서 더 유명하다. 아래층 점포를 지나 2층으로 올라가니 홍등이 찬란하고 벽면에는 푸틴이 시진핑과 더불어 찾아와 만두를 시식하고 또 빚어보는 동영상이 상연된다. 우리는 유명하다니까 더 맛있게 먹었다.

다음날 아침 산해관山海關으로 달렸다. 이방익이 북경에서 여러 날 머문 후 귀국길에 지나친 곳이지만 우리는 여행의 편의상 먼저 산해관을 답사한 후 북경으로 되짚어오기로 한 것이다. 산해관에 관해서는 나중에 논급할 것이다. 산해관에서 꼬박 하루를 돌아다니고 어둑해져서야 북경역에 도착하였다.

『표해록』에 의하면 이방익은 1797년 5월 9일(「표해가」에는 5월 3일, 『일성록』에는 5월 11일) 청나라 수도 연경 즉 북경에 도착했는데 표류를 시작한 지 무려 7개월 20일 만이다. 이방익 일행이 황성인 북경으로 호송되는 것은 황제의 재가를 받아야 하는 절차가 있기 때문이다.

이방익이 북경에서 겪은 경험담은 북경의 역사와 풍부한 문물과 화려한 사회상에 비하여 소략하기 짝이 없다. 무인인 이방익이 역사가 서린 북경의 놀라운 문물을 적어내기란 감당할 수 없는 것이었기 때문일 것이다. 연암은 『서이방익사』를 쓰면서 북경 이후는 그 여정만 기록했지 내용은 생략했는데 연암 자신이나 북경을 다녀온 많은 사람들이 이미 경험하여 기록하였기 때문에 필요성을 느끼지 않았을 것이다. 나는 이방익의 글로만은 북경 이후 그의 여정에 대하여 전혀 감을 잡을 수가 없었다. 더욱이 내가 북경을 전에 가보지 않은 터라 쓰기가

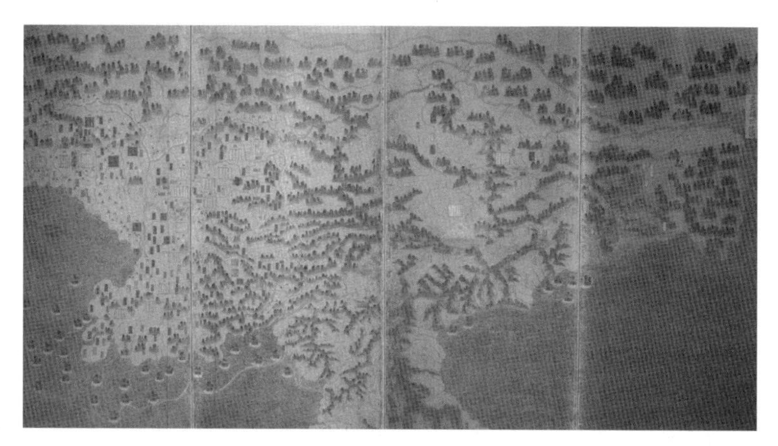

요계관방지도(遼계關防地圖). 청나라의 요동과 북경 인근의 군사형세를 그린 조선시대의 대형 군사지도(보물 제1542호)

난망한 것이다.

이왕 답사하는 길이라 나는 사전에 최부崔溥의 『금남표해록錦南漂海錄』(1490), 김창업金昌業의 『연행일기燕行日記』(1712), 홍대용洪大容의 『을병연행록乙丙燕行錄』(1765), 박지원의 『열하일기熱河日記』(1780) 등을 읽었다. 그들은 중국사절단의 사행길에 공식수행원이 아닌 자제군관으로 따라간 사람들이다. 그래서 나는 이방익이 방문했거나 언급한 사물에 대하여 앞서 경험한 이들의 내용을 참조하고 비교 검토하면서 이번의 답사를 진행할 야심찬 꿈을 품고 과감히 나선 것이다. 귀국 후 접한 이보근의 『압록강에서 열하까지 연행노정 답사기』는 답사를 복기하는데 큰 도움이 되었다.

북경은 우虞나라 때 순舜임금이 영토를 넓혀 설치한 유주幽州란 지명으로 역사에 얼굴을 내밀었고 춘추전국시대에는 주나라의 당당한 봉건국가 연燕의 수도 계薊였다. 당나라 때에는 범양范陽이라 불렸는데 안녹산安祿山, 그리고 뒤이어 사사명史思明이 난을 일으켜 본거지(도읍지)로 삼기도 하였다. 그 후 북경은 오랫동안 소위 북적北狄 즉 북방 민족의 수도로 자리 잡았는데 요遼나라는 남경南京, 금金나라는 연경燕京, 원나라는 대도大都라 일컬었다.

원나라를 멸망시키고 중원을 회복한 주원장은 수도를 남경으로 정했으나 3대 영락제 때 북경으로 천도했고 북경은 그 후의 명나라 그리고 청나라 말까지 수도로 확고하게 자리를 잡았다. 청나라는 순천부順天府 또는 연경이라 불렀다. 연경이란 이름을 쓴 것은 자신들 즉 여진족의 금나라를 이어받았다는 의미를 내포한 것이다. 중화민국시절 20년간(1928-1949) 남경 그리고 중경이 수도가 된 적도 있었지만 그 후 북경은 중화인민공화국의 수도로 자리매김해왔다. 북경은 700여 년간 수도를 유지해온 셈인데 이와 같은 긴 기간은 세계적으로 유례가 없다. 북경은 현재 중국의 정치 · 경제 · 문화의 중심도시로 인구는 2천1백만으로 서울 인구의 2.2배, 면적은 16,410km²로 서울의 2.7배이다.

이방익이 북경에 이른 때는 가경제嘉慶帝 원년(1797)으로 건륭제乾隆帝가 61년간 치세하고 바로 전 해에 아들에게 황위를 물려주고 태상황으로 섭정을 하고 있었던 해다. 중국에 표착한 사람을 조선으로 돌려보낼 경우에는 표착지의 군사령부는 병부에, 해당관청은 예부에 각각 자문(咨文, 부서간 오가는 문서 또는 외교문서)을 보내 취조한 내용을 알리고 병부에서는 예부에 자문을 보내며 예부는 황제에게 상주하여 쇄환(刷還, 유랑하는 외국인을 돌려보냄)의 재가를 받는데 고위직 관리의 경우 황제가 직접 접견하여 결정하곤 했다.

예부에서는 황제에게 보고하기 전에 그 사실을 조선에 통보하는데 일정은 예측할 수가 없다. 이런 절차는 유독 중국과 조선 및 유구와의 사이에 국한된 것 같다. 조선에서는 표류자의 신원이 밝혀지면 사신을 보내거나 북경에 머물러 있는 사신으로 하여금 안동하여 돌아오게끔 했다. 사은사는 정3품 이상의 고급관료로 정했다. 사은사를 보낼 때는 각종의 사은품을 바리바리 실어보내기 때문에 중국으로서는 얻는 것이 많았다. 사은사도 이를 틈타 서적이나 비단 등의 진귀품과 더불어 회사품(廻謝品, 답례품)을 가져올 수 있고 또한 중국을 다녀왔다는 경력도 쌓을 수 있어 좋았다.

수행원도 많았다. 최부가 쇄환될 때는 사은사인 지중추부사를 포함하여 16명의 관리가 일행을 이루었으니 부대인원을 포함하면 쇄환인보다 훨씬 많다고 볼 수 있다. 조선시대만 해도 제주를 왕래하다가 표류하여 중국에 표착한 후 북경을 거쳐 귀환한 사람들이 부지기수였는데 조선에서는 그때마다 어김없이 고관을 발탁하여 사은사로 보냈다.

성종 원년(1470) 8월 제주사람 김배회金杯廻 등 7명은 공물을 싣고 서울에 다녀오다가 나주 인근 바다에서 폭풍을 만나 13일간 표류하여 중국 절강의 어느 해안에 표착했었는데 북경에 호송되었다가 다음해 1월 마침 북경에 성절사(황제 또는 황후의 생일축하사절)로 가 있던 한치의韓致義가 안동하여 왔고 그 후 행상호군行上護軍(정3품 무관직) 이수남李壽男이 조선 임금의 표문表文을 들고 사은사로 다녀왔다.

제주목 정의현감 이섬李暹은 성종 14년 2월 29일 임기를 마치고 서울로 귀임하던 중 추자도 인근에서 폭풍을 만나 10일간 표류하다 승선인원 47명 가운데 14명이 굶어죽고 33명이 살아남아 중국 양주의 장사진에 표착했으며 6월 10일 북경으로 호송되었다. 그때 북경에 천추사(千秋使, 중국 황태자 생일축하사절)로 와 있던 박건朴楗을 만나 돌아왔고 파릉군坡陵君 윤보尹甫가 사은사로 파견되었다.

성종 19년 윤1월 3일 제주에 경차관으로 와 있던 최부가 부친상을 당하여 서울로 돌아가던 중 초란도에서 폭풍을 만나 14일간 표류하다 승선인원 43명 전원이 중국 영파에 표착했고 북경에 호송되어 황제를 알현하여 귀환을 허락받았으며 그가 압록강을 건널 때는 6월 4일이었다. 이에 성종은 동지중추부사 성현成俔을 사은사로 보냈다.

표류인 쇄환의 답례로 명나라에 사은사를 보내는 번거로운 행사는 광해군 때에 폐지되었고 이후 청나라와의 관계에서는 나중에 사신을 보낼 일이 있을 때 사례하거나 중국의 국경 책임자에게 표문을 보내는 것으로 바뀌었다.

이방익의 경우 그들 8명이 청나라의 배려로 무사히 귀국하자 조선 정부는 이에 감사하는 회자回咨를 작성해 파발마를 통해 의주로 전달했고, 의주부에서는 이를 봉황성 성장에게 보내어 북경으로 전하도록 했다.

명 · 청 시대의 북경은 평탄한 광야에 몇 겹으로 쌓은 성벽으로 이루어진 곳인데 중앙에 자리 잡은 궁성 자금성에는 황제와 환관과 궁녀들이 살았고 자금성을 둘러싼 황성에는 육부를 비롯한 관청이 들어앉았으며 북경성(내성)에는 황족과 귀족이 거주했고 남쪽의 외성에는 선농단先農壇, 천단天壇과 더불어 여염집이 들어서 있었다.

이방익은 북경성에 대하여 다음과 같이 묘사했다.

> 夏五月初三日에 燕京에 다다르니
> 皇極殿 놉흔 집이 太淸門에 소사낫다
> 天子의 都邑이라 雄壯은 하거니와
> 人民의 豪奢함과 山川의 秀麗함은

比較하야 볼작시면 江南을 따를소냐
寶貨 실흔 江南배는 城中으로 往來하고
山東에 심은 버들 皇都에 다핫스니
三伏에 往來行人 더운 줄 이졋서라
禮部로 드러가서 速速治送 바랏더니
皇帝게 알왼 後에 朝鮮館에 머물나네
이 아니 반가온가 절하고 나와보니
鋪陳飮食 아모리 極盡하나
江南에 比較하면 十倍나 못하고나
온 갓 구경 다한 後에 本國으로 가라 하니
이 아니 즐거우냐 우슴이 절로 난다
—「표해가」

> 5월 초9일 연경에 도착했는데 순천부라고도 한다. 성첩이 웅장하고 여염집이 즐비하고 성문이 의의(猗猗)하다. … 연경 도읍터는 평원광야로 성첩과 인민이 번성하고 성은 다 벽돌로 구워 회와 더불어 쌓았으니 나는 새라도 감히 가까이 올 수 없을 것 같았다. 그러나 경치가 수려함은 강남만 못하였다. —『표해록』

나는 이방익의 발자취를 따라가면서 앞서 이미 북경을 다녀간 사람들의 경험담을 가미하고 참조하여 글을 엮어나갈 것이다. 이방익이 체험했거나 언급하지 않은 곳도 필요에 따라 아울러 언급할 경우가 있을 것이다.

2. 영정문 永定門

1월 8일 아침 우리는 북경역에서 40km 거리의 통주通州 팔리교八里橋를 보기 위하여 전철을 탔다. 출근시간이라 객차 내에 사람들이 붐벼 발 디딜 틈이 없었는데 웨이신이 큰 소리로 외쳤다.

"노인이 탔습니다. 자리를 양보해 주세요."

창가 자리에 앉은 사람들이 모두 벌떡 일어났다. 한국에서는 볼 수 없는 풍경이다. 다소 미안한 생각이 들었지만 덕분에 우리 부부는 편안한 여행을 할 수 있었다. 이후에도 줄곧 전철에서 자리 양보를 받았는데 웨이신이 외쳐서만은 아니다. 중국의 어른 대하는 모습이 수십 년 전 우리네 풍습과 같았다. 통주에 다녀온 사정은 나중에 논급할 것이다.

통주에서 되돌아오는 길에 우리는 중국 전통공예품으로 유명한 수수秀水시장을 둘러보았다. 그리고 이방익이 통과했다고 보이는 영정문으로 달렸다. 택시는 호성하(護城河, 해자)를 끼고 고속화도로를 달려 으리으리한 성문 앞에 우리를 내려놓는다. 나는 이 영정문을 이방익이 '성첩이 웅장하고 여염집이 즐비하고 성문이 의의猗猗하다' 고 말한 곳으로 비정했다. 이방익은 이 성문을 관영문冠英門이라 했는데 관영문은 북경에서 산해관으로 향하는 중간지점의 영평부에 있는 문으로 영평부에는 조선인이 오가며 숙식을 하던 조선관이 있었다. 아마도 이방익이 기억을 더듬는 과정에서 자신이 묵었던 영평부의 성문 이름으로 착각을 일으킨 것 같다.

3층 규모의 영정문은 과연 아름답고 장엄했다. 『표해록』을 상고하자면 이방익은 마차로 육로를 달려와 북경의 관문인 남문으로 들어와 정양교正陽橋를 지나 정양문에 당도한 것이 확실하다. 최부는 경항운하의 종착역인 통주에서 내려 북경외성의 동쪽문인 숭문문崇文門으로 들어왔다고 썼고 대부분의 사신행차 또한 숭문문 또는 조양문朝陽門을 통해서 북경에 들어왔다. 따라서 연행록들에는 영정문을 보았거나 통과했다는 기록을 찾아볼 수 없다.

북경외성의 관문인 영정문은 명나라 가정제嘉靖帝(1553) 때 건축했는데 이는 몽고족의 빈번한 침략을 막기 위하여 북경(내)성 남쪽에 쌓은 외성의 남문이었다. 천년대계의 일환으로, 황제를 보호하고 외적의 접근을 막고자 영락제가 구축한 북경성곽은 중앙에 과일의 씨앗처럼 자금성이 들어앉고 황성이 이를 에워싸고 다음 겹으로 북경성이 둘러 있는데 나중에 북경성 남쪽에 외성을 쌓음으로써 이를 구분하기 위하여 북경성을 북경내성으로 부르기도 한다.

북경외성은 동서 약 37km를 일직선으로, 성 동쪽과 서쪽 끝에 남북 약 20km로 쌓았고 북쪽은 북경내성과 연결시켰다. 내성과 외성을 연결해 보면 凸자 모양이다. 또한 외적의 침입을 막기 위하여 성벽 밖으로 폭 50m의 호성하를 파 놓았는데 아직도 남아 있다. 당초에는 북경(내)성 전체를 둘러 외성을 쌓을 계획이었는데 막대한 자금을 당할 도리가 없어 내성의 성곽과 연결하여 서둘러 마무리한 것이다. 영정문은 나라의 영원한 안정을 바라는 뜻으로 궁성 중간지점을 통과하는 중축선中軸線 상에 건립되었는데 좌안문과 우안문의 중간지점에 있다. 중축선은 남쪽의 영정문에서 궁성의 중앙부를 지나 북쪽의 종루까지 일직선으로 기획된 중심축을 말하는데 중앙을 통과하는 모든 문과 궁궐이 이 중심축을 엄격하게 지켜서 지었다.

현재 성곽은 좌안문 그리고 우안문을 낀 지점에 상당부분 남아 있다. 당초에는 영정문 앞에 외적의 침입을 막고자 세운 전문箭門이 있었는데 영정문의 개축과정에서 생략되었다. 400여 년간 보존되어오던 영정문은 1958년 완전히 붕괴되어 폐허만 흉물스럽게 남아있었는데 2004년 가로 24m, 세로 11m, 높이 26m의 건물로 되살아났다. 우리가 본 것은 15년 전의 건물인 셈이다.

우리가 영정문 남쪽에 펼쳐진 광장에서 사방을 둘러보니 밑으로는 호성하의 물이 출렁거리고 호성하와 나란히 순환도로의 지하차도가 지나가고 있었다. 넓고 높은 성문을 통하여 북쪽 광장으로 나아가니 시야가 확 트여있는데 서쪽은 선농단先農壇 터이고 동쪽은 천단天壇공원이다. 이 두 제단은 1420년 명나라 영락제 때 지어졌고 가정제 때(1522) 수리하여 현재까지 보존되어 왔다. 선농단은 황제가 지신地神에게 제사를 지내고 농사에 시범을 보이던 곳으로 현재 고대건축물박물관이 들어섰다. 천단은 황제가 손수 찾아와 천신에게 제사를 지내거나 기우제를 지내던 도교식 제단인데 지금은 자금성 4배 규모의 대공원으로 꾸며졌고 중앙의 천단은 우뚝 서 웅자를 자랑하고 있다. 아쉽게도 시간에 쫓기던 우리는 이 두 곳을 들릴 기회를 갖지 못했다.

홍대용은 천단에 가보지는 못했지만 멀리서 바라보며 다음과 같이 썼다.

> 서쪽으로 천단을 바라보니 네모진 담 안에 첩첩한 궁전이 정제하고 가운데 계단식의 둥근 집이 있으니 높기가 구름 밖에 빼어나고 자줏빛 기와와 단청이 눈부시도록 광채를 드러내고 있는데 이는 상제가 치제致祭하는 곳이다. —홍대용의 『을병연행록』

연암 또한 천단을 방문하지 않았으나 『열하일기』의 〈황도기략黃圖紀略〉편에 다음과 같이 기술했다.

> 천단은 외성인 영정문 안에 있다. 담장의 둘레가 10여 리가 되어 말을 달릴 수 있을 정도다. 안에는 원구단(圓丘壇)이 있는데 1층의 너비는 100여 보쯤 되고 높이는 한 길 남짓이나 되며, 바닥에는 푸른 유리벽돌을 깔았다. 난간의 둘레는 유리 기둥을 세웠고 사방의 층계는 9개의 계단으로 되어 있다… —『열하일기』

3. 전문대가前文大街

벌써 땅거미가 깔리고 있었다. 이방익은 영정문을 통해 북경성에 진입한 후 정양교를 건넜고 정양문正陽門에 다다랐다. 이방익의 발자취를 따라가는 우리는 영정문 북쪽 광장을 벗어나 셔틀버스를 탔다. 차는 북쪽으로 달리다가 우회전하여 천단공원의 북벽을 거쳐 장안대로長安大路에 접어들었고 거기서 방향을 틀어 서쪽으로 향하고 있었다. 멀리 황금색의 높은 성루가 석양빛을 받아 광채를 드러내고 있었는데 바로 북경(내)성의 남문인 정양문이다. 북경내성 남쪽 성루를 끼고 동서로 뻗어있는 대로가 장안대로인데 지하철 또한 나란히 달린다.

장안대로의 북변에는 정양문이란 황금색 편액이 높이 걸린 3층 누각이 성마루 위에 웅장한 모습을 드러내고 그 남쪽 즉 장안대로 남측으로는 전문(箭門, 오늘날은 前門으로 표기하기도 한다)의 후면이 보이는데 철책을 두르고 경찰이 보초를 서고 있어 접근할 수 없었다.

1420년 영락제 때 완공된 정양문은 북경(내)성의 남대문으로 중국의 위엄과 북경의 자존심을 상징하는 최고 최대의 건축물로 자리잡아 왔다. 또한 황제가 천신제를 지내러 천단으로, 지신제를 지내러 선농단으로 드나들던 문, 황제가 지방순회를 위하여 행차하던 문이다.

이방익도, 최부도 이 문을 통하여 황궁에 출입하였고 홍대용 · 박지원 등 연행(사신단에 속해 연경 즉 북경에 다님)을 했던 많은 사람들이 바라보았던 높이 42m의 거대하고 화려한 문이다. 특히 김창업은 거리탐색을 위하여 뻔질나게 정양문을 드나들었고 중국어에 능통한 홍대용은 중국 서적들을 섭렵하고자, 중국 풍물을 구경하려고 이 문을 수없이 오갔다. 김창업은 다음과 같이 썼다.

> 문의 모양은 조양문과 같으나 옹성에 3개의 문이 있다. 중문은 황제가 출입하는 문으로 평상시에 잠겨있고 동문과 서문은 열려있다. … 수백 보를 걸어가니 돌난간을 한 대홍교가 있는데 해자에 놓은 다리다. 다리를 건너니 5칸 패루가 다리 위로 걸쳐져 있다. 푸른 기와와 붉은 기둥은 지극히 사려한데 편액에는 금글자로 정양문이라 쓰고 오른 편에 만주 글씨로 부기했다. ―김창업의 『연행일기』

정양문에서 전면에 우뚝 선 전문은 정양문을 보호하기 위해 설치한 궁창을 갖춘 누각을 이고 있다. 높이가 36m로 궁창弓窓이 동남서로 뚫려 있어 다리를 건너 호성하를 넘어오는 적을 사살할 수 있도록 설계되어 있다. 정양문과 전문 사이에는 옹성이 있어 전문이 무너져도 적이 정양문으로 접근할 수 없도록 하였기 때문에 황제 말고는 남문을 드나들 수가 없다. 일반인의 통로는 북쪽에서 동서로 연결되어 있다. 옹성은 민국 초기에 철거되었다. 전문 앞의 호성하 위로 세 갈래의 대홍교가 있어 정양문을 통하여 북경내성으로 들어오는 사람들이 지나다니는 다리인데 중앙의 다리는 황제를 위하여 비워두어야 했다.

전문 앞의 호성하에는 화물선이 북적거렸고 다리 건너에는 시장이 형성되고 사람들이 붐볐다고 한다. 이방익은 다음과 같이 기억한다. 여기서 태청문은 전문箭門을 잘못 기억한 것으로 생각된다. 경항대운하와 연결된 호성하는 정양문 앞에 건립한 전문을 끼고 흐르지만 태청문太清門은 황성 내부에, 정양문과 천안문 사이에 있어 배의 왕래와는 직접적인 관련이 없기 때문이다.

> 성안에는 강물을 끌어들여 대중선이 성안까지 왕래하며 태청문 앞에 배를 대고 곡식을 풀며 그 물이 강남까지 통하여서 강남 배가 많이 왕래하니 강남의 보화가 배로 실려 오는 것이다. —『표해록』

홍대용은 다음과 같이 썼다.

> 정양문에 이르니 수레와 인마가 길을 메우고 있으나, 서로 먼저 가려고 다투는 일이 없고 잡되게 소리치는 일이 없어, 온후하고 안중한 기상이 우리나라에 비할 바 아니다. 수레에는 비단장막을 두르고 말에는 수놓은 장막을 드리워 화려한 채색이 눈부시며… 금수의복에 치장을 아주 선명하게 하였다.
>
> 문 안에 오래 머물며 그 물색을 구경하매, 남으로 3층 문루가 하늘에 닿을 듯하고, 북으로 태청문의 웅장한 제도와 붉은 칠을 한 궁장이 좌우로 둘려 있었다. 문 앞으로 붉은 목책과 옥 같은 돌난간이 서로 빛을 다투고 정제한 시사(市肆)의 현판과 온갖 채색이 극히 어지러웠다. 이 가운데 무수한 거마가 서로 왕래하니 박석에 바퀴 구르는 소리가 벽력같아 지척의 말을 분변치 못하니 실로 천하에 장관이다. 이곳에 앉아 우리나라의 기상을 생각하니 쓸쓸하고 가련하여 절로 탄식이 나는 것을 깨닫지 못하고… —홍대용의 『을병연행록』

황성을 에워싸고 있는 북경내성은 둘레가 20km에 이르는 직사각형 형태의 성이다. 성벽에는 총 9개의 성문(남쪽의 정양문(正陽門) · 숭문문(崇文門) · 선무문(宣武門), 동쪽의 조양문(朝陽門) · 동직문(東直門), 서쪽의 부성문(富城門) · 서직문(西直門), 북쪽의 안정문(安定門) · 덕승문(德勝門))이 있다. 성벽의 높이는 11-12m, 성벽의 두께는 대략 11m라고 한다. 성 밖 50m의 둔치 앞에는 폭 30m, 깊이 5m의 호성하가 흐른다. 이 성문들로 드나들 때는 호성하 위에 걸친 다리를 건너야 했다. 북경성의 호성하는 경항대운하와 연결되어 물 흐름이 완만하고 수위가 일정하다.

경항대운하는 항주를 기점으로 북경의 통주까지 전장 1,800km가 연결되어 있었는데 수나라 때 대부분을 건설했고 금 · 원 · 명대에도 운하의 중요성을 인식하여 북경성 성내까지 확장해 나갔다. 항주에서 대운하를 통하여 북경성으로 실려온 강남의 곡류와 비단 그리고 각종 보화는 북경 동쪽의 통주에 도달하고 거기서 42km의 통혜하通惠河를 따라 북경성의 조양문, 그리고 다른 갈래로 동편문을 통과하고 호성하를 통하여 정양교에 다다른다.

정양교는 현재 남아있지 않지만 전문 앞의 호성하는 복개되어 있고 그 앞에 5단계 패루가 우뚝 서 있다. 이 패루는 북경의 다른 성문 앞에는 없던 특별한 구조물이고 북경 최대의 패루다. 이 패루 전면이 명 · 청대를 통틀어 물류의 중심지였다. 전문 앞 포구는 강남의 물화 그리고 항주 · 소주 등에 부려진 외래 사치품 등을 실은 배들이 경항대운하를 통해서 속속 몰려들고 내륙의 각종 물화가 쌓여 물건들을 사고파는 사람들이 주야를 가리지 않고 북적인다.

영정문에서 정양문의 전문까지 약 20km 도로는 원래 조정대신들이나 지방관들이 자금성으로 왕래하던 길이었는데 그 중 전문 앞 1km나 뻗은 대로변에 저잣거리가 형성되었고 여기에서 상품거래가 활발하고 다양한 식당이 문을 연다. 이 거리를 전문대가前門大街라 한다. 전문대가를 양쪽 골목 또한 시장이 형성되어 있어 전통음식을 싼값에 파는 집이 즐비하다.

전문대가

정양문과 전문前門을 가까이서 올려다보고 난 우리는 전문을 끼고 돌아 남쪽으로 발길을 옮겼다. 벌써 어둠이 짙어져서 조명으로 장식한 5단계 패루가 광채를 발하고 있다. 전문 남쪽으로 길게 뻗은 저잣거리 전문대가는 폭이 넓은 차 없는 거리인데, 다만 화려하게 꾸민 구식 전차가 저속으로 달려 운치를 더해준다. 밤의 전문거리는 나무에 장식한 조명과 상점마다에서 내건 홍등으로 휘황찬란하다. 대낮과 같은 거리에 많은 사람들이 불야성을 이룬다. 우리는 길 양편에 도열한 수많은 점포들을 기웃거리며 설렁설렁 걷는다.

우리는 명나라 때에 열었다는 골목시장 대책란大柵欄으로 접어든다. 청색 벽돌을 깐 골목길 좌우에 2,3층의 낮은 건물이 줄을 대 섰고 고풍스런 점포들, 식당들, 그리고 여관들이 불야성을 이룬다. 대책란의 끝은 어딘지 모른다. 우리는 얼마쯤 가다가 되짚어왔다.

여기 수백 년을 이어온 전문거리는 각양각색의 상품들로 번화하고, 바쁘게 움직이는 상인들과 한가롭게 걸어 다니는 사람들로 붐빈다.

동인당 약방은 1669년부터 여기 전문거리에 있어왔는데 애초에는 황실전용의 약방이었지만 지금은 중국뿐만 아니라 전 세계에 지점을 두고 있다고 한다. 나는 여기서 여러 가지 가정상비약 사는 것을 잊지 않았다.

1738년에 문을 연 도일처都一處는 샤오마이(여러 소를 넣고 꽃처럼 빚은 만두)로 유명한데 건륭제와 관련된 일화가 알려져 있다. 지방순회를 마치고 밤늦게 돌아오던 건륭제는 몹시 허기져 있었고 수행하는 신료들도 마찬가지였다. 애써 전문거리를 찾아왔으나 불 꺼진 집들뿐이었다. 그런데 불 켜진 집이 한 곳 있어 들어가 맛을 보곤 그 맛에 반하여 도일처란 편액을 써주었다 해서 더욱 유명하다.

1895년부터 이 거리에서 월병, 화과자 등을 제조판매해온 도향촌稻香村은 중국 각지에 지점을 내고 있지만 이곳이 본점이다. 북경오리의 원조인 전취덕全聚德도 이 전문거리에 간판을 내걸고 있다. 그러나 이곳은 유명세를 타서 그런지 사람들이 붐벼 우리는 손에 닿지 않는 포도는 시다고 농담을 하며 골목의 다른 집에서 향긋한 구운 오리 맛을 즐겼다.

4. 조선관朝鮮館을 찾아서

이방익은 북경에 도착한 후 귀국의 절차를 밟기 위하여 예부를 방문한 이야기를 다음과 같이 밝히고 있다.

5월 11일 위관이 이르기를 "당신들은 오늘 예부 아문에 가서 표류하여 온 연유를 아뢴 후에 예부에서 황제께 주달할 것이니 예부로 갑시다." 한다. 그를 따라서 들어가니 7인은 오란 말이 없고 나만 올라오라고 하여 올라가니 대청에 음식차림이 휘황한데 앉을 방석을 내놓기에 앉으니 시랑이 먼저 무사히 도착한 인사를 한 후 묻는다.

"연로에 음식접대는 어떠하며 수로로 만여 리를 다녔으니 병은 나지 않았으며 행리에 서운한 폐는 없었습니까?"

묻는 말에 우리나라 말의 성조가 많아 우리나라 사람을 대한 듯하여 흔연히 대답했다.

"우리가 운수불행하여 풍랑으로 죽을 목숨이 간신히 십사구생하여 다행히 황도까지 무사히 왔으니 이는 대국의 은혜입니다. 부디 쉬이 돌아가게 하소서."

시랑이 대답하기를,

"당신들이 이미 여기까지 왔고 여기서 당신네 나라가 멀지 않으니 조금도 염려하지 말고 있으시오. 황상께 연품한 후 치송할 것이니 그 사이 통관과 더불어 구경이나 하면서 마음을 위안하십시오."

하고 조선관으로 가라 하여 통관을 따라 조선관에 이르니 큰 집이 있는데 조선관이란 말을 들으니 기쁘기 측량할 줄 몰랐다. —『표해록』

정양문을 통하여 북경 내성에 입성한 이방익은 우선 예부禮部를 방문한다. 더불어 북경에 이른 일행을 남게 하고 예부에서는 이방익만을 불러들였다. 예부는 6부(종인부(宗人府) · 예부 · 공부 · 병무 · 호부 · 형부)의 하나로 황실의 일과 각종 행사의 주관 그리고 외교에 관한 일을 담당하는 청나라 최고 행정기관인데 사신 등 외국인을 영접하는 일뿐만 아니라 표류인의 쇄환도 담당하였다. 예부의 우두머리는 상서(尙書, 장관)이고 그 아래 좌 · 우시랑(左右侍郎, 차관) 각 1인을 두었으며 그 아래에 낭중郎中, 원외랑員外郎, 주사主事 등을 두었다. 보통 조선의 사신을 영접할 때는 시랑이 담당했고 사신의 직위가 낮으면 낭중이나 원외랑이 담당했는데 시랑이 이방익을 직접 면대한 것으로 볼 때 그를 칙사勅使에 준하는 대접을 한 것으로 보인다. 최부의 경우 낭중과 주사가 그를 상대하였다. 예부시랑은 이방익을 면대하면서 표착 후 중국에 이르기까지 불편한 점이나 서운한 점은 없는지 물으면서 황제의 재가를 받을 때까지 시내구경이나 하면서 조선관에 머물라고 한다.

1월 9일 아침 일찍 우리는 이방익의 행적을 추적하기 위하여 야릇한 기대를 안고 숙소를 나섰다. 정양문에 당도한 우리는 천안문 광장의 동쪽에 위치한 〈중국국가박물관〉을 찾았다. 이 박물관은 6부 중

형부를 제외한 5부가 들어섰던 자리인바 예부는 그 중 가장 남쪽에 있었다. 예부의 터를 알아두는 것은 조선관의 위치 추정에 도움이 된다. 박물관을 관람하는 데 한 나절이 걸렸다.

우리는 천안문 광장으로 건너갔다. 드넓은 광장 저편에 천안문이 웅장한 자태를 보이는데 모택동 초상이 그려진 편액이 중앙 성마루의 벽면을 장식했고 양쪽에 화표(華表, 돌기둥)와 석사자상이 서있다.

천안문은 영락제 때(1417) 처음 창건했는데 당시의 명칭은 승천문承天門이었지만 청나라 순치제 때(1651) 재건하면서 지금의 천안문으로 개칭하였으며 명 · 청 시대에 자금성을 에워싼 황궁의 정문으로 국가의 위엄을 과시했었다.

천안문 광장은 남북 880m, 동서 500m, 면적 44만㎡로 일시에 60만 명을 수용할 수 있는 세계 최대의 광장이다. 이곳에서 1949년 중화인민공화국 선포식을 거행하면서 북경은 현대 중국의 수도로 우뚝 섰다. 이방익은 '정양문 앞에 태청문이 있고 태청문 안에 황극전이 있다' 고 기억을 더듬었다. 태청문은 원래 천안문과 정양문 사이에 있었는데 명나라 때에는 대명문大明門, 청나라 때에는 태청문, 국민정부 시절에는 중화문中和門이라 불렀다. 그러나 태청문은 1958년에 철거되고 그 자리에 〈인민영웅기념비〉가 세워져 있다.

천안문 광장을 한 바퀴 둘러본 우리는 이방익이 북경에 도착하여 여러 날 묵은 조선관 터를 찾고자 정양문 쪽으로 되짚어 왔다. 조선관은 1272년 원나라가 고려 사신을 맞이하기 위하여 지은 고려관에서 유래했으며 그 바뀐 이름인 조선관을 조선의 조정에서는 즐겨 사용했다. 조선관은 '회동관會同館' 또는 '옥하관玉河館' 이라고도 부르는데 전자는 중국의 관리들이 사신들을 맞아 회동하는 곳이라 하여 사용한 중국측의 공식 명칭이고 후자는 근처에 '옥하' 라는 하천이 흐르기 때문에 우리 사신단이 고유명사처럼 사용한 이름이다.

『조선왕조실록』에는 회동관의 기사가 태종 8년(1405, 영락제 3년)에 처음 나타나는데 이로 볼 때 회동관은 명나라 초기부터 설치되었음을 알 수 있다. 조선시대에는 하정사(賀正使, 신년축하사절), 성절사(聖節使, 황제·황후생일 축하사절), 천추사(千秋使, 황태자생일 축하사절), 동지사冬至使 외에도 문안인사차 수시로 중국에 사신을 보냈는데 『경국대전』에는 정·부사·서장관을 포함해 일행을 100명 내로 제한했지만 실제로는 300-400명의 호송군이 대거 동원되는 경우가 많았는데 그 중에는 밀무역하는 사람들이나 역관들도 따라붙었으며 경우에 따라서는 사신의 인척이나 지인들이 사사로이 따르기도 하였다. 이렇듯 사신들의 왕래가 잦아 평안도에서는 그 비용을 대느라 백성들이 피폐할 정도였다.

사신들이 연행燕行을 할 때는 소위 조공의 명목으로 각종 금은보화 외에 특산물도 바리바리 실어갔는데 주로 인삼, 호피, 수달피, 화문석, 명주 등이었다. 돌아올 때는 그 대가에 못지않은 회사품回賜品을 받아오기도 하였다. 이를 조공무역이라 하는데 사무역은 원칙적으로 허용되지 않았다. 그러나 통관(通官, 통역관) 등 수행원들, 심지어 사신으로 갔던 자신들도 사적으로 거래할 물건들을 소지하곤 하여 사신 일행이 조선관에 머무는 동안 은밀한 거래가 이루어졌는데 이를 후시後市라 했다. 이러한 밀무역은 그들이 왕래하는 만주의 다른 지역에서도 이루어졌다.

사신의 행차에는 서너 명의 서장관을 대동하는데 사신의 재량으로 자제군관子弟軍官이라는 이름으로 선비들을 데려가는 경우도 많았다. 김창업·박제가·홍대용·박지원 등이 이 경우에 해당하는데 그들은 주어진 업무가 없었으므로 자유자재로 돌아다니며 중국의 학문을 연구하고 풍물을 구경할 기회를 갖기도 하였다. 특히 조선의 학자들이 사신단에 동행하여 중국의 학자들과 학문교류를 하고 당대의 연구서들을 사온 경우는 부수적인 효과라 할 것이다.

중국에 대한 사신의 왕래는 조선의 경우에만 수시로, 여러 명목으로 뻔질나게 이루어졌지만 일본(영락제 때) · 유구 · 안남 · 남장국(南掌國, 라오스) · 홍모국(紅毛國, 대만을 점령한 네덜란드)의 경우 3년 내지 5년에 한 번 다녀가는 정도였기 때문에 회동관은 조선 사신의 독무대인 셈이어서 아예 조선관이란 명칭이 사용되었다.

회동관은 조선 사신들의 전유물이나 다름없었는데 1727년(영조 3년) 이후 사정이 달라졌다. 청나라와 러시아가 캬흐타 조약을 맺었는데 몽고와 러시아의 경계획정, 러시아정교의 북경 진출 그리고 3년간 러시아 대상隊商의 중국 입국 허용 등의 내용이 포함되어 있었다. 청나라는 조선이 오랫동안 사용하던 회동관을 러시아에 내주고 조선 사신단에게는 지방에 파견된 벼슬아치의 개인집을 따로 내주어 남관 및 서관으로 사용하게 하였다. 러시아는 그 자리에 러시아정교회 회관을 지었다.

우리는 이방익과 거의 동시대인 1750년에 발행한 북경성지도를 들고 최부, 김창업, 홍대용이 기술한 내용을 참작해 조선관 터를 찾아 나섰다. 그러나 타국에서 온 내가 현재의 중국 땅을 뒤져 지금은 사라진 조선관 터를 찾는다는 것은 무모한 짓인지도 모른다.

황성 동남쪽에 있는 숭문문으로 들어가 회동관에 이르렀습니다.
경사京師(북경)는 곧 사이(四夷)가 조공하는 곳이므로, 회동본관 이

외에 또 별관을 세워서 회동관이라 불렀습니다. 신 등이 머문 관사는 옥하의 남쪽에 있었던 까닭에 옥하관이라고도 불렀습니다. —최부의 『표해록』

또 이 문(숭문문)에 이르기 수백 보 앞에서 꺾어 서쪽 1리 거리에 이르면 석교가 있는데 옥하교다. … 옥하교를 지나 수백 보를 가면 관(옥하관)에 이른다. 관은 길가 북쪽에 있다. —김창업의 『연행일기』

북으로 수십 보를 행하니 서쪽으로 큰길이 있는데, 이것은 정양문으로 통하는 길이다. 서쪽을 바라보니 길가에 큰 문이 있고 그 안에 둥근 탑이 있거늘 물으니 세팔이 이르기를 "이는 옥하관으로 예로부터 조선 사신이 드는 곳이었으나 중년에 아라사에게 앗겼다고 합니다. 아라사는 북방 오랑캐로 코가 별양 크고 극히 흉악한 인물이라… —『을병연행록』

당시 지도를 보면 숭문문과 정양문 사이의 성 안쪽 이면도로의 중간에 천주당이 있는데 이는 러시아 정교회 교당을 표시한 것으로 보인다. 그곳은 민국시절까지도 러시아대사관이 있었던 자리라서 일단 그 자리를 찾기로 했다.

우리는 예부가 있었던 중국박물관의 남쪽 정원을 지나 정양문의 동쪽 골목길로 접어들었다. 거기에는 동교민항東交民巷이란 팻말이 걸려 있고 낡은 표지판에는 이 골목이 영 · 미 · 일 · 불 · 러의 대사관과 외국은행이 들어섰던 자리라고 설명하고 있었다. 골목이라지만 1차선의 일방통행도로와 인도가 나 있는데 1km 가량 걸어가니 정의로와 교차하는 사거리가 나온다. 그 직전에 길 북변에 중국최고인민법원이

(좌) 동교민항, (우) '조선관' 터에 세워진 최고인민법원

나타난다. 나는 김창업과 홍대용의 기억을 상기하면서 내가 서 있는 이곳 인민법원이 '길가에 큰 문이 있고 그 안에 둥근 탑이 있었다'는 조선관 터임을 확신하고 쾌재를 불렀다.

나는 이어서 방문한 고서점에서 〈북경문물지도집1,2〉를 구입했는데 그 안에서 명대(1573-1644)의 북경성도를 살필 기회를 얻었다. 거기에는 현재의 인민법원 자리가 회동관이라 표기되어 있는데 축적으로 따져보니 약 600평에 이르며 북쪽으로는 한림원이 연결되어 있다. 한림원은 명·청대 유교경전을 연구하고 해석하는 기관으로 중국 최고의 학자들로 구성되었는데 조선의 학자들도 사신단에 합류하여 이들과 고담준론을 펼치기도 하였다.

지도를 자세히 보면 회동관 동편에 하천이 있는데 이는 최부, 김창업, 홍대용 등이 말하는 옥하玉河임이 분명하고 그래서 회동관이 옥하관이라 불린 것이다. 옥하는 북경내성 밖의 호성하에서 흐르는 물이 숭문문과 정양문 중간에서 북경 내성 밑을 통과하여 황성으로 들어오는 물줄기다. 이 옥하를 통하여 부세와 각종 물화가 황성을 거쳐 자금성으로 들어온다. 홍대용은 성 밑의 수문 즉 옥하교가 우리나라 청계천의 오간수문과 같은데 화물이 들어오지 않을 때는 굳게 잠겨있었다고 말한다.

> 옥하교는 아국의 오간수문五間水門(청계천상의, 홍인지문과 광희문 사이의 수문) 같은 곳이니 다리 남쪽은 성이오, 성 밑에 또한 여러 수문을 내고 쇠로 살문을 웅장히 만들어 굳게 잠가놓았으니 성 중 물이 다 이 다리로 모여 나가고 공세貢稅 실은 조선漕船이 이 수문을 열고 성안으로 통하여 들어온다 하더라. —『을병연행록』

옥하관을 차지한 러시아는 정교회를 앞세워 외교의 영역을 넓혀갔기 때문에 정양문 주변의 거리가 온통 러시아 군사들, 대상隊商들 그리고 그들이 몰고 온 낙타로 가득했다.

홍대용은 '아라사는 북방 오랑캐로 코가 별양 크고 극히 흉악한 인물이라' 했고 박지원 또한 러시아인에 대하여 '아라사가 그곳(옥하관)을 차지했는데 아라사는 소위 코쟁이들로 성질이 어찌나 사나운지 청인도 그들을 제어하기 힘들어 한다' 고 썼다. 러시아 대상들이 몰고 온 낙타를 묘사한 이방익, 홍대용, 박지원의 글이 흥미로워 여기 옮긴다.

> 또한 큰 산 덩어리가 지나간다 하기에 나가 보니 약대 등에 숯과 소금을 싣고 가는데 큰 뫼 덩어리만 하고 그 실은 것이 몇 바리인지 알 수 없었다. 약대 모양은 말과 같지만 등이 말 길마같이 생겼고 발이 살덩이이고 갈기와 목의 털은 한 자가 넘었다. —『표해록』

낙타 예닐곱이 관 앞으로 지나가거늘 그 모양을 자세히 보니, 높이는 사람의 키로 한 길 반이 되고, 다리가 극히 길고 몸은 매우 가늘어 호박 모양 같다. 꼬리와 발은 소 같고, 목은 오리의 목 같으며, 머리는 아주 작고 부리는 뾰족하여 뱀의 머리 같다. 그 모양은 심히 섬세하여 보이나 힘이 세서 짐을 많이 싣고, 다리가 길어 하루에 여러 리를 가는가 싶었다. 등의 앞뒤에 두드러진 떼살이 있으니, 이것은 저절로 생긴 길마 모양이다. 따로 길마를 얹지 않고 제 길마에 바를 걸어 짐을 실으니 이상한 짐승이요, 또 소금을 먹이지 아니하면 그 떼살이 없어져 짐을 싣지 못하는 고로, 부리려하면 미리 소금을 먹인다고 한다. —『을병연행록』

그 짐승들은 대체로 크기가 비슷했다. 모두 엷은 흰 바탕에 노란빛이 감도는 짧은 털이 나 있었다. 머리는 말처럼 생겼고 눈은 양과 같았다. 꼬리는 소같이 생겼다. 걸을 때는 목을 움찔거리며 머리를 꼿꼿하게 치켜드는 것이 마치 하늘을 나는 백로처럼 보였다. 무릎에는 마디가 두 개 튀어나와 있고 발굽은 두 쪽으로 갈라져 있었다. 걸음은 학 같고 울음소리는 거위 같았다. —『열하일기』

오늘 여기저기 다니느라 점심을 굶었다. 시간이 없었던 것은 아닌데 조선관 자리를 찾을 의욕과 찾아낸 흥분으로 우리 셋은 점심 먹는 것을 잊은 것이다. 그렇지만 우리의 행보를 늦출 수 없었다. 웨이신도 나의 열정에 감격했노라며 내가 가고자 하는 다음 행선지로 우리를 안내했다. 조선관 자리와는 반대편인 선무문 남쪽 건너에 위치한 유리창거리다. 유리창琉璃廠은 원나라 때 궁전과 사찰에 소용되는 유리 기와를 굽던 곳인데 청나라 때인 17세기에 서예와 골동품을 파는 가

유리창 거리

게로 바뀌어 지금까지 내려오고 있다. 연행을 한 자제군관들이 반드시 들르곤 했던 곳이기에 나는 유리창의 방문을 고집했던 것이다.

유리창은 선무문외가宣武門外街 양편 800m의 도보거리에 고색창연한 모습을 간직하고 있는데 300년 전통을 자랑하는 가게들이 아직도 남아있다. 고서, 서화, 문방사우, 유리그릇, 도자기, 안경, 골동품, 전황석田黃石 도장 등의 진품과 정교한 복제품도 진열되어 있다.

홍대용은 북경에 체류하는 동안 5번이나 유리창에 다녀왔는데 특히 책방을 주로 들러 고서들을 살펴보곤 했다. 그는 목 뒤가 아플 정도로 고개를 젖혀 서가를 올려다보며 고서들의 이름을 살폈다고 한다. 박지원 역시 북경에 도착해서 제일 먼저 달려간 곳이 유리창이었다. 먼저 다녀온 이덕무, 박제가, 홍대용이 침이 마르도록 이야기한 서적들을 살펴보기 위함이었다. 박지원은 먼저 다녀온 북학파 학자들처럼 당대 중국의 석학들과의 조우를 시도했다.

마음 같아서는 유리창 문화거리를 전부 섭렵하고 싶지만 허기지고 다리도 뻐근하여 동쪽 거리를 맴돌면서 고서점에 매료된 나는 고서들만을 살피고 있었다. 특히 눈에 띄는 것은 『자치통감資治通鑑』·『한서漢書』·『후한서後漢書』·『북사北史』·『송사宋史』·『원사元史』 등이었는데 모두 여러 권으로 되어 있고 부피가 이만저만이 아닌데다 내 나이에 저걸 다 읽을 수 있겠냐며 눈을 딴 데로 돌렸다. 하지만 결국 북경 문물에 관련된 책들을 여러 권 샀고 그것들을 넣을 캐리어도 더불어 사야 했다.

5. 자금성紫禁城

1월 10일 아침 우리는 고궁박물관을 찾았다. 이 박물관은 원래 700년 역사를 간직한 자금성을 말하는데 1925년 민국정부가 고궁박물관이라 개칭하여 만인에게 공개하기 시작했다. 이방익이 '태청문 안에 황극전皇極殿이 있는데 멀리 바라보니 황극전 누른 집이 공중에 솟아 있다' 고 한 것이 바로 여기 자금성이기에 우리는 이곳을 방문하지 않을 수 없는 것이다. 자금성 남문인 오문午門에 도착해보니 남쪽을 향하여 凹자 모양을 이룬 광장에는 관광객이 인산인해를 이루고 있었다. 오문은 자금성의 주출입문으로 주작이 날개를 펼친 모습을 하고 있다고 하며 황제 전용의 중앙문을 포함하여 3개의 문이 있다.

명 황제 홍무제(주원장)의 4남인 주체朱棣는 1402년 조카 건문제의 황위를 찬탈하여 황위에 올랐는데 이를 〈정난靖難의 변變〉이라 한다. 영락제는 황위에 오른 후 수도인 남경을 자신의 영지인 북경으로 천도하고자 1406년부터 1420년까지 15년에 걸쳐서 북경성을 건설했고 아울러 통주에서 황성까지 경항대운하를 연결하여 명실공히 사상 최대의 황경을 만들었다. 그리하여 북경은 명 · 청을 통틀어, 그리고 현재에 이르기까지 700년간 중국의 수도로 자리 잡았다.

황제가 있는 자금성은 둘레 4km, 72만㎡ 직사각형 형태로 현존하는 세계 최대 규모의 궁전으로 800여 채의 건물과 9,999개의 방이 있다고 알려져 있다. 자금성의 성벽은 높이 10m, 두께 6.7-8m로 성벽 밖에 깊이 6m, 폭 52m의 호성하(해자)가 있다.

이방익은 자금성에 들어갈 기회가 없었다. 예부에서 맡아 이방익의 쇄환을 처리했기 때문이다. 그러나 최부는 오문을 통하여 자금성에 들어가 조관들 틈에 끼어서 황제에게 다섯 번 절하고 세 번 머리를 조아렸다고 했는데 그가 서 있던 곳에 대하여서는 언급이 없다. 아마도 태화궁 앞뜰인 것 같다. 연암은 자금성에 들어갈 엄두를 낼 수는 없었지만 자금성을 끼고 돌면서 다음과 같이 말했다. 아마도 북쪽의 신무문을 묘사한 듯하다.

> 문을 나서서 다시 북쪽으로 꺾어져 자금성을 끼고 돌면서 7-8리를 더 갔다. 자금성은 높이가 두어 길이나 된다. 밑바닥을 돌로 깔고 벽돌을 쌓아 올린 뒤, 누런 기와를 덮고 담장에는 주홍빛 석회를 칠했다. 벽은 마치 대패로 민 듯 빛나는 것이 왜칠을 한 것 같다. 길 가운데는 대여섯 발이나 되는 높은 돈대가 있고, 그 위에는 삼층 다락이 있다. 그 모양새는 정양문 누각보다 빼어나다. 돈대 밑에는 사방에 붉은 난간을 둘렀는데, 문이 있긴 하나 모두 잠겨 있고 병졸들이 그 앞을 지키고 섰다. —『열하일기』

우리는 고궁박물관 즉 자금성에 이르러 오문에서 매표를 하고 오문의 오른쪽 문을 통과하여 들어갔다. 정면에 태화문太和門이 입을 벌리고 태화문을 통해 안으로 들어가니 광장을 넓게 차지한 태화전太和殿이 앞을 가로막는다. 태화전은 황제가 신료들을 접견하여 정사를 보

자금성 호성하/오문/태화전

황극전

던 정전으로 우리나라 경복궁의 근정전과 같은 곳이다. 중국 최대의 목조건물이기도 한 태화전은 높이 35m, 가로 폭이 63m로 자태가 웅장하고 건물 내외에 화려한 장식이 부착되어 있다. 우리는 태화전을 끼고돌아 태화전의 부속건물인 중화전中和殿, 보화전保和殿을 차례차례 관람했다.

우리는 건청문乾淸門을 지나 건청궁을 관람하기에 앞서 동쪽으로 접어들었는데 누런 기와로 덮은 단층의 황극전이 눈에 들어온다. 이 방익이 말한 황극전, 건륭황제가 가경황제에게 황위를 물려주고 섭정을 하던 궁전이다. 황극전 옆의 성벽을 끼고 지은 진보관珍寶館에서는 청나라 황실에서 보관하고 있던 보물의 일부가 전시되어 있다. 종표관鍾表館에서는 청나라 때 유럽 각국에서 선물한 다양하고 다채로운, 크고 작은 시계들이 볼만했다.

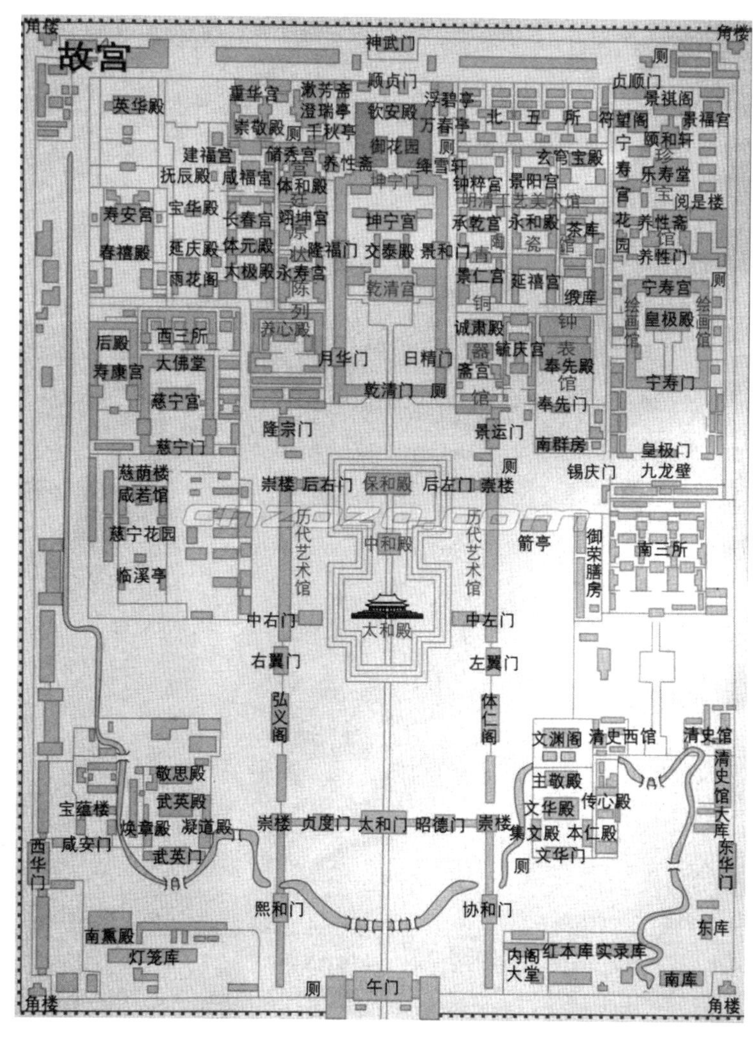
角楼
神武门
角楼
故宫
厕
贞顺门
英华殿
重华宫
漱芳斋
顺贞门
浮碧亭
景祺阁
澄瑞亭
钦安殿
崇敬殿
厕
千秋亭
万春亭
北五所
符望阁
景福宫
御花园
厕
颐和轩
建福宫
储秀宫
养性斋
绛雪轩
玄穹宝殿
宁寿宫花园
珍宝馆
抚辰殿
咸福宫
体和殿
坤宁门
钟粹宫
景阳宫
乐寿堂
宫廷原状陈列
明清工艺美术馆
阅是楼
寿安宫
宝华殿
长春宫
翊坤宫
坤宁宫
承乾宫
永和殿
茶库
养性斋
春禧殿
延庆殿
体元殿
隆福门
交泰殿
景和门
青铜馆
陶瓷馆
养性门
雨花阁
太极殿
永寿宫
乾清宫
景仁宫
延禧宫
厕
宁寿宫
缎库
绘画馆
皇极殿
绘画馆
钟表馆
诚肃殿
后殿
西三所
养心殿
毓庆宫
斋宫
月华门
日精门
寿康宫
大佛堂
奉先殿
乾清门
厕
宁寿门
慈宁宫
奉先门
隆宗门
景运门
慈宁门
南群房
皇极门
厕
锡庆门
九龙壁
慈荫楼
崇楼
后右门
保和殿
后左门
崇楼
咸若馆
历代艺术馆
中和殿
历代艺术馆
箭亭
御茶膳房
南三所
慈宁花园
临溪亭
中右门
太和殿
中左门
右翼门
左翼门
弘义阁
体仁阁
文渊阁
清史西馆
清史馆
清史馆大库
敬思殿
主敬殿
武英殿
传心殿
宝蕴楼
文华殿
焕章殿
凝道殿
崇楼
贞度门
太和门
昭德门
崇楼
集文殿
本仁殿
西华门
咸安门
武英门
文华门
东华门
厕
熙和门
协和门
东库
南熏殿
内阁大堂
红本库
实录库
灯笼库
厕
午门
南库
角楼
角楼

자금성 배치도

건청궁은 황제가 휴식하거나 관료들을 은밀히 만나는 사적 공간이고 교태전交泰殿은 황후의 집무실이며 곤녕궁坤寧宮은 황제와 황후가 쓰는 침실이 갖춰진 궁전이다.

우리는 곤녕궁 북쪽으로 돌아 나와 황제와 황후를 위한 정원인 어화원御花園을 관람했다. 어화원 중앙에는 황제가 제사를 지내던 흠안전欽安殿이 있으며 양쪽으로 정자와 누각이 세워져 있다. 어화원은 소나무나 측백나무 등 다양한 나무와 기묘한 모양의 바위가 있어 사람들이 서성이면서 아름답고 기묘한 경치를 감상하고 있었다.

우리는 저녁때가 다 되어서 자금성의 북쪽 문인 신무문神武門을 나왔다. 박지원이 바라본 돈대와 성문은 바로 신무문과 거기에 이어진 성곽인 것 같다. 이것저것 보느라고 6시간을 소비했다. 그러나 자금성에 대하여 사전지식이 없는 나로서는 수박 겉핥기에 지나지 않았다.

아아, 나는 나의 작은 붓으로 이 사려奢麗하고 웅장한 천년유적을 더 이상 표현할 수가 없구나.

6. 통주通州를 지나며

이방익 일행은 황제의 재가를 기다리며 20일간 조선관에 머물러 있었다. 그 동안 북경 시내를 두루두루 다니면서 온갖 물색을 구경하던 그들에게 6월 1일 돌아가도 좋다는 황제의 분부가 있었고 황제는 황공스럽게도 각자에게 은자 두 냥씩 주라는 은전을 베풀었다.

> 6월 초1일 조선관 책임자가 옥하관에 와서 말하기를 황상이 은자 두 냥씩 주라고 하고 내일 위관을 정하여 당신들을 본국으로 치송하라고 교지를 내리셨으니 행리를 정돈하라고 한다. 이튿날 조선관을 떠남에 8인을 다 태평차에 태우고 숭문문을 지나 동정문을 나며 통주 40리를 지나는데 흰 돌을 다듬어 40리를 연하여 길을 만들었음을 알 수 있었다. ―『표해록』

위 인용문에서 동정문은 동편문의 오기이다. 이방익 일행 8명 모두에게 태평차太平車가 배정되었는데 이방익은 태평차에 대하여 다음과 같이 묘사했다. 그가 묘사한 태평차는 그가 거리에서 본 것이지 그 또는 일행이 탄 것과는 다르다. 이를 홍대용과 박지원의 묘사와 비교해 보면 흥미로운 대목을 발견할 수 있다. 태평차는 하나 또는 두 마리

이상의 말이나 노새가 끌기도 하는데 그 규모와 차림이 다양했던 것 같다. 나는 태평차 유물을 찾기 위하여 중국박물관을 샅샅이 뒤졌으나 볼 수 없었다.

> 노새 두세 마리가 끄는 수레 위에 교자를 꾸미고 오색구슬로 주렴을 엮어 사면에 드리고 주렴 밖에는 계집종이 앉았는데 이 수레를 태평차라 한다. —『표해록』

> 수레는 극진히 단단하고 정밀하게 만들어 가히 앉을 만하였다. 위는 가마 모양으로 꾸미고 검은 삼승으로 겹장을 만들어 높이 씌웠다. 앞으로 문염자를 드리웠고, 앞과 양옆에 말(斗)만큼 모나게 구멍을 내고 딴 더데를 덮고 단추를 끼워 여닫게 하였다. 쌍교 안은 적이 넓어 족히 누울 만하니, 밖에서 보면 위는 둥글고 길어 우리나라의 소금장素衾帳(주: 장사 지내기 전에 궤연几筵 앞에 치는 흰 장막) 모양 같았다. 말 두 마리를 메었는데 … 바닥에 요를 깔고 이불과 의복과 약간의 행장을 보자기에 동여 뒤로 하고 앞쪽으로 앉으니 매우 편하여… —『을병연행록』

> 타는 수레는 태평차라고 한다. 바퀴의 높이는 팔꿈치에 닿을 정도고, 바퀴살은 서른 개다. 대추나무로 바퀴 테를 만들고 쇳조각을 바퀴에 둘러쳐서 쇠못을 박았다. 바퀴 위에 둥근 가마를 올리는데 세 사람 정도 탈 수 있다. 가마에는 푸른 베나 능단 또는 우단으로 휘장을 친다. 때로는 은으로 단추를 달아 여닫게 한 주렴을 드리우기도 한다. 좌우에는 유리를 달아 창을 낸다. 가마 앞에 가로로 널판을 걸쳐 놓아서 마부가 앉게 하며, 뒤에도 역시 널판을 걸쳐 놓아 하인이

앉게 한다. 보통 나귀 한 마리가 끌지만, 먼 길을 갈 때는 말이나 노새를 더 매기도 한다. —『열하일기』

북경을 떠난 이방익 일행은 숭문문을 나와 통주를 거쳐 산해관을 통과하여 귀국했는데 산해관까지는 내내 태평차를 탔다. 최부도 같은 길을 택했는데 사행길을 다룬 연행록들에서는 반대로 산해관에서 통주를 거쳐 북경으로 들어왔기 때문에 북경을 경험하고 서둘러 귀국하는 표류인들과 부푼 가슴을 안고 북경으로 달려가는 사람들은 그 감회가 확실히 달랐을 것이다.

숭문문을 지나 동편문에서 통주까지는 40리 길인데 이방익은 '그 길에 흰 돌을 깔았다' 고 했고 박지원은 돌을 다듬어 길을 깔았기 때문에 쇠 수레바퀴 맞닿는 소리가 커서 정신이 아찔할 정도였다' 고 기억했다.

통주로 들어가자면 8리 못 미쳐 통혜하通惠河라는 운하 위에 영통교가 놓여 있는데 팔리교八里橋라는 별칭이 더 알려져 있다. 김창업은 이 다리를 지나면서 '다리가 웅장하고 아름답다' 고 찬사를 보냈고 홍대용은 팔리교가 '멀리서 보아도 희고 윤택하여 예사 돌로 만든 것 같지 않다' 며 '행인이 길을 메우고 준수한 인물과 화려한 의복과 사치한 안마의 번화한 거동과 호화한 기상이 다른 곳과 완연히 다르다' 고 했으며 박지원은 이 다리에 이르러 다음과 같이 술회했다.

영통교는 팔리교라고도 한다. 길이는 수백 길이고 폭은 십여 장 정도다. 또 10여 장 높이의 홍예가 있고 그 좌우로는 난간을 설치했는데, 난간 위에 수백 마리 사자를 조각해서 얹었다. 조각 솜씨가 기막히게 정교해서 마치 살아있는 듯했다. —『열하일기』

통주는 명나라 영락제 이전까지는 경항대운하의 종착점이었다. 수양제는 항주에서 산동을 거쳐 천진까지 대운하를 건설했고 다시 금나라가 통주까지 연장했으며 명나라의 영락제가 북경성을 축조하면서 아울러 북경까지 운하(통혜하)를 완공했다. 통주는 강남의 곡물과 물화를 운송함으로써 북경 경제에 크게 공헌했고 강남의 인재들이 북경에 진출하는 통로가 되었으며 나아가서 북방민족과의 전쟁에서도 중요한 역할을 했다. 특히 조선인들이 중국을 왕래하는 필수적 요로가 되었다. 그래서 통주는 인구도 많고 거리는 흥청거렸다. 특히 통주를 끼고 도는 운하인 노하潞河의 뱃놀이는 흥청거림의 대명사였다.

홍대용은 통주를 지나면서 통주의 거리와 노하를 보지 못한 것을 마냥 아쉬워했는데 돌아오는 길에 여유롭게 놀던 일을 다음과 같이 회상했다.

> 남으로 통주성을 바라보니 성첩과 여염이 극히 장성하고 성 밖으로 무수한 돛대 숲을 세운 것 같다. 김가재(金稼齋 김창업) 일기에 통주범장(通州帆檣)이 장관이라 일렀는지라 길이 다르기로 가까이 가보지 못하니 답답하여라. —『을병연행록』

> 동문을 나가 강가의 배를 구경할 새, 이곳은 강이 너르고 바다가 머지 아닌지라 천만 주 돛대 강을 덮었으니 진시 장한 구경이오… 두어 배를 세내어 일행이 나누어 오르고 아래로 몇 리를 내려가 식경을 연희하다가 석양 때에 관에 돌아오니… —『을병연행록』

박지원은 다음과 같이 회상했다.

조선의 사신들이 연경에 들어가기 위해 통과했을 팔리교

> 아침안개가 자욱한데, 멀리 돛대들이 마치 씀바귀 꽃대처럼 총총히 서 있다…. 강가에 이르렀다. 강이 넓고 물이 맑다. 배가 하도 많아 만리장성의 장관에 비길 만하다. —『열하일기』

19세기 중반까지 통주는 북경과 연결된 물류기지로 번영을 누렸지만 아편전쟁 이후 많은 항구가 개항되고 철도가 부설되면서 500여 년의 영광을 잃어갔다. 1860년의 팔리교 전투는 너무나 유명하다. 천진항을 점령한 영·불 연합군 6,000명이 북경을 향해 치고 올라올 때 청나라는 몽골기병 7,000명과 보병 10,000명으로 하여금 팔리교에서 막아서도록 하였다. 팔리교에서의 백병전은 치열했다. 그러나 청군은 영·불의 현대식 무기를 당할 수는 없었다. 청군은 북경까지 패퇴했고 영·불군은 북경성 근처까지 쇄도하여 갖은 약탈을 자행했으나 북경성은 진입하지 않았다. 어린 황제 동치제는 열하로 도망간 상황에서 결국 러시아의 중재로 영·불군은 물러났다.

나는 지금은 평범한 도시인 통주 시내를 보기보다는 이방익, 그리고 조선시대 우리나라 사람들이 빈번히 드나들던 팔리교를 보고 싶었다. 이는 이방익의 발자취를 따라가는 여정의 일부이기 때문이다. 앞에서 언급한 것처럼 우리는 북경에 도착한 다음 날인 1월 8일 지하철을 타고 통주로 향했다. 통주역에 내린 우리는 역 뒤편의 팔리교를 찾았다.

명나라 정통 연간(1446)에 건설된 팔리교는 통혜하를 남북 방향으로 지난다. 팔리교는 남북 길이가 50m, 너비는 15m에 달하며 다리 양측 난간에는 사자상을 정교하게 조각한 각각 33개의 돌기둥이 늘어서 있는데 철책으로 보호하고 있다. 이 돌기둥은 고풍스러운 다리와 함께 그림 같은 풍경을 이루었다. 다리를 통과하는 아치형 수문은 3개인데 그 중에 중문은 배가 다닐 수 있을 만큼 크고 넓다. 다리 남쪽의 난간 입구에는 커다란 사자상이 위엄을 자랑한다.

7. 산해관山海關

앞 절에서 언급한 바와 같이 우리는 천진에 도착한 다음날인 1월 7일 천진역에서 고속철을 타고 산해관으로 달렸다. 천진에서나 북경에서나 눈대중으로 300km쯤 되는데 갈 때는 몇 개 역을 거치면서 시속 300km로 달려 1시간 30분이 걸렸고 산해관에서 북경역으로 돌아올 때는 시속 150km로 달려 2시간 30분이 걸렸다.

우리가 산해관을 방문한 이유는 이방익뿐 아니라 최부도 귀국길에 이곳을 들렀고 김창업, 홍대용, 박지원 등 역시 사행길에 이곳을 거쳤기 때문이다. 그러나 아쉽게도 이방익은 통주에서 산해관까지의 거리를 100리라고 착각을 일으켰다. 최부 일행의 경우 자신은 말을 타고 42명의 종자들은 수레를 타거나 당나귀를 타고 숭문문을 나섰는데 산해관까지 열사흘 걸린 반면에 홍대용이나 박지원은 산해관에서 조양문까지 말안장에 올라 7일 만에 주파했다. 이방익 일행은 모두가 태평차에 나누어 타고 통주를 거쳐 산해관까지 갔는데 걸린 기간에 대하여는 어디에도 언급이 없다. 이방익은 만리장성은 성첩이 완연하고 견고하여 조금도 상한 데가 없다고 썼다.

나는 앞서 언급한 김창업, 홍대용, 박지원 그리고 최부가 지나갔던 기록들을 참고하면서 산해관의 유적지들을 찾아 나섰다. 산해관역에

척계광이 군사훈련시키던 장대

서 우리는 버스에 몸을 싣고 5km쯤 달려서 정류장에 내렸다. 견고한 요새가 눈앞을 가로막는데 이는 만리장성의 첫 번째 요새인 영해성寧海城이다. 우리는 우선 성문을 통과해 16세기 척계광戚繼光이 군사를 훈련시킨 용무영龍武營이라는 병영과 장대將臺 그리고 장대 앞 눈에 덮인 팔괘진八卦鎭을 둘러보았다. 척계광 장군은 그가 개발한 전투용 마차부대 등 특별한 전술로 통주까지 들이닥친 몽골군과 대접전을 하여 명나라의 승리를 이끌었다. 더욱이 그는 산해관 주변의 기존 성곽을 2중으로 보강하고 곳곳에 적루를 쌓았다. 지금 남아있는 성은 척계광이 15년에 걸쳐 쌓은 성이다.

저 앞 높은 언덕에 징해루澄海樓가 이마에 닿는다. 홍대용이 언급한 망해정望海亭의 이름이 언제부턴가 징해루로 바뀌었다. 망해정은 만리장성이 끝나는 언덕에 높이 세운 누각이다. 홍대용은 다음과 같이 설명했다.

징해루(망해정)

> 망해정은 만리장성이 중국 서북쪽에서 이어나 동남으로 만 리를 뻗어 이곳에 이르러서는 바다로 수백 보를 들어가 그친 곳으로, 그친 곳의 바다를 임한 곳에 이 정자를 둬 천하에 유명한 곳이 되었다… 바다를 임하여 2층집을 웅장히 지었으니 이곳이 망해정이다. 앞에 작은 집이 있는데 누런 기와로 이어 건륭의 시와 글씨를 비에 새겨서 세워 두었다. 남으로 바다를 바라보니 푸른 물결에 성에를 띄워 하늘에 닿았고, 뫼 같은 풍랑이 언덕에 부딪히매 땅이 울리며 집이 무너질 듯하였다. 서북쪽으로 의무려산 한 끝이 바다를 향하여 한 가지를 뻗었으니, 기괴한 봉우리와 위험한 구렁이 천병만마가 달려가는 형세요, 그 위에 장성한 구비 뫼를 인연하여 웅장한 성가퀴가 구름 속에 빗겼으니, 실로 평생에 처음 보는 장한 구경이다. —『을병연행록』

망해정을 둘러보니 2층에는 '용금만리龍襟萬里', 1층에는 징해루라는 현판이 걸려 있다. 용금만리는 명나라 때 쓴 글씨이고 징해루는 건륭제

노룡두

가 쓴 글씨라고 하는데 홍대용이 다녀간 후 건륭제가 이곳에 두 번째로 다녀간 모양이다. 징해루 서북쪽에 어비정御碑亭이라는 아담한 비각이 서있는데 건륭제의 어필이 새겨진 비석을 모셔둔 곳이다.

나는 만리장성의 끝머리가 바다 속까지 뻗어 내린 노룡두老龍頭의 계단을 내려가면서 눈앞에 울렁이는 바다를 내려다보고, 고개를 돌려 산해관 저편에 병풍을 두른 의무려산醫巫閭山을 올려다보며 홍대용의 글을 곱씹어 본다. 참으로 명문이고 절묘한 묘사라는 생각이 들었다. 그는 이곳에 이르러 이런 장관을 보게 된 것을 크나큰 기쁨으로 여겼다. 누대 위에 여기저기 널려있는, 구멍 난 돌들은 진시황 때 바다에 잠겼던 성벽의 잔재로 보이는데 당시에 장성을 바다 밑까지 연결하면서 무쇠를 녹여 부은 흔적이라고 한다.

홍대용에 의하면 이 근처에 여염집이 많았다고 했는데 지금은 성채만 덩그마니 있고 인적이 거의 없다. 택시를 불러도 오지 않는다. 갈 길은 바쁜데 버스는 30분쯤 기다려 도착했다. 우리는 산해관역으로

망부석

되짚어 와서 맹강녀孟姜女 망부석으로 가기 위하여 택시 기사와 흥정을 해야 했다. 우리가 맹강녀 사당을 가자고 하니까 기사는 돌 하나 덜렁 서 있는 외딴 곳을 가자는 말에 고개를 갸우뚱했다.

산해관역에서 7km쯤 가니 조그만 언덕이 나타나는데 언덕 위에 망부석이 서 있다. 아내와 나는 입구에서 조금 걸어가 108개의 계단을 오르는데 언덕 등성이에 정녀묘貞女廟라는 사당이 있고 한 길 남짓한 바위가 서 있다. 이 바위가 인간의 형상을 닮지 않았는데도 소위 맹강녀의 망부석이라는 것이다. 무심히 보면 그냥 바위일 뿐이다. 그러나 내가 굳이 이 바위를 보고자 하는 것은 박지원의 글과 홍대용이 소개한 문천상文天祥의 시를 읽었기 때문이다. 문천상은 남송 말기의 충신이었다.

박지원의 〈강녀묘기姜女廟記〉에,

> 강녀의 성은 허(許)씨요, 이름은 맹강(孟姜), 섬서성 동관 사람이

다. 범칠랑에게 시집갔는데, 진나라 장군 몽염이 만리장성을 쌓을 때 범랑이 부역으로 끌려가 육라산 밑에서 죽었다. 범랑이 꿈에 나타나자 맹강이 손수 옷을 지어 홀로 천 리를 가서 지아비의 생사를 찾아 나섰다. 여기저기를 떠돌다 이곳에 이르러 마침내 장안을 바라보고 울다가 돌이 되었다 한다. 어떤 이는 맹강이 지아비가 죽었다는 소식을 듣고 홀로 가서 그 뼈를 거두어 등에 지고 바다에 들어갔는데, 며칠 만에 돌 하나가 바다 가운데 솟아서 조수가 밀려들어도 잠기지 않았다고 한다. ―『열하일기』

문천상의 시,

秦皇安在哉	진시황은 어디 있는가
萬里長城築怨	만리장성은 원한을 쌓은 것
姜女不死也	강녀는 죽지 않았도다
千年片石留貞	망부석의 이름이 천추만세에 빛날 것이다

이 시는 정녀묘의 맹강녀 석상 양쪽의 주련에 남겨진 글이다. 망부석 옆에 건륭이 쓴 붉은 글씨가 남아있는 것처럼 명 · 청대의 황제들은 지방순회 중에 이곳에 들려 맹강녀 석상에 참예하고 황제 스스로 백성의 소중함을 알아야 한다며 자신을 일깨웠다고 한다.

산해관역으로 돌아오니 확 트인 광장 건너에 높은 성벽이 길게 드리워 있다. 긴 성벽을 따라 차도가 펼쳐져 있다. 우리는 한 성문을 통하여 높은 성벽으로 둘러싸인 옹성 안으로 들어갔는데 바로 눈앞에 진동문鎭東門이라는 거대한 성문이 입을 벌리고 있고 그 위에 높은 성

맹강녀

마루가 있다. 성마루 위에 2층 누각이 우뚝 서 있다. 완만한 비탈길을 따라 성마루에 올라서 중앙에 자리 잡은 장대한 누각으로 다가갔는데 고개를 젖혀 올려다보니 〈천하제일관天下第一關〉이라 적힌 편액이 보인다. 글자 하나의 높이가 1.6m인 이 현판은 1472년 명나라 때 썼다고 한다. 〈천하제일관〉은 중국의 자존심이다. 우리가 1월 11일 답사했던 팔달령八達嶺의 장성은 산줄기를 따라 건설되었지만 산해관은 평지에 지은 성곽이기에 더욱 높고 견고하다. 높이가 14m, 두께가 7m의 겹성이다. 〈천하제일관〉 성루에서 사방을 바라보니 멀리 옛날식 마을들과 벌판이 보이고 동북으로는 장성이 뱀처럼 꼬불꼬불 늘어서 있다. 성벽 위의 도로는 마차 2대가 지나갈 정도로 넓다.

역사적으로 화하華夏에 대한 북적北狄의 격리를 추구해왔던 중국은 만리장성을 쌓았다. 발해의 해안인 노룡두老龍頭에서 각산을 넘어 연산산맥을 거쳐 감숙성까지 약 6,400km의 장성을 만리장성이라 하고 산해관을 그 동쪽 경계로 삼았다. 진시황은 몽염 장군을 시켜 장성을

천하제일관(산해관)

쌓았는데 이는 백성들의 피눈물을 뽑아내어 원성은 하늘을 찔렀다. 맹강녀의 전설이 이를 말해준다. 결국 진나라는 밖으로부터가 아니고 안에서 무너졌다.

주원장을 도와 원나라를 북쪽으로 멀리 밀어낸 서달徐達 장군이 둘레 4km의 장엄한 산해관을 쌓고 4개의 문을 만들고 그 중 진동문 성루에 〈천하제일관〉을 지어 천하에 위용을 드러냈다. 척계광 장군이 새로 일어나는 몽골의 준동을 막기 위하여 각산장성을 새로 쌓고 특히 노룡두의 해저까지 이은 장성을 보수했다. 더욱이 그는 산해관 주변의 기존 성곽을 2중으로 보강하고 곳곳에 적루를 쌓았다. 지금 남아있는 성은 척계광이 15년에 걸쳐 쌓은 성이다.

그러나 명나라 말 오삼계吳三桂는 산해관의 문을 활짝 열어 청나라를 맞아들였으니 이 또한 내부의 도적이 나라를 팔아먹은 것이다. 만주의 영원성을 지키던 오삼계는 군사를 이끌고 북경으로 달려오라는 숭정제崇禎帝의 명령을 받는다. 100만의 농민반란군을 이끄는 이자성李自成이 북경을 위협하고 있기 때문이다. 청군이 영원성 턱밑에 와있는데도 불구하고 오삼계는 황제를 구하기 위하여 50만 대군을 이끌고 북경으로 달려가고 있었다. 그러나 아뿔사! 북경성은 함락되고 황제는 자금성 뒷산에서 자결했다는 것이다. 설상가상으로 오삼계의 첩과 부친이 이자성에게 사로잡혔다는 것이다. 오삼계는 말머리를 돌려 산해관으로 달려왔고 청나라에 산해관 문을 열어준 것이다. 오삼계는 그 후 운남과 귀주를 차지하여 번왕 행세를 하다 강희제에게 궤멸되었다. 박지원은 이렇게 탄식했다.

> 아아, 몽염이 장성을 쌓아 오랑캐를 막고자 하였건만 진나라를 망칠 오랑캐는 오히려 집안에서 자라났고, 서중산(서달)이 관을 쌓아 오랑캐를 막고자 하였으나 명의 장수 오삼계는 이 관문을 열어 적을 맞아들이기에 급급하였구나. 천하가 무사태평한 지금, 이곳을 지나는 장사치들과 나그네들에게 공연히 비웃음만 사게 되었으니, 실로 뭐라 할 말이 없다. —『열하일기』

수구초심 고향을 그리며 달리는 이방익의 눈에는 산해관이 무심코 비켜갈 뿐이었겠지만 사행길에 이곳을 지나는 선비들에게는 산해관을 관람한다는 것은 자랑거리이고 유의미한 일이었을 것이다. 중국 흥망의 역사가 여기에 서려 있고 중국의 지배세력이 이곳에 의해 여러 번 교체되었기 때문이다.

산해관을 나온 이방익은 허허벌판이요 무인지경인 만주 벌판을 달린다. 북경에서 산해관까지 800리, 산해관으로부터 심양까지는 600리, 다시 심양으로부터 봉황성까지 600리, 봉황성에서 압록강까지 무인지경 500리다. 북경에서 압록강까지는 도합 2,500리 길이다. 봉황성에 이르렀을 때 이방익은 봉황성장에게 표류했던 일과 대만에서 하문으로 건너와 복건, 절강, 양자강, 소주, 산동, 북경을 거치며 산천 경개를 관람한 전말을 자세히 이야기하니 성장이 감탄을 금치 못하며 치하했다.

> 귀공은 비록 여러 번 위태로운 지경에 이르기도 했으나 과연 남아로다. 중원 사람들도 복건성을 편답한 사람이 있다는 이야기를 들어본 적이 없거늘 오늘날 그 많은 곳을 거쳐 여기까지 무사히 왔으니 어찌 조선으로 갈 여정을 근심하리오. 그대 신상을 보니 장차 경대부(卿大夫)에 오를 것이니 앞날 다시 보기를 바라노라. —『표해록』

이방익 일행은 말을 달려 주마가편하며 만주 벌판을 달렸다. 사행길은 보통으로 40여 일인데 이방익 일행은 6월 2일 북경을 떠나 윤유월 4일 32일 만에 압록강에 도착한다. 이방익은 압록강에 이르러 고국산천을 바라보며 기쁜 마음을 이기지 못하여 눈물로 옷깃을 적셨다. 압록강변에 이르니 저쪽 고국의 땅에서 배가 건너온다. 이방익은 실로 9개월 보름 만에 고국 땅을 밟은 것이다.

에필로그

보람도 있었고 아쉬움도 많았다. 어떻든 나는 해냈다는 생각에 가슴 뿌듯하다. 젊은 사람들도 감당하기 힘든 일을 늦은 나이에 탈 없이 끝낸 대장정을 되돌아보며 아내와 나는 행복감을 갖는다. 그러나 아쉬운 것은 내가 중국어를 포함하여 중국에 대하여 사전에 깊은 연구를 하지 못하고 당랑처럼 뛰어든 것이다. 우리의 답사여행은 주마간산 격이었다.

이방익이 써놓은 곳을 찾느라고 하루 종일 헤매다 어둑해져서야 찾아낸 경우도 있고 잘못 짚은 것을 깨닫고 다시 찾으려니 우리를 기다리는 사람들과의 약속을 못 지키게 되어 몸을 돌이키기도 했다. 연암 박지원의 글 때문에 헛짚은 경우가 많은데 연암이 문헌으로 고증한 것을 곧이곧대로 믿고 행동으로 옮겼기 때문이다. 이방익이 보긴 보았으되 어디에서 보았는지, 무엇을 보았는지를 말하지 않은 경우도 있어 이를 확인하느라고 애썼지만 찾아낸 보람은 이루 말할 수 없이 기뻤다. 지난 역정에 대하여 느낀 점도 많고 할 말도 많다. 그리고 이 기회에 한국과 중국을 향하여 하고 싶은 말도 많다.

1. 이방익 일행이 고기잡이배를 탔다가 대만해협까지 흘러가면서도 구사일생으로 살아남은 것은 기적이다. 더욱이 먹을 것, 마실 것도 없이 16일간 표류한 것도 기적이다. 그런데 그가 표류하던 계절을 살펴보면 그는 북서풍이 불기 시작하는 9월 말경에 풍랑을 만나 제주도 남방의 바다 즉 동중국해를 흘러갔는데 중도에 바람의 방향이 비를 동반한 북동풍으로 바뀌어서 기갈을 면할 수 있었다. 바다를 살펴보면 제주해협은 해저에 천봉만학이 드리워져 있어서 풍랑이 심하지만 동중국해는 수심이 일정한 대륙붕지대라 이방익이 탄 작은 어선조차도 수몰되거나 파선되지 않았다. 이는 무엇을 말해주는가? 고대로부터 제주 그리고 중국 강남과 교역이 이루어지고 인구이동이 가능했음을 유추하게 해준다. 따라서 우리는 해류, 계절풍, 해저지형 등의 자연조건과 표류경험들을 분석하여 표류의 해양학을 발전시킬 필요가 있다. 바다 역사에 대하여 묻히고 생략된 것들을 찾아내어 고대사 특히 고대 해양사를 발굴하는 일은 앞으로의 과제라고 생각한다. 바다에 관한 역사적 기록이 제주에는 거의 없으나 중국의 옛 향토사에는 남아 있을지도 모르기 때문이다.

2. 이방익이 표착한 팽호도에 잠시 머무는 동안, 나는 팽호도의 자연과 예로부터 내려오는 고유한 습속이 제주도와 매우 흡사하다는 것을 발견했다. 바람 · 지질 · 빌레(너럭바위) · 주상절리 · 밭담 · 방사탑 · 원담(석호) 등등. 이는 제주도 학자나 학술기관이 팽호도와 공동연구할 과제를 제시하는 것이다.

우리는 팽호도의 생활사 박물관에서 이방익의 표해사실에 대한 다음과 같은 현판을 발견했다.

1796 嘉慶元年 朝鮮李邦翼等8人遭風漂流澎湖・次年返國後・有〈漂海歌〉敍述・此行特殊經驗
(1796 가경원년 조선 이방익등 8인이 바람을 만나 팽호로 표류하였고 다음 해 고국으로 돌아간 후 〈표해가〉를 지었다. 이러한 행보는 특수한 경험이다.)

이는 당시 이방익이 표착했던 사건이 팽호도 역사의 한 장을 장식했으리라 판단되며 팽호도의 향토사를 찾아보면 더 많은 기록이 남아있을 가능성이 있다. 우리는 시간관계상 더 알아볼 기회가 없었지만 후에 제주도의 학자들이 대만 학자들과 협력하여 사실(史實)을 규명할 필요가 있다고 생각한다.

3. 우리는 하문에 이르러 이방익이 대만으로부터 항해하여 하문에 상륙하여 방문한 주자서원을 찾으러 나섰는데 우리가 찾은 곳은 연암이 지목한 자양서원(대동서원)을 복원한 것일지 모르지만 이방익이 말한 곳이 아님을 나는 금방 알아차렸다. 되짚어와서 이방익이 방문하여 참예했다고 추정되는 주자서원 터를 찾아냈는데 안타깝게도 낡아버린 패방 밑에 헌 상점이 들어서 있고 내부에는 쓰레기더미가 쌓여 있었다. 나는 후에 복건성 지방지편찬위원회와의 회동에서 이 주자서원의 재정비를 건의하여 긍정적인 대답을 얻어

냈고 겸사해서 경내에 이방익 소상을 세우는 방안을 검토해 달라고 요청한 바 있다.

4. 중국답사 전에 나는 옛날 우리 조상들이 중국에 머물렀던 사실은 알고 있었지만 혹 남아있을 흔적에 대하여는 미처 생각을 못했는데 복건성에 와서 신라 및 고려 사람들의 유적지에 대하여 들을 기회가 많았다. 천주 인근의 신라 및 고려 사람들의 마을과 고분, 천주 시내 고려인의 거리, 신라 또는 고려가 원산지인 식물 등에 관한 이야기는 금시초문이었다. 우리가 정해진 스케줄에 따라 움직이기에 천주의 고려항(규하항)을 방문했을 뿐 우리 조상들의 흔적을 찾아볼 기회는 없었다. 그러나 이 점에 대하여 한국과 중국 복건성과의 공동연구가 요구된다.

5. 복건성 지방사 편찬위원회와의 회합에서 몇몇 연구원들이 13세기 이전 해상무역과 문화교류를 통한 고려와 송나라의 밀접한 관계를 회상하면서 이방익은 그 후 500년 만에 처음으로 중국 강남을 방문했으며 우리 일행은 200년 만에 이방익의 발자취를 찾아 나섰다며 의미를 두었다. 우리 탐방단을 맞은 중국의 관리들과 학자들은 마치 친척을 만난 듯, 이산가족을 만난 듯 반가워했는데 이방익 일행이 분에 넘치는 대접을 받은 일 그리고 거리에서 주민들의 환호를 받던 일과 일맥상통되는 듯하다. 통일신라 그리고 고려에 걸쳐서 당 · 송과 인적, 물적 교류가 활발하였는데 원 · 명 · 청 시대에 이르러 두 나라 사이에 정치적 상하관계가 형성되고 민간무역이 불

허되었으며 양국의 내왕은 육로로 한정되는 바람에 강남을 중심으로 하는 사상적 학문적 교류가 끊어졌다. 근자에 한중 학문적 교차 연구와 문화교류가 활발하지만 좀 더 박차를 가하고 정부에서 적극적인 지원이 필요하다고 생각된다. 특히 한국에서는 복건성 및 절강성과 가장 가깝고 자연환경도 비슷한 제주도가 나서서 다방면의 밀접한 관계를 유지해야 할 것이다.

6. 이방익은 선하령을 넘어서 절강성으로 들어갔는데 선하령, 특히 황소가 개척한 선하고도는 중국의 영토와 민족의 통합, 인구의 이동이라는 관점에서, 그리고 유교와 불교의 전파, 문화적 · 경제적 소통, 군사적인 면에서 매우 의미가 크다. 역사적 연구나 역사유적의 발굴과 보존에 있어서 양성(兩省)간의 공동노력을 통해서 연구가 더욱 진전되기를 기대해 본다. 또한 조선의 이방익이 기록상 조선인으로써는 처음으로 선하령을 넘은 것은 역사적 사실로 연구영역에 포함되기를 기대한다.

7. 이방익은 전단강(신안강)을 거치면서 초나라 옛 도읍지의 웅장한 모습을 보았다고 썼다. 나는 짧은 여행기간이나마 이방익이 보았다는 곳을 찾고자 했으나 딱히 이곳이다 하는 데를 발견하지 못했다. 이방익이 본 것은 2500년 전 절강성의 일각에 뿌리내린 고멸국의 고도라는 생각이 들어 문헌을 읽고 여러 군데를 다녀봤는데 시간관계상, 그리고 짧은 지식으로 인해 실패에 그쳤다. 그러나 문헌에서 송대, 그리고 명대에 고멸 옛 성의 유적을 기재한 것을 보건대

지금도 남아있는지 모를 일이다. 호기심이 많게 태어난 나는 고멸국의 유적을 찾고 싶다. 아니면 그 유적들을 찾음과 동시에 절강성 사람들의 뿌리인 고멸족 또는 고멸국에 관련된 더 진전된 연구보고를 대하고 싶다.

8. 이방익이 보고 기록한 풍물들, 예컨대 팽호도에서 본 여인의 화려한 치장, 팽호도 마조묘의 종교행사, 복건성에서 본 장묘제도와 장례행렬 등은 민속학 연구에 도움이 될 것이다. 우리가 방문하여 살펴본 사찰의 규모와 시설 등은 이방익이나 박지원이 언급한 것과 사뭇 다른 점이 많기도 했고 세월이 흐름에 따라 없어진 것, 낡은 것이 많았는데 이방익의 기록은 중국의 사찰역사를 연구함에 도움이 되리라 믿는다.

끝으로 이방익의 발자취를 더듬는 여정은 여기서 끝난 것이 아니다. 요즘 유행하는 전염병이 수그러들면 나는 탐방단을 꾸려, 양자강을 거슬러 동정호, 구강, 그리고 적벽강을 찾아갈 것이다. 또 나는 내가 미처 생각하지 못한 곳, 대충 보아 넘긴 곳, 나중에 문헌을 들추다 깨달은 것들을 확인하기 위하여 틈나는 대로 이방익의 길을 더 찾을 것이다. 그러나 그보다도 나는 우리 정부 · 기관 · 연구단체 · 학자 · 관광객들이 이방익의 길을, 그리고 내가 걸은 답사 길을 다시 걸어 내가 헛짚었을지도 모르는 오류를 발견해주기를 기대하며 이방익의 길이, 그리고 그를 따라 내가 밟은 길이 역사에 빛나는 한중교류의 길이 되기를 바란다.

참고문헌

〈사료〉

· 『고려사절요』.

· 『조선왕조실록』.

· 『승정원일기』.

· 『일성록』.

· 『비변사등록』.

· 이방익(1914), 「표해가」, 『청춘』 창간호.

· 이방익, 연대미상, 『표해록』, 서강대 로욜라 도서관 소장.

· 작자미상, 정상사 한역(漢譯), 권무일 국역(연대미상), 『이방인표해록 정축생인』.

· 박지원 저, 신호열 · 김명호 옮김 (2007). 「서이방익사」,『연암집』, 제6권 별집. 돌베개.

· 유득공, 「이방익표해일기」, 『고운당필기』.

· 김석익 저(1915), 홍기표 등 역주(2015), 『탐라기년』.

〈단행본〉

· 권무일 (2017), 『이방익표류기』, 평민사.

· 김동욱 · 임기중 공편(1982), 『아악부가집』, 서울태학사.

· 김재근(1988), 『우리 배의 역사』, 서울대학교출판부.

· 박지원 저, 정민 · 박철상 역 (2005), 『연암선생서간첩』, 대동한문학.

· 사마천 저, 신동준 옮김(2015), 『사기열전』 1,2, 위즈덤하우스.

· 심규호(2018), 『연표와 사진으로 보는 중국사』, 일빛.

· 이보근(2014), 『압록강에서 열하까지 연행노정 답사기』, 어드북스.

· 이용기 편, 정재호 · 김홍규 · 정경욱 주해(1992). 『악부』, 고려대학교민족문화

연구소.
· 이진한(2011), 『고려시대 송상왕래연구』, 경인문화사.
· 장철환 편저(2017), 『중국고대사』, 북랩.
· 장한철 지음, 정병욱 옮김(1993), 『표해록』, 범우사.
· 정순태(2012), 『宋의 눈물』, 조갑제닷컴.
· 조영록 편(1997), 『한중문화교류와 남방해로』, 국학자료원.
· 주완요 지음, 손준식 · 신미정 옮김(2003), 『대만, 아름다운 섬 슬픈 역사』, 신구문화사.
· 최부 지음, 박원호 역(2006), 『표해록』, 고려대학교출판부.
· 홍대용 지음, 정훈식 옮김(2012), 『을병연행록』 1,2. 도서출판 경진.

〈논문〉

· 권무일(2019), 「제주표류인 이방익의 노정에 관한 지리고증」, 『제주도연구』 제52집, 제주학회
· 강전섭(1981), 「이방익의 표해가에 대하여」, 『한국언어문학』, 20집, 한국언어문학회.
· 백순철, 「이방익의 〈표해가〉에 나타난 표류체험의 양상과 바다의 표상적 의미」, 〈디지탈자료〉
· 김윤희(2008), 「〈표해가〉의 형상화 양상과 문학사적 의의」, 〈디지탈자료〉, 한국고전문학회.
· 백순철, 「이방익의 〈표해가〉에 나타난 표류체험의 양상과 바다의 표상적 의미」, 〈디지탈자료〉.
· 성무경(2003), 「탐라거인 이방익의 〈표해가〉에 대한 연구」, 『탐라문화』12호, 제주대학교.
· 심규호(2019), 「이방익 신기행의 의의」, 『이방익 표해록과 한중문화교류연구』, 제주중국학회 한중국제학술대회.
· 李斗石(2019), 「李邦翼游歷福建境內陸地路徑考」, 『이방익 표해록과 한중문화교류』, 제주중국학회 한중국제학술대회.
· 정재호(1998), 「이방익의 표해가」, 『한국가사문학의 이해』, 고려대학교출판부.
· 최강현(1982), 「표해가의 지은이를 살핌」, 『어문논집』 23집, 고려대학교국어국문학회.

· 최두식(2002), 「표해기록의 가사화과정」, 『동양예학』7집, 동양예학회.

〈중국자료〉

· 羅德胤(2016), 『仙霞古道』, 商務印書館, 中國.
· 羅德胤(2015), 『입八都古鎮』, 商務印書館, 中國.
· 譚其驤; 主編(1996), 中國歷史地圖集(清時期), 中國地圖出版社. 中國.
· 福建省地方志編纂委員會(2004), 『福建省歷史地圖集』, 福建省地圖出版社, 中國.
· 北京市文物局 編(2006), 『北京文物地圖集』, 上,下. 科學出版社, 中國.
· 葉恩典(2007), 「古代泉州與新羅高麗的海上交通及其文物史迹探源」, 『中韓古代海上交流』, 遼寧民族出版社, 中國.
· 林佛民(2012), 『衢州記憶』, 浙江人民出版社臧勵龢 等編 (2015), 『中國古今地名大辭典』, 上海世紀出版社, 中國.
· 李少園(2012), 『閩 南文化風貌探尋錄』, 中國社會科學出版社.
· 王鏡輪(2019), 『紫禁城全景實錄』, 故宮出版社, 中國.
· 臧勵龢 等編(2015), 『中國古今地名大辭典』, 上海世紀出版社, 中國.
· 占劍(2016), 『衢州古代史』, 商務印書館, 中國.
· 湯錦台(2011), 『大航海時代的臺灣』, 如果出版社, 臺灣.
· 澎湖縣文化局(2010), 澎湖縣文化資産手册, 臺灣.
· 黃水看(2005), 『泉州文化古迹』, 中國文聯出版社, 北京.

발문跋文

심규호 (전 제주국제대 교수, (사) 제주문화포럼 이사장)

기연奇緣, 기묘한 인연이다. 이방익 일행이 제주 바다에서 거친 풍랑을 만나 돛대도 삿대도 없이 망망대해를 16일간 표류하면서 요행비를 만나 해갈하고, 뱃전에 뛰어든 물고기를 나눠 먹으며 굶주림을 면한 것이 그러하며, 듣도 보도 못한 팽호도에 표착하여 구사일생한 것도 그러하고, 마조신의 도움인지 관공關公의 헤아림인지 현지 관리며 백성들에게 환대 받은 것도 그러하며, 마치 유람이라도 하는 듯이 이곳저곳 크고 작은 고을 지나 남북으로 종단하여 마침내 압록강 너머 일행 모두 무탈하게 귀국할 수 있었던 것도 그러하다.

생각건대 요즘처럼 쭉쭉 뻗은 길을 자동차로 질주한 것도 아니고, 날쌔다는 고속열차를 탄 것도 아닌데, 말이나 수레를 타거나 터벅터벅 걸으며 그 길고 먼 길을 다녀온 것 자체가 어찌 기연이 아니겠는가?

더욱 더 기연인 것은 그가 세상을 뜬 지 2백여 년이 지난 어느 해 제주의 권무일 선생이 그를 다시 되살려 그의 자취를 찾게 한 것이니, 『평설 이방익 표류기』를 세상에 내놓은 것만도 대단한데 직접 그의 발자취를 따라 그 흔적을 되찾게 되었으니 이 또한 기연이 아닐 수 없다.

허나 이제 이방익에 관한 두 번째 책을 상재하게 되었으니, 문득 기연이 기실은 우연을 가장한 필연인 줄 알겠다. 필연이라 함은 낼모레 팔순의 권무일 선생의 지칠 줄 모르는 역사에 대한 탐구의지와 치열하게 이론과 실천으로 무장하여 돌격하는 실사구시의 정신이 만들어 낸 당연하고 합당한 결과이기 때문이다. 하여 후학으로서 발분하지 않을 수 없으니, 이는 함께 이방익의 발자취를 찾아가는 기행을 하면서 느낀 바가 적지 않았기 때문이기도 하다.

본서의 의미는 이러하다.

첫째, 조선 정조 시절 충장위장忠壯衛將 이방익 장군을 보다 분명하게 지금 세상에 되살려놓았다. 오히려 늦은 감이 없지 않다. 그가 남긴 가사문학에 심취하다 정말 중요한 것을 빼놓은 셈이다. 이제라도 땅에 묻혀 있다는 그의 비석이 세상에 나와야 하는 이유이다. 분명 본서를 통해 제주에서 이방익이 새롭게 부각되며 그의 위상이 한결 분명해질 것이라 생각한다.

둘째, 표해록 연구는 문헌 연구만으로 부족하다. 현지 실사가 따라야 한다. 단순히 기록의 진실성 여부를 따지기 위함이 아니라 특히 조선시대 표해의 기록이 지닌 중요성으로 말미암는다. 이방익은 조선에서 최초로 평후다오澎湖島를 거쳐 대만부(臺灣府, 지금의 타이난 臺南)를 경유하여 중국을 종단하며 기록을 남긴 사람이다. 물론 이후 문순득이 일본과 여송(呂宋, 필리핀)을 경유한 후 아오먼澳門에서 랴오닝遼寧까지 종단하여 귀국한 바 있으나 아쉽게도 중국에 관한 기록이 지극히 소략하다. 조선시대에 어떤 이가 자의에 의해 그런 경험을 할 수 있었겠는가? 따라서 그 기록과 실제를 확인하여 그 감흥을 되살릴 필요가 있다. 본서는 바로 이런 감흥을 후세 사람들의 그것과 함께 세세하게 드러내고 있다.

셋째, 학문이든 사업이든 계속해서 이어지는 것이 매우 중요하다. 본서는 이방익에서 권무일로 그리고 다시 누군가에게 이어지는 가교의 역할을 할 것이다. 예를 들면 이러하다. 이방익은 펑후다오에 도착하여 「곤덕배천당」이란 현판이 달려 있는 공해公廨에서 예닐곱 날을 요양한 후 마궁대인馬宮大人의 아문衙門에서 조사를 받는다. '마궁'에 대해 박지원은 「서이방익사」에서 "아마도 마씨 성을 가진 통판通判일 것이다."라고 했는데, 권무일은 마조궁의 우두머리라고 했다. 그러나 본인이 생각하기에 그는 마궁의 행정책임자이다. 그렇다면 이뤄펀衣若芬이라는 타이완 학인이 말한 것처럼 당시 마궁의 행정책임자인 통판 장증년蔣曾年일 가능성이 크다. 이외에도 이방익은 표해록에서 자신이 지금의 호남성에 있는 동정호洞庭湖를 다녀왔다고 적었다. 하지만 박지원은 이를 부정하면서 아마도 "동동정東洞庭이라 부르는 태호太湖를 잘못 알은 것이다."고 했다. 과연 누구의 말이 맞을까? 이후 보다 많은 연구를 통해 밝혀질 것이다. 학문의 재미는 이렇게 새로운 것이 등장함에 있다.

넷째, 이른바 문화교류란 사람과 사람의 만남에서 시작된다. 이방익의 표해록도 바로 사람과 사람의 만남에서 비롯된다. 그렇지 않으면 어찌 무사하게 돌아올 수 있었겠는가? 본서는 그의 발자취를 따라가면서 현지 사람들과 만나 도움을 받고 서로 대화하며 함께 공감하면서 만들어낸 결과물이기도 하다. 다시 말해 진정한 의미의 문화교류의 산물이라는 뜻이다. 이런 점에서 향후 문화교류의 좋은 모범이 될 것이라 의심치 않는다.

말이 길었다. 원래 발문跋文이란 서문에 비해 간략하게 책이나 글에 대해 설명하는 문체 가운데 하나로 일종의 독후감과 비슷하다. 현대 사전적 정의는 책의 끝에 본문 내용의 대강이나 간행과 관련된 사항 등을 짧게 적은 글을 말한다. 굳이 권 작가께서 발문을 요청한 까닭이 있겠으나 생각건대 지금 내가 쓰고 있는 글은 발문이라고 하기보다 추천서문推薦序文에 가깝다. 하지만 발문의 발跋은 '밟다'는 뜻이 있다. 그렇다면 현지에서 함께 밟고 지나면서 느낀 것을 쓴 글이라고 해도 무방할 것이다. 지난 두 해 동안 더불어 이방익의 발자취를 따라 곳곳을 다녔다. 아직 가야할 길이 먼데, 올해는 여의치 않게 복병을 만났다. 그러나 본서가 세상에 나오니 이 또한 기쁜 일이다. 감사와 기쁨을 전하며 함께 이방익의 발자취를 밟았던 소회를 적는다.

2020년 10월 10일

제주 표류인 이방익의 길을 따라가다

초판 1쇄 인쇄일 2020년 11월 10일
초판 1쇄 발행일 2020년 11월 20일

지 은 이 권무일
만 든 이 이정옥
만 든 곳 평민사
서울시 은평구 수색로 340 [202호]
전화 : 02) 375-8571 (代)
팩스 : 02) 375-8573
http://blog.naver.com/pyung1976
이메일 pyung1976@naver.com

등록번호 제251-2015-000102호

정 가 20,000원

· 잘못 만들어진 책은 바꾸어 드립니다.

· 이 책은 제주학연구센터의 일부 지원을 받아 제작되었습니다.